Über das Buch:

In diesem Buch finden Sie drei neue, in sich abgeschlossene Liebesgeschichten aus Schweden, die für das ZDF verfilmt wurden:

Die Frau am Leuchtturm
Wolken über Sommarholm
Emma Svensson und die Liebe

Über die Autorin:
Inga Lindström ist verheiratet mit einem Bildhauer; Mutter einer Tochter. Sie pendelt zwischen Großstadt und Land. Nachdem sie Jura und Anglistik studiert und einige Jahre als Journalistin gearbeitet hatte, wandte sie sich dem Theater zu. Sie arbeitete bald auch als Dramaturgin für verschiedene Fernsehproduktionsgesellschaften. Und fing schließlich an, selbst Drehbücher zu schreiben.
Von Inga Lindström sind bisher als Bastei Lübbe Taschenbücher erschienen: SEHNSUCHTSLAND (15213) und MITTSOMMERLIEBE (15304).

Inga Lindström

SOMMER-NACHTS-KLÄNGE

Neue Liebesgeschichten
aus Schweden

BASTEI LÜBBE TASCHENBUCH
Band 15 694

1. Auflage: Juni 2007

Vollständige Taschenbuchausgabe

Bastei Lübbe Taschenbücher ist ein Imprint der Verlagsgruppe Lübbe

Originalausgabe:
© 2007 by Verlagsgruppe Lübbe GmbH & Co. KG, Bergisch Gladbach
Titelabbildung: Dressler, Hauke/LOOK
Umschlaggestaltung: Bianca Sebastian
Satz: SatzKonzept, Düsseldorf
Druck und Verarbeitung: GGP Media GmbH, Pößneck
Printed in Germany
ISBN: 3-404-15694-8

Sie finden uns im Internet unter
www.luebbe.de

Der Preis dieses Bandes versteht sich einschließlich
der gesetzlichen Mehrwertsteuer.

Die Frau
am Leuchtturm

Wie eine Glocke hing die Sommerhitze bereits am frühen Morgen über Stockholm. Ein tiefblauer Himmel spannte sich über die Stadt. Es war einer jener Sommertage, der gute Laune erzeugt, und die spiegelte sich auch in Victorias Miene wieder, als sie mit dem Fahrrad zur Arbeit fuhr. Sie liebte die Strecke am Saltsjön entlang, der Verbindung zwischen der Stadt und dem großen Meer. Eine der großen Fähren zog gemächlich vorbei, als Victoria das moderne Bürohaus erreichte. Sie schloss ihr Fahrrad ab und nahm die Post aus dem Briefkasten, bevor sie das Gebäude betrat.

Nils Atelier befand sich in der ersten Etage und war über eine Wendeltreppe zu erreichen. Victoria hörte das Telefon bereits klingeln, als sie noch auf dem Weg nach oben war.

Nils stand an der Glasfront, die eine gesamte Wand des Ateliers einnahm. Das Panorama, das sich vor ihm ausbreitete, war faszinierend. Er blickte über den Saltsjön bis nach Djugårdsstaden mit der kleinen, vorgelagerten Insel Beckholmen. Doch seine ganze Haltung drückte gereizte Ungeduld aus. Er wandte sich nicht einmal um, als er mit einer Hand an die Scheibe gelehnt sagte: »Kann mal jemand rangehen?«

Victoria legte die Post auf den Schreibtisch und hob den Hörer an ihr Ohr. »Atelier Nils Schalin, Victoria Savander am Apparat.«

»Hej, Frau Tommasson«, grüßte sie gleich darauf und wandte sich halb zu Nils um, der immer noch nach draußen starrte. Auch jetzt drehte er sich nicht um, sondern machte mit einer kleinen Geste deutlich, dass er nicht zu sprechen sei.

Victoria reagierte sofort: »Tut mir leid, Frau Tommasson, Nils ist nicht da, aber ich werde es ihm ausrichten.« Nachdem sie den Hörer aufgelegt hatte, begann sie die Post durchzusehen.

»Die Tommasson will wissen, wann ich abgebe, stimmt's?« Nils löste sich von der Fensterscheibe. Victoria nahm kaum Notiz vom ihm, während sie konzentriert die Post sortierte. Die meisten Umschläge legte sie zur Seite, einen aber öffnete sie gleich.

»Ich kann ihr keinen definitiven Abgabetermin nennen«, fuhr Nils mit gereizter Stimme fort. »Wie soll ich frei denken, wenn alle so an mir herumzerren? Ich kann so nicht arbeiten.«

»Okay«, erwiderte Victoria mit einem Lächeln, »ich setze einen Brief auf, in dem du das deiner Verlegerin mitteilst.«

»Ja, mach das. Sie wird mich dafür hassen«, sagte er, »aber das ist mir auch egal.« Er ließ sich in den schwarzen Ledersessel fallen, der zwischen seinem eigenen und Victorias Schreibtisch stand.

Nils hatte den Raum ganz nach seinen Vorstellungen einrichten lassen. Modern, mit einigen maritimen Elementen. Victoria amüsierte sich oft darüber, dass er Besucher ganz gerne in dem Glauben ließ, er hätte die Segelschiffe im Modelmaßstab selbst gebaut. Sie wusste, dass er dazu niemals die Geduld aufgebracht hätte. Ebenso wenig benutzte Nils das Ergometer mitten im Raum, mit dem er eine nicht vorhandene Sportlichkeit vortäuschte.

Vor der Glasfront erstreckte sich eine großzügige Terrasse, die über eine Treppe auch von der Straße aus zu erreichen war. Wie immer bei schönem Wetter stand die Tür auch heute weit offen.

Nils wirkte deprimiert und müde. Victoria wusste, dass er sie in solchen Momenten ganz besonders brauchte. »Ich mache jetzt erst einmal Kaffee«, sagte sie. »Danach lese ich, was du heute Nacht geschrieben hast. Du kannst doch inzwischen einen Spaziergang machen, und später überlegen wir ...«

»Lass uns wegfahren!« Nils hatte ihr überhaupt nicht zugehört. Er griff nach ihrer Hand und zog sie zu sich auf seinen Schoß.

»Was hältst du von Südfrankreich?«, fuhr er fort. »Saint Tropez? François vermietet uns sicher seine Villa. Zwei oder drei Wochen. Das wird uns gut tun.« Er küsste ihre Nasenspitze und berührte mit seinen Lippen fast ihren Mund, als er murmelte: »Die Düfte der Provence, der Wein, das Salz auf deiner Haut ...« Er lächelte zum ersten Mal, seit sie ins Atelier gekommen war, erleichtert, so als würde ihn schon die Vorstellung eines Urlaubs mit ihr von einem ungeheuren Druck befreien.

»Wie klingt das für dich?«, wollte er wissen.

»Fantastisch«, erwiderte sie, »und du meinst es wirklich ernst, ja?« Prüfend schaute sie ihm ins Gesicht.

»Schau mir in die Augen, mein Herz, was siehst du da?«

Sie zuckte leicht mit den Schultern, woraufhin Nils lachend ausrief: »Einen Flieger, und den nehmen wir.«

»Wir waren so lange nicht mehr für uns allein.« Victoria legte beide Arme um seinen Hals und küsste ihn.

»Hallo!«, auf der Treppe waren Schritte zu hören. Kurz darauf tauchte Ebba auf. Victoria erhob sich schnell, nur eine Sekunde später und Ebba hätte sie auf Nils Schoß erwischt.

»Hej, Papa!« Ebba tätschelte ihrem Vater die Schulter, bevor sie Victoria umarmte.

»Kaffee?« Victoria kämpfte immer noch mit ihrer Verlegenheit und dem schlechten Gewissen und hoffte nur, dass man es ihr nicht anmerkte. So lange sie mit Nils alleine war, konnte sie den Gedanken daran verdrängen, dass er nicht nur verheiratet, sondern auch der Vater ihrer besten Freundin war. Doch wann immer Ebba anwesend war, wurde ihr klar, auf was sie sich da eingelassen hatte.

Ebba schien wie immer nichts zu bemerken. »Ich muss in die Uni. Pathologie fängt gleich an. Ich wollte dich nur fragen, ob du Lust hast, heute Abend mit mir ins Kino zu gehen.«

»Ich kann nicht.« Kurz schaute sie zu Nils hinüber, der inzwischen hinter seinem Schreibtisch Platz genommen und sich scheinbar ganz in die Unterlagen vertieft hatte, die vor ihm lagen.

»Ich fahre für ein paar Tage weg.« Victoria bemühte sich, ihrer Stimme einen unbefangenen Klang zu geben. »Besser gesagt, für zwei bis drei Wochen.«

»Was!« Ebba war sichtlich begeistert. Sie drehte sich zu Nils um. »Du lässt deine Sklavin tatsächlich Urlaub machen. Solltest du deine menschliche Seite entdeckt haben?«

Nils stand auf. Amüsiert schaute er Ebba über den Rand seiner Brille hinweg an. »Sklavin? Ich höre wohl nicht recht. Victoria hat ein wunderbares Leben hier bei mir.«

Ebba winkte lachend ab. »Wie auch immer. Ich muss jetzt wirklich los.« Sie umarmte Victoria noch einmal. »Ich wünsche dir ganz viel Spaß. Wo fährst du überhaupt hin?«, fragte sie schon halb im Gehen. Eine Antwort wartete sie erst gar nicht ab. »Schreib mir auf jeden Fall eine Karte«, rief sie Victoria zu.

Weg war sie und hinterließ nach ihrem stürmischen Auftritt eine beinahe bedrückende Stille. Nils und Victoria schauten sich an.

»Worauf wartest du denn noch«, sagte er. »Geh und buche den nächsten Flieger. Ich muss kurz noch in die Bibliothek. Wir treffen uns am Flughafen.«

*

Ein Manager mit Aktentasche und gestresster Miene hastete in der Abflughalle an ihr vorbei. Eine Gruppe Studenten mit Rucksäcken hatte es bedeutend weniger eilig. Sie lachten und plauderten miteinander, als sie an Victoria vorbeischlenderten. Eine junge Mutter schob einen Trolley vor sich her, auf dem ein riesiger Koffer stand. Die beiden Kinder, die darauf thronten, stritten miteinander.

Victoria nahm das alles nur undeutlich wahr, ihre Gedanken waren bei Nils. Sie war pünktlich in Arlanda eingetroffen, und wenn Nils jetzt nicht bald kam ...

In diesem Moment klingelte ihr Handy. Auf dem Display war Nils Name zu lesen. »Nils! Steckst du im Stau?«

»Tut mir leid, mein Herz, ich bin zu Hause.«

»Bitte, Nils, tu mir das nicht an.«

»Es tut mir so leid«, versicherte Nils noch einmal, »aber Amelia hat ohne mein Wissen diesem Essen beim englischen Botschafter zugesagt. Du verstehst doch, dass ich sie da nicht alleine hingehen lassen kann.«

Victoria bemühte sich, ganz ruhig und sachlich zu antworten. »Natürlich kannst du sie nicht alleine dahin gehen lassen. Gut, dann bringe ich die Tickets zurück, und wir sehen uns morgen früh im Büro.«

»Bitte, Victoria, ich bin genau so enttäuscht wie du. Wir holen das nach. Ich verspreche es dir.«

»Ich bin nicht enttäuscht. Ich habe nur den Fehler gemacht, zu glauben, dass es diesmal klappt.« Sie klappte ihr Handy zu. Sie stand noch eine ganze Zeit in der Abflughalle und starrte vor sich hin, doch schließlich gab sie sich einen Ruck und ging wie betäubt zum Ausgang.

*

Victoria öffnete die Beifahrertür. »Nygatan zwölf«, sagte sie. Bevor sie einsteigen konnte, wurde auf der anderen Seite des Taxis die hintere Tür aufgerissen.

»Gamla Stan!« Die Stimme, seine hastigen Bewegungen, seine Miene, alles an dem Mann verriet, dass er es eilig hatte.

»Moment mal, das ist mein Taxi«, sagte Victoria empört.

Der attraktive, hochgewachsene Mann war bereits dabei, in den Wagen einzusteigen. Mitten in der Bewegung hielt er inne und schaute Victoria über das Dach des Taxis hinweg verblüfft an. »Wie bitte?«

»Ich habe gesagt, dass das mein Taxi ist«, wiederholte Victoria. Der Taxifahrer war inzwischen ausgestiegen, schaute unschlüssig zwischen den beiden hin und her. Victoria drückte dem Fahrer einfach ihre Reisetasche in die Hand und setzte sich in den Wagen. Schließlich standen genug andere Taxen in der Reihe hinter ihr. Sie wollte die Wagentür zuschlagen, wurde jedoch sofort daran gehindert. Der Mann hatte das Fahrzeug umrundet und hielt die Wagentür fest.

»Entschuldigung, ich bin so in Eile. Ich habe Sie überhaupt nicht gesehen.«

»Sie müssen eben ein anderes Taxi nehmen«, sagte Victoria. Für heute hatten sich bereits genug Männer bei ihr entschuldigt. Sie wollte einfach nur noch nach Hause.

»Ich kann mich nur noch einmal entschuldigen«, wiederholte der Mann prompt. »Gute Fahrt.«

»Danke«, erwiderte Victoria knapp und wandte sich dem Taxifahrer zu, der gerade wieder hinter dem Lenkrad Platz genommen hatte. »Können wir endlich?«

Der Fahrer nickte und startete den Wagen. Als Victoria den Kopf wieder zur Seite wandte, sah sie den schlanken Mann mit den blonden Haaren immer noch neben dem Wagen stehen. Unverwandt schaute er sie an, doch Victoria erwiderte nur kurz seinen Blick. Dass er ihr lange nachschaute, bevor er in das nächste wartende Taxi stieg, bekam sie nicht mehr mit.

*

Victoria wohnte in der Gamla Stan, der Altstadt Stockholms. Langsam fuhr der Taxifahrer durch die schmalen Straßen und bog in die Nygatan ein. Der Wagen holperte über das Kopfsteinpflaster und hielt vor einem der prächtigen alten Häuser mit den spitzen Giebeln. Üppig wucherten weiße Geranien in den Kübeln rechts und links neben der Haustür. Victoria war zu Hause.

Sie stellte die Reisetasche neben sich ab und kramte in ihrer Handtasche nach dem Hausschlüssel. Als sie ihn ins Schloss stecken wollte, fiel er ihr aus der Hand. Sie bückte sich, um danach zu suchen.

»Suchen Sie das hier?« Eine Hand griff an ihr vorbei in einen der Blumenkübel und förderte den Schlüssel zutage. Victoria schaute auf, geradewegs in das Gesicht des Mannes, der ihr auf dem Flughafen das Taxi vor der Nase wegschnappen wollte.

»Verfolgen Sie mich etwa?« Sie riss ihm den Schlüssel aus der Hand.

»Nur wenn Sie Victoria Savander sind«, lachte er. »Allerdings wären das dann doch wohl zu viele Zufälle auf einmal. Ich bin auf der Suche nach einer Victoria Savander. Sie soll hier in der Nygatan Nummer drei wohnen. Sie kennen sie nicht zufällig?«

Misstrauisch schaute Victoria ihn an. »Was wollen Sie von mir?«

Seine Augen leuchteten erfreut auf. »Sie sind das tatsächlich? Victoria Savander, geboren am 14. April 1981?«

Victoria nickte automatisch, was ihr sofort darauf schon wieder leid tat. Sie hatte genug von diesem Tag, wollte nur noch in ihre Wohnung, nichts mehr hören und nichts mehr sehen. Aber wenn sie ehrlich war, war sie natürlich auch neugierig, warum dieser Fremde ausgerechnet sie suchte.

»Kommen Sie, wir müssen sofort zum Flughafen«, sagte er. Er drehte sich um zu dem Taxifahrer, der gerade wieder abfahren wollte. »Warten Sie, wir fahren mit.«

Nirgendwo würde sie mit diesem Mann hinfahren! »Was ist los mit Ihnen?«, fragte Victoria kopfschüttelnd. »Sind Sie vielleicht der Psychiatrie entsprungen.«

Er nahm es ihr nicht übel, sondern lachte. »Sie haben Recht, so muss es wirken. Also, mein Name ist Kristoffer Lund, ich bin Anwalt in Eggesund und habe Ihnen eine Mitteilung zu machen.«

*

Eigentlich konnte sie es immer noch nicht fassen, dass sie sich darauf eingelassen hatte, und doch saß sie nun neben ihm in dem kleinen Wasserflugzeug.

»Hannes Linnarson?«, sagte sie nachdenklich. »Sind Sie sich ganz sicher, dass es sich da nicht um einen Irrtum handelt? Ich kenne keinen Hannes Linnarson und wüsste nicht, wieso er mir etwas vererben sollte.«

»Wieso weiß ich auch nicht«, erwiderte Kristoffer. »Aber dass er Ihnen etwas vererbt hat, habe ich schwarz auf weiß.«

»Warum haben Sie mir mein Erbe nicht einfach mitgebracht?«

»Ich habe keine Ahnung, wie ich das hätte anstellen sollen«, grinste Kristoffer.

»Wenn es ein Pferd oder eine alte Katze ist, können wir auch gleich wieder umdrehen«, sagte Victoria, die ihm so doch noch einen Hinweis auf das ominöse Erbe entlocken wollte. »Ich habe keine Zeit für Haustiere.«

Kristoffer schaute kurz zu ihr hinüber, lachte ihr zu. Victoria mochte dieses freche, jungenhafte Lächeln, den offenen Blick seiner blauen Augen. Eine befriedigende Antwort auf ihre Frage erhielt sie allerdings nicht. »Lassen Sie sich doch einfach überraschen«, meinte Kristoffer.

»Wieso eigentlich nicht«, sagte Victoria leise. »Der Tag ist ohnehin verdorben. Schlimmer kann es kaum noch werden.« Sie legte den Kopf gegen das kühle Glas des Seitenfensters und versuchte alle Gedanken auszuschalten, während Kristoffer die Maschine über die Schärenlandschaft steuerte. Wie hingetupft lagen die Inseln im Sund. Die Sonnenstrahlen zauberten golden schimmernde Reflexe auf die tiefblaue Wasseroberfläche.

Auf einigen Inseln konnte Victoria ganze Ansammlungen von rot gestrichenen Holzhäusern erkennen, aber auch Inseln, die völlig unbewohnt schienen. Manche waren nicht mehr als Felsbrocken, die aus dem Wasser ragten.

Kristoffer zog eine weite Kurve, dabei verlor die Maschine an Höhe und ein hübscher Leuchtturm war für einige Sekunden zu sehen.

Victoria hielt den Atem an, als sie die Wasserfläche immer näher auf sich zukommen sah. Es gab einen kurzen Ruck und das klare Wasser unter den Kufen schäumte auf, als die Maschine landete. Das Flugzeug verlor rasch an Geschwindigkeit, glitt langsam auf den Landungssteg der Insel zu.

Kristoffer stieg zuerst aus und reichte Victoria die Hand, um ihr aus der Maschine zu helfen. »Willkommen«, sagte er.

Victoria wollte etwas erwidern, als ihr Handy klingelte. Sie warf einen kurzen Blick auf das Display und seufzte, bevor sie es einschaltete und an ihr Ohr hielt. »Hallo, Nils! Ist alles in Ordnung?«

»Gar nichts ist in Ordnung«, herrschte er sie durch den Hörer hindurch an. »Ich versuche zu schreiben, aber dauernd klingelt das Telefon. Ich brauche meinen Kaffee, und die roten Stifte sind auch alle.«

Für Nils war alles wie immer. Heute Morgen noch hatte er ihr den Himmel auf Erden versprochen, und jetzt dachte er wahrscheinlich schon gar nicht mehr daran. »Tut mir leid«, sagte sie. »Ich dachte, du willst heute nicht mehr arbeiten. Die roten Stifte sind in der untersten Schublade links und ...

»Ich will das gar nicht wissen«, unterbrach Nils sie grob. »Ich will, dass du herkommst.«

»Das geht nicht.« Sie machte eine kurze Pause. »Morgen früh bin ich wieder da.«

Victoria hörte, wie Nils am anderen Ende tief einatmete. »Was soll das heißen, es geht nicht? Du bist doch nicht alleine nach St. Tropez geflogen.«

»Vielleicht hätte ich das tun sollen.« Victoria verstummte, ließ ihn eine kurze Weile schmoren, bevor sie weiter sprach. »Mach dir keine Sorgen, ich bin noch in Schweden. In Eggesund, genau gesagt.«

»Eggesund? Wo zum Teufel ist das denn? Victoria, ist alles in Ordnung?«

War alles in Ordnung? Bei dem Chaos, das im Augenblick in ihren Gedanken herrschte, konnte sie ihm darauf keine klare Antwort geben. Kristoffer trat an sie heran und gab ihr zu verstehen, dass es von ihm aus weitergehen könne. Er hatte inzwischen ihre Reisetasche aus dem Flugzeug geholt, die jetzt eigentlich zusammen mit ihr und Nils auf dem Weg nach Saint Tropez sein sollte.

»Ich muss Schluss machen«, sagte Victoria hastig. »Bis morgen, Nils. Ach ja ... viel Spaß heute Abend beim Botschafter.«

»Stress?«, wollte Kristoffer wissen.

»Nur das Übliche.« Victoria zuckte mit den Schultern und wollte das Handy wegstecken, doch Kristoffer hielt die Hand auf. »Geben Sie mir die kleine Nervensäge.«

In Gedanken war sie noch bei ihrem Telefonat mit Nils. Auf dem Flug nach Eggesund war es ihr gelungen, ein wenig abzuschalten, doch jetzt spürte sie wieder die gleiche Anspannung wie vor ein paar Stunden in Arlanda. Sie ließ es zu, dass Kristoffer ihr das Handy aus der Hand nahm und einfach ausschaltete. »Und lassen Sie es einfach aus«, sagte er, nachdem er es ihr zurückgegeben hatte. Schmunzelnd wies er auf die Landschaft. »Sonst wirkt die Magie nicht.«

Er wies mit einer Handbewegung auf den felsigen Uferweg, der in einer leichten Steigung hinaufführte. »Also dann los, auf zu Ihrem Erbe.«

»Aber wenn es ein Pferd ist ...«, wandte Victoria noch einmal ein.

»... können Sie Ihr Erbe selbstverständlich ausschlagen«, lachte Kristoffer.

Victoria war das quirlige Leben in Stockholm gewohnt. Die Menschen, den Verkehr und all die anderen Geräusche. Hier gab es keinen Straßenlärm, keine Touristen, die sich durch die Stadt schoben. Keine eiligen Stockholmer, die der Pflicht oder auch nur dem Vergnügen nachjagten. Hier rauschte das Meer, die Wellen schlugen plätschernd gegen das felsige Ufer. Ein Möwenschwarm zog über die Insel hinweg zum Meer und ließ dabei ein schrilles Kreischen hören. Sogar der Geruch war hier anders als der in der Stadt. Es roch nach Meer, nach Salz, das sie sogar auf den Lippen schmeckte.

Die Kombination von kargen Felsen und üppigem Grün faszinierte sie.

Victoria blieb stehen, schaute sich um und spürte dabei, wie sich die Spannung in ihrem Innern allmählich legte. Ganz tief atmete sie durch. Schön war es hier.

»Es wirkt also schon«, hörte sie Kristoffer neben sich sagen. Fragend schaute sie ihn an. »Was meinen Sie?«

»Die Magie unserer Gegend.« Er lachte. »Geben Sie zu, es hat Sie gepackt. Der Knoten in Ihrer Seele beginnt sich zu lösen.«

Victorias Miene verschloss sich. Sie fühlte sich ertappt, ärgerte sich über Kristoffer Lund. Was ging es ihn an, was sie tief in ihrem Innern fühlte. Unwidersprochen wollte sie seine Bemerkung nicht hinnehmen. »Knoten in meiner Seele? Sie haben zu viel Fantasie. Es war ein mieser Tag heute, und ich habe schlechte Laune. Mit meiner Seele hat das nichts zu tun.«

»Dann eben schlechte Laune.« Kristoffer hatte sich wieder in Bewegung gesetzt und war jetzt dicht hinter ihr. »Aber die hält hier auch nicht lange, wie Sie schon bemerkt haben. Immerhin haben Sie gerade gelächelt. Das ist ein gutes Zeichen. Ein sehr gutes Zeichen sogar.«

Victoria blieb stehen, wandte sich langsam um und schaute ihm ins Gesicht. »Wir sind übrigens da«, wechselte er unvermittelt das Thema.

»Wo sind wir?«

»Am Zielort, bei Ihrem Erbe.« Er sprang über eine vorspringende Felskante, setzte ihre Reisetasche ab und stellte sich ganz dicht hinter sie. Behutsam umfassten seine Hände ihre Schultern. Es waren ungewohnte, aber keineswegs unangenehme Gefühle, die seine Nähe in ihr auslöste. Selbst den sanften Druck seiner Hände auf ihren Schultern empfand Victoria als angenehm, obwohl sie es normalerweise hasste, von Fremden berührt zu werden. Aufmerksam blickte sie sich um, doch da war nichts als der weiße Leuchtturm, den sie bereits vom Flugzeug aus gesehen hatte, mit dem hübschen Anbau aus rot gestrichenem Holz mit weiß abgesetzten Fensterrahmen.

»Wo ist es?« Ein wenig ungeduldig war sie inzwischen schon. Lange genug hatte Kristoffer Lund sie hingehalten. Jetzt streckte er die Hand aus und deutete auf den Leuchtturm.

Victorias blickte zwischen Kristoffer und dem Leuchtturm hin und her. »Der Leuchtturm? Das ist nicht Ihr Ernst.«

Kristoffer stellte sich neben sie. Sein lausbubenhaftes Lächeln passte so gar nicht zu der formellen Ansprache. »Ich bin Anwalt und Testamentsvollstrecker von Hannes Linnarson, und ich präsentiere Ihnen, Frau Savander, hiermit offiziell das Ihnen von Herrn Linnarson zugedachte Erbe. Den Leuchtturm von Eggesund.«

Victoria war fassungslos. Kristoffer ging an ihr vorbei das letzte Stück hinauf. Er zog einen Schlüssel aus seiner Hosentasche und öffnete damit die Tür, bevor er ihr den Schlüssel hinhielt. Sie zögerte, bis Kristoffer schließlich nach ihrer Hand griff und sie eine ganze Weile festhielt, bevor er den Schlüssel auf ihre Handfläche legte, die er dann behutsam schloss.

Kristoffer ließ sie vorgehen. Durch den schmalen Flur betrat sie eine hübsche Küche mit weißen Holzmöbeln. Alles war komplett eingerichtet und wirkte so, als wäre der Besitzer nur mal kurz außer Haus. Rotweiße Gardinen verliehen dem Raum eine anheimelnde Atmosphäre.

Victoria konnte es immer noch nicht fassen. »Sind die Leute hier denn alle verrückt? Man kann doch niemandem einen Leuchtturm vererben.«

»Ich würde mich freuen, wenn ich einen Leuchtturm erben würde«, erwiderte Kristoffer.

Im Gehen wandte Victoria sich ihm zu. »Also, ich als ganz normaler Stadtmensch, der in Stockholm lebt, wüsste nicht, was ich mit einem Leuchtturm anfangen soll.«

Victoria ging weiter in den nächsten Raum. Ein kleines Zimmer, in dem ein blaubezogenes Sofa stand, ein runder Tisch, zwei Sessel. Nicht nur in dem Regal standen Bücher, sie lagen auch auf dem Tisch und dem Fensterbrett. Ganz offensichtlich hatte dieser Hannes Linnarson zu Lebzeiten viel gelesen. Sie stellte sich ans Fenster, schaute hinaus. Von hier aus konnte sie den Weg sehen, den sie mit Kristoffer heraufgekommen war, und die See, die unentwegt gegen die Felsen schlug, in einem immerwährenden Rhythmus.

»Wieso hat dieser Linnarson das gemacht? Hat er die Augen zugemacht und blind ins Telefonbuch getippt?«

»Sagen Sie, warum genießen Sie es nicht einfach...«, Kristoffer kam näher, stellte sich neben sie, »... oder sind neugierig? So was passiert doch nicht jeden Tag. Da muss man doch...« Er hielt inne, schaute sie nachdenklich an, als versuche er, sich ein Bild von ihr zu machen. »Sehen Sie es positiv«, schloss er. Er drehte sich um und ging auf die Metalltür zu, die den Raum vom angrenzenden Leuchtturm trennte. »Also, Victoria Savander, willkommen auf ihrem Besitz.« Verschmitzt lächelte er sie an.

Langsam kam Victoria ihm nach, ließ ihre Blicke immer wieder durch den Raum schweifen. Alles, was sie bisher gesehen hatte, gefiel ihr. Es gefiel ihr so gut, dass sie sich selbst zur Vorsicht ermahnte. »Irgendein Haken muss da doch dran sein. Vermutlich ist das Haus total verschuldet oder das Dach ist baufällig...« Sie unterbrach sich, als Kristoffer die Metalltür öffnete. Sie führte geradewegs auf die Plattform, die das Leuchtfeuer des Leuchtturmes umgab. Langsam folgte sie Kristoffer, der bereits nach draußen gegangen war und ihr lächelnd entgegensah.

Wuchtige Granitfelsen, vom Frost gesprengt und von der Brandung an den Ecken rund geschliffen. Aus jeder Spalte, jeder noch so winzigen Kerbe, in der sich auch nur ein Hauch Erde befand, spross Grün hervor. Föhren bewegten sich unterhalb des Leuchtturmes sanft im Wind. Dahinter breitete sich das Meer in seiner endlosen Weite aus. Einzelne Felsenklippen ragten hervor, von beständiger, weißer Gischt umspült.

Victoria hatte das Gefühl, sie müsste nur die Arme ausbreiten, um loszufliegen, so frei und losgelöst von allem fühlte sie sich hier oben. »Wahnsinn«, sagte sie leise.

»Überraschung gelungen?« Kristoffer schien genau diese Reaktion von ihr erwartet zu haben.

Victorias Hände umklammerten das Geländer, als müsse sie sich selbst daran hindern, tatsächlich davonzufliegen. Die faszinierende Aussicht nahm sie immer noch völlig gefangen. »Irre! Verrückter Gedanke, dass der Turm mir gehören soll.« Sie wandte sich ihm zu. Da waren auf einmal so viele Fragen, auf die sie eine Antwort suchte. »Hat der alte Mann hier gewohnt? Was war er für ein Mensch? Wieso hat er ihn nicht seiner Familie vermacht?«

Das Klingeln seines Handys hinderte Kristoffer daran, auf ihre Fragen zu antworten. »Entschuldigung«, sagte er nach einem kurzen Blick auf das Display. Er wirkte mit einem Mal beunruhigt. Auch seine Stimme klang nervös, als er das Handy an sein Ohr presste. »Mona? Bleib wo du bist, ich komme so schnell ich kann.«

Er wirkte abwesend, in Gedanken bereits weit weg, als er sich wieder an Victoria wandte. »Tut mir leid, ich muss noch mal los. Wollen Sie hierbleiben?«

Victoria hatte sich ihm zugewandt, stand mit dem Rücken zum Geländer. Sie war unschlüssig, ob sie bleiben wollte, kam sich immer noch wie ein Eindringling vor.

»Keine Sorge, ich lasse Sie hier nicht verhungern«, schmunzelte Kristoffer.

Victoria wandte den Kopf, blickte noch einmal über die endlose Weite des Wassers. Als sie ihn wieder anblickte, lächelte sie. »Ich kann ja ans Festland schwimmen, wenn es mir zu lange dauert.«

»Also dann«, verabschiedete sich Kristoffer, »bis später.« Er eilte davon, und Victoria beugte sich ein wenig vor, als sie Kristoffer aus dem Turm kommen sah. Trotz seiner Eile wandte er sich noch einmal um, blieb kurz stehen und winkte ihr zu. Victoria winkte zurück, schaute ihm nach. Tief atmete sie durch und spürte mit einem Mal, dass es ihr nichts ausmachte, alleine hier zurückzubleiben.

*

»Hej, Anwalt.«

Kristoffer, der auf den Kufen seines Wasserflugzeuges stand und nach seiner Aktentasche angelte, wandte sich dem dunkelhaarigen Mann zu. »Hej, Henner.«

»Du hast sie also tatsächlich gefunden«, stellte Henner fest. Er war ein kräftiger Mann mit kantigem Gesicht, gab sich betont ruhig, doch in seinen Augen loderte es.

Kristoffer sprang von den Kufen auf den Anlegesteg. »Eine halbe Stunde im Internet und ich hatte sie. Du hast doch nicht wirklich gedacht, dass es sie nicht gibt.«

»Was weiß ich«, brummte Henner, »du hättest sie nicht suchen müssen. Du hättest dieses blöde Testament einfach verbrennen können.«

»Das meinst du doch nicht im Ernst.«

»Meine ich doch. Der Turm steht mir und meiner Schwester zu, wie alles andere auch.«

Kristoffer und Henner kannten sich bereits seit ihrer Kindheit. Sie hatten zusammen die Schule besucht, und wenn ihre Wege sich später auch trennten, als Kristoffer Jura studierte und Henner bei seinem Onkel in die Lehre ging, so wussten sie doch immer noch, was sie voneinander zu halten hatten. Seit bekannt war, dass der alte Linnarson den Leuchtturm einer Fremden vererbt hatte, zeigte sich Henner allerdings von einer Seite, die Kristoffer neu war. »Das Testament deines Onkels ist eindeutig«, wiederholte er, was er Henner in den letzten Tagen schon mehrfach zu erklären versucht hatte. »Dir und deiner Schwester das Haus, Victoria Savander der Turm. Daran gibt es nichts zu rütteln.«

»So sehe ich das nicht.« Mit wenigen Schritten hatte Henner ihn eingeholt und brachte ihn dazu, stehen zu bleiben. »Er muss einen Blackout gehabt haben«, fuhr Henner fort. »Man vererbt doch nichts irgendeiner Fremden.«

Nachdenklich blickte Kristoffer ihn an. »Vielleicht war sie ihm ja gar nicht so fremd.«

»Was willst du damit sagen?«, brauste Henner auf. »Dass mein Onkel mit dieser Frau etwas hatte? Vorsicht, Kristoffer, mein Onkel war ein anständiger Mann.« Drohend hatte er die Augen zusammengekniffen. Noch beherrschte er seine Wut, doch ein falsches Wort würde genügen, und die Wut würde ihn beherrschen. Aber darauf ließ Kristoffer es erst gar nicht ankommen. »Siehst du, so sehe ich das auch. Deshalb steckt da auch nichts hinter, dass er Victoria Savander den Turm vermacht hat. Sei mir nicht böse, ich muss gehen. Bis dann.«

Henner blieb alleine auf dem Anlegesteg zurück. Er ballte die Fäuste und schaute unwillkürlich zum Turm hinüber. Erneut ballten sich seine Hände zu Fäusten, als er hoch oben auf der Plattform im Gegenlicht die Silhouette einer Frau erblickte, die jetzt beide Arme hob und sich um sich selbst drehte ...

*

Victoria hatte jegliches Zeitgefühl verloren. Waren erst wenige Minuten vergangen, seit Kristoffer sie alleine gelassen hatte, oder waren die zwei Stunden, von denen er gesprochen hatte, bereits vergangen?

Vielleicht verlor sich hier draußen aber auch einfach nur

Raum und Zeit, blieb nichts als dieses Gefühl der Freiheit und Schwerelosigkeit zurück, dass sie hier oben vom ersten Augenblick an empfunden hatte.

Langsam ging Victoria zurück in das Turmzimmer. Aufmerksam schaute sie sich um, nahm jetzt Details wahr, die ihr vorhin noch nicht aufgefallen waren. Vor allem das Foto an der gegenüberliegenden Wand fesselte ihren Blick. Sie trat näher, nahm es vorsichtig vom Haken und hielt es in beiden Händen. Versonnen schaute sie auf das markante Männergesicht. Ob das Hannes Linnarson war? Als das Foto gemacht wurde, war er höchstens vierzig Jahre alt gewesen.

»Was haben Sie mit Hannes Linnarson zu schaffen?«

Victoria fuhr erschrocken herum. »Wer sind Sie?«

»Henner Linnarson«, gab er knapp zur Antwort und wies auf das Foto in ihren Händen. »Ich bin Hannes' Neffe.«

»Oh, hallo!« Sie streckte ihm die Hand entgegen.

Ihre Freundlichkeit brachte ihn vorübergehend aus dem Konzept. Nur zögernd erwiderte er ihren Händedruck und ließ ihre Hand schnell wieder los.

»Ich wusste gar nicht, dass Herr Linnarson Verwandte hat«, sagte Victoria.

»Ach, das wussten Sie nicht? Auch nicht, dass er noch eine Nichte hat? Lena? Sie haben ihn wohl nicht sehr gut gekannt.«

Victoria schüttelte den Kopf. Obwohl sie den unterschwelligen Ärger des Mannes spürte, hatte sie keine Angst vor ihm. »Ich habe Ihren Onkel überhaupt nicht gekannt«, gestand sie wahrheitsgemäß und brachte ihn damit erneut aus der Fassung. Sekundenlang starrte er sie sprachlos an. »Und warum hat er Ihnen dann den Turm vererbt?«, wollte er schließlich wissen.

»Ich weiß es nicht. Ich dachte erst, es handle sich um eine Verwechslung, aber der Anwalt sagt, das sei ausgeschlossen.« Sie machte eine kurze Pause, bevor sie nickend hinzufügte: »Ich finde es auch komisch.«

Henner stemmte die Hände in die Hüften, zog die Augenbrauen zusammen. Ihre Worte schienen seinen Ärger ein wenig besänftigt zu haben, doch sein Misstrauen ihr gegenüber war geblieben. »Jedenfalls steht Ihnen dieses Erbe nicht zu«, sagte er streng. »Sie sollten es einfach nicht annehmen.«

»Ihr Onkel hat vielleicht ...«, begann Victoria in dem Versuch eine Erklärung für das Verhalten Hannes Linnarsons zu finden.

Henner ließ sich auf das Sofa fallen. »Mein Onkel war ein einfacher Mann. Automechaniker wie ich. Irgendwann hat er sich diesen alten Leuchtturm gekauft. Als Lesestube hat er immer gesagt.«

Ein Lächeln glitt über Victorias Gesicht, als sie zum Regal mit den Büchern hinüberschaute. »Ein schöner Ort zum Lesen.« Nur zu gut konnte sie es sich vorstellen, am Fenster zu sitzen, in einem guten Buch zu schmökern und auf das Meer zu schauen, wann immer sie den Kopf hob. Es gab also offensichtlich Gemeinsamkeiten zwischen ihr und Hannes Linnarson.

»Keine Ahnung«, schüttelte Henner Linnarson den Kopf. »Ich lese nicht viel. Meine Onkel, ja. Und meine Schwester. Sie hat eine Buchhandlung.«

Als hätte er bereits zu viel von sich preisgegeben, stand er plötzlich auf. Der Tonfall seiner Stimme veränderte sich, wurde wieder hart und unversöhnlich. »Wie auch immer, ich werde gegen das Testament Einspruch einlegen. Der Turm steht mir und meiner Schwester zu. Den einzigen Verwandten von Hannes Linnarson.« Er wollte das Zimmer verlassen, doch Victorias Stimme hielt ihn zurück: »Kristoffer Lund sieht das aber anders.«

Henner wandte sich noch einmal um. »Was wollen Sie denn

mit einem Turm? Von dem Sie noch nicht einmal wissen, wieso Sie ihn besitzen.«

Er sprach genau das aus, was Victoria gerade erst selbst gedacht und empfunden hatte. Trotzdem verteidigte sie ihr Erbe mit einem Mal. »Ich weiß es nicht«, gab sie zu. »Aber irgendetwas muss sich Ihr Onkel doch gedacht haben, als er ihn mir vererbt hat. Oder?«

Er hatte ihr aufmerksam zugehört, doch er blieb unnachgiebig, bereits im Gehen sagte er: »Das ist mir egal. Ich werde alles tun, damit Sie den Turm nicht bekommen. Egal, was Kristoffer dazu sagt.«

Victoria schaute ihm nach und wunderte sich, dass die innere Ruhe, die sie hier gefunden hatte, trotz dieses wenig erfreulichen Gespräches nicht gewichen war. Kristoffer hatte Recht gehabt, diese Gegend besaß eine ganz eigene Magie.

Oder war das alles nur ein Traum, aus dem sie jeden Moment erwachen würde? Sie folgte Henner Linnarson nach unten, der noch einmal zu ihr hinüberschaute, bevor er in sein Motorboot sprang.

Victoria ging langsam hinunter zur Anlegestelle und schaute dem davonfahrenden Boot nach, empfand dabei sogar so etwas wie Verständnis für Henner Linnarson. Dann wandte sie sich um, schaute zum Turm.

Es war immer noch unfassbar, aber allmählich konnte sie Freude über diese unerwartete Erbschaft empfinden. Sie lächelte, zog ihr Handy aus der Tasche. Sie musste unbedingt jemandem erzählen, was ihr widerfahren war.

Victoria wählte Nils Nummer, lauschte ungeduldig dem Freizeichen, bis er sich endlich meldete. »Hej, Nils, ich bin es. Weißt du, was mir gerade passiert ist?«

»Ich bin jetzt gerade beim Essen. Können wir später noch einmal telefonieren?« Seine kühle Antwort ernüchterte sie.

»Danke!«, fügte er noch hinzu und beendete das Gespräch einfach.

Nils hatte nur wenige Sekunden benötigt, um ihre Freude erneut zu zerstören und sie zum zweiten Mal an diesem Tag zu enttäuschen. »Dann eben nicht«, murmelte Victoria und ging zurück zum Turm.

*

»Entschuldigt«, sagte Nils im gleichen Moment, »der Verlag nervt schon wieder.« Er hatte sich mit seiner Frau und seiner Tochter zum Mittagessen verabredet. Sie saßen auf der vorgelagerten Terrasse des Restaurants direkt am Nybroviken. Die vorbeifahrenden Ausflugsschiffe waren an diesem Tag ebenso gut besucht wie die Restaurantterrasse.

Nils schaltete das Handy aus. Liebevoll lächelte er seine Frau an. »Jetzt sag mir, was wünschst du dir zum Geburtstag?« Nils schlug die Speisekarte auf.

Amelia lehnte sich entspannt zurück. »Ehrlich gesagt würde es mir reichen, wenn du ein bisschen mehr Zeit für mich hättest. So wie heute. Solche unerwarteten Vergnügen mit dir und Ebba liebe ich sehr.«

Nils Miene blieb ausdruckslos. Er schaute in die Speisekarte, als er seiner Frau antwortete. »Und ich liebe deine Bescheidenheit, Amelia.« Über den Rand der Speisekarte hinweg schaute er seine Frau nun an. »Übrigens, das bisschen Zeit schenke ich dir gerne.«

»Von wegen, Papa«, mischte sich Ebba lachend in die Unterhaltung der Eltern ein. »Das könnte dir so passen.« Fröhlich zwinkerte sie ihrer Mutter zu. »Wünsch dir was Tolles, Mama. Etwas, was du dir immer schon gewünscht hast. Lass ihn nicht so einfach davonkommen.«

Nachdenklich betrachtete Amelia ihren Mann. Ein Lächeln zog über ihr Gesicht. »Ebba hat Recht. Du hast mich wirklich vernachlässigt in den letzten Jahren. Ich glaube, es würde uns gut tun, wenn wir einmal im Jahr zusammen eine Reise machen.«

»Bravo, Mama!« Ebba war begeistert.

»Verreisen mit dir? Amelia, immer wieder gern.« Nils lachte gekünstelt auf. »Aber du weißt, ich bin ein Sklave meines Berufes, und ob ich mir ...«

»Herr Schalin!« Eine junge Frau stand plötzlich neben Nils. »Wie toll, dass ich Sie hier treffe. Isa Magnus vom *Magazin*. Darf ich Ihnen ein paar Fragen stellen? Ihr nächstes Buch, wovon wird das handeln?«

»Wir möchten jetzt nicht gestört werden«, erwiderte Nils. Im Grunde kam ihm diese Störung jedoch gerade recht, musste er doch nicht länger nach fadenscheinigen Gründen suchen, weshalb er den Wunsch seiner Frau nicht erfüllen konnte.

»Natürlich«, Isa Magnus zeigte sich verständnisvoll, »könnte ich dann bitte einen Termin bei Ihnen haben?«

»Rufen Sie meine Sekretärin an. Morgen im Büro«, erwiderte Nils, der allmählich ungeduldig wurde, woraufhin die Journalistin sich für die Störung entschuldigte und sich sofort verabschiedete.

Ebba schaute ihren Vater verblüfft an. »Ich dachte, Vicky macht Urlaub.«

»Dachte ich auch«, erwiderte Nils kurz angebunden, »aber sie hat es sich wohl anders überlegt.«

»Aber sie hat sich doch so darauf gefreut.« Ebba schaute ihren Vater strafend an. Obwohl sie die genauen Zusammenhänge nicht kannte, schien sie Nils dafür verantwortlich zu machen, dass die Urlaubspläne ihrer besten Freundin geplatzt waren. Nils jedenfalls fühlte sich sichtlich unbehaglich. »Entschuldige bitte, Kleines«, jetzt nahm er zu einem autoritären Ton Zuflucht, »wir wollen jetzt nicht literarisch werden.« Er wandte sich Amelia zu und machte so auf seine Art deutlich, dass das Thema für ihn abgeschlossen war. »Was möchtest du essen, Liebes? Ich hätte Lust auf Hummer.«

Unwillig schaute Ebba ihren Vater an. Sie öffnete bereits den Mund, um noch etwas zu sagen, doch da fiel ihr Blick auf ihre Mutter, die diesen Tag sichtlich genoss. Also beschloss Ebba das Thema ruhen zu lassen und versenkte sich in die Speisekarte.

*

Die Straße führte geradewegs auf den Marktplatz, um den sich die Gründerzeithäuser gruppierten. Kristoffer parkte das sportliche Cabrio vor dem Haus mit den blauen Markisen über den Fenstern. Hier befand sich seine Anwaltskanzlei, die er von seinem inzwischen verstorbenen Vater übernommen hatte.

Die alte Frau Mertensen hob grüßend den Stock, als sie an seinem Wagen vorbeikam. Auf der anderen Seite schob Monica den Kinderwagen mit dem erst wenige Wochen alten Björn vor sich her. Auch sie winkte ihm fröhlich zu. Kristoffer grüßte zurück, bevor er die Türe zum Haus öffnete.

Grit, seine Sekretärin, blickte auf, als er das Büro betrat. Die Kanzlei war noch ganz im Stil seines Vaters eingerichtet mit Holzmöbel in einem dunklen, warmen Ton. Die schweren Holzregale an den Wänden waren mit juristischen Fachbüchern gefüllt.

»Hej, Grit«, grüßte Kristoffer. »War etwas Besonderes?«

»Ach, nur das Übliche.« Grit hatte sich zwar Notizen gemacht, aber die brauchte sie nicht, als sie Kristoffer Bericht erstattete. »Herr Pettersson wollte wissen, ob Sie ihn vor dem

Gerichtstermin noch einmal sehen müssen, und Irene Hansson hat nächste Woche einen Termin.«

Während er ihr zuhörte, nahm Kristoffer sich eine Tasse aus dem Schrank und schenkte sich Kaffee ein.

»Wie war es in Stockholm?« Das interessierte Grit im Augenblick weitaus mehr als das alltägliche Geschehen in der Anwaltspraxis. »Haben Sie sie gefunden?«

»Klar«, erwiderte Kristoffer, als hätte für ihn nie ein Zweifel daran bestanden, dass er Victoria Savander finden würde. »Und ich habe sie gleich mitgebracht. Sie ist gerade beim Leuchtturm.«

»Und?« Grit konnte ihre Neugierde jetzt nicht mehr im Zaum halten. »Wie ist sie denn so, und was sagt sie zu ihrem Erbe?«

»Sehr sympathisch.« Ein Lächeln glitt über das Gesicht des Anwalts. »Ein wenig gestresst vielleicht, aber das ist auch kein Wunder bei ihrem Job.«

»Assistentin von Nils Schalin.« Die sonst so nüchterne Anwaltssekretärin wirkte mit einem Mal verträumt wie ein Teenager. »Ich vermute, da lässt man sich gerne ein wenig stressen«, fuhr sie fort. »Das ist bestimmt ein interessanter Job. Allein, dass man seine Bücher als Erster zu lesen bekommt. Oder sie irgendwie im Entstehen begleiten darf. Stell ich mir toll vor.« Sie schaute den Anwalt an. »Richtig spannend«, fügte sie voller Begeisterung hinzu.

Kristoffer schmunzelte. »Soll das heißen, dass es Ihnen bei mir zu langweilig ist? Mit dem ersten Schreiberling, der hier hereinkommt, wären Sie wahrscheinlich auf und davon.«

»Nicht mit dem Erstbesten«, stellte Grit amüsiert richtig. »Aber Nils Schalin...« Ihr Blick verlor sich in weiter Ferne. Tief seufzte sie auf, bevor sie weitersprach: »... der wäre schon eine Sünde wert.« Als sie bemerkte, dass Kristoffer sie grinsend beobachtete, fügte sie hastig hinzu: »Allein, weil er so tolle Bücher schreibt.«

»Verstehe«, nickte Kristoffer trocken. »Mehr aus intellektuellem Interesse.«

»Ganz genau«, lachte Grit, wurde aber gleich darauf abgelenkt, weil die Tür zu ihrem Vorzimmer aufgerissen wurde. »Hej, Henner.«

»Hej, Grit«, grüßte Henner Linnarson zurück und wandte sich gleich darauf Kristoffer zu. »Gut, dass du da bist. Ich habe mich erkundigt. Wenn ich nachweisen kann, dass Onkel Hannes nicht bei klarem Verstand war, als er das Testament aufsetzte, kann ich es anfechten und habe gute Chancen zu gewinnen.« Er schaute Kristoffer an, als würde er ausgerechnet von ihm Zustimmung, vielleicht sogar Beistand erwarten.

Doch Kristoffer blickte ihn ernst an. »Hannes war bei klarem Verstand. Das weißt du genau.«

»Gar nichts weiß ich«, schüttelte Henner den Kopf. »Nur dass er so etwas nie gemacht hätte, wenn er nicht völlig umnachtet gewesen wäre.«

»Wie sprichst du denn von deinem Onkel«, mischte sich Grit ein, offenbar schockiert von Henners Verhalten. »Er war doch nicht verrückt.«

»Du hast leicht reden, es geht ja auch nicht um deine Kohle«, brauste Henner auf. Seine dunklen Augen glühten regelrecht. Nur mit Mühe gelang es ihm die Fassung wiederzugewinnen. »Wie auch immer«, er wandte sich erneut an Kristoffer, »sag dieser Frau, dass sie am besten auf ihr Erbe verzichtet. Bis dann.«

»Irgendwie kann ich ihn ja verstehen«, meinte Grit.

»Ich ja auch«, stimmte Kristoffer ihr zu. »Trotzdem ist sie die Erbin, und Hannes hat sich sicher etwas dabei gedacht, als er ihr den Turm vererbte.«

*

Zuerst war es ihr unangenehm gewesen, die Schränke zu öffnen. Aber dann hatte sie sich immer wieder gesagt, dass es sich um ihr offiziell bestätigtes Eigentum handelte. Sie hatte es sich in einem der weißen Gartenstühle gemütlich gemacht, die auf der kleinen ebenen Fläche neben dem Leuchtturm standen, welche Hannes Linnarson offensichtlich als Terrasse gedient hatte. Die Zutaten für die Tasse mit dampfendem Tee, der vor ihr auf dem Tisch stand, hatte sie in einem der Schränke in der Küche gefunden.

»Victoria«, hörte sie Kristoffer Lund rufen, als er um den Turm herum auf sie zukam, einen Picknickkorb in der Hand. Lächelnd blickte er auf die Tasse, dann musterte er sie, wie sie mit angezogenen Beinen dasaß. »Das sieht ja so aus, als würden Sie sich schon ganz zu Hause fühlen.«

»Ehrlich gesagt, wenn ich ein Boot gehabt hätte, wäre ich schon wieder weg. Dieser Neffe von Hannes Linnarson war da, und der ist richtig wütend auf mich.«

In der letzten Stunde hatte sie den unerfreulichen Besuch Henner Linnarsons in Gedanken immer wieder Revue passieren lassen. Sie konnte seinen Ärger durchaus nachvollziehen, aber schließlich konnte sie ja nichts dafür, dass sein Onkel ihr den Turm vermacht hatte.

Kristoffer hatte sie aufmerksam beobachtet. Er schien zu spüren, was in ihr vorging. »Henner wird sich schon wieder beruhigen.« Gleich darauf wechselte er das Thema. »Wann haben Sie denn zum letzten Mal etwas gegessen? Zum Frühstück?« Er nahm zwei Weingläser aus dem Korb, stellte sie auf den Tisch. Daneben stellte er weitere Leckereien, die sich in dem Korb befanden. Duftenden Schinken, frisches Brot. Eine Platte mit Braten. Alles appetitlich angerichtet. In einer kleinen Schüssel waren frische Erdbeeren.

»Haben Sie mein Magenknurren bis zum Festland gehört?«

Lächelnd schaute Victoria ihm zu. Er war so wohltuend unkompliziert. So ganz anderes als dieser Henner Linnarson und, dieser Vergleich drängte sich ihr automatisch auf, auch ganz anders als Nils.

»Sieht lecker aus.« Sie blickte auf die Delikatessen, die er ausgepackt hatte. »Lassen Sie uns essen, und danach fliegen Sie mich bitte zurück.«

Sie schauten sich an, beide griffen sie gleichzeitig nach den Erdbeeren. Ihre Finger berührten sich und mit einem Mal gewann die Stimmung, die eben noch so heiter gewesen war, einen unverkennbaren Ernst. Keiner der beiden zog seine Hand zurück und Kristoffer schaute Victoria lange an. »Sind Sie sicher? Sie wollen das alles verlassen, ohne hier eine einzige Nacht verbracht zu haben?«

Victoria hielt seinem Blick stand. »Ja, ja, ich weiß«, lächelte sie. »Die Nächte hier sind noch magischer.«

»In der Tat.« Kristoffer schaute ihr tief in die Augen. »Die Nächte hier sind ... unvergleichlich.« Jetzt erst zog er seine Hand zurück und steckte sich eine der Erdbeeren in den Mund. Beide jedoch konnten die Blicke nicht voneinander lösen. Victoria lächelte vorsichtig. »Klingt verheißungsvoll«, sagte sie leise. »Aber ich muss zurück, ich habe schließlich einen Job.«

So als hätte sie es geahnt, klingelte in diesem Augenblick ihr Handy, und Nils Name leuchtete auf dem Display auf.

»Ich konnte nicht anders«, sagte Victoria zu Kristoffer. »Ich habe es wieder eingeschaltet.« Sie schaltete das Handy ein und meldete sich.

»Hej, Nils, du bist es.« Sie stand auf und ging in den Turm. Sie wusste selbst nicht, warum es ihr mit einem Mal unangenehm war, vor Kristoffer mit Nils zu reden. »Ja, es ist etwas ziemlich Verrücktes passiert«, sagte sie und berichtete Nils von ihrem Erbe.

»Du hast was geerbt?«, kam es ungläubig und gleichzeitig amüsiert zurück. »Wiederhole das noch einmal, Victoria. Kein Mensch vererbt einem anderen einfach so einen Leuchtturm.«

»Ich finde es ja auch komisch.« Victoria hatte inzwischen die Plattform des Leuchtturmes erreicht und ging am Geländer entlang. Besitzerstolz lag in ihrer Stimme, als sie weitersprach. »Aber es ist nun einmal so. Ich bin die Besitzerin des Leuchtturmes von Eggesund.«

Doch Nils ging gar nicht weiter auf dieses Thema ein. Für ihn war nur eines wichtig: »Wie auch immer, du hast dort nichts verloren. Ohne dich fällt mir nichts mehr ein.«

»Du musst dich nur ein bisschen anstrengen und nicht immer schon nach einer Viertelstunde weglaufen. Wo bist du denn gerade? Bestimmt nicht an deinem Schreibtisch.«

Victoria hatte längst an den Hintergrundgeräuschen erkannt, dass Nils sich nicht in seinem Atelier aufhielt. Immerhin klang seine Stimme jetzt ein wenig schuldbewusst. »Ich habe heute gerade mal einen halben Satz geschrieben.«

»Na bitte«, sagte Victoria zufrieden. »Das ist doch gut.«

»Ja, aber den habe ich eine Stunde später wieder weggeschmissen. Sieh zu, dass du diesem Eggesund den Rücken zudrehst«, verlangte er jetzt nachdrücklich. »Du hast dort nichts verloren.«

»Ach, woher willst du das wissen?« Trotz regte sich mit einem Mal in ihr.

»Stell nicht so törichte Fragen«, erwiderte er. »Du gehörst an meine Seite.«

Victoria hielt inne, schaute auf das Wasser. Die Möwen, die sich mit ausgebreiteten Schwingen vom Wind tragen ließen, bis sie beinahe die Wasserfläche berührten, und dann wieder nach oben flatterten, um dieses Spiel von neuem zu beginnen. Sie atmete tief durch und sprach aus, was sie bisher noch nie zu sagen gewagt hatte: »An deiner Seite ist immer noch deine Frau. Ich stehe irgendwo in der zweiten Reihe.«

»So ein Unsinn«, reagierte Nils ziemlich ungehalten. »Was ist eigentlich los mit dir?«

Wie sollte sie ihm etwas erklären, was sie selbst noch nicht so ganz verstand. Kristoffer hatte Recht gehabt, diese Umgebung hier besaß eine ganz eigene Magie, der Victoria sich immer weniger entziehen konnte. Nils musste es einfach selbst erleben. »Weißt du was«, sagte sie aus diesen Gedanken heraus. »Komm doch einfach her. Wir könnten hier übernachten und ...«

»Victoria, ich brauche dich hier«, fiel Nils ihr ins Wort. »Ich will, dass du auf der Stelle zurückkommst.« Sein bestimmter Ton duldete keinen Widerspruch. Victoria hatte allerdings auch nicht die Absicht, noch länger mit ihm zu diskutieren. In diesem Moment hatte sie einen Entschluss gefasst, von dem sie sich auf keinen Fall mehr abbringen lassen wollte. Von Nils nicht und von niemand anderem.

»Nils...!« Sie streckte die Hand, in der sie das Handy hielt, weit von sich. »Nils...! Hallo...! Ich versteh dich so schlecht.«

»Victoria...!«, hörte sie ihn rufen. »Victoria...?« Sie rief ihrerseits noch mehrmals laut »Hallo«, bevor sie das Handy ausschaltete. Als sie sich umwandte, stand Kristoffer hinter ihr. Sie lächelte ihm zu und sagte: »Ich habe es mir überlegt. Ich bleibe.«

Seine Augen leuchteten auf. »Sehr gut! Wunderbar! Dann rufe ich gleich im Hotel an oder reserviere ein Zimmer.«

Victoria schüttelte den Kopf. »Ich schlafe hier.«

Sekundenlang starrte er sie an. Ungläubig und auch ein wenig fassungslos. »Im Turm?«

Victoria sagte nichts, schaute ihn nur an mit ihren schönen, großen Augen. Ihr Lächeln allerdings verriet ihm, dass sie fest entschlossen war. »Okay«, meinte er gedehnt, »warum nicht? Das hätte ich jetzt so nicht von Ihnen erwartet.«

»Kann es sein, dass Sie Vorurteile haben, Herr Anwalt?«, zog Victoria ihn auf. Übermut blitzte in ihren Augen auf. »Es soll auch Stadtmenschen geben, die einen gewissen Sinn für Romantik und Abenteuer haben.« Sie wandte sich um, lehnte sich gegen das Geländer und fühlte in sich mit einem Mal so eine tiefe Ruhe und Gelassenheit, dass sie genau wusste, es war die richtige Entscheidung, hierzubleiben. Zumindest diese eine Nacht.

Kristoffer schaute sie von der Seite her an. Langsam kam er näher, bis sich beinahe berührten. Victoria genoss seine Nähe. »Dann will ich mal schauen, ob der Hannes hier irgendwo Bettwäsche versteckt hat«, sagte er. Er zögerte einen Augenblick, wandte sich ihr ganz zu. »Sind Sie sicher, dass Sie heute Nacht alleine hier bleiben wollen? Ich meine, ich würde Ihnen gerne Gesellschaft leisten.« Fragend sah er sie an.

»Vielen Dank, das ist nicht nötig«, Victoria schüttelte den Kopf. »Ich komme schon zurecht. Sie dürfen mich morgen früh hier nur nicht vergessen.«

Es war nicht nur die körperliche Nähe, die Victoria in diesem Augenblick spürte. Das war die Magie, von der Kristoffer gesprochen hatte und die sie nun beide einhüllte wie ein schützender Kokon, der gleichzeitig die ganze Welt um sie herum ausschloss. Ewig hätte sie hier so mit ihm stehen können, doch auf einmal schien Kristoffer es ziemlich eilig zu haben. Sie spürte ein Gefühl der Enttäuschung, als er sich abwandte, um im Haus nach Bettwäsche zu suchen. Plötzlich war die Stimmung zerstört, aber vielleicht hatte sie sich das alles ja auch nur eingebildet.

*

Die Dämmerung hatte sich über Eggesund ausgebreitet, als Kristoffer das Cabrio vor seinem Haus parkte. Der Abendwind rauschte in der dicht belaubten Krone der Ulme vor dem Haus. Das Plätschern des Wassers am nahe gelegenen Ufer war zu hören. Eine Amsel irgendwo in den Bäumen nutzte die beginnende Mitsommernacht zu einem verspäteten Solokonzert. Die Luft war seidenweich. All das bekam Kristoffer kaum mit. Er sprang aus dem Wagen und nahm die beiden Pizzakartons vom Rücksitz.

Dann eilte er zum Eingang des Hauses. Besorgnis und Schuldbewusstsein sprach aus seiner Stimme, als er laut rief: »Mona! Mona, ich bin wieder zurück.«

*

Auch über Stockholm lag nächtliche Dämmerung, doch hier setzte sich das quirlige Leben selbst in der Nacht fort. Auf beleuchteten Ausflugsdampfern wurde Gästen das nächtliche Stockholm gezeigt. Clubs und Bars hatten geöffnet.

Nils bekam davon freilich nichts mit. Er saß an seinem Schreibtisch, auf den das Licht einer kleinen Lampe fiel. Vor ihm stand ein zur Hälfte gefülltes Glas Wein. Er nahm einen Schluck, las dabei stirnrunzelnd die letzten Zeilen, die er geschrieben hatte. Er schaute auf, als er Schritte auf der Treppe vernahm.

»Hej«, grüßte Ebba ihren Vater.

Dankbar über diese Störung erhob sich Nils. »Ebba, Kleines.« Er umarmte seine Tochter, nahm aber gleich darauf wieder hinter einem Schreibtisch Platz. »Um diese Zeit noch auf den Beinen?«

»Ich war im *Harbour* tanzen, und da dachte ich, ich schau mal bei dir vorbei«, erwiderte sie.

»Um deinen alten Vater zu besuchen.« Nils schmunzelte, schien sich aber nicht über den späten Besuch seiner Tochter zu wundern.

»Alt«, lachte Ebba ihren Vater aus. »Unter meinen Kommilitonen gibt es einige, die nicht halb so fit sind wie du. Also kein fishing for compliments, bitte.« Sie schaute sich im Atelier um. »Hast du was zu trinken?«

Nils wies hinter sich auf den Küchentresen und fragte gleichzeitig: »Bekomme ich auch noch was?«

Ebba ging zum Kühlschrank und nahm eine Flasche heraus. Wie beiläufig erkundigte sie sich: »Hat Vicky gekündigt?«

Nils, der sich mit unzufriedener Miene wieder über sein Blatt gebeugt hatte, schaute auf. Er wirkte überrascht und erschrocken zugleich. »Warum sollte sie?«

»Weil du sie schlecht behandelst«, kam es prompt zurück.

»Wie kommst du denn darauf?« Nils schien ehrlich empört. Er stand auf und kam mit seinem Rotweinglas zu der Küchenzeile, hinter deren Tresen Ebba mit der Wasserflasche hantierte. Ebba sagte nichts, doch der Blick, den sie ihrem Vater zuwarf, sagte mehr als jedes Wort.

»Ich bin freundlich, ich bezahle sie gut.«

Ebba füllte sein Rotweinglas nach, das er auf dem Tresen abgestellt hatte. »Und was war das heute am Telefon?« Sie schaute ihren Vater prüfend an. »Sie wollte Urlaub machen, und jetzt ist sie morgen schon wieder zurück. Ich nehme mal an, du hast sie so lange genervt, bis sie aufgegeben hat.«

»Ich bitte dich, Ebba. Vielleicht hat sie sich gelangweilt.« Nervös nahm er einen Schluck aus seinem Weinglas.

»Genau«, erwiderte Ebba spöttisch. »Sie hat sich gelangweilt ohne dich und deshalb gleich ihren Urlaub abgebrochen. Wer's glaubt!« Mit dem gefüllten Wasserglas in der Hand kam sie um den Tresen herum und setzte das Glas hart ab. Dabei schaute sie ihrem Vater unablässig ins Gesicht.

»Aber so ist es nun einmal.« Mit einem Mal schien er sich jedoch unwohl zu fühlen. »Oder hat sie gesagt, dass sie wegwill?«, wollte er von seiner Tochter wissen.

»Wenn sie wegwollte, würde sie doch zuerst mit dir reden.« Ebbas Worte beruhigten ihn zumindest für einen kurzen Augenblick.

»Manchmal bereue ich allerdings, dass ich sie dir vorgestellt habe. Sie hätte die Uni nie schmeißen dürfen, nur um bei dir Tippse zu spielen. Sie ist so begabt.«

»Tippse«, echote er unwillig. »Entschuldige mal, sie ist meine rechte Hand. Ich bin praktisch nichts ohne sie.« Langsam, das Weinglas in der Hand, durchschritt er sein Atelier. Ebba folgte ihrem Vater. »Ja, ich weiß, dass du sie schätzt. Aber sie ist nun einmal meine beste Freundin, und ich finde, sie hätte etwas Besseres verdient.«

Nils wandte sich um, blickte Ebba starr in die Augen. Es war ihm deutlich anzusehen, wie sehr ihm das missfiel, was er sich gerade von seiner Tochter anhören musste.

»Na ja«, grinste Ebba plötzlich, um die Situation ein wenig zu entschärfen. »Sie hat ja einen Tag Urlaub für sich herausholen können. Immerhin...«

»Immerhin«, sagte Nils und hob sein Glas, um mit seiner Tochter anzustoßen.

*

So hatte Victoria sich das nicht vorgestellt. Aber was hatte sie sich überhaupt vorgestellt, als sie beschloss, die Nacht im Turm zu verbringen?

Sie lag in dem schmalen Bett in der frischen, hellblauen Bettwäsche, die Kristoffer in einem der Schränke gefunden hatte.

Victoria war die nächtlichen Geräusche der Gamla Stan gewohnt. Das Rumpeln von Fahrzeugen auf dem Kopfsteinpflaster. Die Menschen, die sich auch nachts durch die schmalen Straßen schoben und deren Stimmen und Lachen sie bis in ihre

Wohnung hören konnte. Das waren die Geräusche, die ihr vertraut waren.

Hier zerrte der Wind am Turm, und das Meer schien in der Nacht gewaltiger gegen das felsige Ufer der Insel zu krachen als am Tag.

Plötzlich quietschte es irgendwo. Victoria fuhr auf, ihre Hand tastete nach dem Schalter der kleinen Nachttischlampe neben ihrem Bett. Angespannt verharrte sie eine ganz Weile in dieser halb sitzenden Position. Sie lauschte und sah sich immer wieder nach allen Seiten um.

Dann, irgendwann machte sie das Licht wieder aus. Nur zögernd legte sie sich zurück in die Kissen und zog die Decke bis an die Ohren. Die Nächte hier wären unvergesslich, hatte Kristoffer Lund behauptet. So hatte sie sich eine unvergessliche Nacht allerdings nicht vorgestellt. Wahrscheinlich würde sie die ganze Zeit wachliegen und diesen Geräuschen lauschen, die ihr nicht nur fremd, sondern in der Dunkelheit auch bedrohlich vorkamen.

Wenige Minuten später allerdings schlief Victoria tief und fest, und als sie aufwachte, malte die Sonne bereits helle Flecken auf ihre Bettdecke.

Verwirrt schaute sie sich um, wusste im ersten Moment nicht mehr, wo sie war. Doch dann war die Erinnerung an den vergangenen Tag wieder deutlich vor ihr. Lächelnd setzte sie sich auf. Das hier war ihr Turm, beinahe schon so etwas wie ihr Zuhause.

Doch dann wurde diese schöne Vorstellung jäh von der Erkenntnis unterbrochen, dass ihr Zuhause eigentlich Stockholm war. Dort hatte sie ihre Wohnung, ihre Arbeit. Dort war Nils ... Du lieber Himmel, Nils, dachte sie erschrocken. Er erwartete ganz sicher, dass sie heute wieder zurückkäme.

*

Konzentriert warf Kristoffer die Angel aus. Die Schnur surrte durch die Luft, bis der Haken mit dem Köder unter die Wasseroberfläche tauchte.

Kristoffer liebte diese frühe Morgenstunde auf dem Wasser. Hier konnte er in Ruhe nachdenken, sich über vieles klar werden, was sonst in der Hektik des Alltags unterging.

Die Strömung trieb sein altes Motorboot in genau die Richtung, in die sich auch seine Gedanken bewegten. Automatisch schaute er auf. Victoria stand hoch oben auf dem Turm, die Haare von der Nacht noch zersaust, nur mit einem T-Shirt bekleidet. Möwen umkreisten den Turm, schnappten nach den Brotstückchen, die Victoria ihnen zuwarf.

Kristoffer konnte den Blick nicht von ihr wenden. Sie gefiel ihm, sie gefiel ihm sogar außerordentlich gut. Sie wischte sich die Hände ab, als sie das letzte Stückchen in die Luft geworfen hatte, um sich dann entspannt gegen das Geländer zu lehnen. Sie rieb sich die Augen und gähnte herzhaft. Als sie die Augen wieder öffnete, trafen sich ihre Blicke. Sie schienen sich nicht voneinander lösen zu können, bis er die Hand hob und ihr zuwinkte.

Victoria winkte zurück und schaute lächelnd zu, wie er die Angel einholte und anschließend Kurs auf den Leuchtturm nahm.

*

Nils hasste Unordnung, auch wenn er sie selbst verursachte. Victoria war immer noch nicht zurück. Sogar seinen Kaffee hatte er selbst kochen müssen.

Er war gerade dabei, sich eine Tasse einzuschenken, als das Telefon klingelte. Er hob ab und meldete sich mürrisch.

»Papa?«, vernahm er die verwunderte Stimme seiner Tochter.

»Wieso gehst du ans Telefon? Ich wollte Vicky sprechen. Ich habe Karten für das Jamie-Cullum-Konzert heute Abend.«

»Da musst du schon alleine hingehen. Sie ist nicht da.«

»Wie?«, wunderte sich Ebba. »Ich dachte, sie muss heute wieder arbeiten.«

»Das dachte ich auch.« Nils verdünnte den viel zu starken Kaffee mit Milch und trug die Tasse hinüber zu seinem Schreibtisch, während er weiter mit seiner Tochter redete. »Sie hat es vorgezogen in diesem Eggesund zu übernachten.«

»Wovon redest du eigentlich?«,

»Na, von Eggesund«, erwiderte Nils ein wenig ungeduldig. »Da, wo dieser Leuchtturm steht, den sie geerbt hat.«

»Einen Leuchtturm«, wiederholte Ebba. »Sag mal, Papa, du hast doch nichts getrunken? Es ist noch nicht mal zwölf.«

»Heutzutage kann man alles erben, Kleines, auch einen Leuchtturm.« Nils ließ sich schwer auf seinen Schreibtischstuhl fallen. Er hatte keine Lust mehr, dieses Gespräch fortzusetzen, und beendete es kurzerhand mit den Worten: »Frag Victoria. Also, bis dann.«

*

Geschickt manövrierte Kristoffer sein Boot zwischen den anderen Booten hindurch, bis er seine Anlegestelle erreicht hatte. »Eigentlich hatte ich letzte Nacht SOS-Leuchtzeichen von Ihnen erwartet«, sagte er zu Victoria.

»So sehr habe ich mich dann auch wieder nicht gegruselt«, gab Victoria zurück. »Aber ein komisches Gefühl ist es doch, wenn man sich plötzlich bewusst macht, dass man ganz allein auf der kleinen Insel ist, ohne jede Möglichkeit, dort wegzukommen. Ich werde mir ein Boot anschaffen müssen.« Geschickt vertäute sie das Boot am Steg.

»Dann nehmen Sie das Erbe an?«, wollte Kristoffer wissen.

Zu einer endgültigen Antwort war Victoria noch nicht bereit. »Wie schnell muss ich mich eigentlich entscheiden?«, wich sie aus.

»Das eilt nicht«, versicherte Kristoffer. »Lassen Sie sich Zeit. Schauen Sie sich um, ob es Ihnen so gut gefällt, dass sie hier leben wollen.« Während er dies sagte, hatte er das Boot befestigt, jetzt schaute er sie aufmerksam an.

»Das geht gar nicht. Für immer kann ich nicht hierbleiben.« Victoria kletterte auf den Landungssteg. Kristoffer folgte ihr. »Wieso?«, wollte er wissen. »Gefällt es Ihnen in Stockholm so gut? Oder ist da jemand, den Sie nicht zurücklassen wollen?« Sofort hatte er das Gefühl, mit dieser Frage zu weit gegangen zu sein und entschuldigte sich. »Ich wollte nicht indiskret sein. Sie müssen natürlich nicht antworten.«

»Kein Problem«, sagte Victoria. Nebeneinander gingen sie über den Anlegesteg zwischen den hochmastigen Segelbooten hindurch. Sie mochte im Augenblick nicht an Nils denken und noch weniger über ihn reden. Trotzdem sagte sie: »Da gibt es tatsächlich jemanden. Meinen Boss. Den kann ich nicht einfach so im Stich lassen.« Ganz bewusst reduzierte sie ihr Verhältnis zu Nils auf die rein berufliche Ebene.

Kristoffer reagierte sichtlich erleichtert. »Ach so, ihr Boss. Ich hab schon gedacht...«, der sonst so selbstbewusste Anwalt geriet ins Stocken. »Ich wollte sagen, dass Sie sicher nicht die einzige Sekretärin auf der Welt sind, mit der Nils Schalin zurechtkommt. Und Sie selbst finden überall einen anderen Job.«

»Das sagt sich alles so leicht.« Victoria versuchte die Sehnsucht in sich zu unterdrücken, die sie immer stärker in sich fühlte, seit Kristoffer sie zu ihrem Leuchtturm gebracht hatte. Selbst jetzt ließ sie sie nicht los.

»Nichts ist so kompliziert wie es aussieht«, behauptete Kristoffer. »Glauben Sie mir. Ich bin Anwalt, und wir haben es mit weitaus komplizierteren Dingen zu tun.«

Sie hatten das Ende des Anlegestegs erreicht, der in einen befestigten Weg am Ufer entlang mündete. Auslaufende Wellen schlugen gegen den Ufersaum. Farbenprächtige Bootshäuser strahlten im hellen Sonnenlicht.

Eggesund schien ein überschaubarer Ort zu sein, soweit Victoria das von hier aus beurteilen konnte. Aber sie freute sich bereits darauf, die Stadt richtig zu erkunden. Im Augenblick gab es da allerdings etwas, was ihr noch wichtiger schien. Sie blieb stehen, wandte sich Kristoffer zu. »Wissen Sie, was ich gern tun würde?«

Er schaute ihr in die Augen, nickte. »Sie würden gerne das Grab von Hannes Linnarson besuchen.«

*

Über die aus Bruchsteinen errichtete Mauer hinweg, die den kleinen Friedhof umschloss, war das Meer zu sehen. Kieswege führten über den Friedhof zu der kleinen, gelben Kirche, die im Zentrum stand. Verwitterte Grabsteine markierten auf der grünen Rasenfläche die einzelnen Grabstellen. Die ausladenden Kronen alter Ulmen, die sich über mächtigen Stämmen ausbreiteten, schufen schattige Stellen. Da, wo sich die Sonnenstrahlen einen Weg durch das dichte Laub bahnten, zeigten sich helle Lichtsprenkel auf dem Boden. Verwoben zu einem flirrenden Muster, das sich bei jedem noch so leichten Windhauch veränderte.

Hannes Linnarsons Grab lag ganz in der Nähe der kleinen Kirche und war noch mit dem einfachen Holzkreuz geschmückt. Wie zum Zeichen der Vergänglichkeit ließen die

Blumen auf den Kränzen, die das Grab schmückten, bereits die Köpfe hängen. Die Kirchenglocke läutete die Mittagsstunde ein. Ein Klang, der sich mit dem Rauschen des Meeres vermischte und so eine ganz besondere Atmosphäre schuf.

Victoria war Kristoffer dankbar, dass er sie in diesen Minuten vollkommen mit ihren Gefühlen alleine ließ. Versonnen stand sie vor dem Grab, horchte in sich hinein. »Irgendwie hatte ich gehofft, dass ich mehr verstehen würde, wenn ich an seinem Grab stehe«, brach sie das Schweigen. »Aber ich verstehe es einfach nicht.«

Noch bevor Kristoffer etwas sagen konnte, waren Schritte auf dem Kiesweg zu hören, die sich näherten. Kristoffer und Victoria wandten sich um.

»Hej, Lena«, grüßte Kristoffer, worauf die junge Frau mit den langen, blonden Haaren seinen Gruß erwiderte. In den Händen hielt sie einen bunten Blumenstrauß. Neugierig schaute sie Victoria an.

»Darf ich dir Victoria Savander vorstellen«, machte Kristoffer sie miteinander bekannt. »Victoria, das ist Lena, Hannes' Nichte.«

Victoria spürte, wie sie sich innerlich anspannte. Sie rechnete damit, dass Lena sich ebenso abweisend zeigen würde wie ihr Bruder Henner. Nur vorsichtig streckte sie ihr die Hand entgegen. »Hej, Lena.«

»Hej, Victoria.« Freundlich und kein bisschen ablehnend erwiderte Lena Linnarson den Gruß. An Victoria vorbei schaute sie Kristoffer an und erkundigte sich mit weicher, beinahe schon zärtlicher Stimme: »Geht es dir gut?«

»Danke«, erwiderte Nils ebenfalls freundlich, doch weitaus reservierter. Lenas Augen verdunkelten sich einen Augenblick, bevor sie sich wieder Victoria zuwandte. »Ich habe gehört, Sie arbeiten für Nils Schalin. Ich verkaufe seine Bücher in meiner Buchhandlung. Sie gehen super.«

Sie musste daran denken, wie selbstverständlich Nils es gefunden hätte, dass seine Bücher sich gut verkauften. Sie sagte aber nur: »Das wird ihn freuen.«

»Kommen Sie doch mal vorbei, wenn Sie Lust haben«, schlug Lena vor.

»Ja, gerne«, antwortete Victoria erfreut und auch ein wenig erleichtert. Lena war wirklich sehr nett.

»Also, dann bis dann.« Lena schaute an Victoria vorbei Kristoffer an. »Komm doch mal wieder zum Essen vorbei«, bat sie ihn mit einem liebevollen Lächeln. Sie legte die Blumen auf das Grab, um sich dann an Victoria zu wenden: »Ich weiß nicht, warum mein Onkel Ihnen den Turm vermacht hat, aber ich respektiere seinen Willen.« Lena lächelte wehmütig. »Wir waren uns sehr ähnlich. Ich bin sicher, es gibt einen guten Grund, weshalb er wollte, dass Sie hierherkommen. Alles Gute.« Damit wandte sie sich ab und ging weiter.

Victoria blickte ihr nachdenklich hinterher. »Wenn ich den Grund kennen würde, wäre mir einfach wohler.«

Kristoffer ließ sich mit der Antwort Zeit. »Vielleicht sollte man manchmal die Dinge einfach so annehmen, wie sie kommen«.

»Was meinen Sie?«. Victoria war immer noch sehr nachdenklich, spürte außerdem eine gewisse Traurigkeit in sich. Sie stand an dem Grab eines Menschen, der sich ihr verbunden gefühlt hatte, obwohl sie selbst ihn nicht kannte.

»Denken Sie nicht, dass alles im Leben einen Sinn hat?« War es nur eine Antwort auf ihre Frage, oder spürte Kristoffer, was in ihr vorging?

»Glauben Sie das?« Victoria schaute ihn an. »Ist das bei Ihnen so? Hat alles in Ihrem Leben einen Sinn?«

Kristoffer löste sich aus ihrem Blick, schaute geradeaus. Sie standen ganz dicht nebeneinander, und doch schien er auf einmal meilenweit entfernt zu sein. »Stimmt«, lachte er im nächsten Augenblick, als wäre es ihm gelungen, die Gedanken, die ihre Frage in ihm ausgelöst hatten, beiseite zu schieben. »Manchmal könnte man daran zweifeln.«

Kristoffer ließ nicht zu, dass die Stimmung zu melancholisch wurde. Behutsam legte er die Hand auf ihren Rücken, lachte sie dabei fröhlich an. »Kommen Sie, ich möchte Ihnen gerne den Ort zeigen. Sie sollen wenigstens genau wissen, wo Sie nicht leben wollen.«

»Von nicht wollen kann überhaupt keine Rede sein«, widersprach Victoria. »Wenn ich leben könnte, wo ich wollte...« Sie brach ab, doch Kristoffer hakte sofort nach. »Dann?«

»Lassen wir das«, sagte Victoria nur.

»Lassen Sie uns lieber etwas essen gehen. Ich komme langsam um vor Hunger.«

»Gern«, stimmte Kristoffer zu. »Ich müsste vorher nur noch nach Hause und mich umziehen. Ich habe nachher noch einen Termin bei einem Mandanten.«

*

Victoria fühlte sich wohl neben Kristoffer. Das Verdeck des Cabrios war offen. Sie fuhren einen unbefestigten, schmalen Weg zwischen alten Bäumen hindurch. Es dauerte nur wenige Minuten, bis sie ihr Ziel erreicht hatten. Kristoffer hielt an und stellte den Motor ab. »Es dauert nur einen Moment«, versicherte er. »Ich würde Sie ja hereinbitten, aber bei mir sieht es furchtbar aus.«

»Kein Problem«, antwortete Victoria, »ich warte in der Sonne.«

Sie schaute Kristoffer nach, als er zum Haus lief, und stieg dann selbst aus dem Wagen. Neugierig betrachtete sie das gelbe Holzhaus mit der vorgelagerten Veranda. Es war groß genug, um einer ganzen Familie Platz zu bieten. Die beiden Balken, die den Eingangsbereich bildeten, waren weiß gestrichen, genauso wie Haustür und Fensterrahmen.

Zwischen den roten Schindeln des Daches waren hohe Gaubenfenster eingelassen. Und auch an diesem Ort vernahm sie wieder das Rauschen des Meeres, das unermüdliche Plätschern der Wellen, die hinter dem Haus gegen das graswachsene Ufer schwappten.

Eigentlich hätte sie sich Kristoffer eher in einem modernen Appartement vorgestellt. Victoria lächelte bei diesem Gedanken. Ihr gefiel das Haus ...

Eine der Gardinen hinter den Fenstern bewegte sich plötzlich. Das Gesicht einer Frau war zu sehen, kaum älter als Victoria selbst. Sie schaute nicht auf, schien völlig darauf konzentriert, die Topfpflanzen zu gießen.

Victoria wandte sich abrupt ab und versuchte gleichzeitig den Schmerz zu ignorieren, den ihr diese Entdeckung bereitete. Es war ja auch zu albern. Kristoffer war ein attraktiver, intelligenter Mann. Natürlich gab es da eine Frau in seinem Leben. Seine Verbindung zu Victoria war rein beruflicher Natur. Es gab für ihn keine Veranlassung, sie über sein Privatleben zu informieren.

Ganz ruhig und sachlich versuchte Victoria die Situation zu analysieren und kam letztendlich zu der, wie sie fand, einzig richtigen Entscheidung.

Sie hörte, wie Kristoffer wieder aus dem Haus kam.

»Na, war ich schnell?«

Ob er spürte, dass sich plötzlich etwas in ihr verändert hatte? Jedenfalls hatte Victoria das Gefühl, dass da eine leichte Verunsicherung in seiner Stimme mitschwang, als er weitersprach. »Kommen Sie, steigen Sie ein. Ich kenne da ein tolles Lokal.«

Victoria gab sich einen Ruck, schaute ihn an. Sie schaffte es sogar, ihn unverbindlich anzulächeln. »Tut mir leid, ich kann nun doch nicht mit Ihnen essen gehen. Ich muss zurück nach Stockholm ... Ein Anruf von meinem Boss ...«

»Ich bitte Sie, essen werden Sie doch noch können. Was hat denn ihr Boss davon, wenn Sie hungrig sind?«

Victoria spielte die Rolle der unentbehrlichen Assistentin eines berühmten Schriftstellers inzwischen perfekt. Es war sicher für alle Beteiligten das Beste. »Ich muss wirklich«, lehnte sie ab. »Lassen Sie uns bitte meine Sachen holen, und dann fliegen Sie mich zurück.«

Sie stieg in den Wagen, vermied jedoch jeden Blickkontakt mit ihm. Auch als sie spürte, dass Kristoffer sie von der Seite fragend anblickte.

*

Kristoffer wartete am Bootssteg auf sie. Mit den gepackten Reisetaschen kam Victoria auf ihn zu. Er wollte ihr helfen, doch sie ließ es nicht zu, stellte die Reisetasche neben sich ab und gab ihm den Schlüssel zum Turm.

»Und das war es dann?«, fragte Kristoffer leise.

»Ich muss jetzt wirklich zurück. Mein Boss ist ohnehin schon stinksauer.« Victoria nahm die Reisetasche wieder auf und wollte weiter, doch das Geräusch eines Motorbootes veranlasste sie und auch Kristoffer, sich umzusehen.

Mit hoher Geschwindigkeit raste das schwere Motorboot auf die Insel zu. Eine schmale Gestalt am Steuer, die wie wild winkte.

»Ebba?« Victoria starrte auf das schnell herannahende Boot. Es war tatsächlich Ebba, die anlegte und freudestrahlend auf sie zulief. »Vicky, hallo!«

Victoria ließ die Reisetasche einfach fallen und lief ihrer

Freundin entgegen. Die beiden umarmten sich, bis Victoria schließlich wissen wollte: »Was machst du denn hier? Und woher weißt du überhaupt, wo ich bin?«

»Papa ist ziemlich sauer auf dich, weil du ihn wegen eines Leuchtturms vernachlässigst.« Ohne es zu wissen, bestätigte Ebba damit Victorias Schwindelei, mit der sie ihre überstürzte Abreise vor einer halben Stunde gegenüber Kristoffer begründet hatte.

Ebba schaute staunend zum Leuchtturm. »Das ist er? Dieses Wahnsinnsteil hast du geerbt? Super!« Aufgeregt wie ein kleines Mädchen hüpfte Ebba auf und ab. »Komm, zeig ihn mir. Bitte!« Sie griff nach Victorias Hand, wollte sie mit sich ziehen.

»Moment«, hielt Victoria sie zurück und wandte sich Kristoffer zu, der sich die ganze Zeit über im Hintergrund gehalten hatte. »Herr Lund wollte mich gerade zurück nach Stockholm fliegen ... Ach so«, ihr fiel plötzlich ein, dass Ebba und Kristoffer sich noch nicht kannten. »Ebba Schalin, meine beste Freundin. Herr Lund«, sagte sie danach zu Ebba gewandt, »ist der Anwalt des Mannes, der mir den Turm vermacht hat.«

Die beiden begrüßten sich mit einem Händedruck. »Sie wollen Vicky zurückfliegen?« Ebba schüttelte den Kopf. »Nicht nötig, Victoria fährt später mit mir.«

»Was ...?« Victoria wirkte wenig begeistert, aber davon ließ Ebba sich nicht beeindrucken. »Keine Widerrede«, schüttelte sie den Kopf. »Ich leihe mir doch kein Boot und fahr stundenlang durch die Schären, und dann zeigst du mir den Turm nicht.«

»Sie hat den gleichen Dickkopf wie ihr Vater«, erklärte Victoria schmunzelnd, doch auch das nahm Ebba nicht unwidersprochen hin. »Keine Vergleiche mit Papa, bitte. Los, Süße, zeig mir bitte, bitte die Aussicht von deinem Turm.«

»Okay, überredet«, sagte Victoria lachend. Im Grunde war sie sogar froh, noch ein wenig bleiben zu können. Sie streckte Christoffer zum Abschied die Hand entgegen. »Vielen Dank für alles. Ich melde mich dann in den nächsten Tagen bei Ihnen.«

Länger als nötig hielt er ihre Hand in seiner. Ernst schaute er ihr in die Augen. »Überlegen Sie gut, was Sie tun.« Für einen kurzen Augenblick empfand Victoria ein ganz starkes Gefühl der Nähe, bis er ihre Hand wieder losließ. Es war sicher besser, wenn sie erst gar nicht versuchte, zu ergründen, was eigentlich mit ihr los war. Sie hatte es auf einmal eilig, hier wegzukommen, wollte an ihm vorbei die Anhöhe hinauf. Ebba folgte ihr, nachdem sie sich kurz von Kristoffer verabschiedet hatte.

Victoria hatte sich bereits einige Meter entfernt, als er ihren Namen rief. Sie drehte sich um, schaute ihn erwartungsvoll an. Doch was sie eigentlich erwartete, wusste sie nicht genau.

Kristoffer warf ihr den Schlüssel zu, den sie geschickt auffing. Ihre Blicke verfingen sich ineinander. »Ich würde mich freuen, Sie wiederzusehen«, sagte er leise.

Sie schenkte ihm ein Lächeln, das genauso Zustimmung wie den endgültigen Abschied hätte ausdrücken können. Sie sagte kein Wort mehr, als sie sich umwandte und über den felsigen Weg die Anhöhe zum Leuchtturm hinaufschritt. Auch wenn Victoria sich nicht umwandte, so spürte sie doch, dass er ihr nachschaute.

Ebba hatte sie nach wenigen Schritten eingeholt. Grinsend musterte sie Victoria von der Seite. »Gehört der auch zu deinem Erbe? Der ist ja süß.«

»Der Mann ist Anwalt. Anwälte sind nicht süß.« Victoria tat so, als würde sie sich auf den Weg konzentrieren, um ihre Freundin nicht ansehen zu müssen. »Außerdem hat er eine Frau. Oder eine Freundin.«

»Na und«, meinte Ebba ungerührt. »Das muss dich ja nicht stören.«

»Tut's aber«, widersprach Victoria. »Ich kann mir was Tolleres vorstellen als eine Affäre mit einem verheirateten Mann.« Dieses endlose Warten auf einen Moment der Zärtlichkeit. Das Wissen, dass es da eine andere an der Seite des Mannes gab, den sie liebte ... Noch einmal wollte sie das nicht durchmachen. Aber es war ausgerechnet ihre beste Freundin, mit der sie nicht darüber reden konnte.

*

Unwillkürlich musste Victoria an gestern denken. An den Moment, als Kristoffer die Tür des Turms zum ersten Mal geöffnet hatte. Heute war sie es, die gespannt auf Ebbas Reaktion wartete.

Ebba trat auf den Balkon, lehnte sich gegen das Geländer. Victoria konnte sich nicht daran erinnern, dass sie ihre Freundin jemals sprachlos erlebt hatte.

Andächtig blickte Ebba auf das Panorama mit dem Blau des Meeres, den bewaldeten Inseln und kargen Felsen, die aus dem Wasser ragten. Der Wind ließ ihre Haare flattern, doch das schien sie nicht einmal zu bemerken. Ein Schärendampfer zog weit draußen auf dem Wasser vorbei. Kleine Boote mit geblähten weißen Segeln wurden vom Wind über das Wasser getrieben.

»Absolut irre«, stieß Ebba nach einer Weile hervor. »Was hast du eigentlich mit diesem alten Mann gemacht, damit er dir so etwas Tolles vererbt?«

»Nichts, ich habe nichts mit ihm gemacht, nichts mit ihm zu tun. Bis gestern habe ich nicht einmal seinen Namen gehört. Keine Ahnung, wieso er das getan hat.«

»Eine Verwechslung.« Ebba lachte laut auf. »Ja klar, das wird es sein. Er wollte den Turm sicher mir vererben. Sorry, Süße, das tut jetzt vielleicht weh, aber die Richtige bin ich.«

Immerhin hatte Ebba es geschafft, sie aufzuheitern. Victoria stieß ihr mit dem Ellbogen liebevoll in die Seite. »Quatschkopf!«

»Jetzt mal im Ernst«, sagte Ebba. »Was willst du mit dem Teil machen? Hierher ziehen? Also, wenn ich das Talent meines Vaters hätte, würde ich sofort hier einziehen und aus dem Turm ein Dichterstübchen machen.« Verträumt ließ sie ihren Blick schweifen. »Wahnsinnig romantisch. Und noch dazu dieser süße Anwalt.«

»Ebba!« Victoria versuchte Empörung vorzutäuschen, doch das nahm Ebba ihr ohnehin nicht ab. »Ach komm, das ist doch wie im Märchen. Die Prinzessin auf dem Turm und der Ritter, der sie rettet.«

Eine schöne Vorstellung, aber Victoria machte sich klar, dass sie aus dem Märchenalter längst heraus war. Es wurde Zeit, dass sie Ebba bremste. »Keine Ahnung, was du intus hast, aber du solltest nichts mehr davon nehmen.«

»Ich bin bloß betrunken von dieser Aussicht.« Ebba bog den Kopf zurück, ließ den Wind über ihr Gesicht streichen. Wieder schaute sie sich um, stutzte. »Ey, sieh mal, wir bekommen Besuch. Hat dein Ritter noch einen Bruder?«

Victorias Miene verdüsterte sich, als sie einen der beiden Männer in dem kleinen, roten Motorboot erkannte. »Das ist Henner Linnarson, der Neffe meines Gönners«, klärte sie Ebba auf. »Er und seine Schwester sind die einzigen Verwandten von Hannes Linnarson. Er ist der Meinung, der Turm stehe ihm zu.«

*

»Schön, dass Sie sich persönlich Zeit genommen haben, hier rauszukommen.« Dienstbeflissen half Henner dem Mann im eleganten Zweireiher aus dem Boot. Er warf das Haltetau über einen der Holzpfähle und folgte dem Mann, der bereits mit ausholenden Schritten über den Steg eilte und den Leuchtturm dabei nicht aus den Augen ließ.

»Ja, Herr Gunnarsson«, erklärte Henner überflüssigerweise mit einer ausholenden Geste. »Das ist der Turm. Tolles Teil, nicht? Daraus kann man gut ein wunderbares Hotel machen. Noch ein schicker Anbau ...« Er unterbrach sich, wirkte einen Augenblick lang irritiert, als Victoria mit Ebba im Schlepptau eintraf. Doch dann fuhr er fort, wobei er die beiden Frauen vollständig ignorierte. »Da drüben kann man noch ein schönes Strandrestaurant hinstellen«, er wies mit dem Finger auf den Uferbereich.

»Was machen Sie hier?«, sagte Victoria erstaunt. Die Verärgerung in ihrer Stimme war nicht zu überhören.

»Darf ich vorstellen«, sagte er, indem er auf den Mann wies, der neben ihm stand. »Das ist Herr Karl Gunnarsson, Besitzer einer großen Hotelkette.«

Karl Gunnarsson strahlte aalglatte Arroganz aus. Er grüßte nicht, hielt es nicht einmal für nötig, seine Hände aus der Hosentasche zu nehmen. Aber das störte Victoria weitaus weniger als die Selbstverständlichkeit, mit der Henner Linnarson die Insel und den Turm anpries.

»Entschuldigung, der Turm gehört Ihnen nicht«, stellte sie nachdrücklich klar.

»Bitte?« Immerhin nahm Karl Gunnarsson jetzt die Hände aus der Hosentasche, um sie empört in die Hüfte zu stemmen. »Sind Sie nicht der Eigentümer des Turms?«, wollte er von Henner wissen.

»Der Turm gehörte meinem Onkel.« Henner lachte nervös. »Da gibt es im Moment nur ein paar kleine Unstimmigkeiten. Sie wissen schon, die üblichen Erbauseinandersetzungen.«

Karl Gunnarsson antwortete nicht darauf. Er zog seine Jacke

aus und ging weiter. Gerade so, als gehöre ihm die Insel bereits. Henner folgte ihm. Ein wenig hilflos schaute Victoria den beiden nach, doch Ebba hatte bereits ihr Handy gezückt. »Wie ist die Nummer deines Anwalts?«, wollte sie wütend wissen.

»Er ist nicht mein Anwalt«, erwiderte Victoria. Sie wollte keine weitere Begegnung mit Kristoffer. Sie hatten sich voneinander verabschiedet, und so war es auch gut.

»Ist doch egal«, erwiderte Ebba ungeduldig. »Jedenfalls brauchen wir jetzt seine Hilfe.«

*

»Mona?« Kristoffer hatte es ziemlich eilig. Er kam in die Küche, nahm seine Jacke vom Stuhl und zog sie an. »Bis später dann«, sagte er zu der jungen Frau mit dem schmalen, blassen Gesicht, die am Küchentisch saß und Kartoffeln schälte. »Wir können heute Abend zusammen essen.« Kristoffer steckte sein Handy ein.

»Das wäre schön.« Ein Lächeln glitt über das blasse Gesicht. »Ich koche uns auch was Feines.«

»Nicht nötig«, schüttelte Kristoffer den Kopf. »Ich könnte uns was mitbringen.«

»Ach, lass mich doch«, bat sie. »Ich koche gerne für jemanden, der es zu schätzen weiß.« Bittend schaute sie ihn an.

Vielleicht war es ja auch ganz gut, wenn sie sich ein wenig beschäftigte, dachte Kristoffer. So dachte sie nicht zu viel über Dinge nach, die sie belasteten. »Also gut«, nickte er. »Bis später dann.« Er eilte zur Tür, doch sie hielt ihn noch einmal zurück.

»Kristoffer!«

Er wandte sich um, versuchte sich seine Ungeduld nicht anmerken zu lassen. Er wusste genau, was jetzt kam.

»Bitte, geh nicht.« Sie rang verzweifelt die Hände. »Ich mag nicht allein sein.«

»Mona!« Beruhigend legte er eine Hand auf ihren Arm. »Ich habe einen Job. Aber wenn was ist, kannst du mich jederzeit anrufen.«

Sie schaute ihn nur an. Panik lag in ihren Augen.

»Keine Angst«, sagte er leise. »Alles wird gut.«

Mona nickte tapfer, wirkte aber nicht wirklich überzeugt. Erschrocken zuckte sie zusammen, als Kristoffers Handy klingelte. Kristoffer lächelte ihr beruhigend zu und meldete sich. Am anderen Ende war Ebba Schalin. Ihre Stimme überschlug sich beinahe vor Empörung, aber Kristoffer verstand trotzdem sofort, worum es ging. »Ich bin schon unterwegs«, versprach er. Er beendete das Gespräch, warf noch einen besorgten Blick auf Mona, doch diesmal versuchte sie nicht mehr, ihn zurückzuhalten.

*

Victoria wartete am Bootssteg. Unruhig lief sie auf und ab, bis sie endlich Kristoffers Boot entdeckte, das sich der Insel näherte. Viel zu lange dauerte es ihrer Meinung nach, bis er endlich anlegte. Kristoffer war noch nicht ausgestiegen, da überfiel sie ihn bereits mit ihrer Frage: »Auch wenn ich mich noch nicht entschieden habe, so hat Henner Linnarson doch wohl kein Recht, die Insel und den Turm zu verkaufen. Würden Sie ihm das bitte sagen?«

Ebba, die am Ende des Bootssteges gestanden hatte, um Henner Linnarson und Karl Gunnarsson zu beobachten, kam dazu und hörte Kristoffers Antwort mit.

»Natürlich. Sie sind die Erbin und damit Eigentümerin. Ich rede mit ihm.«

»Und machen Sie ihm klar, dass er keine Chance hat.« Es war Ebba deutlich anzusehen, dass sie Henner Linnarson das am liebsten selbst nachdrücklich beigebracht hätte. »Vicky wird auf keinen Fall verkaufen.«

Zweifellos freute sich Kristoffer über Ebbas Bemerkung. »Sie haben eine sehr vernünftige Freundin«, meinte er im Weitergehen.

»... der hin und wieder die Fantasie durchgeht«, meinte Victoria mit einem strafenden Seitenblick zu Ebba. Noch hatte sie selbst sich nicht entschieden, ob sie den Turm behalten wollte. Nun entschied Ebba, dass sie ihn behalten würde, während Henner Linnarson der Meinung war, er gehöre ihr nicht einmal.

Sie blieb mit Ebba auf dem Bootssteg zurück, während Kristoffer zu den beiden Männern ging. Gestikulierend redete Henner auf Karl Gunnarsson ein, hielt jedoch sofort inne, als Kristoffer dazukam. Die beiden diskutierten miteinander, wobei Henner immer wütender wurde. Karl Gunnarsson stand nur dabei, hörte mit unbewegter Miene zu. Victoria und Ebba waren zu weit weg, um die Worte zu verstehen. Die aufgebrachten Blicke, die Henner zwischendurch in Victorias Richtung warf, sagten aber bereits mehr als genug.

Ebba beugte sich zu Victoria. »Der denkt wahrscheinlich, du hättest wirklich was mit seinem Onkel gehabt.«

»Jetzt hör aber auf!« Victoria mochte es einfach nicht mehr hören. Sie verschränkte die Arme vor der Brust, als die drei Männer zum Steg zurückkehrten. Henner Linnarson würdigte sie keines Blickes, Karl Gunnarsson hingegen betrachtete sie mit kalter Geringschätzung. Grußlos kletterten die beiden in Henners Boot.

Kristoffer wartete, bis das Boot mit den beiden Männern abgelegt hatte. »Henner ist leider stur. Er glaubt, es war ein Irrtum, dass sein Onkel Ihnen den Turm vermacht hat. Er will alles versuchen. Aber keine Sorge, er hat keine Chance.«

»Das heißt, sie kann den Turm behalten?«, fragte Ebba nach. Kristoffer beantwortete die Frage, indem er sich direkt an Victoria wandte. »Wenn Sie das wollen, dann ja.«

Für Ebba bestand offensichtlich kein Zweifel daran, dass Victoria genau das wollte. »Das ist ja großartig. Das müssen wir unbedingt feiern.« Verschmitzt lächelte sie Kristoffer an. »Was ist? Haben Sie Lust?«

»Tut mir leid, ich habe Termine«, sagte er mit einem Blick auf Victoria.

»Wir wollten sowieso nach Hause fahren.« Victoria spürte eine seltsame Traurigkeit in sich, die sich auch in ihrer Miene widerspiegelte. Ihr wurde bewusst, dass sie nicht wirklich hier wegwollte. Das sagte ihr Gefühl, ihr Verstand indes riet ihr etwas anderes.

»Nur keine Eile, Süße. Zuerst will ich hier alles sehen.« Gegen Ebbas Hartnäckigkeit kam Victoria einfach nicht an. Normalerweise hätte sie darüber gelacht, doch danach war ihr im Augenblick nicht zumute. Sie bedankte sich bei Kristoffer für dessen Hilfe. Kristoffer winkte einfach nur ab und eilte den Steg entlang zu seinem Boot. Es sah beinahe so aus, als könne er nicht schnell genug von hier wegkommen.

*

Gemeinsam mit Ebba erkundete Victoria die Insel. Es waren teilweise abenteuerliche Kletterpartien über karge Felsen. Einen richtigen Weg gab es auf der Insel nicht. Kleine Schluchten, aus deren morastigem Grund Bäume wuchsen. Von fast jedem Punkt der Insel aus war das glitzernde Meer zu sehen. An einer besonders schönen Stelle, von der aus man bis zum Festland sehen konnte, blieb Ebba stehen und beobachtete die Seeschwalben mit ihren schwarzen Köpfen und den hellrosa Schnäbeln. Blitzschnell ließen sie sich kopfüber ins Wasser fallen, tauchten mit winzigen Fischen in den Schnäbeln wieder auf.

»Wie blöd, dass ich nicht nach Papa komme«, sagte Ebba nach einer Weile. »Hier müssten einem doch die tollsten Geschichten einfallen.«

Victoria nickte stumm. Was Ebba da gerade beschrieb, wäre genau das Leben, das sie sich auch für sich selbst vorstellen könnte.

»Du hast doch während der Schulzeit immer geschrieben.« Ebba stieß sie leicht an. »Vielleicht ist das hier ja ein Wink des Himmels, dass du es endlich ernst nehmen sollst.«

Ein unerfüllbarer Traum. Victoria wollte sich nicht damit auseinandersetzen, weil es ihr den Abschied noch schwerer machen würde. »Sieh dir mal die Wolken dahinten an«, wechselte sie das Thema. »Wir können von Glück reden, wenn wir noch vor dem Sturm hier wegkommen.«

»Weißt du was?«, erwiderte Ebba entschlossen. »Ich habe gar keine Lust, heute noch zurückzufahren. Was gibt es Gemütlicheres als bei Sturm und Regen in deinem Turm zu sitzen, heißen Tee zu trinken und über das Leben zu reden.«

»Dein Vater wird mich entlassen wegen Arbeitsverweigerung«, prophezeite Victoria.

Ebba schüttelte den Kopf. »Er wird endlich einmal merken, wie sehr er dich braucht. Wahrscheinlich kriegst du am Ende noch eine fette Gehaltserhöhung.«

Victoria schaute über das Meer, das jetzt die Farbe der dunkelgrauen Wolken angenommen hatte, die sich darüber türmten. Es sah so aus, als wären Himmel und Meer eine Verbindung miteinander eingegangen. Der Wind nahm zu, ließ die Wellen stärker gegen das Ufer klatschen. Über dem Wasser hatte es bereits zu regnen begonnen. Ein faszinierendes Naturschauspiel, das sich ihr bot. Mit einem Mal war sie froh, dass sie noch ein wenig bleiben konnte.

*

Die ersten Topfen fielen bereits vom Himmel, als Kristoffer seinen Wagen vor der Kanzlei parkte. Er schloss das Verdeck. Als er den Kopf zur Seite wandte, sah er Lena, die hektisch versuchte, den Ständer mit den Postkarten vor dem Regen zu schützen. Er stieg aus dem Wagen und lief zu ihr hinüber. Wortlos packte er mit an und hob den Ständer beinahe mühelos alleine hoch. Er trug ihn in den Laden und schob ihn dort in eine Ecke, dabei spürte er, wie sich plötzlich Lenas Hand auf seine Hand legte. »Ich dank dir schön, Kristoffer.« Ihre Stimme klang ein wenig heiser, ein verheißungsvolles Lächeln umspielte ihre Lippen.

Kristoffer zog seine Hand zurück, ignorierte den enttäuschten Ausdruck, der sich daraufhin auf ihrem Gesicht zeigte. Ganz ernst war sie jetzt. »Ich könnte dich dafür zum Essen einladen. Hast du heute Abend schon was vor?«

Auch Kristoffer war sehr ernst geworden. Er wollte keine falschen Hoffnungen wecken, schüttelte den Kopf. »Danke, ich kann nicht.«

»Und was ist mit morgen Abend?« Lena sprach hastig, war jetzt sichtlich nervös. »Wir sehen uns so selten in letzter Zeit. Ich weiß, du hast viel um die Ohren.«

»Ein anderes Mal sehr gerne«, erwiderte Kristoffer ausweichend. »Ich muss jetzt wirklich los.« Er wandte sich ab, doch Lena ließ ihn noch nicht gehen.

»Ach, Kristoffer...«

Kristoffer wandte sich um. Er gab sich alle Mühe, seine Ungeduld nicht allzu deutlich zu zeigen.

»Diese Victoria«, begann Lena, »der Henner ist wahnsinnig wütend auf sie. Er denkt ... Keine Ahnung ...«, sie geriet ins Stocken, als sie den ärgerlichen Ausdruck auf seiner Miene bemerkte. Kristoffer sagte jedoch kein Wort, wartete darauf, dass sie weitersprach.

»Ich glaube, er hat sie im Verdacht, dass sie Onkel Hannes den Turm irgendwie abgeschwatzt hat.«

»Das ist ja vollkommener Blödsinn«, fuhr Kristoffer auf. »Ich habe Henner tausend Mal gesagt, dass sie Hannes überhaupt nicht kannte.«

»Und du glaubst ihr?«

»Natürlich. Warum sollte sie lügen?«

»Warum nicht? Irgendwie lügen wir alle mal.«

Ging es jetzt wirklich nur noch um Victoria Savander? Kristoffer schaute Lena ins Gesicht. Offen erwiderte sie seinen Blick, doch es war deutlich, dass sie ihm damit weit mehr sagen wollte.

Kristoffer mochte Lena, mehr aber nicht. Vielleicht würde er es ihr irgendwann in aller Deutlichkeit sagen müssen, doch im Augenblick hatte er genug mit seinem eigenen Gefühlschaos zu tun. Er wollte gehen, wandte sich um, doch in diesem Augenblick betrat Markus Janson den Laden. Kristoffer kannte ihn recht gut, aber zwischen den beiden Männern bestand keine große Sympathie.

Markus Janson grüßte Lena knapp, bevor er Kristoffer mit dem Zeigefinger auf die Brust tippte. »Hej, Kristoffer, eine Frage. Mona ist verschwunden. Weißt du, wo sie sein könnte?«

»Warum fragst du mich? Hat sie nichts hinterlassen?«

»Nein, hat sie nicht.« Drohend baute sich der Mann vor Kristoffer auf. »Ich habe ja schon lange den Verdacht, dass da ein anderer ist. Und ich sag dir, wenn ich den in die Finger bekomme ...«

»Ich muss jetzt los«, fiel Kristoffer ihm ins Wort und wollte das Geschäft verlassen, doch Markus hielt ihn am Arm fest.

Kristoffer fuhr herum, sah den anderen wütend an. Er stand kurz davor, die Beherrschung zu verlieren, fasste sich aber wieder. »Wenn ich deine Frau sehe, sage ich ihr, sie soll dich anrufen.«

*

Der Sturm fegte um den Leuchtturm, die Regentropfen prasselten in unermüdlichem Staccato gegen die Scheiben. Überall im Haus rappelte und klapperte es.

Victoria hatte es sich mit ihrer Teetasse auf dem Sofa gemütlich gemacht. Ebba hingegen wirkte ein wenig verängstigt. »Wie lange steht der Turm schon?«

»Mehr als hundert Jahre bestimmt«, meinte Victoria und nahm einen Schluck von dem heißen, aromatischen Tee. Ebba ging hinüber zum Regal, betrachtete interessiert die Buchrücken.

»Hast du das gesehen? Dein Gönner hat alle Bücher meines Vaters.« Sie zog eines der Bücher aus dem Regal. »Sturm über dem Sund, das war das erste.« Nachdenklich betrachtete Ebba den Einband des Buches, schob es zurück ins Regal. »Ist doch komisch«, sinnierte sie laut. »Er vermacht dir den Turm, und du arbeitest zufällig für seinen Lieblingsschriftsteller.«

Victoria trank noch einen Schluck Tee, bevor sie antwortete. »Dein Vater ist einer der meistgelesenen Autoren Schwedens. Es wäre eher komisch, wenn hier nichts von ihm im Regal stehen würde.«

»Du mal wieder«, schüttelte Ebba den Kopf. »Ich finde das fast schon romantisch und geheimnisvoll.« Während sie sprach, zog sie einen Ordner aus dem Regal und öffnete ihn. Sie blätterte darin herum. »Wow! Sieh dir das mal an.«

Victoria stand auf und trat neben die Freundin, die weiter in dem Ordner blätterte. Hannes Linnarson hatte Zeitungsausschnitte über Nils Schalin gesammelt und sie fein säuberlich in Klarsichthüllen abgeheftet. Auf den meisten Fotos war auch Victoria im Hintergrund zu sehen.

Victoria wusste nicht so recht, was sie davon zu halten hatte. »Hannes Linnarson muss Nils ja heftig verehrt haben.«

»Ist ja komisch.« Ebba blätterte weiter. Sie schien beim Betrachten der Zeitungsausschnitte ein ebenso seltsames Gefühl zu beschleichen, wie auch Victoria. »Sicher«, fuhr sie fort, »Papa ist ein super Schriftsteller. Aber ich glaube, da geht es um was anderes. Vielleicht war er ja besessen von ihm. Schau mal, auf allen Bildern bist du auch drauf. Das kann doch kein Zufall sein.«

»Jetzt hör aber auf.« Victoria nahm ihr den Ordner aus der Hand, klappte ihn zu und schob ihn zurück ins Regal. »Ich glaube, deine Fantasie geht schon wieder mit dir durch.«

Ebba wollte etwas sagen, doch in diesem Moment fegte erneut eine heftige Windböe ums Haus. Etwas krachte gegen eines der Fenster, irgendwo über ihnen splitterte Glas.

»Oh, Gott«, stieß Victoria hervor. »Was ist denn das?«

*

In der Nacht ließ der Sturm nach, und am nächsten Tag begrüßte sie wieder strahlender Sonnenschein. Victoria und Ebba hatten das zerbrochene Fenster in der vergangenen Nacht so gut wie möglich abgedichtet. Nach einem gemeinsamen Frühstück auf dem Turm brachte Ebba die Freundin mit dem Motorboot ans Festland. Bevor Victoria nach Stockholm zurückkehrte, musste das Fenster repariert werden. So schnell, wie Victoria es sich erhofft hatte, konnte Ole Olsson, der einzige Glaser in Eggesund, ihr aber nicht helfen.

»Versprochen, Frau Savander«, sagte der grauhaarige Mann und nahm ihr den Rahmen mit der zersplitterten Scheibe ab. »Ich mache so schnell ich kann.«

»Aber heute bekommen Sie es nicht mehr hin?«, rief Victoria noch hinter ihm her.

Ole Olsson wandte sich noch einmal um. »Es sind bei dem Sturm letzte Nacht jede Menge Fenster zu Bruch gegangen. Ich kann nur eins nach dem anderen machen. Aber ich bin sicher, dass ich es morgen wieder einsetzen kann.« Er verabschiedete sich und ging zurück in seine Werkstatt.

»Danke«, rief Victoria ihm nach. Als er außer Hörweite war, setzt sie ein herzhaftes »Mist!« hinzu. »Ich wollte doch heute noch zurückfahren.«

»Ich erkläre es Papa schon.« Ebba grinste. »Du bleibst einfach noch einen Tag, und morgen wird dich dein Anwalt sicher gern nach Hause fahren.«

»Es wird auch andere Möglichkeiten geben zurückzukommen«, erwiderte Victoria fast schon ein wenig trotzig. Sie würde Kristoffer ganz bestimmt nicht bitten, sie nach Stockholm zu bringen.

»Schade, dass ich nicht noch bleiben kann«, seufzte Ebba. »Ich habe Lilli versprochen, dass ich ihr Boot spätestens heute zurückbringe.«

Langsam schlenderten die beiden Frauen durch Eggesund, bis sich die Straße verzweigte. Die eine führte hinunter zu dem kleinen Hafen, die andere mitten ins Zentrum. Victoria hatte keine Ahnung, wie sie später zurück auf ihre Insel kommen sollte, aber jetzt wollte sie erst einmal in Eggesund bleiben und ein paar Einkäufe erledigen. Vor allem an Lebensmitteln fehlte es im Leuchtturm, wenn sie noch eine weitere Nacht bleiben wollte. Schade, dass Ebba zurück musste. Zu zweit hätte es sicher bedeutend mehr Spaß gemacht.

Trotzdem gestand Victoria sich ein, nicht wirklich traurig darüber zu sein, dass sie noch bleiben musste. Unwillkürlich dachte sie an Kristoffers Worte, dass diese Gegend hier eine ganz besondere Magie besaß. Eine Magie, die mehr und mehr Besitz von ihr ergriff. Stockholm schien ihr mit einem Mal so unendlich weit weg zu sein. Fast wie in einer anderen Welt.

Ebba und Victoria umarmten sich zum Abschied. »Genieß den Tag einfach«, meinte Ebba. »Bis dann, meine Süße.«

»Bis dann.« Schuldbewusst blickte Victoria ihre Freundin an. »Und sag Nils, dass es mir leid tut.«

»Jetzt mach dir mal keine Gedanken«, erwiderte Ebba. Soweit es ihren Vater betraf, schien sie wirklich kein Mitleid zu kennen. »Der Mann ist erwachsen. Er wird auch mal einen Tag ohne seine Assistentin auskommen.«

Die beiden Frauen trennten sich. Für einen Augenblick kam Victoria sich schrecklich alleine vor, als sie die Straße entlangging. War es doch ein Fehler gewesen, noch einen Tag hier zu bleiben? Sie hätte Ole Olsson den Schlüssel zum Leuchtturm geben und mit Ebba ...

Sie erschrak, als ein Wagen neben ihr bremste. Kristoffer hatte das Verdeck des Cabrios heruntergelassen und starrte sie freudig überrascht an. »Sie sind ja noch da.«

Es war Victoria nicht bewusst, wie sehr auch sie ihn anstrahlte. »Ja«, nickte sie. »Es scheint sich alles gegen mich verschworen zu haben. Der Sturm hat ein Fenster eingedrückt, und jetzt muss ich warten, bis es repariert ist.«

»Hervorragend«, sagte Kristoffer. »Ich meine, nicht das mit dem Fenster«, räumte er sofort ein, als Victoria ihn überrascht anblickte, »sondern weil Sie noch hier sind. Ich freue mich sehr.«

Victoria zögerte kurz. »Eigentlich finde ich es auch schön.« Unbeschwert lachte sie ihn an.

»Haben Sie schon etwas vor? Ich muss zu einem Klienten

nach Malinsholm. Es ist eine wunderschöne Fahrt. Wollen Sie mich begleiten?«

Victoria überlegte nicht lange. »Okay«, nickte sie.

Kristoffer öffnete ihr die Beifahrertür. Anschließend ging er selbst um den Wagen herum und nahm hinter dem Lenkrad Platz. Sie schauten einander an. Einen langen, verheißungsvollen Augenblick lang. Beide sagten kein Wort. Schließlich startete Kristoffer seinen Wagen und gab Gas. Beide bemerkten nicht, dass sie aus der Buchhandlung heraus beobachtet wurden. Wütend schaute Henner ihnen nach, während Lena sich traurig abwandte...

*

Es war das gleiche Gefühl, dass sie gestern bereits auf dem Leuchtturm empfunden hatte. Vollendete Leichtigkeit, endlose Freiheit. Victoria stand neben Kristoffer im Motorboot und hielt sich mit einer Hand am Holm fest, während er das Boot sicher durch die Schärenwelt steuerte. Vorbei an felsigen Inseln, an bewaldeten Uferflächen. Die Gischt spritze unter dem Boot hoch auf.

Victoria spürte das Salzwasser auf ihren Lippen, den Fahrtwind auf ihrer Haut. Sie bemerkte, dass Kristoffer sie immer wieder von der Seite ansah. Nun wandte auch sie den Kopf, lächelte ihm zu. Nie zuvor hatte sie so intensiv die Nähe zu einem anderen Menschen gespürt...

*

Als Ebba das Boot im Stockholmer Hafen langsam an den Steg heranfuhr, war sie überrascht, ihren Vater zu sehen, der bereits auf sie wartete. Sein Blick flog über das kleine Boot. »Wo ist sie?

»Vicky?«, Ebba wusste sofort wovon er sprach. »Sie musste

noch dort bleiben.« Sie griff nach der Hand, die ihr Vater ihr reichte und ließ sich auf den Steg helfen.

»Du wolltest sie doch holen!« Nils war sichtlich ungehalten.

»Es handelt sich um einen Notfall.« Ebba betrachtete ihren Vater kopfschüttelnd. »Komm, Papa, stell dich nicht so an. Sie wollte doch eigentlich sowieso drei Wochen wegbleiben.«

Ebbas Argumente vermochten Nils nicht zu besänftigen. Er fragte nicht einmal, um was für eine Art von Notfall es sich überhaupt handelte. Das Einzige, was für ihn zählte, war, dass Victoria nicht gekommen war. »Ich bezahle sie. Sie kann nicht einfach kommen und gehen, wann sie will.«

Mit weit ausholenden Schritten eilte er am Kai entlang. Ebba ging neben ihm her und schaute ihn erstaunt von der Seite her an. »Was ist denn los mit dir? Du bist doch sonst nicht so kleinkariert.«

Nils seufzte tief. Seine Stimme klang nach wie vor ärgerlich. »Ich habe Abgabetermine, ich habe Interviewanfragen. Ihre Aufgabe ist es, sich um all das zu kümmern.«

Ebba stellte sich vor ihren Vater und zwang ihn so dazu, stehen zu bleiben. Seine Selbstherrlichkeit ließ sie allmählich auch ärgerlich werden. »Du bist wirklich ein furchtbarer Egoist. Es kann sich doch nicht immer alles nur um dich drehen. Vicky hat im Moment jede Menge mit diesem Leuchtturm um die Ohren. Außerdem solltest du ihr die kleine Auszeit gönnen. Vielleicht nutzt sie die Gelegenheit, um sich endlich wieder zu verlieben.«

Jetzt wurde Nils richtig wütend. Selbst seine Stimme wurde um einiges lauter, als er entgegnete: »Lächerlich! In wen sollte sie sich denn in diesem Kaff verlieben?« Danach ging er so schnell weiter, dass es Ebba kaum noch gelang, mit ihm Schritt zu halten.

*

Nach dem Besuch bei seinem Mandanten hatte Kristoffer sie zu der kleinen Holzhütte gebracht, die ihm gehörte. Wenn er das Bedürfnis nach absoluter Ruhe verspürte, so hatte er ihr erklärt, zog er sich gerne hierher zurück.

Die Hütte war so nah am Wasser gebaut, dass Victoria beim Blick über das Geländer das Gefühl hatte, mit der Strömung zu treiben. Die ganze Landschaft war eingehüllt in blau-türkis schimmernde Schatten mit dem goldenen Glanz der Mittsommernacht.

Kristoffer hatte für sie gekocht. Er hatte ihr nicht erlaubt, ihm zu helfen, während er die Kartoffelpfanne in der einfach eingerichteten Küche des Hauses zubereitete. Es war ein schlichtes Gericht, das er mit Tomatensalat servierte, doch Victoria hatte ihm versichert, dass ihr selten etwas so gut geschmeckt hatte.

Auch nach dem Essen durfte sie ihm nicht helfen. Kristoffer hatte die Reste ins Haus gebracht und kam jetzt mit zwei dampfenden Tassen in der Hand zurück. Die eine reichte er ihr, die andere behielt er in der Hand, als er sich neben sie setzte.

Victoria trank einen Schluck von ihrem Espresso, schaute dabei über den See. »Wunderbar«, seufzte sie und wandte den Kopf, um ihn anzusehen. »Was für ein wunderbarer Tag. Danke, dass Sie mich mitgenommen haben.«

»Danke, dass Sie mitgekommen sind.« Er lächelte, wurde unvermittelt ernst. Er schaute ihr unverwandt in die Augen, als sich sein Gesicht dem ihren näherte. Sie beugte sich ein wenig vor. Ihre Lippen trafen sich zu einem ersten, tastenden Kuss. Kristoffer legte einen Arm um sie, zog sie an sich und presste seine Lippen erneut auf ihren leicht geöffneten Mund. Victoria erwiderte seinen Kuss, lächelte, als er sie anblickte.

»Das habe ich mir gewünscht, als ich dich zum ersten Mal gesehen habe«, sagte er leise. Ganz fest zog er sie an sich, als er sie wieder küsste. Eine Hand griff in ihr Haar, seine Zunge glitt vorsichtig zwischen ihre Lippen, wobei er leise aufstöhnte ...

Victoria löste sich aus seiner Umarmung. Sie stand auf und entfernte sich ein Stück von ihm. »Was ist?«, wollte er ernüchtert wissen. »Habe ich etwas falsch gemacht?«

»Nein ... Es ist nur ...«, Victoria stockte. »Ich glaube, es wäre nicht gut.«

Kristoffer schaute sie verständnislos an. »Was meinst du?«

»Ich fürchte, ich fange an, dich zu sehr zu mögen.«

Jetzt kam Kristoffer näher, stellte sich so dicht neben sie, dass sich ihre Schultern berührten. Sein fragender Blick zeigte ihr, dass er immer noch nicht verstand. »Wie kann man jemanden zu sehr mögen?«

»Es wäre nicht gut.« Es fiel ihr schwer, ihn dabei anzulächeln, weil sie etwas ganz anderes fühlte, als sie jetzt sagte. »Ich will es einfach nicht.«

Es würde nur Komplikationen bringen. Lange genug hatte sie an der Seite von Nils die Rolle der Frau in der zweiten Reihe übernommen.

*

Vorsichtig schaute Henner sich nach allen Seiten um, als er die Buchhandlung betrat. Er blieb stehen, lauschte, doch alles blieb still.

Durch einen der hinteren Räume fiel Licht in den Laden. Es reichte ihm, um sich soweit zu orientieren, dass er nirgendwo anstieß.

Henner huschte zur Kasse, öffnete sie und nahm mehrere Geldscheine heraus. Vorsichtig drückte er die Lade wieder zu. In genau diesem Moment wurde das Licht eingeschaltet. Erschrocken zuckte er zusammen, schaffte es gerade noch, das Geld in die Hosentasche zu stecken.

Lena, die sich hastig den Bademantel über das Nachthemd gezogen hatte, presste eine Hand gegen ihr Herz. »Mein Gott, Henner, ich dachte, es sei ein Einbrecher.«

Henner blickte sie schuldbewusst an. »Es tut mir leid«, entschuldigte er sich. »Ich kann nicht schlafen und wollte mir einen Krimi holen.«

»Das kommt in letzter Zeit öfter vor.« Lena kam näher, betrachtete ihren Bruder besorgt. »Was ist los? Hast du Sorgen?«

»Ach was.« Henner konnte den prüfenden Blick seiner Schwester nicht mehr ertragen. Er wandte sich ab und ging hinüber zum Bücherregal, wo er angelegentlich nach der passenden Lektüre suchte. »Wahrscheinlich der Vollmond oder so«, meinte er betont beiläufig.« Er zog eines der Taschenbücher aus dem Regal.

Lena hatte an diesem Tag neue Bücher bekommen, war aber noch nicht dazu gekommen, sie einzuräumen. Sie nahm das oberste Buch von dem Stapel, der auf der Theke lag, und hielt es Henner unter die Nase. »Willst du den neuen Schalin?«

»Nee, lieber nicht.« Henner warf nur einen kurzen Blick auf das Buch in ihrer Hand. »Das erinnert mich zu sehr an diese Victoria. Gute Nacht«, verabschiedete er sich und hauchte einen Kuss auf die Stirn seiner Schwester.

»Ich finde sie sehr nett«, erwiderte Lena.

Hannes, der bereits auf dem Weg zur Tür war, wandte sich noch einmal um. Wortlos blickte er seine Schwester an, bevor er sich wieder umdrehte und endgültig den Laden verließ.

*

Sie hatten auf dem Weg zurück zur Insel kaum ein Wort miteinander gewechselt. Es war, als hätten sie beide Angst, im falschen Moment das Falsche zu sagen.

Alles wirkte wie verzaubert im Licht der Mittsommernacht. Victoria hatte beinahe schon das Gefühl, nach Hause zu kommen, als sie den Leuchtturm erblickte.

Kristoffer legte am Steg an und half ihr aus dem Boot. Sie eilte den Steg entlang, blieb plötzlich stehen und drehte sich wieder um. »Danke.«

Langsam kam Kristoffer näher. »Ich danke dir. Ich habe schon lange keinen so schönen Tag mehr erlebt. Ich bin froh, dass Hannes dich hierher gebracht hat.«

Sie lächelte, konnte sich nur schwer seiner Anziehungskraft entziehen. Sie wusste, dass es besser wäre, wenn sie ihn jetzt sofort nach Hause schicken würde. »Ehrlich gesagt, ich bin auch froh«, sagte sie stattdessen.

Langsam gingen sie auf den Turm zu. Kristoffer schien nicht sicher zu sein, ob es ihr wirklich recht war. Fragend schaute er sie an, und dann sagten sie beide gleichzeitig: »Ich hätte Lust auf einen Kaffee.«

Sie lachten sich an. Die Spannung, die eben noch zwischen ihnen gestanden hatte, löste sich. Kristoffer folgte ihr, als sie hineinging. Er schaute ihr zu, als sie den Kaffee kochte, doch als sie mit den beiden dampfenden Tassen in der Hand auf ihn zukam, nahm er sie ihr aus den Händen und stellte sie ab. Ganz sanft umfasste er sie. Wie ein Hauch berührte sein Mund ihre Lippen. Automatisch hob sie ihr Gesicht, drängte sie sich an ihn.

Kristoffers Kuss wurde leidenschaftlicher, seine Erregung erfasste auch sie. All ihre Sinne schienen nur auf seine Berührungen zu warten. Leise stöhnte sie auf, als seine Zunge in ihren Mund glitt. Er hörte nicht auf, sie zu küssen, als er ihr beim Ausziehen half. Sein Mund glitt langsam über ihren Hals. Er hob sie hoch und trug sie zu dem schmalen Bett.

Seine Küsse waren aufregend süß. Selbst wenn sie es noch

gewollt hätte, Victoria wäre jetzt gar nicht mehr dazu in der Lage gewesen, sich seinen Zärtlichkeiten, seiner Leidenschaft zu entziehen. Sie bog sich ihm entgegen, als er sich zu ihr legte, seine Haut ihre Haut berührte.

Eine zarte Brise wehte durch das weit geöffnete Fenster, brachte den Duft salziger Seeluft mit sich, während der helle Streifen am Horizont den neuen Tag ankündigte ...

*

Eng umschlungen lagen Victoria und Kristoffer nebeneinander im Bett. Hell schien die Sonne in den Raum. Von irgendwo war der Klang einer Glocke zu hören.

Victoria öffnete die Augen, lächelte, als sie in Kristoffers schlafendes Gesicht blickte. Irritiert schaute sie auf ihre Armbanduhr, als sie von draußen eine Männerstimme vernahm.

»Frau Savander! Frau Savander! Hallo!« Dazwischen war wieder der scheppernde Klang der Glocke zu hören.

Vorsichtig schob Victoria Kristoffers Arm beiseite, der sie fest umschlungen hielt. Leise stieg sie aus dem Bett. In aller Eile kleidete sie sich an, bevor sie nach unten lief und die Tür aufriss.

»Guten Morgen, Frau Savander. Komme ich zu früh?« Ole Olsson wirkte so munter, als wäre er schon seit Stunden auf den Beinen. Verstohlen schaute Victoria auf ihre Armbanduhr. Gerade einmal sieben Uhr. »Nein, nein«, sagte sie schnell und bat den Glaser herein. Er nickte zustimmend, als sie ihm einen Kaffee anbot. Neugierig beobachtete er Victoria, während sie in der kleinen Küche hantierte.

»Sie sind also die neue Besitzerin. Na ja, Hannes war immer für eine Überraschung gut. Wo haben Sie ihn denn kennengelernt?«

»Ich kannte ihn gar nicht.« Victoria setzte den Topf mit dem

Kaffeewasser auf die Herdplatte und wandte den Kopf, um Ole Olsson anzusehen. »Haben Sie Herrn Linnarson gut gekannt?«

Der weißhaarige, alte Mann wirkte mit einem Mal traurig. »Er war mein bester Freund«, sagte er leise.

Endlich jemand, der ihr mehr über ihren Gönner erzählen konnte. Victoria bat Ole Olsson, an dem kleinen Tisch am Fenster Platz zu nehmen. »Können Sie mir sagen, was für ein Mensch er war?« Erwartungsvoll schaute sie Ole Olsson an.

»Hannes«, Ole Olsson blickte einen Augenblick lang nachdenklich drein. »Er war ein ganz besonderer Mensch. Er war ein guter Mechaniker, aber davon gibt es viele.« Der Glaser hielt inne. Seine Gedanken schienen zurückzuwandern in die Vergangenheit, als er weitersprach. »Hannes hatte noch eine ganz andere Seite. Er konnte die tollsten Geschichten erzählen. Er hatte eine sprühende Fantasie. Ich habe immer gesagt, an ihm ist ein Dichter verloren gegangen, doch darüber hat er nur gelacht und gesagt, zum Dichten gehöre mehr als Fantasie. Er hat lieber gelesen.«

Es war das erste Mal, dass Hannes Linnarson für Victoria mehr war, als nur der Mann, der ihr aus unerklärlichen Gründen den Leuchtturm vermacht hatte. Mehr als das Foto von ihm, das an der gegenüberliegenden Wand hing. Ole Olsson erlaubte ihr einen winzigen Blick in die Seele seines besten Freundes. Sie lächelte versonnen vor sich hin. »Klingt so, als hätten wir uns gut verstanden.« Doch sie wollte mehr wissen. Zögernd blickte sie Ole Olsson an. »Könnte es sein, dass er eine ... nun ja, dass er eine Freundin gehabt hat?«

Ole verstand sofort, was sie meinte. Es dauerte eine Weile, bis er antwortete. »Sie denken vielleicht, dass Sie seine Tochter sein könnten.« Er schüttelte den Kopf. »Niemals! Hätte Hannes seine Frau überhaupt betrogen, er hätte dazu gestanden und sich um sein Kind gekümmert.« Ole Olsson stand auf und ging zur Tür. Dort drehte er sich noch einmal um und wollte wissen: »Aber warum fragen Sie nicht einfach Ihre Mutter?«

»Meine Mutter?« Natürlich, Ole Olsson kannte ihre Mutter nicht. Sonst hätte er gewusst, dass sich eine solche Frage von vornherein erübrigte. »Meine Mutter hätte mir nie gesagt, wenn ich nicht die Tochter meines Vaters gewesen wäre.«

Für Ole Olsson war das Gespräch über Hannes Linnarson beendet. »Ich hänge dann mal das Fenster ein«, sagte er.

Victoria verzichtete darauf, ihn mit weiteren Fragen zu bedrängen. »Im ersten Stock oben«, entgegnete sie. Sie hörte, wie Ole Olsson nach oben ging, blieb aber selbst am Tisch sitzen und starrte grübelnd aus dem Fenster. Jetzt wusste sie schon ein bisschen mehr über Hannes Linnarson, und doch gab es da immer noch diese eine, bohrende Frage: Wieso hatte er ihr den Leuchtturm vererbt?

Als Kristoffer den Raum betrat, sah sie auf. Er setzte sich zu ihr, in seinem Gesicht war die ganze Zärtlichkeit zu sehen, die er für sie empfand. »Gut geschlafen?«, wollte er wissen.

»Ganz wunderbar«, nickte Victoria.

Kristoffer beugte sich vor, küsste sie zärtlich auf den Mund. Für den glücklichen Moment einer Sekunde hielt Victoria still, doch dann zog sie sich zurück. Auch zwischen Kristoffer und ihr gab es noch Fragen, die geklärt werden mussten.

Er blickte sie verunsichert an, spürte wohl, dass da etwas in ihr vorging. »Ich muss jetzt los. Sehen wir uns?«

Victoria nickte leicht. »Es gibt Dinge, über die wir reden müssen.«

»Gern«, stimmte er sofort zu. »Wenn du sprechen willst, dann tun wir das. Heute Abend?«

Victoria war erleichtert, weil er keine Anstalten machte, ihr auszuweichen, und weil es ihm wichtig zu sein schien, auf sie einzugehen. Er beugte sich noch einmal über sie, um sie zu küssen, dann ging er. Ernst blickte Victoria ihm nach.

*

»Morgen, Grit!« Schwungvoll betrat Kristoffer die Kanzlei. Er war einfach nur glücklich an diesem Morgen. Gewiss, Victoria hatte vorhin sehr ernst, beinahe schon bedrückt gewirkt, aber immerhin war sie bereit, mit ihm zu reden.

»Hej, Kristoffer«, erwiderte Grit seinen Gruß. Im Flüsterton fuhr sie fort: »Sie haben Besuch. Er wartet in Ihrem Büro.« Dabei wies sie mit dem Finger auf die offene Bürotür. Automatisch folgte Kristoffers Blick dem ausgestreckten Finger, doch er konnte niemanden sehen.

»Wer denn?«, wollte Kristoffer schulterzuckend wissen. »Ich habe heute Morgen doch keinen Termin.«

Grit lächelte geheimnisvoll. »Ein Mann wie er braucht keinen Termin.«

Das Telefon auf Grits Schreibtisch klingelte. Sie nahm den Hörer ab und meldete sich. Gleichzeitig wies sie erneut mit dem Finger auf Kristoffers Büro und gab ihm mit geheimnisvoller Miene zu verstehen, dass er dort dringend erwartet wurde. Jetzt war Kristoffer neugierig. Durch die Verbindungstür betrat er sein Büro. Er erkannte den Mann sofort, der da am Fenster stand und in einem Buch blätterte, das er aus einem der weißen Holzregale genommen hatte, die sich deckenhoch an den Wänden aneinanderreihten.

»Guten Morgen! Ich bin Kristoffer Lund.«

Nils Schalin legte das Buch achtlos beiseite und streckte ihm die Hand entgegen. »Guten Morgen, ich bin . . .«

». . . Nils Schalin«, unterbrach ihn Kristoffer. »Es freut mich, dass Sie uns besuchen.« Er bot Nils einen der Besucherstühle vor seinem Schreibtisch an und nahm selbst Platz. Fragend schaute er den Schriftsteller an. »Was kann ich für Sie tun?«

»Ich suche meine Assistentin, Victoria Savander«, kam Nils ohne Umschweife zur Sache.

»Victoria ist bei ihrem Leuchtturm«, sagte Kristoffer.

»Um diese Zeit?«, wunderte sich Nils. »Sie wird dort doch nicht etwa übernachtet haben.«

Diese Frage brachte Kristoffer für einige Sekunden aus der Fassung, weil er unwillkürlich an die gemeinsame Nacht mit Victoria denken musste. »Doch ...«, stammelte er und wiederholte es gleich noch einmal. »Doch ... das hat sie.«

Nils hob den Kopf, starrte Kristoffer an, in dessen Blick sich Misstrauen regte. »Warum geht sie denn nicht in ein Hotel wie jeder normale Mensch?«

Auch jetzt gelang es Kristoffer nicht, ungezwungen zu antworten. »Vielleicht ... findet sie den Turm romantisch.«

»Victoria und romantisch?« Nils Schalin lächelte, als hielte er diese Vorstellung für völlig abwegig. »Dann werde ich wohl mal hinfahren müssen. Wie komme ich denn dahin?«

»Am besten mit einem Taxiboot.« Kristoffer hatte sich inzwischen wieder soweit gefasst, dass er mit der ihm sonst so eigenen Selbstsicherheit antworten konnte. Als Nils Schalin aufstand, erhob er sich auch von seinem Stuhl.

»Eine Frage habe ich noch«, lächelte Nils Schalin. »Was macht man eigentlich mit so einem romantischen Turm?«

Auch Kristoffer lachte jetzt. »Das fragen Sie Victoria am besten selbst.«

»Genau das werde ich tun.« Nils verabschiedete sich und verließ das Büro. Kristoffer schaute ihm nach, ohne recht zu wissen, was er von dem Besuch des Schriftstellers zu halten hatte.

*

Victoria hörte Ole Olsson in der Etage über ihr arbeiten. Langsam schlenderte sie durch den Raum. Immer noch gab es Neues zu entdecken. Bücher, die noch da lagen, wo Hannes Linnarson sie zuletzt hingelegt hatte. Ein Gegenstand, der ganz unten in einem Bücherregal stand und mit einem Tuch abgedeckt war, erregte ihr Interesse. Victoria bückte sich, zog das weiße Tuch beiseite und entdeckte eine uralte Schreibmaschine. Darauf lag ein Stapel Papier.

Ob Hannes Linnarson doch versucht hatte, die eine oder andere seiner Geschichten zu Papier zu bringen? Behutsam strich Victoria mit dem Finger über die untere Tastenreihe. Sie handelte ohne groß nachzudenken, nahm die schwere Maschine aus dem Regal und schleppte sie zu dem Tisch unter dem Fenster. Sie setzte sich davor, spannte einen Bogen Papier ein und blickte einige Zeit versonnen auf die Maschine. Dann streckte sie die Hände aus, ihre Finger fuhren über die Tasten. Es ging ganz wie von selbst. Sie konnte kaum schnell genug schreiben, um die Gedanken zu Papier zu bringen, die ihre Geschichte vorantrieben. Erst als sie das Geräusch eines Motors vernahm, schaute sie auf und sah eines der Taxiboote, das geradewegs auf die Insel zusteuerte.

Bedauernd blickte sie auf die Schreibmaschine. Sie hätte gerne weitergearbeitet, beschloss aber letztendlich, doch erst einmal hinunter zum Steg zu gehen und nachzusehen, wer sie da so überraschend besuchte.

Das Boot hatte die Insel fast erreicht, als Victoria am Anlegesteg ankam. »Nils!« Sie konnte es kaum fassen, als sie den Mann erkannte, der auf den Steg kletterte. »Warten Sie zehn Minuten«, hörte sie ihn zu dem Bootsführer sagen, »dann fahren wir zusammen wieder zurück.«

Nils breitete beide Arme aus, als Victoria langsam näher kam. »Wie sagt man noch mal? Wenn der Berg nicht zum Propheten kommt ... Tag, mein Herz.« Langsam kam er auf sie zu.

»Was machst du hier?« Es klang nicht sehr freundlich. Nicht einmal erfreut.

»Ich wollte nur mal nach dem Rechten sehen.« Nils warf einen Blick auf den Turm, schaute ihr dann wieder in die Augen. »Die Sehnsucht nach dir hat mich übermannt.« Er beugte sich vor, wollte sie küssen, doch Victoria wehrte ihn ab. »Nicht vor den Leuten. Sagst du doch immer.«

»Was interessieren mich die Leute?« Er betrachtete Victoria von Kopf bis Fuß, wickelte eine der Strähnen ihres Haares, die sich aus dem Pferdeschwanz gelöst hatte, um seinen Finger. »Wie siehst du überhaupt aus.«

Victoria wusste selbst, dass sie im Augenblick nicht mehr viel mit der korrekt gekleideten Assistentin eines berühmten Schriftstellers gemein hatte. Sie trug eine lockere Hose, einen einfachen Pullover. Während Nils sich offensichtlich an ihrer Aufmachung zu stören schien, hatte Kristoffer ihr heute Morgen das Gefühl gegeben, schön zu sein. »Es gibt hier keinen Spiegel«, sagte sie. »Und da ich keinen Besuch erwartet habe, war es mir auch egal.« Es war ihr selbst jetzt noch egal. Sie fühlte sich einfach nur wohl und das strahlte sie auch aus.

Nils schaute sie irritiert an. Wahrscheinlich spürte er, dass sich etwas verändert hatte. Dass sie sich verändert hatte, und das bezog sich nicht alleine auf ihr Äußeres. Es war typisch für ihn, dass er sich damit nicht befassen wollte. »Wie auch immer«, ordnete er an. »Pack deine Sachen, die nächste Fähre geht um fünf. Bis dahin muss ich aber unbedingt noch etwas essen. Gibt es in diesem Kaff ein Restaurant?«

Victoria, die sich bereits auf den Rückweg zum Turm gemacht hatte, wandte sich um. »Nein, Nils, ich kann nicht. Ich habe hier noch etwas zu erledigen.«

Nils starrte sie an. Es war das erste Mal, dass sie seiner Aufforderung nicht sofort nachkam und ihre eigenen Angelegenheiten seinen Wünschen unterordnete. »Ich komme deinetwegen hierher um dich zu holen, und du sagst, du kannst nicht? Komm, lass uns das alles beim Essen besprechen.«

»Aber ...«, wollte Victoria einwenden, doch Nils ließ sie nicht ausreden. »Kein Aber«, sagte er, »du willst doch nicht, dass ich vom Fleisch falle.«

»Okay«, gab Victoria schmunzelnd nach. »Gehen wir eben essen, bevor hier noch ein berühmter Schriftsteller vor lauter Hunger zu Tode kommt.«

*

Wenigstens bei der Arbeit konnte er abschalten. Henner liebte seine Arbeit. Er lag unter dem Wagen und löste die rostige Schraube, als er plötzlich Schritte vernahm, die näher kamen. »Na, viel zu tun«, vernahm er gleich darauf eine spöttische Stimme, die er lieber nicht gehört hätte. Er kam unter dem Wagen hervor und starrte Karl Gunnarsson an, der breitbeinig über ihm stand.

»Es geht«, erwiderte Henner.

»Je mehr, desto besser. Oder?« Gunnarsson verengte die Augen zu schmalen Schlitzen. Etwas Drohendes ging von ihm aus.

Henner fühlte sich unbehaglich. Karl Gunnarsson musste nichts sagen. Henner wusste auch so, warum er hier war. »Wenn Sie wissen wollen, was mit dem Turm ist, ich habe gesagt, ich brauche noch ein wenig Zeit. Sobald die Sache klar ist, rufe ich Sie an.«

»Allzu viel Zeit sollten Sie sich aber nicht mehr lassen.« Karl Gunnarsson Stimme troff vor Ironie. »Sie wissen doch, ein kleiner Anruf bei der Staatsanwaltschaft, Ihre Werkstatt ist dicht und Sie wandern in den Knast.«

»Sie brauchen mir nicht noch mehr zu drohen«, fuhr Henner

auf. »Ich tue, was ich kann.« Er verstummte, als Kristoffer die Werkstatt betrat. Karl Gunnarsson wandte sich kurz um, sah den Anwalt und sagte dann in verbindlichem Ton: »Alles klar. Ich höre dann von Ihnen. Bald!«

Kristoffer kam näher. »Hej, Henner, kannst du mal die Lenkung von meinem Wagen überprüfen. Sie zieht nach links.«

Henner wirkte ziemlich genervt. »Ja, mache ich.«

»Schaffst du es heute noch?«, wollte Kristoffer wissen.

»Ich sehe es mir gleich an. Ruf mich in einer Stunde an, dann sag ich dir, was es ist.«

Kristoffer spürte, dass Henner ihn loswerden wollte. Er war nervös und noch mürrischer als sonst. »Was wollte denn dieser Gunnarsson eben? Ich dachte, ich hätte ihm klargemacht, dass er keine Chance hat, den Leuchtturm zu bekommen.«

Es war das erste Mal, seit Kristoffer in die Werkstatt gekommen war, dass Henner ihn direkt anblickte. »Kann es sein, dass dich das nichts angeht? Du bist doch der Anwalt von dieser Savander. Also lass mich in Ruhe.« Henner wandte sich um und beugte sich wieder zu dem Wagen hinab, an dem er gearbeitet hatte, bevor Karl Gunnarsson in die Werkstatt gekommen war. Er drehte Kristoffer den Rücken zu und gab ihm so deutlich zu verstehen, dass das Gespräch für ihn beendet war.

Nachdenklich betrachtete Kristoffer ihn. Er hätte zu gerne gewusst, was Henner und dieser Gunnarsson miteinander aushecken. Ihm war aber auch klar, dass er von Henner auf diese Frage keine Antwort erhalten würde.

»Ich rufe dich in einer Stunde an.« Er wandte sich zum Gehen.

»Tu das«, erwiderte Henner und rutschte wieder unter den Wagen.

*

Sie hatten eine ganz hervorragende Leberpastete in einem Restaurant ein wenig außerhalb von Eggesund gegessen. Selbst Nils, der nur abfällig von *dem Kaff* sprach, wenn er Eggesund meinte, hatte sich begeistert gezeigt. Nun gingen sie langsam über die Straße zurück nach Eggesund. Vorbei an pastellfarbenen Holzhäusern zu ihrer Rechten, während die linke Straßenseite von hohen, dicht belaubten Buchen gesäumt wurde. Es war recht still um diese frühe Mittagsstunde. Kein Mensch begegnete ihnen.

Victoria hatte sich bei Nils eingehängt. Sie hatte sich wieder so zurechtgemacht, wie Nils es gerne mochte. Korrekte Kleidung, die Haare aufgesteckt. »Vielleicht hat Ebba ja Recht. Vielleicht ist es wirklich ein Zeichen, wenn man plötzlich einen Leuchtturm erbt.«

»Ein Zeichen? Wofür?«, wollte Nils wissen und tippte sich in bezeichnender Weise an die Stirn. »Dass die Leute hier alle eine Meise haben?«

»Haben sie nicht«, widersprach Victoria. »Die Leute hier sind alle sehr nett.«

»Vor allem wohl dieser Provinzanwalt mit dem Hinterwäldlercharme«, kam es prompt zurück. Victoria fragte sich insgeheim, ob Nils spürte, dass da mehr zwischen ihr und Kristoffer war. »Ich weiß nicht, was du meinst«, behauptete sie.

Sie hatten die kleine Brücke erreicht, die über einen Kanal direkt nach Eggesund hineinführte.

»Kleines«, sagte Nils eindringlich, »ich möchte, dass wir heute zusammen nach Hause fahren.«

Victoria ließ seinen Arm los, wusste nicht, was sie darauf antworten sollte. Sie wollte nicht weg. Nicht nach dieser Nacht mit Kristoffer. Als sie Nils Hand auf ihrem Rücken spürte, blieb sie stehen. »Warum bist du eigentlich hierher gekommen?«, wollte sie von ihm wissen.

»Ich hatte gar keine andere Wahl«, sagte Nils. »Du bist mir weggelaufen. Du ... hast mich im Stich gelassen. Und es sah nicht so aus, als ob du freiwillig zurückkommen würdest.« Er lächelte, als wären seine Worte im Scherz gesagt. Victoria kannte ihn aber viel zu gut, um nicht zu wissen, dass er jedes Wort genau so meinte, wie er es sagte. Sie ging langsam weiter, passte sich seinem heiteren Ton an, als sie antwortete. »Seit fünf Jahren bin ich zum ersten Mal zwei Tage nicht an deiner Seite gewesen. Das wirst du doch wohl noch aushalten.«

»Nein, das kann ich nicht aushalten.« Jetzt verstellte Nils sich nicht mehr. In aller Eindringlichkeit sprach er auf sie ein. »Ich brauche diese Regelmäßigkeit. Ich brauche die Gewissheit, dass du jeden Morgen um acht zu mir ins Büro kommst. Ich brauche die Sicherheit, dass du dich um alles kümmerst.«

Noch vor zwei Tagen hätte sie alles dafür gegeben, diese Worte von ihm zu hören. Jetzt wusste sie nicht, was sie darauf antworten sollte. Sie war wieder stehen geblieben, schaute ihn sprachlos an.

»Vielleicht habe ich es dir noch nicht eindringlich genug erklärt«, fuhr Nils fort. »Ich kann mir ein Leben ohne dich nicht mehr vorstellen.«

Seine Worte machten sie völlig hilflos. »Ich bin nur deine Angestellte«, murmelte sie.

»Das bist du nicht, Victoria. Du bist meine Muse, meine Kraft. Ich bin nichts ohne dich.«

Victoria konnte ihm nicht länger zuhören. Jedes seiner Worte schnitt ihr tief ins Herz. Wenn Sie ihm jetzt nicht sagte, dass sich ihr Gefühl für ihn verändert hatte, dass es Kristoffer war, den sie liebte, würde sie es wahrscheinlich nie mehr über die Lippen bringen. Sie konnte ihn dabei nicht ansehen, wandte sich ab. »Nils, ich muss dir etwas sagen ...«

Bekam er es nicht mit oder wollte er es nicht hören. »Ich habe nicht eine vernünftige Zeile geschrieben, seit du weg bist«, sprach er einfach weiter, doch diesmal nahm Victoria es nicht einfach so hin. »Hör mir zu, Nils«, sagte sie mit leicht erhobener Stimme. »Ich bin total durcheinander. Es ist etwas passiert . . .«

Er wollte es nicht hören, hatte möglicherweise sogar Angst vor dem, was sie ihm sagen wollte. Er unterbrach sie auch jetzt wieder, umfasste ihre Schulter und zwang sie, ihn anzusehen. »Victoria, vergiss bitte diesen Leuchtturm.« Er schaute sie an, ernst, wie noch nie zuvor. »Du darfst mich nicht verlassen. Ich existiere nicht ohne dich.« Heiser klang seine Stimme, als er schloss: »Ich liebe dich.«

Victoria starrte ihn an. »Es ist das erste Mal, dass du das sagst.«

»Ja, ich weiß. Ich hätte es dir viel öfter sagen müssen. Tut mir leid, ich bin ein Idiot.« Ein flüchtiges Lächeln huschte über sein Gesicht. Er küsste sie, schaute ihr flehend in die Augen.

Es würde ihm das Herz brechen, wenn sie ihm jetzt sagte, dass sie sich in einen anderen Mann verliebt hatte. Was sie ihm damit antun würde, wenn sie ihm sagte, dass sie ihn verlassen wollte, mochte Victoria sich nicht ausmalen. Sie hatte Nils geliebt, und wenn es jetzt auch vorbei war, so würde es immer einen Teil in ihr geben, der sich mit ihm tief verbunden fühlte. War das nicht weitaus wichtiger als die erregende Leidenschaft zu einem Mann, den sie gerade mal zwei Tage kannte?

»Lass uns zurückfahren, ja«, sagte sie, bevor sie es sich doch noch anders überlegen konnte. »Aber vorher muss ich Kristoffer Lund noch sagen, dass ich auf den Turm verzichte.«

Nils nickte. Er wirkte zufrieden und erleichtert zugleich.

*

Sie hatte gewusst, dass es nicht leicht sein würde. Kristoffer starrte sie fassungslos an, als sie ihm erklärte, dass sie den Turm nicht haben wolle und sofort nach Stockholm zurückkehren würde. Es tat ihr weh, die stille Verzweiflung in seinen Augen zu sehen, die sie selbst empfand. Natürlich nahm Kristoffer ihren Entschluss nicht einfach so hin. »Und du bist sicher, dass du auf das Erbe verzichten willst?«

Es war Nils, der antwortete. »Herr Lund«, sagte er von oben herab. »Frau Savander hat sich, wie ich meine, deutlich genug ausgedrückt.«

Kristoffer schaute Nils an, wandte sich aber gleich darauf wieder Victoria zu. »Du könntest den Turm auch vermieten.«

»Es tut mir leid«, schüttelte Victoria den Kopf. »Es ist besser so.« Sie schauten sich in die Augen. Die Spannung zwischen ihnen war spürbar und zweifellos bemerkte das auch Nils. Er spielte nervös mit seinen Finger, und es war ihm deutlich anzusehen, dass er nicht beabsichtigte auch nur einen Moment länger zu bleiben.

»Ich würde gerne unter vier Augen mit dir sprechen«, sagte Kristoffer zu Victoria.

Zumindest das schuldete sie ihm. Auffordernd blickte Victoria Nils an, dem das überhaupt nicht gefiel. Trotzdem nickte er. »Ich warte draußen auf dich.«

»Was ist denn los mit dir?«, wollte Kristoffer wissen, kaum dass die Bürotür hinter Nils Schalin zugefallen war.

»Die Realität hat mich wieder.« Ernst blickte sie ihn an. »Ich habe einen Job.«

Kristoffer zeigte keinerlei Verständnis. »Den könntest du auch hier finden.«

Victoria beschloss, ihm die ganze Wahrheit zu sagen. Es waren nur drei Worte, die umfassend erklärten, wieso sie nach Stockholm zurückkehren musste. »Nils braucht mich.«

Ganz nah trat Kristoffer jetzt an sie heran. Seine Nähe war beinahe unerträglich für sie. Es fiel ihr unendlich schwer, ihn nicht zu berühren, ihn nicht zu umarmen.

Schützend verschränkte sie die Arme vor der Brust. Wenn sie Kristoffer jetzt berührte, würde es ihr unmöglich sein, ihn jemals zu verlassen. Sie musste einfach vernünftig sein. Sie trat einen Schritt zurück, brauchte die räumliche Distanz zwischen sich und ihm. »Bitte nicht«, bat sie leise, als er ihr folgte.

Unverwandt schaute Kristoffer sie an. »Was ist mit letzter Nacht?« Seine Stimme klang heiser. »Hat dir das gar nichts bedeutet?«

Es fiel ihr so schwer, nicht die Fassung zu verlieren. Ihre Stimme zitterte. »Doch, sehr viel sogar. Aber es war wie ein Ausflug in eine andere Welt. Wir wissen doch beide, dass es nicht geht.«

»Du liebst ihn«, stellte Kristoffer plötzlich fest. »Ist es das? Du bist nicht nur seine Assistentin.«

Victoria widersprach nicht. Vielleicht half es ja zumindest Kristoffer, wenn er glaubte, dass sie einen anderen Mann liebte. Mit tränenerstickter Stimme erwiderte sie: »Nils ist der wichtigste Mensch in meinem Leben. Er braucht mich.«

Kristoffer nickte, schaute ihr tief in die Augen. »Ich brauche dich auch.«

»Du?« Sie stand kurz davor, vollends die Fassung zu verlieren. Ihre Augen füllten sich mit Tränen. »Du hast ein Leben, das auch ohne mich funktioniert.«

Der Schmerz in seinen Augen brach ihr das Herz. »Und du?«, wollte er leise wissen. »Was ist mit deinem Leben?«

»Ich habe mich entschieden.« Sie atmete tief durch. »Auf Wiedersehen.« Fluchtartig verließ sie Kristoffers Büro.

*

Sehr beeindruckt war Nils nicht von ihrem Erbe. Ungeduldig ging er herum, während sie ihre Sachen einpackte. Victoria vermied es, zu dem zerwühlten Bett zu sehen. Jede Erinnerung an die vergangene Nacht verursachte ihr einen schmerzhaften Stich. Sie hörte, wie Nils herumging, achtete jedoch nicht darauf, bis er sagte. »Dieser Linnarson hat sogar geschrieben.« Er stand vor der alten Schreibmaschine und las den Text, den Victoria geschrieben hatte. Sie ließ ihn in dem Glauben, das es sich dabei um Hannes Linnarsons Werk handelte.

»Gar nicht mal so unbegabt«, meinte Nils gönnerhaft. »Hast du das gelesen?«

»Er wird eben einer dieser Möchtegern-Schreiberlinge gewesen sein.« Mit den beiden Kaffeetassen vom vergangenen Abend ging Victoria an der Schreibmaschine vorbei und zog das Blatt mit einem Ruck heraus. Sie knüllte das Blatt zusammen und warf es in den Papierkorb.

Nils achtete nicht darauf. Er stand inzwischen vor dem Regal und betrachtete die gesammelte Ausgabe seiner eigenen Bücher. »Das gibt es doch nicht«, hörte Victoria ihn murmeln. »Das ist eine Erstausgabe von *Vollmond*. Ich glaube es nicht.«

Victoria hörte es zwar, aber sie nahm es nicht richtig wahr. Sie hatte genug damit zu tun, ihre eigenen Gedanken zu sammeln und diesen Schmerz in ihrem Innern so weit im Zaum zu halten, dass er nicht vollends Besitz von ihr ergriff. Sie spülte die beiden Tassen ab, schaute sich noch einmal um. Es war kaum zu glauben, dass erst drei Tage vergangen waren, seit sie hierher gekommen war. So unendlich viel war in dieser kurzen Zeitspanne passiert.

Es fiel ihr schwer, zu gehen. Sie nahm die Reisetasche, schaute sich noch einmal um. »Ich bin fertig. Wir können dann los«, sagte sie zu Nils. Ein letzter Blick, bevor sie hinausging. Mit dem Wissen, dass es ein Abschied für immer sein würde.

*

»Viel Spaß beim Lesen«, wünschte Lena der Kundin, die den Laden verließ. Zur gleichen Zeit kam Henner herein. Das Buch in der Hand, das sie ihm zuletzt gegeben hatte.

»Und? Hat dir das Buch gefallen?«, wollte Lena wissen.

»Spannend«, nickte Henner. »Ich nehme mir gleich noch eines mit, falls ich mal wieder nicht schlafen kann.«

»Henner«, mahnte Lena, »das geht jetzt schon seit Wochen so. Du musst was machen, sonst klappst du noch zusammen. Warst du beim Arzt?«

»Was soll der mir sagen? Ich weiß selbst, dass ich Stress habe. Wer hat den nicht.« Henner seufzte tief. »Es wäre ja alles gut geworden, wenn diese Frau nicht aufgetaucht wäre.«

Lena schaute ihren Bruder prüfend an. »Was hat denn Victoria Savander mit deinen Problemen zu tun? Henner – willst du mir nicht sagen, was los ist? Es geht doch nicht darum, was Onkel Hannes mit Victoria zu tun gehabt hat.«

Hannes wich dem Blick seiner Schwester aus. Er konnte sie nicht mit dem belasten, was er getan hatte. Sie konnte ihm ohnehin nicht helfen.

»Sie ist eine Fremde...«, war alles, was Henner dazu sagen konnte, da in diesem Moment Kristoffer in den Laden kam. »Hallo, ihr beiden. Gut, das ich euch treffe. Ich habe Neuigkeiten. Victoria Savander ist abgereist. Sie will den Turm nicht.«

Henner schaute ihn fassungslos an, während Lena eher überrascht wirkte. »Aber wieso denn? Ich dachte, ihr gefällt der Turm.«

»Heißt das, wir können mit dem Turm machen, was wir wollen?« Henner war sichtlich erleichtert.

»Sobald die Formalitäten erledigt sind«, bestätigte Kristoffer.

Henner hatte es mit einem Mal sehr eilig. »Ja gut, dann gehe ich mal wieder. Schönen Tag.«

»Sie ist also weg?«. Fragend schaute Lena Kristoffer an. »Kommt sie wieder?«

»Ich denke nicht, ihr Leben spielt in Stockholm.«

»Ob sie und Nils Schalin was miteinander haben?«, überlegte Lena laut. Es war mehr, als Kristoffer an diesem Tag ertragen konnte. »Keine Ahnung«, erwiderte er hart. »Und ich denke, das geht uns auch nichts an.«

*

»Endlich bist du wieder da.« Erleichtert seufzte Nils auf, als er zusammen mit Victoria das Atelier betrat. Er ging an seinen Schreibtisch und schien ohne Umschweife ihr altes Leben wieder aufnehmen zu wollen. Wahrscheinlich hatte er bereits in ein paar Tagen die kurze Unterbrechung seiner gewohnten Routine wieder vergessen und damit auch die Versprechungen, die er ihr auf der Heimfahrt gemacht hatte. Victoria machte sich nichts vor. Er würde sich wahrscheinlich nie ändern.

»Du tust gerade so, als wäre ich monatelang weg gewesen.« Sie trat an ihren Schreibtisch, auf dem sich die Umschläge stapelten. Nils hatte sie in den vergangenen Tagen einfach achtlos darauf abgelegt.

»Wenn man die Post sieht, könnte man das auch glatt glauben«, ergänzte Victoria. Sie begann sofort damit, die Briefe zu sortieren, hielt bei einem Umschlag inne. »Wenigstens in die Verlagspost hättest du mal reinschauen können.«

»So lange keine Schecks drin sind, interessiert mich das nicht.«

»Kindskopf«, erwiderte Victoria und sortierte die restliche Post. Dann griff sie nach dem Telefonhörer. »Ich rufe gleich mal an und mache den Abgabetermin fest.«

»Nein, bitte nicht«, sagte Nils und kam zu ihr an den Schreibtisch. »Lass uns das erst noch besprechen.«

Misstrauisch schaute Victoria ihn an. Sie ahnte bereits, worauf er hinauswollte. »Wie viel hast du geschrieben?«

Er hatte zumindest den Anstand, sie schuldbewusst anzublicken. Er antwortete aber erst, nachdem Victoria ein zweites Mal nachgehakt hatte. »Wenn wir gleich anfangen«, sagte er eifrig, »und Tag und Nacht durcharbeiten, können wir in zwei Monaten fertig sein. Wenn wir dann abgegeben haben, machen wir endlich unsere Reise.«

»Und wenn deine Frau wieder vom Botschafter eingeladen wird?« Diese Bemerkung konnte sie einfach nicht herunterschlucken.

»Dann muss sie schon alleine hingehen«, erwiderte Nils voller Überzeugungskraft. »Ich werde mich von nichts und niemandem mehr aufhalten lassen.«

Wahrscheinlich glaubte er in diesem Augenblick sehr viel mehr an seine eigenen Worte als Victoria. »Du hast wirklich Angst gehabt, dass ich nicht mehr zurückkomme. Oder?« Sie brauchte seine Bestätigung nicht wirklich. Seine Augen verrieten ihr die Antwort. Es dauerte, bis er ein knappes »Ja« hervorstieß. Danach wandte er sich um und ging an seinen Schreibtisch, zufrieden mit sich und der Welt summte er leise vor sich hin.

*

»So, jetzt haben Sie, was Sie wollen«, seufzte Henner erleichtert auf, als er mit Karl Gunnarsson vor dem Turm stand. »Sobald der Kaufvertrag unterschrieben ist, möchte ich nichts mehr von Ihnen hören.«

»Sie glauben wohl, Sie können mich täuschen«, lachte Karl Gunnarsson zynisch auf. Er sah an der Turmmauer hinauf, klopfte mit der Hand dagegen. »Das ist doch alles baufällig. Ich werde hier eine Menge Geld hineinstecken müssen.«

Henner war empört. »Baufällig? Sie haben sie wohl nicht alle. Hannes hat immer dafür gesorgt, dass alles in Ordnung ist. Sie wollten den Turm, und jetzt haben Sie ihn. Damit ist es vorbei.«

Karl Gunnarsson ließ ihn reden, schaute dabei stur geradeaus. Ein gemeines Lächeln umspielte seine Lippen und verhieß nichts Gutes. »Wann etwas vorbei ist, bestimme immer noch ich, mein Lieber. Wir sind noch lange nicht quitt. Ich bin mal gespannt, welche Kosten beim Umbau auf mich ...« Er brach ab und verbesserte sich hämisch grinsend: »... vielmehr auf Sie zukommen werden.«

»Umbaukosten?« Henners Stimme überschlug sich beinahe vor Empörung. »Das ist doch nicht Ihr Ernst. Ich bin nicht flüssig, das wissen Sie ganz genau.«

»Nicht mein Problem«, brüllte Karl Gunnarsson unbeherrscht los. Er wandte Henner den Rücken zu, drehte sich nicht einmal nach ihm um. Drohend hob er den Zeigefinger, seine Stimme jedoch war wieder kühl und beherrscht. »Sie haben ja immer noch die Werkstatt. Vergessen Sie nicht, ein Anruf beim Staatsanwalt genügt.« Damit ließ er Henner einfach stehen und ging.

Fassungslos starrte Henner ihm nach. Alles war vergeblich gewesen. Sein Hass auf Victoria Savander, der Kampf um den Turm. In diesem Augenblick wurde Henner klar, dass Karl Gunnarsson nie damit aufhören würde ihn zu erpressen.

*

Nils lag mehr in seinem Sessel, als dass er darin saß. Er hatte die Augen geschlossen und befand sich bereits in der Phase zwischen wachen und schlafen. Er murmelte Worte vor sich hin, die Victoria nicht verstehen konnte. Trotzdem fuhren ihre Finger eifrig über die Tastatur des Computers. Hin und wieder hielt sie kurz inne, um das Geschriebene zu lesen, bevor sie fortfuhr.

Sie sah auf, als Ebba durch die geöffnete Verandatür ins Atelier kam. Überrascht schaute Ebba auf ihren Vater, der inzwischen eingeschlafen war. »Du schreibst weiter, ohne dass er diktiert?«, fragte sie Victoria.

»Quatsch«, schüttelte Victoria den Kopf. »Ich nehme nur ein paar Korrekturen vor.« Mit einem bezeichnenden Blick in Nils Richtung legte sie einen Zeigefinger über die Lippen und bedeutete Ebba, mit ihr auf die andere Seite des Ateliers zu gehen, damit Nils in Ruhe weiterschlafen konnte.

Ebba war sichtlich unzufrieden. »Also hat er es doch geschafft, dich wieder einzufangen.«

Victoria wusste genau, was die Freundin meinte. Trotzdem schüttelte sie den Kopf und behauptete: »Ich habe keine Ahnung, wovon du redest. Ich arbeite für deinen Vater, und es war nie die Rede davon, dass ich das aufgebe.«

»Und dein Anwalt?« Ebba traf genau in die Wunde, ohne freilich zu wissen, wie weh sie Victoria damit tat.

Victoria gelang es, eine völlig unbeteiligte Miene aufzusetzen. »Er ist nicht mein Anwalt.« Doch die mühsam aufrecht erhaltene Fassade ließ sich nicht länger halten. Bitter sagte sie: »Er wäre ohnehin nicht in Frage gekommen.«

»Hast du ihn denn mal gefragt, ob es da wirklich eine Frau gibt?« Ebba ließ einfach nicht locker. Wahrscheinlich spürte sie, dass Victoria zutiefst unglücklich war.

»Ist doch egal.« Victoria schüttelte den Kopf. »Ich weiß, wo ich hingehöre.«

»Zu meinem Vater? Als ewige Assistentin?« Es war, als würde Ebba all das laut aussprechen, was ihr in den letzten Stunden selbst durch den Kopf gegangen war. Ebba war aber noch nicht fertig. »Wo ist dein Selbstbewusstsein geblieben? Mach doch endlich was aus deinem Leben. Du bist so eine tolle Frau.«

»Ich werde gebraucht. Ich bin wichtig für deinen Vater«, erwiderte Victoria eindringlich. Fast so, als müsste sie sich selbst mehr überzeugen als Ebba.

»Aber was ist wichtig für dich?« Ebba schaute sie an. bevor sie Victoria mit der nächsten Frage schockierte. »Und sag mir jetzt nicht, dass du ihn liebst.«

Victoria wusste nicht, was sie darauf erwidern sollte. Ebba wusste alles und hatte sich nie etwas anmerken lassen.

»Ich weiß es schon lange«, sagte Ebba leise, »und ich finde es schrecklich. Nicht wegen meiner Mutter, die kennt das. Vor dir gab es auch schon andere. Aber du vergeudest dein Leben.«

»Ich bin erwachsen und weiß, was ich tue.«

»Träum weiter, Prinzessin«, stieß Ebba richtig ärgerlich hervor. »Träum von deiner großen Liebe, aber irgendwann wirst du aufwachen, und dann wird dein Leben vorbei sein.«

Jedes Wort traf sie mitten in ihr Herz. Victoria musste sich beherrschen, um nicht laut aufzuweinen. Auch Ebba schien das zu bemerken. Sie griff nach Victorias Händen, drückte sie fest. »Mir könnte es ja egal sein, aber du hast so ein Leben nicht verdient.«

Ebba blieb nicht mehr lange, sie war bereits wieder auf dem Weg in ihre nächste Vorlesung. Victoria war es ohnehin lieber, wenn sie jetzt erst einmal alleine war. Nils schlief immer noch, sodass sie ihren Gedanken nachhängen konnte.

Als sie aufstand, sah sie, dass Nils' Jackett vom Stuhl gerutscht war. Sie ging hin, um es aufzuheben und wieder über die Lehne zu hängen. Ein Buch fiel aus der Tasche. Es war die Erstausgabe von *Vollmond*, dem ersten Buch, an dem sie gemeinsam mit Nils gearbeitet hatte. Sie musste in der Erinnerung daran lächeln, schlug es auf und blätterte es durch. Plötzlich sah sie das Foto. Ein Mann, der aussah wie Henner Linnarson und eine Frau, die ihr selbst glich. Wie kam Nils an dieses Foto.

Victoria zögerte keine Sekunde. Sie eilte zu Nils hinüber, rüttelte an seiner Schulter. »Nils! Wach auf!«

»Was?« Erschrocken fuhr er hoch, doch darauf nahm Victoria jetzt keine Rücksicht. Sie hielt ihm das Buch hin und wollte wissen, woher er das hatte.

»Aus dem Leuchtturm!« Er lächelt ein wenig verlegen. »Habe ich mitgenommen. Die Erstausgabe vom *Vollmond* ist längst vergriffen. Ich konnte nicht widerstehen.«

Es war nicht das Buch, das Victoria interessierte. Nun zeigte sie ihm das Foto. »Weißt du, wer das ist?«

»Nein, wer ist das?« Prüfend blickte er das Bild und dann Victoria an. Die Ähnlichkeit schien auch ihm aufzufallen.

»Das ist meine Mutter.« Victoria warf das Foto auf den Tisch. »Ich verstehe es nicht . . . Ich verstehe es einfach nicht.« Sie war völlig durcheinander, wusste nicht mehr, was sie denken sollte. Ihre Mutter war also doch in Eggesund gewesen, und sie hatte Hannes Linnarson gekannt.

Nils war aufgestanden und hinter sie getreten. »Vergiss das einfach alles«, sagte er mit ängstlicher Stimme. »Wirf das Foto weg, es ist Vergangenheit. Du lebst im Hier und Jetzt – mit mir. Denk an unsere Zukunft.«

Zukunft? Was war das für eine Zukunft, die ihr bevorstand, wenn sie nicht wirklich damit begann, ihre Träume umzusetzen? Ob es irgendwann vielleicht sogar einen Zeitpunkt gab, an dem ihr nicht einmal mehr die Träume blieben?

*

Es war, als würde sie nach Hause kommen. Über dem Sund ging gerade die Sonne auf, als die Fähre in Eggesund einlief. Ihr erster Weg führte sie zur Buchhandlung. Lena war gerade dabei, die Ständer mit den Büchern nach draußen zu bringen. Überrascht starrte sie Victoria an, die so plötzlich vor ihr stand. »Hej, Victoria. Ich dachte, Sie seien wieder in Stockholm.«

Victoria ging nicht darauf ein, sondern zeigte Lena das Foto. »Kennen Sie diese Frau?«

Lena nahm es in die Hand und betrachtete es gründlich. Nach einer Weile schüttelte sie den Kopf. »Wer soll das sein?«

Victoria erklärte ihr, dass es ihre Mutter sei und dass sie und Hannes Linnarson sich offensichtlich gekannt hatten. »Sie heißt Hilka Savander, beziehungsweise Mattison. Das war ihr Mädchenname.« Fragend sah sie Lena an. »Haben Sie mal von ihr gehört?«

Lena schüttelte den Kopf und drehte das Bild um. »Es wurde im Sommer dreiundsiebzig gemacht, da war ich ja noch gar nicht geboren. Vielleicht sollten Sie jemanden fragen, der älter ist als ich.«

Victoria steckte das Foto wieder ein. Lena hatte Recht, sie musste jemanden finden, der sich an die Zeit, in der das Foto gemacht worden war, erinnern konnte. Und sie wusste auch schon, wen sie fragen konnte.

Victoria hatte Glück. Ole Olsson war in seiner Werkstatt. Er lachte erfreut, als sie ihm das Foto präsentierte. »Ja, das ist Hilka. An die erinnere ich mich. Sie hat hier mit ihren Eltern Urlaub gemacht. Sie hat den ganzen Tag im Hotel am Flügel gesessen. Ein sehr begabtes Mädchen. Hannes war immer davon überzeugt gewesen, dass aus ihr eine große Pianistin werden würde.«

»Eine große Pianistin?« Victoria schüttelte ungläubig den Kopf. »Wir hatten nicht einmal ein Klavier zu Hause.«

»Soll das heißen, sie hat das Klavierspielen aufgegeben?«, fragte Ole betroffen.

»Vielleicht war sie ja doch nicht so begabt«, mutmaßte Victoria, doch Ole schüttelte entschieden den Kopf. »Natürlich war sie das. Sie hatte ja sogar einige Wettbewerbe gewonnen.«

Sprachen sie wirklich von derselben Frau? Victoria konnte es sich einfach nicht vorstellen. So lange sie zurückdenken konnte, war ihre Mutter nie etwas anderes gewesen als die Ehefrau ihres Vaters. Sie hatte ihm ihr eigenes Leben völlig untergeordnet, um ihn in seiner politischen Karriere zu unterstützen.

»Was für eine Verschwendung eines großen Talents«, sagte Ole Olsson. »Sie hätte bei Hannes bleiben sollen. Sie war seine große Liebe. Nicht einmal seine Frau hat er später so geliebt wie Hilka. Er hatte schon alles geplant. Sie sollte soviel Klavier spielen können, wie sie wollte. Er wollte sich um das Haus und die Kinder kümmern.«

»Sie hatten Kinder?« In den letzten Tagen hatte sie so viele überraschende Neuigkeiten erfahren, dass sie selbst das jetzt wahrscheinlich nicht mehr verwundert hätte. Ole Olsson schüttelte jedoch den Kopf. »Nein, Hannes hat es sich nur so sehr gewünscht. Aber sie ist einfach weggegangen und hat ihm das Herz gebrochen.«

Victoria hatte keine Ahnung, wie sie ihre Gedanken überhaupt noch ordnen sollte. In diesem ganzen Chaos kristallisierte sich eines jedoch heraus, dass es da gewisse Parallelen in ihrem Leben und dem ihrer Mutter gab. Sie hatte nie eine besonders enge Beziehung zu ihrer Mutter gehabt, doch jetzt wurde der Wunsch, mit ihr zu reden, beinahe übermächtig...

*

In diesem wundervollen Herrenhaus war sie einst aufgewachsen. Ein großes Gebäude mit einem Haupt- und zwei Seitenflügeln. Es war hell gestrichen. Auch im Innern des Hauses herrschten helle Farben vor, sodass die kostbaren Antiquitäten gut zur Geltung kamen.

Es waren keine schlechten Erinnerungen, die Victoria mit ihrer Kindheit verband, jedoch erfüllte sie der Anblick des Hauses auch nicht gerade mit Wehmut. Ein Hausmädchen hatte sie eingelassen und in das Kaminzimmer geführt. Sie wollte Hilka Savander über den Besuch ihrer Tochter unterrichten.

Hilka Savander ließ sich Zeit, bis sie die Treppe mit dem schönen, geschnitzten Geländer herunterkam.

»Hallo, Mutter«, grüßte Victoria steif.

»Victoria, was für eine Überraschung.«

Es gab keine liebevolle Umarmung zwischen den beiden Frauen. So etwas hatte es nie gegeben. Hilka hielt ihrer Tochter die Wange hin und Victoria hauchte einen angedeuteten Kuss darauf.

»Wie geht es dir?« Es war in erster Linie eine höfliche Phrase, mit der Victoria das Gespräch einleitete.

»Danke, gut«, erwiderte Hilka Savander. »Wir sind heute Morgen aus Frankreich zurückgekommen. Es war anstrengend wie immer. Wir hatten viele Termine, aber du kennst ja deinen Vater.«

Victoria nickte. Sie hatte keine Lust, sich jetzt über die politisch motivierten Reisen der Eltern zu unterhalten. Sie zeigte ihrer Mutter das Foto. »Erinnerst du dich noch?«

Hilka warf nur einen kurzen Blick auf das Foto. »Vage. Ich war mal mit meinen Eltern in irgendeinem kleinen Ort, um dort Ferien zu machen. Keine Ahnung, wie er hieß. Es ist lange her.« Während sie sprach, ging Hilka zu der Sitzgruppe in der Ecke. Der Tisch war bereits für die Teestunde gedeckt. Sie setzte sich, Victoria nahm ihr gegenüber Platz. Sie spürte leisen Ärger in sich aufsteigen. Hannes Linnarson hatte ihre Mutter so sehr geliebt, dass ihre Abreise ihm das Herz gebrochen hatte. Sie konnte sich nicht einmal mehr an den Namen des Ortes erinnern.

»Der Ort hieß Eggesund.« Victoria warf ihrer Mutter einen finsteren Blick zu. »Und der Mann ist Hannes Linnarson.«

»Hannes?« Hilka Savander dachte nach, zuckte schließlich mit den Schultern. »Möglich, ich weiß es nicht.« Sie zögerte kurz, wollte dann aber wissen, warum ihre Tochter danach fragte.

»Hannes Linnarson ist vor ein paar Monaten gestorben. Er hat mir etwas vermacht.«

»Ach, du kanntest ihn?« Diesmal war es ehrliches Interesse, das Hilka Savander zu dieser Frage veranlasste.

»Eben nicht«, schüttelte Victoria den Kopf. »Aber er hat mir trotzdem etwas vermacht. Seinen Leuchtturm. Hast du eine Idee, warum er das getan hat?«

»Der Leuchtturm, ja, ich erinnere mich. Er hat immer gesagt, er sei ein Symbol für Freiheit.« Die Erinnerung schien sie mit Wehmut zu erfüllen. Gleich darauf lachte Hilka Savander jedoch abschätzig. »Ach was, der Mann war ein Träumer.«

Victoria lehnte sich zurück. Es war seltsam, aber im Augenblick fühlte sie sich sehr viel mehr mit Hannes Linnarson verbunden als mit ihrer eigenen Mutter. »Er dachte, du würdest eine berühmte Pianistin werden. Ich wusste nicht einmal, dass du Klavier spielen kannst.«

»Ich war leidlich begabt, mehr nicht«, wehrte Hilka ab.

»Du hast das Klavierspielen aufgegeben für Papa«, konterte Victoria. Sie ärgerte sich und fragte sich gleichzeitig insgeheim, was sie ihrer Mutter eigentlich vorwarf. Sie gab doch selbst für Nils ihre eigenen Träume auf.

»Es konnte eben nur einer von uns Karriere machen, und das war nun einmal dein Vater.« Es war Hilka anzusehen, dass sie nicht gerne an die Vergangenheit erinnert werden wollte. An das, was sie selbst aufgegeben hatte. Sie hatte sich arrangiert mit ihrem Leben. Vielleicht sogar so sehr, dass sie sich selbst einredete, glücklich zu sein. Victoria aber wusste, dass sie das für sich nicht wollte.

»Weißt du eigentlich, dass Hannes Linnarson dich geliebt hat? Er hätte nie verlangt, dass du auf deine Karriere verzichtest.« Victoria hielt inne, wollte dann aber doch noch wissen, ob ihre Mutter Hannes je mitgeteilt hatte, dass sie eine Tochter hatte.

»Nein«, schüttelte Hilka den Kopf. »Die Sache mit ihm war vorbei. Aber er hatte von meiner Hochzeit und deiner Geburt in der Zeitung gelesen. Da hat er mich angerufen und mich beschimpft, weil ich seiner Meinung nach mein Talent vergeude. Und er hoffte, dass du einmal mehr Selbstbewusstsein haben würdest als ich. Wie gesagt, er war ein Träumer.«

»Aber einer, der Recht hatte«, sagte Victoria. Sie schaute ihre Mutter an, empfand mit einem Mal so etwas wie Mitleid mit ihr. »Er hatte wirklich Recht, Mutter«, sagte sie noch einmal. Ihre Verabschiedung fiel bedeutend herzlicher aus als ihre Begrüßung, dennoch hatte Victoria es jetzt eilig. Sie musste noch etwas Wichtiges erledigen.

*

Jetzt, wo sie wusste, weshalb Hannes Linnarson ihr den Turm vermacht hatte, war es zu spät. Sie hätte hier leben, hätte hier sogar glücklich werden können.

Aber Victoria wollte trotzdem noch einmal zurück an diesen Ort. Zumindest das war sie Hannes und auch sich selbst schuldig. Allerdings hatte sie nicht damit gerechnet, dass ihr Henner über den Weg laufen könnte. »Ich weiß, der Turm gehört jetzt Ihnen.«

Henner schaute sie verlegen an, zog den Schlüssel aus seiner Tasche. »Es ist Ihr Turm. Mein Onkel hat es so gewollt.«

War das ein Traum? Nein, Henner stand tatsächlich vor ihr, lachte sie zum ersten Mal freundlich an und versicherte ihr noch einmal, dass der Turm nun ihr gehöre. »Ich habe geglaubt, der

Turm hätte mich retten können«, sagte er und schüttelte gleich darauf den Kopf. »Aber es war der falsche Weg.«

Victoria schaute auf den Schlüssel, schaute ihm ins Gesicht. »Und Sie sind ganz sicher, dass ich den Turm haben soll?«

»Ganz sicher«, nickte Henner. Er drückte ihr den Schlüssel in die Hand und ging zu seinem Motorboot.

Victoria konnte es immer noch nicht fassen, dass sie bleiben durfte. Sie holte ihre Tasche aus dem Taxiboot und schickte es weg. Ganz tief atmete sie durch. Mit einem verklärten Lächeln blickte sie über das Wasser. Langsam wandte sie sich um, bis sie den Turm sah. Ihren Turm.

Als das Handy klingelte, musste sie nicht erst auf das Display sehen, um zu wissen, wer am anderen Ende war. Sie hatte mit diesem Anruf gerechnet, und sie wusste auch genau, was sie zu sagen hatte.

»Victoria, wo bist du?« Nils Stimme klang verärgert. Victoria unternahm erst gar nicht den Versuch, ihm etwas zu erklären, was er ohnehin nicht verstehen würde. Weil er es einfach nicht verstehen wollte. »Es tut mir leid, Nils, ich kündige. Und ich möchte dich eine ganze Weile nicht mehr sehen.« Sie hörte seinen empörten Aufschrei am anderen Ende, ging jedoch nicht mehr darauf ein. Sie schaltete das Handy aus und steckte es zurück in ihre Tasche.

*

»Henner würde sie gerne sprechen.«

Kristoffer sah von dem Schriftsatz auf, zu dem er sich gerade Notizen gemacht hatte. »Schicken Sie ihn rein.«

Henner stand bereits hinter Grit und betrat das Büro. Er nahm auf dem Stuhl vor dem Schreibtisch Platz und blickte Kristoffer verlegen an.

»Was kann ich für dich tun, Henner?«

Es fiel Henner sichtlich schwer, zur Sache zu kommen. »Ich brauche einen Anwalt. Ich ... ich werde erpresst.«

Geduldig hörte Kristoffer zu, als Henner von der Modernisierung seiner Werkstatt erzählte. Er hatte sich finanziell übernommen und schließlich gefälschte Ersatzteile verkauft, die er selbst billig eingekauft und zum regulären Preis eingebaut hatte.

»Ich dachte, wenn ich Gunnarsson bezahle, ist die Sache ausgestanden. Aber er will immer mehr«, schloss Henner verzweifelt.

»Gut, dass du zu mir gekommen bist«, nickte Kristoffer. »Du musst dich natürlich der Polizei stellen.«

Ein Lächeln zog über Henners blasses Gesicht. Mit dieser Konsequenz hatte er gerechnet, und er war auch dazu bereit, wenn er dadurch nur endlich zur Ruhe kommen würde. »Wirst du mich verteidigen?«

»Natürlich«, lächelte Kristoffer. Er wollte sich bereits einige Notizen machen, doch da kam Grit ins Büro gestürmt. »Schnell, Kristoffer, Sie müssen nach Hause fahren. Mona hat angerufen ...«

*

Die Tür zu seinem Haus stand weit offen, als er zu Hause ankam. Von drinnen waren erregte Stimmen zu hören. Als er in die Wohnstube trat, stand Markus vor Mona, die Hand zum Schlag erhoben. »Du kommst sofort nach Hause. Du bist meine Frau ...«

Kristoffer drängte sich zwischen die beiden, packte Markus am Kragen. »Hör auf, Markus. Lass sie endlich in Ruhe. Sie will nicht mehr mit dir leben, das musst du endlich akzeptieren.«

»Ich soll akzeptieren, dass du mir meine Frau weggenommen

hast? Ich werde dich umbringen, Kristoffer.« Die Wut mobilisierte all seine Kraft, doch Kristoffer war stärker. Er hatte Markus gegen die Wand gedrückt und ließ ihn nicht mehr los. »Dazu wird es nicht kommen. Die Polizei ist gleich hier.«

»Die Polizei?« Panik flackerte mit einem Mal in Markus' Augen auf.

»Du hast Mona seit Monaten geschlagen und gequält«, fuhr Kristoffer ihn an. »Sie hat nichts gesagt, weil sie Angst vor dir hat. Aber jetzt ist Schluss damit. Sie wird gegen dich aussagen, und du wirst vor Gericht müssen.«

»Das könnt ihr nicht machen«, wimmerte Markus. »Bitte, Mona, ich liebe dich doch. Gib mir noch eine Chance.«

Traurig schaute Markus sie an. Sie schüttelte den Kopf und verließ den Raum. »Mona«, schrie Markus hinter ihr her, doch Kristoffers eisenharter Griff verhinderte, dass er seiner Frau nachlaufen konnte. »Du hast verloren, Markus. Mona wird sich nie wieder von dir schlagen lassen.«

*

Sie hatte beinahe ohne Unterlass geschrieben. Wie im Rausch flossen die Worte auf das Papier. Ihre Finger flogen über die Tasten, während der beschriebene Papierstapel neben der alten Schreibmaschine immer größer wurde.

Endlich, ein weiteres Kapitel war fertig. Victoria zog das Blatt aus der Maschine, legte es oben auf den Stapel. Dann griff sie nach der Kaffeetasse, in der sich nur noch ein winziger Schluck abgestandener Kaffee befand. Sie verzog das Gesicht zu einer Grimasse, setzte die Tasse wieder ab und schaute aus dem Fenster. Ihr Herz klopfte schneller, als sie Kristoffers Boot erkannte. Aufrecht stand er mit dem Gesicht zum Turm, die Angel hielt er mit beiden Händen.

Victoria hatte sich danach gesehnt, ihn wiederzusehen, und es sich gleichzeitig verboten, ihn aufzusuchen. Jetzt konnte sie nicht anders. Sie verließ den Turm. Als sie am Bootssteg ankam, konnte sie Kristoffers Gesicht sehen. Er wirkte angespannt, bis sie ihm zuwinkte. Er lächelte, und dann winkte er zurück.

*

Ganz ruhig verharrte Victoria auf der Stelle, als sein Boot anlegte. Er kam auf sie zu, beide spürten sie wieder diesen ganz besonderen Zauber, aber auch den Abstand, der seit ihrer letzten Begegnung zwischen ihnen entstanden war. Reserviert sagte Kristoffer: »Henner hat mir erzählt, dass du wieder da bist. Wie lange hast du Urlaub?«

»Für immer«, lächelte Victoria. »Ich arbeite nicht mehr für Nils.«

Auch Kristoffer lächelte jetzt. »Das freut mich, aber es war ja nicht nur die Arbeit.«

»Das andere ...« Sie zögerte kurz und fuhr schließlich fort: »... ist auch vorbei. Ich habe jetzt ein eigenes Leben.«

Nils nickte, schaute sie an. Da war immer noch etwas, was zwischen ihnen stand. »Ich weiß, dass es da eine Frau in deinem Leben gibt. Ich wollte dir nur sagen, ich kann das nicht mehr. Nicht noch einmal mit einem Mann, der gebunden ist.«

Verblüfft hörte Kristoffer ihr zu. »Aber meine Frau ist seit fünf Jahren tot.«

»Aber ich habe doch diese Frau gesehen in deinem Haus. Als du mich nicht mit hineinnehmen wolltest.«

»Mona«, begriff Kristoffer sofort. »Du hast gedacht, Mona wäre meine Frau.« Kristoffer schüttelte den Kopf. »Sie ist eine alte Schulfreundin, die meine Hilfe brauchte. Ich muss dir erzählen ...«

Es war wieder einmal Victorias Handy, das an einem entscheidenden Punkt in ihrem Leben störte. Sie schaltete es ein und hielt es an ihr Ohr. »Du, Ebba es ist gerade ganz schlecht ... Wie bitte?«, unterbrach sie sich gleich darauf selbst. »Um Gottes Willen, ich komme sofort.« Sie schaltete das Handy wieder aus, starrte Kristoffer total verstört an. »Nils. Er hat versucht sich umzubringen.«

»Ich bringe dich hin«, sagte Kristoffer spontan, »und unterwegs erzähle ich dir Monas Geschichte.«

*

Sie waren sich so nahe in dem kleinen Flieger. Unter ihnen breiteten sich die Schären aus, über ihnen der tiefblaue Himmel. Kristoffer erzählte von Mona. Er kannte sie seit der gemeinsamen Schulzeit, und er hatte sie in seinem Haus versteckt, weil ihr Mann nicht aufgehört hatte, sie zu prügeln. Zum Schluss hatte er ihr sogar angedroht, sie umzubringen.

Victoria schaute Kristoffer von der Seite her an. »Und ich habe gedacht, du wärst nicht mehr frei.«

»Da hast du dich getäuscht«, lächelte er. »Die Einzige, die nicht frei war, warst du.«

Victoria nickte, und dann begann sie von Nils zu erzählen. »Ich hatte noch nie zuvor einen Mann wie ihn kennen gelernt. Erfolgreich, charmant. Es musste ein Traum sein für ihn zu arbeiten, und dann habe ich mich in ihn verliebt. Ich dachte wirklich, ich wäre am Ziel meiner Wünsche. Dabei habe ich nicht bemerkt, dass ich mich selbst aufgegeben habe.«

»Dafür hat das ein anderer wahrgenommen, wenn auch nur aus der Ferne«, sagte Kristoffer leise.

»Ja«, ein versonnenes Lächeln glitt über Victorias Gesicht. »Weißt du, ich glaube, er ist für mich so etwas wie ein Schutzengel gewesen. Verstehst du das?

Kristoffer schaute sie liebevoll an. Er griff nach ihrer Hand und führte sie an seine Lippen. »Vielleicht hat er dein Potential gespürt, und die Gefahr, dass du es nicht nutzt.«

Ganz fest hielt er ihre Hand. In seinen Augen lag all die Liebe, die er für sie empfand.

*

Wie hingegossen lag Nils auf dem schwarzen Ledersofa in seinem Atelier. Die Augen geschlossen, sein linkes Handgelenk verbunden.

»Nils«, rief Victoria entsetzt aus.

Nils öffnete die Augen, blickte sie leidend an. »Victoria, wie schön.«

»Wieso machst du das?«, fragte Victoria erschüttert.

Nils schüttelte den Kopf. »Ich will nicht mehr leben ohne dich«, erwiderte er dramatisch.

Victoria ließ sich auf einen Sessel fallen. Sie starrte Nils nur an, wusste nicht, was sie darauf erwidern sollte. Ebba hatte damit weitaus weniger Probleme. »Papa«, sagte sie streng, »das ist eine ganz üble Show, die du hier abziehst, um Vicky zu erpressen.«

»Hör nicht auf sie.« Nils ließ Victoria nicht aus den Augen. »Ich brauche dich. Wirklich. Mir fällt nichts mehr ein ohne dich.«

»Dir fällt schon lange nichts mehr ein«, erwiderte Ebba erbarmungslos. »Es ist dir nur nicht aufgefallen, als Vicky noch bei dir war, weil sie deine Texte geschrieben hat.«

»Ebba, bitte.« Victoria konnte Nils' waidwunden Blick kaum noch ertragen. Zu ihrer Überraschung stimmte Nils seiner Tochter plötzlich zu. »Sie hat ja Recht. Ich bin total ausgebrannt.«

»Vielleicht brauchst du einfach nur mal eine Auszeit. Fahr ein paar Tage weg. Neue Eindrücke sammeln.«

»Oh ja«, Nils setzte sich auf. Ein Strahlen zog über sein Gesicht. »Das ist eine glänzende Idee. Wegfahren, egal wohin. Mit dir, sofort. Lass uns gleich losfahren, ja?«

Victoria blickte ihn ernst an. »Du hast mich falsch verstanden, Nils. Ich komme nicht mit. Ich lebe jetzt in Eggesund.«

»Auf dem Leuchtturm?«, fragte Nils.

Victoria nickte mit einem sanften Lächeln.

»Mit diesem Hinterwäldler-Charme-Anwalt?«

Wieder nickte Victoria mit diesem zauberhaften, verzauberten Lächeln. »Ja, und ich werde alles dafür tun, damit es gut geht.«

Es war das erste Mal, dass Nils sie verstand. Er griff nach ihrer Hand, zog sie zu sich. In seinen Augen schimmerten Tränen, als er ihre Hand an seine Wange schmiegte.

*

»Was ist denn mit dir los? Ich dachte, du hättest dich längst umgezogen.«

Victoria starrte auf den Monitor ihres nagelneuen Notebooks. »Nur noch diesen einen Satz, ja.«

»Später«, mahnte Kristoffer, »wir müssen los.« Er klappte den Deckel des Notebooks einfach zu.

»Aber der Verlag ...«

»Der Verlag wartet gerne einen halben Tag, so begeistert wie sie von dir sind«, unterbrach Kristoffer sie. »Komm, wir sind zu spät. Komm ...«

*

Hand in Hand, im Laufschritt eilten Kristoffer und Victoria zu Lenas Buchhandlung. Sie lachten beide, wurden mit stürmischem Applaus begrüßt. Ein großes, mit Luftballons geschmücktes Plakat wies auf das Erstlingswerk Victoria Savanders hin. Bereits kurz nach dem Erscheinen hatte es sich zu einem Bestseller entwickelt.

Das ganze Schaufenster war mit Victorias Büchern ausgelegt. Ebba flog auf sie zu, umarmte sie. Nils lächelte ihr zu. »Bravo, Victoria, ich bin stolz auf dich.«

Henner und Mona waren da, gratulierten ihr. Victoria hatte das Gefühl, auf Wolken zu schweben.

Plötzlich stand Kristoffer vor ihr, nahm sie in die Arme. »Ich glaube, ich träume«, sagte sie glückselig.

Kristoffer lächelte, zog sie ganz fest an sich. »Manchmal werden Träume Realität, sofern man etwas dafür tut.«

Victoria schlang beide Arme um seinen Hals, als er sie zärtlich küsste. Sie hatte ihr Glück gefunden, und das würde sie nie wieder loslassen.

Wolken über Sommarholm

Ich habe es geschafft«, freute sich Britta Katting, als sie zusammen mit ihrem Freund aus dem Krankenhaus trat. Er trug den bunten Blumenstrauß, den Britta von ihren Kolleginnen bekommen hatte. Sie selbst trug den Korb mit den Abschiedsgeschenken. »Jetzt kann es endlich losgehen«, seufzte sie.

Das Wetter schien sich ihrer Stimmung anzupassen. Die Sonne strahlte von einem wolkenlos blauen Himmel herab.

Martin lachte ihr zu und griff nach ihrer Hand. Gemeinsam liefen sie die Treppe hinunter, die zum Haupteingang des Krankenhauses führte, in dem Britta in den vergangenen Jahren als Kinderkrankenschwester gearbeitet hatte. Sie hatte diese Arbeit geliebt, doch nun freute sie sich auf die neue Herausforderung, die vor ihr lag. Schade nur, dass sie diesen denkwürdigen Moment nicht sofort mit Martin feiern konnte, aber er musste erst noch einmal zurück ins Krankenhaus.

Sie wollten gerade die Straße überqueren, als ein offenes Cabrio heranrauschte und scharf neben ihnen bremste. »Hej, Britta! Warte, bleib mal so stehen.« Stina, Brittas beste Freundin, sprang aus dem Wagen und hatte die Kamera schon auf sie gerichtet. »Komm, lach mich an.«

Britta lächelte gequält. Das war mal wieder typisch für Stina. Es gab nichts, was sie nicht fotografierte. Manchmal hatte Britta das Gefühl, dass Stina schon mit ihrer Kamera verwachsen sei. Natürlich gab Stina auch jetzt nicht nach. »Los, Britta, dieser Tag muss festgehalten werden.«

»Mensch, Stina, du bist echt verrückt.«

»Ja«, Stina grinste, als hätte Britta ihr ein großes Kompliment gemacht. Sie betrachtete Britta kritisch, etwas schien ihr noch nicht so richtig zu gefallen. Sie kam näher, riss Martin den Blumenstrauß aus der Hand und drückte ihn Britta in die Arme. »Das ist schließlich ein denkwürdiger Tag, an dem du endlich die Fron des Krankenhauses hinter dir lässt.« Noch immer war sie mit dem Motiv nicht ganz zufrieden. Ihr Blick wanderte umher, dann griff sie nach Brittas Arm und zog sie mit sich.

Britta ließ es lachend mit sich geschehen, doch Martin, der den beiden Frauen folgte, protestierte lautstark. »Was heißt denn hier Fron des Krankenhauses? Du tust ja gerade so, als wäre Britta der Hölle entronnen.«

Stina hatte Britta inzwischen so platziert, dass im Hintergrund der Saltsjön zu sehen war, über den gemächlich Ausflugsdampfer tuckerten. »Ist sie das nicht?«, Stina brachte die Kamera wieder in Anschlag. Britta antwortete auf ihre Frage: »Ich war eigentlich ganz gerne Kinderkrankenschwester.«

»Und die Patienten haben sie geliebt«, nickte Martin bestätigend.

Stina zeigte sich ziemlich unbeeindruckt. »Sie werden Britta noch viel mehr lieben, wenn sie in ein paar Jahren als Ärztin zurückkommt.« Sie griff nach Martins Arm und schob ihn neben Britta. Jetzt schien sie mit dem Motiv wirklich zufrieden und knipste munter drauflos.

Britta kuschelte sich in Martins Arm. Sie fühlte sich restlos glücklich und entspannt.

»Ich gratuliere dir jedenfalls zu deinem Entschluss, zu studieren. Du wirst eine großartige Kinderärztin werden.« Stinas Blick wanderte zu Martin hinüber. »Gib zu, das denkst du doch auch.«

»Natürlich wird Britta eine gute Ärztin werden«, sagte Martin pflichtgemäß, aber ihm war anzusehen, dass er mit dem Entschluss seiner Freundin nicht wirklich einverstanden war. »Ich meine nur, dass sie bisher auch einen tollen Job gemacht hat. So ganz verstehe ich nicht, wieso du dir dieses anstrengende Studium antun willst.«

Britta spürte Ärger in sich aufsteigen. Spätestens jetzt, wo sie ganz offiziell aus dem Krankenhausdienst ausgeschieden war, musste Martin doch klar werden, wie ernst es ihr mit ihrem Entschluss war. Es hatte schon so viele Diskussionen darüber gegeben. »Vielleicht, weil ich den Kindern dann noch besser helfen kann. Vielleicht auch, weil ich denke, dass das noch nicht alles gewesen sein kann.« Sie hängte sich bei ihm ein, schaute ihn bittend an. »Mensch, Martin, wir haben das doch schon tausendmal durchgekaut. Jetzt fang doch nicht wieder von vorne an.«

Zu dritt schlenderten sie langsam auf Stinas Wagen zu. »Schon gut. Ich habe mich einfach an die Zusammenarbeit mit dir gewöhnt.«

Stina konnte es nicht lassen, noch einmal nachzusetzen: »Egoist! Vielleicht fürchtest du auch nur die Konkurrenz, wenn Britta in ein paar Jahren Ärztin ist.«

»Quatsch«, grinste Britta. »Martin ist Chirurg, und ich werde Kinderärztin. Wir kommen uns nicht ins Gehege, wir werden wunderbar zusammenarbeiten.«

Endlich lächelte Martin wieder. Britta, die sich bei ihm eingehängt hatte, schmiegte ihren Kopf an seine Schulter und lachte ihn an. Sie wünschte sich so sehr, dass er endlich verstand, wie wichtig ihr das Studium war, und dass er sie in ihrem Entschluss unterstützte.

»Na, großartig, dann ist doch alles klar.« Stina schien es mit einem Mal eilig zu haben. »Dann schau dich noch ein letztes Mal um und lass uns fahren.«

Britta ließ Martins Arm los und holte Stina, die jetzt vorausgeeilt war, mit wenigen Schritten ein. Beide Frauen wandten sich gleichzeitig um, als Martin ihnen nachrief: »Wenn ihr feiern geht, könnte ich doch später zu euch stoßen.«

»Das kommt überhaupt nicht in Frage«, Stina schüttelte entschieden den Kopf. »Das ist ein Mädelstag. Ich habe nämlich eine Überraschung für Britta.«

»Überraschung? Oh je, du und deine Überraschungen«, schmunzelte Britta. »Was hast du vor?«

»Du wirst schon sehen.« Stina verriet nichts. »Lass uns erst einmal fahren.«

Bevor Britta in den Wagen stieg, ging sie noch einmal zu Martin und drückte ihm den Blumenstrauß in die Arme, damit er ihn zu Hause ins Wasser stellte. Er war offensichtlich alles andere als begeistert. »Jetzt guck nicht so mufflig«, bat Britta.

»Ich gucke immer so.« Gleich darauf lächelte er aber. »Ich weiß, du hast deinen eigenen Kopf.«

»Stimmt!« Britta umarmte ihn, hätte ihm gerne noch etwas Nettes gesagt, doch Stina drängte erneut zum Aufbruch. Ein letzter Kuss, bevor Britta sich von Martin löste und zum Wagen lief. Sie nahm auf dem Beifahrersitz Platz, winkte Martin noch einmal zu, doch da gab Stina bereits Gas, und der Wagen brauste davon.

*

Conrad liebte diesen morgendlichen Ausritt über das Land, das schon seit Generationen seiner Familie gehörte. Dunkel hob sich die Baumgrenze vor dem tiefen Blau des schwedischen Sommerhimmels ab. Rote Weidenröschen leuchteten zusammen mit den bunten Lupinen im satten Grün der Wiesen.

An einer uralten Eiche vorbei führte der Weg zum Herrenhaus der Rosens. Conrad ließ die Zügel locker, als der Wallach in einen leichten Trab verfiel und automatisch den Weg in Richtung der Stallungen einschlug.

Ella Rosen stand neben ihrer Stute und rieb sie ab. Aus dem Stall kam eines der Pferdemädchen. »Hej, Annika«, rief Conrad ihr zu, noch bevor er vom Pferd abgestiegen war. »Würdest du Cash bitte übernehmen? Schau mal hinten links nach«, bat er sie, als er abstieg, »ich glaube, da ist ein Eisen locker.«

Das Mädchen nickte und führte den Wallach in den Stall, während Conrad auf seine Mutter zuging und sie begrüßte.

Auch Ella Rosen überreichte die Zügel ihres Pferdes nun einem Stallburschen und wandte sich ihrem Sohn zu. Sie begrüßte ihn mit einem Kuss auf die Wange, schritt dann neben ihm her auf das Haupthaus zu.

Ella Rosen war fast so groß wie ihr Sohn. Eine schlanke, dynamische Frau, die weitaus jünger wirkte, als sie tatsächlich war. Selbst in ihrem Reitdress wirkte sie nicht nur sehr gepflegt, sondern elegant. Sie strahlte eine natürliche Autorität aus, der sich kaum jemand entziehen konnte. Auch wenn sie ihrem Sohn längst die Leitung des Gutes übergeben hatte, wusste sie stets über alles genauestens Bescheid. »Hast du dir den Zaun an der Südkoppel angeschaut?«

»Ja, natürlich«, erwiderte Conrad leicht genervt. »Es ist nicht so schlimm, wie ich gedacht habe. Sven kann das heute Nachmittag reparieren.«

»Apropos heute Nachmittag, du denkst an den Fototermin?«

Erschrocken blieb Conrad stehen. »Ist das heute?«

»Sag bloß, du hast es vergessen.« Auch Ella war stehen geblieben. Vorwurfsvoll blickte sie ihren Sohn an. »Wir brauchen die Familienfotos.«

»Nicht heute«, bat Conrad und setzte sich wieder in Bewegung. »Ich muss nach Kungsgaten.«

»Das wirst du verschieben müssen.« Ella hatte ihren Sohn

eingeholt. »Zweimal habe ich den Termin schon abgesagt, heute findet er statt. Ich mache mich doch vor der Fotografin nicht lächerlich.« In ihrem Ärger überholte Ella Rosen ihren Sohn. »Um fünf Uhr!«, sagte sie in einem Ton, der keinen Widerspruch duldete. »Pünktlich, und zwar in Anzug und Krawatte.«

»Muss das sein? Du weißt, wie ich solche Termine hasse.« Conrad war langsamer geworden. Ihm war bereits jetzt klar, dass er sich dieser Anordnung seiner Mutter nicht widersetzen konnte. »Außerdem haben wir doch gerade erst Fotos gemacht«, sagte er in einem letzten Versuch, sich vor diesem Termin zu drücken.

»Die genau sechs Jahre alt sind.« Kurz nur wandte Ella den Kopf, während sie mit ausgreifenden Schritten weitereilte. »Sie wurden bei Bennys Taufe aufgenommen, wenn du dich erinnern möchtest. Aktuell ist das nun wirklich nicht mehr.«

Das weiße Herrenhaus lag ein wenig abseits der Stallungen direkt am Ufer des Roxensees. Ein imposantes Gebäude, mit spitzem Giebel, einem Balkon über dem Eingangsbereich und hohen Sprossenfenstern. Ein gepflegter Park umgab das weitläufige Herrenhaus. Das Plätschern des Wassers an den Ufern des Sees war zu hören.

Conrad hob resignierend beide Hände. »Ich gebe mich geschlagen. Um fünf.«

Ella Rosen umfasste das Gesicht ihres Sohnes mit beiden Händen. »Ich wusste, dass du vernünftig bist.« Sie hauchte einen Kuss auf seine Wange, bevor die beiden in verschiedene Richtungen davongingen.

*

Kaum ein Wagen kam ihnen entgegen, doch Stina fuhr trotz der freien Straße und ganz gegen ihre Gewohnheit langsam. Sie schien gefangen von der herrlichen Landschaft.

Britta saß entspannt auf dem Beifahrersitz und genoss die Fahrt. Stockholm hatten sie inzwischen verlassen, doch wohin es ging, hatte Stina ihr nicht verraten. Die Landschaft veränderte sich ständig. Im Augenblick führte die Straße durch einen von der Sonne durchfluteten Birkenwald. Helle Lichtpunkte flirrten auf dem Asphalt. Anheimelnde rot-weiße Holzhäuser waren hin und wieder zwischen den Baumstämmen hindurch zu sehen. Wenige Kilometer weiter lag freies Land vor ihnen. Endlose gelbe Rapsfelder, dann wieder Wiesen, auf denen Sommerblumen verschwenderisch blühten. Über allem die Sommersonne, die alles in einem ganz besonderen Licht erstrahlen ließ.

Kurz blickte Stina zu Britta hinüber, bevor sie wieder konzentriert auf die Straße schaute. »Und? Bist du glücklich?«

»Ja, und wie.« Britta schaute verträumt in die Landschaft. »Ich habe so lange gebraucht, bis ich mich getraut habe, noch einmal von vorn anzufangen. Aber jetzt...« Sie machte eine kurze Pause, während ihre Gedanken bereits weit vorauseilten. Sie wandte den Kopf und schaute Stina von der Seite her an, als sie fortfuhr: »Ich kann dir gar nicht sagen, wie sehr ich mich auf das Studium freue.«

»Martin scheint ja nicht gerade begeistert zu sein«, wandte Stina ein.

»Du kennst ihn ja. Ihm wäre es am liebsten, wenn alles immer so bleibt wie es ist.«

»Dass dich das nicht nervt.« Gleich darauf wirkte Stina ein wenig schuldbewusst. Sie hatte nie ein Hehl daraus gemacht, dass Britta und Martin ihrer Meinung nach nicht wirklich zusammenpassten. Allerdings hatte das nie bedeutet, dass ihre Freundschaft mit Britta darunter gelitten hätte. Immerhin kannten sie sich bereits seit Kindertagen. So lenkte Stina auch jetzt schnell wieder ein. »Ich meine, er ist ja ein netter Kerl, aber irgendwie so festgelegt. So unflexibel.«

–115–

»Na ja, er denkt einfach, man sollte etwas, das gut funktioniert, nicht ändern.« Britta wollte sich die gute Laune nicht dadurch verderben lassen, dass sie sich jetzt wieder an all die Einwände erinnerte, die Martin gegen ihre Studienpläne vorgebracht hatte. Es waren endlose, oftmals auch recht frustrierende Diskussionen gewesen, die dann im Streit endeten. Diese Zeit war endlich vorbei, abgeschlossen. Nicht einmal mit ihrer besten Freundin wollte sie jetzt noch darüber reden, und so wechselte sie einfach das Thema. »Sag mal, wo fahren wir eigentlich hin?«

»Eigentlich wollte ich ja heute mit dir eine Segeltour machen und abends richtig schick essen gehen ...«

»... und uneigentlich?« «Ehrlich gesagt ist etwas dazwischen gekommen. Ein Kollege von mir ist krank geworden, und ich muss ein oder zwei Fotos für ihn machen.«

Empört drehte sich Britta nach ihrer Freundin um. »Nein, Stina, das ist nicht wahr. Wir sind unterwegs zu einem Auftrag?« Britta schüttelte den Kopf, musste dann doch wieder lachen, weil es so typisch war für ihre Freundin. »Ach, Stina, du bist echt das Letzte. Du brauchst wohl einen Idioten, der dir deine Ausrüstung schleppt.« Nein, nicht einmal dadurch ließ sie sich ernsthaft die Laune verderben. Dafür war dieser Tag einfach zu schön. »Also«, wollte sie es nun genau wissen, »wo fahren wir hin?«

»Schon mal was von Sommarholm gehört?«, antwortete Stina mit einer Gegenfrage. »Dieses große Gut am Roxensee?«

Britta schüttelte lachend den Kopf und lehnte sich wieder entspannt zurück. Sie würde sich einfach überraschen lassen, was dieser Tag ihr noch brachte.

Allmählich machte sie die Fahrt schläfrig. Zudem lag die anstrengende Schicht im Krankenhaus hinter ihr. Britta fiel es immer schwerer, die Augen offen zu halten, und sie wünschte sich, sie würden ihr Ziel endlich erreichen.

Eine halbe Stunde später bog Stina von der Hauptstraße in

einen schmalen Weg ab, der durch Weizenfelder führte. Auf einer Anhöhe schimmerte die weiße Fassade des Hauses zwischen den Bäumen hindurch, die den Weg zum Gut markierten.

»Wow«, stieß Britta hervor, als Stina den Wagen auf den kiesbestreuten Vorplatz steuerte und das imposante Herrenhaus in seiner vollen Pracht vor ihr lag.

»Voilà, das ist es«, sagte Stina und öffnete die Wagentür auf ihrer Seite.

»Nicht schlecht!« Auch Britta stieg aus dem Wagen, war mit einem Mal wieder hellwach. Interessiert blickte sie an der Fassade empor. »Meine Herren, das Haus ist ja der Hammer. Was sind das für Leute, die hier wohnen?«

Stina hatte inzwischen damit begonnen, ihre Ausrüstung vom Rücksitz zu nehmen. »Die Rosens«, klärte sie Britta auf, »sind eine der ältesten Familien in der Gegend. Ob sie auch nett sind, werden wir ja gleich sehen.«

*

Das Innere des Hauses hielt das, was das Äußere versprach. Britta konnte sich kaum satt sehen an den edlen Antiquitäten, die in den Räumen, durch die das Hausmädchen sie führte, wirkungsvoll in Szene gesetzt worden waren. Trotz der imposanten Antiquitäten strahlten die Räume eine helle Leichtigkeit aus. Kostbare Gemälde mit schwedischen Motiven schmückten die Wände.

Britta verstand nicht viel von Kunst, hatte sich nie ernsthaft damit beschäftigt, doch sie erkannte immerhin, dass es sich um alte Originale handelte.

Stina schien weit weniger beeindruckt und beschäftigte sich in Gedanken offenbar bereits mit der vor ihr liegenden Arbeit. Sie hielt mit dem Hausmädchen Schritt, während Britta hinter den beiden zurückblieb, immer wieder irgendetwas bewundernd betrachtete und dabei aufpassen musste, dass sie den Anschluss nicht völlig verlor. Sie achtete kaum auf den Weg, den sie durch das weitläufige Haus zurücklegten.

Das Hausmädchen führte sie in einen großen Raum mit einem offenen Kamin. »Hier ist der Salon, in dem die Fotos gemacht werden sollen. Frau Rosen wird Sie gleich begrüßen. Sie möchten bitte ruhig schon einmal anfangen, ihre Ausrüstung aufzubauen.« Mit diesen Worten verließ sie den Raum und ließ die beiden Freundinnen alleine zurück. Stina stand direkt vor dem Kamin, Britta an der Tür. Staunend blickte sie sich auch hier um. »Nettes, kleines Häuschen, nicht wahr?«, sagte Stina, während ihr Blick am Kamin hängen blieb.

»Ich denke«, fuhr Stina fort, »ich werde die Familie hier am Kamin platzieren.«

Britta hörte überhaupt nicht zu. Ihre Blicke wanderten verzückt durch den Raum, versuchten jedes noch so kleine Detail wahrzunehmen. Selbst die Aussicht aus den hohen Fenstern in den Garten wirkte, als würde sie mit zur Einrichtung des Raumes gehören, so war alles aufeinander abgestimmt. »Ich glaube, ich war noch nie in einem so schönen Haus. Es ist alles so perfekt. Die Möbel, die Bilder, der Blick in den Garten ...«

Stina hatte die schwere Segeltuchtasche abgestellt und damit begonnen, die Ausrüstung auszupacken. Lachend schaute sie auf. »Ja, da fühlt man sich gleich wie Aschenputtel. Und wenn jetzt auch noch der passende Prinz durch die Tür käme ... Aber soweit ich weiß, ist der Prinz von Sommarholm ein verheirateter Mann, und sein Bruder, das schwarze Schaf der Familie, ist seit Jahren nicht mehr in Schweden gesehen worden. Wir haben also keine Chance.« Während sie sprach, baute sie das Stativ auf. »Mist«, unterbrach sie sich selber, »jetzt habe ich die Akkus im Auto vergessen.«

»Tja«, grinste Britta, »für solche Fälle hast du ja mich. Ich hole sie schnell.«

Stina bedankte sich erleichtert und fuhr damit fort, ihre Ausrüstung aufzubauen. Britta versprach, sich zu beeilen, und betrat den langen Gang, über den sie hergekommen waren. Sie ging ein paar Schritte weiter, bis zwei weitere Gänge je rechts und links abzweigten.

Britta überlegte. Waren sie links oder rechts abgebogen? Links, entschied sie nach einem kurzen Augenblick des Nachdenkens und schlug diesen Weg ein.

Schnell stellte sie fest, dass es der falsche Weg gewesen war, als sie eine Tür öffnete und mitten in einem Schlafzimmer stand. Jetzt musste sie den ganzen Weg wieder zurück und war sich dabei nicht einmal sicher, ob sie auch nur zum Salon zurückfinden würde.

Auf der anderen Seite des Schlafzimmers befand sich eine weitere Tür, die weit offen stand. Durch diese Tür blickte Britta auf einen Gang, der ihr bekannt vorkam. Also verließ sie das Schlafzimmer durch diese Tür, kam aber auch hier nicht weiter. Sie öffnete weitere Türen. Hinter einer dieser Türen befand sich eine Treppe, die sie noch nie gesehen hatte, und hinter der nächsten Tür verbarg sich überhaupt kein Raum, sondern eine Art Wandschrank. Britta seufzte laut. Ohne Hilfe würde sie hier nicht mehr hier herausfinden.

»Kann ich Ihnen behilflich sein?« Als sie sich nach der Stimme umdrehte, sah sie ihn . . .

»Ja, ich suche den . . .« Sie brach ab, als ihre Blicke sich trafen, wusste sie nicht mehr, was sie eigentlich hatte sagen wollen. Er war groß, hatte hellbraunes Haar und war sehr attraktiv. Aber das war es nicht, was ihr die Sprache verschlug. Es war die Art und Weise, wie er sie anblickte. Sie starrte hilflos zurück und kam sich dabei einfach nur lächerlich vor.

»Wenn Sie mir sagen, was Sie suchen, kann ich Ihnen sicher helfen.« Seine Miene war undurchdringlich, doch die Intensität seines Blickes blieb. Oder bildete sie sich das nur ein?

»Den Ausgang ... Ich suche nur den Ausgang«, stieß Britta hervor. »Ich muss hier raus.« Sie holte tief Luft, lachte verlegen und meinte dann bedeutend ruhiger: »Gott, ist das peinlich. Ich fürchte, ich habe mich verlaufen.«

Jetzt lachte auch er. »Das muss Ihnen nicht peinlich sein, das ist auch schon anderen passiert. Das Haus ist wirklich sehr verwinkelt. Ich mache Ihnen einen Vorschlag.« Er kam näher, blieb so dicht vor ihr stehen, dass seine Nähe ihr beinahe den Atem raubte. »Ich bringe Sie zur Tür, und Sie erzählen mir, was Sie hier eigentlich tun.«

»Ja«, nickte Britta und folgte ihm, als er eine der vielen Türen öffnete. Als sie ihm ihren Namen nannte, stellte er sich als Conrad Rosen vor.

Britta hatte vermutet, dass er der *Prinz* von Sommarholm war, wie Stina ihn bezeichnet hatte. »Ich bin mit Stina Hamsun, der Fotografin, hier. Ich wollte die Ersatzakkus aus dem Auto holen.« Sie hatte das Gefühl, wieder zu wissen, wie sie gehen musste, und bog rechts ab. Als sie die Tür erreichte, sagte er hinter ihr: »Vielleicht sollte ich Sie dann doch besser Ihrem Schicksal überlassen.«

»Keine Akkus, keine Fotos«, sagte er, als Britta sich umwandte und ihn erstaunt ansah.

»Ich dachte, Sie haben die Fotos bestellt.«

»Ich? Oh, nein! Sehe ich so aus, als legte ich gesteigerten Wert auf Familienfotos, die danach in den diversen bunten Blättern veröffentlicht werden?«

Sie schaute ihn an, schüttelte den Kopf. »Na ja ...«

»Übrigens, hier geht es lang«, schmunzelte Conrad und wies mit dem Finger auf die Tür in seinem Rücken. »Die Fotos sind wie immer die wunderbare Idee meiner Mutter«, erzählte er ihr im Weitergehen. »Und da ich ein liebender Sohn bin, beziehungsweise sie die eiserne Lady, füge ich mich alle Jahre wieder in mein unvermeidliches Schicksal und stelle mich unter ein Bild meines Urgroßvaters oder hinter eine Vase aus der Ming-Zeit oder ...«

»Ich bin ganz sicher, dass es sehr schöne Fotos werden, die Ihrer Mutter gefallen«, fiel Britta ihm ins Wort. Sie wusste selbst nicht, warum sie das Gefühl hatte, ihm die ganze Sache schmackhaft machen zu müssen. »Aber sagen Sie, ist es noch weit bis zum Ausgang?« Prüfend blickte sie sich um. »Ich habe das Gefühl, ich bin hier schon einmal vorbeigelaufen.«

Auch er schaute sich um. Ein verschmitztes Lächeln umspielte seine Lippen. »Jetzt, wo sie es sagen. Langweilen Sie sich mit mir?«

»Nein ...« Sie schüttelte den Kopf, wusste wieder nicht, was sie sagen sollte. Conrad Rosen verwirrte sie in einem Maße, wie sie es noch nie zuvor erlebt hatte. Er hingegen schien sich in erster Linie über sie zu amüsieren.

Britta suchte noch nach Worten, als plötzlich ein Husten und unmittelbar darauf ein lautes Keuchen zu hören war. Das Lächeln verschwand augenblicklich aus seinem Gesicht. »Entschuldigen Sie bitte«, stieß er hastig hervor und eilte zur Tür. Er schien sie völlig vergessen zu haben, rief immer nur einen Namen. »Benny? Benny!«

Britta folgte ihm. Als sie in dem hellen Kinderzimmer mit den blaugrauen Möbeln ankam, kniete Conrad bereits auf dem Boden und hielt ein schwer atmendes Kind in den Armen. »Benny ... ganz ruhig.« Er schaffte es nicht, beruhigend auf das Kind einzuwirken. Seine Angst übertrug sich auf den kleinen Jungen und verstärkte den schweren Asthmaanfall.

»Wo ist das Spray?«, wollte Britta wissen.

»Benny, du sollst es doch immer bei dir haben«, sagte er zu dem Jungen. »Sag mir, wo ist dein Spray.«

Der kleine Junge war zu einer Antwort überhaupt nicht fähig. Seine Lippen verfärbten sich, dunkle Schatten lagen unter seinen Augen.

Britta setzte sich jetzt auch zu ihm auf den Boden und nahm das Kind in die Arme. Sie suchte neben dem Ohr nach dem richtigen Druckpunkt.

Conrad Rosen sprang auf und begann hektisch nach dem Spray zu suchen. Er riss Schubladen und Schränke auf, suchte planlos nach dem Spray und wandte sich wieder dem Kind zu, das ihn überhaupt nicht mehr richtig wahrnahm. »Benny, wo hat Mama das Spray hingelegt?«

Er riss Britta das Kind aus den Armen. »Ich bringe ihn ins Krankenhaus.«

Britta versuchte, ihn aufzuhalten. »Er erstickt«, stieß Conrad Rosen in höchster Panik hervor.

»Nein«, Britta stellte sich ihm in den Weg, als er das Zimmer verlassen wollte. »Geben Sie mir Ihren Sohn, ich bin Kinderkrankenschwester.«

Ihre Ruhe schien sich tatsächlich auf Conrad Rosen zu übertragen. Immer noch stand die Angst um sein Kind in sein Gesicht geschrieben, doch er ließ es zu, dass Britta ihm den Jungen wieder aus den Armen nahm. »Und Sie suchen das Spray. Oder besser noch die Zäpfchen. Man muss Ihnen in der Klinik Zäpfchen gegeben haben.«

»Ja.« Hilflos starrte Conrad Rosen auf Britta und seinen Sohn, bevor er aus dem Zimmer stürmte.

Britta hatte den Jungen auf den Boden gelegt und sein T-Shirt hochgeschoben. Sie suchte die gerade Verlängerung zwischen dem Ansatz des Schlüsselbeines am Brustbein und drückte zwei Finger in die dort tastbare Vertiefung. Sie spürte die Verspannung, die sich auf ihren Druck hin langsam löste. »Ganz ruhig, Benny«, sprach sie dabei leise auf ihn ein. »Versuche, ganz ruhig zu atmen. Wir schaffen das schon. Weißt du, ich habe das gelernt.«

Der Atem des Jungen wurde tatsächlicher ruhiger. Er keuchte kaum noch, als Conrad mit dem Spray und dem Zäpfchen zurückkehrte. Britta gab dem Jungen das Spray, während Conrad das Zäpfchen aus der Verpackung riss.

Das Schlimmste war nach wenigen Minuten überstanden. Conrad und Britta knieten eng beieinander auf dem Boden. Sie lächelten sich erleichtert an, während Conrad über das blonde Haar seines Sohnes strich.

*

Der Notarztwagen hatte gleich vor der Treppe zum Herrenhaus geparkt. Britta stand neben Stina und Ella Rosen, als Benny auf einer Trage zum Notarztwagen gebracht wurde. Der Notarzt drückte eine Sauerstoffmaske auf das blasse Gesicht des Jungen. Conrad ging auf der anderen Seite neben der Trage her und hielt Bennys Hand.

Einige Angestellte standen abseits, tuschelten miteinander. Doch plötzlich blicken alle auf, als ein schnittiger, roter Sportwagen in hohem Tempo die Auffahrt entlangraste. Die attraktive Fahrerin mit dem dunklen Pagenkopf bremste so scharf, dass der Kies unter den Reifen aufspritzte.

»Benny?« Die junge Frau hatte den kleinen Jungen auf der Trage gesehen. Nervös zerrte sie an ihrem Sicherheitsgurt, sprang schließlich aus dem Wagen. »Um Gottes willen!« Sie lief auf die Trage zu, beugte sich über den Jungen. »Benny! Was ist passiert?«

Der kleine Junge blickte sie nur müde an, war nicht fähig zu einer Antwort. Es war Conrad, der ihr antwortete. Ein unüberhörbarer Vorwurf lag in seiner Stimme. »Er hatte einen schweren Anfall, und sein Medikament war unauffindbar.«

»Aber es ist doch immer auf seinem Nachttisch«, rechtfertigte sie sich.

»Nein, da war es eben nicht.« Wütend blickte er sie an. »Das Spray und die Notfallzäpfchen waren in deiner Handtasche. Herrgott noch mal, Ulrika. Er wäre gestorben, wenn Frau Katting nicht da gewesen wäre.«

»Wer?« Abwehrend verschränkte Ulrika Rosen die Arme vor der Brust. Ihr Blick hing an dem Krankenwagen, und ihr war anzusehen, dass sie die Antwort auf ihre Frage nicht sonderlich interessierte.

Conrad Rosen schloss einen Augenblick die Augen. Er versuchte offensichtlich, sich zu sammeln und seine Wut im Zaum zu halten. Seine Stimme klang sehr beherrscht, als er seine Frau anblickte und ihr erklärte: »Es war purer Zufall, dass eine ausgebildete Kinderkrankenschwester im Haus war. Ohne sie wäre Benny jetzt tot.«

Die Trage mit dem Jungen war soeben in den Krankenwagen geschoben worden. »Moment«, winkte Conrad, »ich würde gerne ...«

»Kann ich mitfahren?«, fiel Ulrika Rosen ihrem Mann ins Wort.

Der junge Notarzt zuckte mit den Schultern. »Leider kann nur eine Person mitfahren.« Er schaute Ulrika an. »Vielleicht Sie?«

Widerwillig ließ Conrad ihr den Vortritt. »Ich komme dann mit dem Wagen nach.«

Die Leute kehrten an ihre Arbeitsplätze zurück, während Conrad dem davonfahrenden Krankenwagen nachschaute.

»Ich gehe dann mal«, sagte Britta zu Conrad, doch er hielt sie auf. »Benny hat diese Anfälle noch nicht lange.« Offensichtlich hatte er das Gefühl, ihr etwas erklären zu müssen. »Wir sind alle noch ein wenig überfordert von der Situation.«

»Wenn er richtig eingestellt ist, gibt sich das bald.« Britta lächelte ihn an, hatte das Gefühl, ihn selbst jetzt noch beruhigen zu müssen. »Asthma ist zwar eine sehr schwere Krankheit, aber man kann gut damit zurechtkommen.«

»Als Benny seinen ersten Anfall hatte, dachte meine Frau, es wäre der Untergang der Welt.« Conrad zögerte einen Augenblick, gab schließlich jedoch zu, dass es ihm nicht anders ergangen war. Er schaute sie an, mit einem langen Blick voller Dankbarkeit, und bevor Britta sich versah, umarmte er sie. »Danke, dass Sie meinen Sohn gerettet haben.«

Britta fing Stinas Blick auf, die in diesem Augenblick mit der Fotoausrüstung an ihr und Conrad Rosen vorbeiging. Immer noch hielt der Mann sie in den Armen, und Britta gestand sich ein, dass es ihr gefiel. Er ließ sie wieder los, blieb aber ganz dicht vor ihr stehen. »Ich weiß nicht, wie ich das wiedergutmachen kann.«

Britta schüttelte den Kopf. Für sie war es selbstverständlich gewesen, dem Kind zu helfen. »Das Wichtigste ist, dass Benny es geschafft hat.« Unverwandt schauten sie sich an, und dieses ganz besondere Gefühl, das sie empfunden hatte, als er sie in den Armen hielt, verließ sie auch jetzt nicht. »Danke«, sagte er leise und wandte sich ab, um zu seinem Wagen zu eilen. Er wandte sich nicht mehr um, und Britta wurde bewusst, dass sie sich wahrscheinlich nie wiedersehen würden. Für einen kurzen, verwirrenden Augenblick verspürte sie darüber aufrichtiges Bedauern.

Stina riss sie aus ihrer tiefen Versunkenheit, als sie mit dem Rest ihrer Ausrüstung auf sie zukam. »Na, Lebensretterin. Lass uns erst einmal was essen gehen. Der Auftrag ist ja sowieso geplatzt.« Sie drückte Britta eine der schweren Taschen in die Hand. Nebeneinander gingen die beiden Frauen zu Stinas Wagen.

»War also eine gute Idee von mir, dich mitzunehmen«, meinte Stina. Sie verstaute die Taschen auf dem Rücksitz. »Und es war eine gute Idee von dir, sich mit chinesischer Medizin zu beschäftigen«, fügte sie noch hinzu.

Als sie in den Wagen steigen wollte, hielt Ella Rosen sie auf. »Einen Moment noch, bitte«, rief sie den Freundinnen zu. Sie kam auf die beiden zu, schaute dabei jedoch nur Britta an. »Sie haben meinem Enkel das Leben gerettet. Ich wage gar nicht, mir vorzustellen, was es bedeutet hätte, wenn Sie nicht im Haus gewesen wären.«

»Ich habe nur getan, was nötig war«, erwiderte Britta.

»Ich danke Ihnen von ganzem Herzen.« Ella Rosen war die Angst immer noch deutlich anzusehen. »Wenn ich mich irgendwie erkenntlich zeigen kann ...« Sie vollendete den Satz nicht, doch Britta schüttelte den Kopf. »Das ist sehr nett von Ihnen, aber das müssen Sie nicht.«

Stina war nicht so bescheiden wir ihre Freundin und nutzte die Gunst der Stunde. »Es wäre allerdings sehr schön«, reagierte sie sofort auf das Angebot Ella Rosens, »wenn das mit dem Fototermin noch klappen würde.«

»Stina!« Der Vorstoß der Freundin war Britta peinlich. Diese Frau hätte um ein Haar ihr einziges Enkelkind verloren. Das Letzte, was sie gerade interessierte, waren sicherlich die Familienfotos.

Doch Ella Rosen schien ihr das nicht übel zu nehmen. »Selbstverständlich«, nickte sie Stina zu. »Sobald sich die Aufregung gelegt hat, setze ich mich mit Ihnen in Verbindung. Aber der Junge muss erst wieder auf dem Damm sein.«

»Ja, natürlich«, stimmte Britta ihr zu und warf einen strafenden Blick in Stinas Richtung. Sie wünschte Ella Rosen noch alles Gute, bevor sie zusammen mit Stina in das Cabrio stieg.

*

Die Festtagslaune war Britta allerdings gründlich vergangen. Immer wieder musste sie an die Geschehnisse auf dem Gut denken. Es war aber nicht nur der kleine Benny, um dessen Wohlbefinden sie sich sorgte. Immer wieder musste sie auch an Conrad Rosens Gesicht denken.

Es war ein hübsches Restaurant, dass Stina für sie beide ausgesucht hatte, doch Britta war froh, als der Abend endlich vorbei war und Stina sie nach Hause brachte. Seit etwas mehr als einem Jahr wohnte sie zusammen mit Martin in der Wohnung am Monteliusvägen. Tagsüber hatte sie von hier aus eine bezaubernde Aussicht auf Kungsholmen und das Stadshuset. Besonders schön aber war der Blick bei Einbruch der Dunkelheit, wenn sich das beleuchtete Stockholm in seiner ganzen Pracht zeigte. Im Hausflur brannte Licht, und aus dem Wohnzimmer fiel nur der Schein der kleinen Stehlampe auf dem Sofatisch.

Der hellen Wohnung verliehen farbige Accessoires und die üppigen Grünpflanzen, die dank Brittas liebevoller Pflege prächtig wuchsen, eine behagliche Atmosphäre.

Gleich neben der Treppe, die ins Wohnzimmer führte, wuchs eine Birkenfeige bis an die Decke, deren ausladende, dicht belaubte Zweige weit in dem Raum hineinragten.

Barfuß huschte Britta die Treppe hinunter und beugte sich lächelnd über die Rückenlehne des Sofas, auf dem Martin schlief. Ein Buch lag auf seiner Brust, über dessen Lektüre er eingenickt war.

Auf dem Beistelltisch stand die Vase mit dem Blumenstrauß, den Britta zum Abschied im Krankenhaus geschenkt bekommen hatte. Daneben ein Eiskübel mit einer bereits geöffneten Flasche Sekt.

»Hej«, sagte Britta leise.

Martin öffnete die Augen, schaute zu ihr auf. »Hej«, erwiderte er.

»Sag nicht, du hast auf mich gewartet«

»Ja.« Martin streckte sich und setzte sich langsam auf. »Und?«, wollte er wissen. »Habt Ihr was Schönes gemacht?«

»Ja, sehr schön.« Britta setzte sich auf die Rücklehne und schaute zu, wie er die geöffnete Sektflasche aus dem Kühler nahm. »Oh«, neckte sie ihn, »du hast etwas übrig gelassen?«

»Genug, um dich zu feiern«, schmunzelte Martin. »Auch wenn sich das heute Morgen anders angehört hat«, fuhr er fort und füllte die beiden Sektgläser, die auf dem Tisch vor ihm standen, mit dem prickelnden Sekt. »es ist großartig, dass du den Mut hast, noch einmal von vorn anzufangen. Und irgendwie bin ich wirklich stolz auf dich.« Er legte einen Arm um sie. Britta stieß einen unterdrückten Schrei aus, als er sie über die Lehne zu sich aufs Sofa zog. Lachend drückte Martin ihr eines der gefüllten Sektgläser in die Hand. »Alles Gute für dein Studium, Britta.«

»Danke.« Britta war gerührt.

»Auf unsere Zukunft.« Martin stieß mit ihr an, und beide tranken einen Schluck »Also, was habt ihr gemacht?«

»Eigentlich gar nichts Besonderes.« Brittas Blick verlor sich in weiter Ferne, während die Ereignisse des Tages vor ihrem inneren Auge noch einmal Revue passierten. »Na ja, bis auf die Tatsache, dass ich einem kleinen Jungen mit chinesischer Akupressur das Leben gerettet habe.« Britta lächelte versonnen.

»Das Leben gerettet?«

Britta setzte sich aufrecht hin und schmiegte sich in seinen Arm. »Du hast mich gefragt, ob es schön war. Nun ja, zumindest war es aufregend. Vielleicht sogar der aufregendste Tag meines Lebens.«

*

Ella Rosen saß alleine auf der Terrasse des Herrenhauses, als Conrad von einer Inspektionstour über die Weizenfelder zurückkehrte. Der Frühstückstisch, den ein Krug mit hellroten Röschen zierte, war reichlich gedeckt. Durch die Bäume, die das Anwesen begrenzten, schimmerte die silberne Oberfläche des Sees. Ella Rosen schien jedoch von der Schönheit der Umgebung kaum etwas wahrzunehmen. Ihre Miene war sorgenvoll.

»Guten Morgen, Mutter.« Conrad beugte sich über seine Mutter und hauchte einen Kuss auf ihre Stirn.

»Guten Morgen, Conrad«, erwiderte Ella seinen Gruß. »Wie geht es Benny heute?«

»Er hatte eine vergleichsweise ruhige Nacht.« Conrad setzte sich ans Kopfende des hölzernen Terrassentisches. »Er schläft noch.«

»Ich frage mich, ob es richtig war, ihn so bald schon wieder mit nach Hause zu nehmen«, Ellas Besorgnis war deutlich zu spüren.

»Die Ärzte sagen, es geht ihm besser. Sie haben ihn neu eingestellt, und wir haben alle Medikamente im Haus. Es ist das Beste so.« Conrad griff nach der Kaffeekanne.

Ella beugte sich ein wenig über den Tisch. »Wir hätten ihn beinahe verloren. Das darf nicht wieder passieren.«

Conrad stellte die Kanne hart zurück auf den Tisch und beugte sich nun auch ein wenig vor. »Du bist nicht die Einzige, die sich Sorgen macht.«

Ellas Gesicht nahm einen ärgerlichen Ausdruck an. Offensichtlich hatte sie das Gefühl, dass ihr Sohn sie nicht verstehen wollte. »Hast du nicht das Gefühl, dass Ulrika völlig überfordert ist mit der Situation? Ich meine, wieso hat sie nicht dafür gesorgt, dass das Medikament griffbereit ist? Wieso ...«

»Ja«, fiel Conrad seiner Mutter erregt ins Wort. »Ulrika hat einen Fehler gemacht. Das heißt aber doch nicht, dass sie es mit Absicht gemacht hat.«

Ella schien sich ein wenig zu beruhigen. »Ich finde«, meinte sie nachdenklich, »wir sollten jemanden einstellen.«

»Ein Kindermädchen?«, wunderte sich Conrad. Es war ihm unmöglich, ruhig zu bleiben. Er sprang auf, ging bis zum Geländer, das die Terrasse umgab. Dort wandte er sich wieder seiner Mutter zu. »Du warst doch diejenige, die gesagt hat, dass Ulrika lernen muss, was es heißt, eine Mutter zu sein.«

»Ja«, gab Ella unumwunden zu. »Ich bin tatsächlich der Meinung, dass eine Frau, die nicht arbeitet, sich um ihr Kind kümmern kann. Aber das war, als Benny noch gesund war.«

Weder Conrad noch Ella bemerkten, dass Ulrika in der offenen Tür zur Terrasse stand.

»Du solltest dich nach professioneller Hilfe umsehen«, fuhr Ella fort.

Ulrika kam auf die Terrasse. »Deine Mutter hat Recht.« Sie schaute Conrad eindringlich ins Gesicht. »Ich bin überfordert mit Bennys Krankheit. Ich habe ständig Angst, etwas falsch zu machen. Vielleicht ist es wirklich das Beste, wenn wir jemanden einstellen, der mir hilft.«

»Mein Reden«, stimmte Ella ihr zu. Nachdenklich hielt sie ihre Kaffeetasse in beiden Händen. »Fragt sich nur, wo wir so schnell eine qualifizierte Kraft finden.«

*

»Hallo, Frau Katting!«

Britta, die gerade ihr Fahrrad aus dem Hauseingang schob,

hielt überrascht inne. »Herr Rosen, was machen Sie denn hier?«

»Ich wollte Sie etwas fragen.« Er wirkte verunsichert. »Wir haben uns entschlossen, jemanden einzustellen, der meiner Frau hilft, sich um Benny zu kümmern.«

»Das ist eine gute Idee«, erwiderte Britta. Sie ging neben Conrad her, schaute ihn von der Seite her an. Die Sonne brannte auch heute wieder von einem wolkenlos blauen Himmel und überzog die Oberfläche des Riddarfjärden mit einem silbrigen Schimmer.

»Die nur einen Haken hat«, antwortete Conrad, »gute Leute sind nicht so einfach zu bekommen. Es haben sich zwar schon mehrere Bewerberinnen bei uns vorgestellt, aber die richtige war leider noch nicht dabei.«

»Das wird schon«, lächelte Britta.

»Aber dann hatte meine Mutter die viel bessere Idee. Ich sollte Sie fragen.«

Britta blieb stehen, schaute ihn überrascht an. »Mich?«

»Ich weiß, Sie sind eine ausgebildete Kinderkrankenschwester und kein Babysitter, aber für mich geht es um meinen Sohn.«

»Aber ich fange im September an zu studieren.« Britta ging weiter. Inzwischen hatten sie die Straße erreicht.

»September?« Conrad folgte ihr. »Bis dahin haben wir mit Sicherheit jemanden gefunden.« Es tat Britta fast schon leid, ihn auch erneut enttäuschen zu müssen. »In drei Wochen fahre ich mit meinem Freund in Urlaub.«

»Drei Wochen«, sagte er so begeistert, als hätte sie ihm damit ein Angebot unterbreitet. »Sehr gut, das reicht. Wollen Sie?«

Britta war so perplex, dass sie im ersten Moment nicht wusste, was sie darauf erwidern sollte. Sie fühlte sich beinahe wie in dem Augenblick, als sie sich in seinem Haus verlaufen und ihm zum ersten Mal gegenübergestanden hatte. »Oh ...«, stammelte sie schließlich, »ich ... bin gerade auf dem Weg in die Unibibliothek.«

»Ich fahre Sie hin, Sie leihen die Bücher aus, lernen können Sie auch bei uns.«

Abwehrend streckte Britta die Hand aus, doch Conrad Rosen ergriff sie einfach. Geradezu umwerfend war sein Lächeln, als er sie fragte: »Abgemacht?«

Britta konnte es ihm einfach nicht abschlagen. »Abgemacht«, lachte sie.

*

Ulrika hatte es sich mit einer Zeitschrift auf einem Liegestuhl bequem gemacht. Auf dem kleinen Holztisch neben ihr standen eine Karaffe mit eisgekühlter Limonade und zwei Gläser.

Benny lag bäuchlings am Rand des Pools und verpasste seinem neuen Segelboot einen Schubs, damit es sich in Bewegung setzte. Sein Vater hatte es ihm nach seiner Entlassung aus dem Krankenhaus gekauft.

Ulrika legte die Zeitung zur Seite, als ihr Handy klingelte. Sie schaltete es ein und meldete sich mit gelangweilter Stimme. Als sie jedoch hörte, wer am anderen Ende war, setzte sie sich auf. »Wer?«, fragte sie nach, obwohl sie die Stimme am anderen Ende direkt erkannt hatte. Sie warf die Zeitung auf den Tisch und sprang auf. »Wo bist du?«

Freude lag auf einmal auf ihrem Gesicht. »Ja, natürlich erinnere ich mich an dich«, Sie lauschte angespannt in den Hörer. »Ja, ich will dich auch sehen«, sagte sie nach einer Weile. In diesem Augenblick sah sie Conrad und Britta, die auf den Pool zukamen. Auch Benny, der immer noch mit seinem Segelboot spielte, schaute jetzt auf.

»Hör zu«, sagte Ulrika hastig in den Hörer. »Du musst später noch einmal anrufen. Ich kann jetzt nicht weiterreden. Okay?« Sie klappte das Handy zu und setzte ein strahlendes Lächeln auf. Mit ausgestreckter Hand trat sie auf Britta zu. »Hej, Frau Katting. Schön, dass Sie uns helfen werden.«

»Das mache ich gerne«, nickte Britta.

Benny war auch langsam näher gekommen. Aufmerksam betrachtete er Britta. Jetzt baute er sich vor ihr auf und wollte wissen. »Hej, wer sind Sie?«

Ulrika ging neben ihrem Sohn in die Hocke und legte einen Arm um ihn. »Das ist Britta. Ich habe dir doch von ihr erzählt. Sie hat dir neulich geholfen.«

»Hej, Britta«, rief der Junge nun begeistert aus. »Sie haben mir das Leben gerettet. Das war sehr nett von Ihnen.«

Die Erwachsenen lachten, und Conrad nahm seinen Sohn auf den Arm.

»Es war mir eine Ehre, junger Mann«, erklärte Britta. Liebevoll griff sie nach der Hand des Kindes. »Du siehst richtig gut aus.«

»Mir geht es auch gut«, behauptete der Kleine. »Wenn ich einen Anfall kriege, nehme ich einfach mein Spray.« Mit diesen Worten zog er das Spray aus seiner Tasche und zeigte es Britta.

»Nur meine Mutter denkt immer, dass mir was Schlimmes passieren könnte.«

»Sie macht sich eben Sorgen um dich«, versuchte Britta dem Jungen zu erklären.

»Genau«, nickte Conrad. »Deshalb ist Britta jetzt für ein paar Wochen da und wird Mama helfen, auf dich aufzupassen.«

»Ich bin doch kein Baby mehr.«

Britta musste über den Ausbruch des Jungen lachen, während Ulrika ihm ruhig erklärte: »Ich weiß, aber du bist krank.«

Benny war kein bisschen überzeugt. »Aber mir geht es echt super. Ich brauche keinen Babysitter.«

»Weißt du was, Benny«, schlug Britta vor, »zeig mir doch mal dein tolles Boot.«

Damit war Benny sofort einverstanden. Er war so stolz auf das Geschenk seines Vaters, dass er sofort mit Britta mitging.

Britta legte einen Arm um die Schulter des Jungen. »Ist doch im Grunde völlig egal, wie wir das nennen«, meinte sie auf dem Weg zum Pool. »Babysitter, Aufpasser, Wachhund ... Ich freue mich einfach darauf, ein bisschen Zeit mit dir zu verbringen. Du musst mir alles über Modellboote erzählen. Ich habe mir als kleines Mädchen nämlich auch immer eines gewünscht.«

»Und du hast es nicht bekommen?«, wollte Benny wissen.

»Ich hatte einen strengen Vater, der meinte, Mädchen sollten lieber mit Puppen spielen.« Gemeinsam mit Benny hockte sie sich an den Rand des Pools und vertiefte sich in das Spiel mit ihm. Dass Ulrika und Conrad ihnen dabei zusahen, bemerkte sie nicht einmal mehr.

*

Conrad hielt mit dem Traktor vor den Stallungen, als die schwarze Limousine in die Einfahrt einbog und gleich neben dem Traktor bremste.

Conrad sprang vom Sitz und ging auf den Mann zu, der ihm ernst entgegenblickte. »Guten Tag, Herr Söderbaum. Schön, dass Sie es möglich machen konnten.« Die beiden Männer begrüßten sich mit Handschlag. Das Gesicht des Älteren blieb ernst, auch wenn in seiner Miene ein gewisses Wohlwollen zu sehen war. Seine Worte indes waren wenig ermutigend. »Wie ich schon am Telefon sagte, fürchte ich, dass ich Ihnen nicht helfen kann. Wenn Sie die fälligen Raten nicht diese Woche noch überweisen, müssen wir Ihre beiden neuen Maschinen zur Versteigerung bringen.«

Conrad wurde blass, aber aufgeben würde er noch nicht. »Es ist doch nicht das erste Geschäft, das Ihre Bank mit meiner Familie macht.«

»Leider ist es aber auch nicht das erste Mal, dass wir miteinander Schwierigkeiten haben«, ergänzte Markus Söderbaum.

»Ich weiß, wir sind ein wenig im Rückstand mit der Ratenzahlung«, nickte Conrad. »Aber Sie wissen auch, warum. Der nasse Sommer letztes Jahr. Der Hagelschlag, der die ganze Ernte vernichtet hat, und dazu die Schäden am Haus. Es gibt solche Jahre, aber dieses Jahr wird gut.«

Markus Söderbaum nickte einige Male, während Conrad redete. Es war ihm anzusehen, dass er durchaus Verständnis aufbrachte. »Wenn es nach mir ginge, Conrad ... Aber ich bin nur ein kleiner Bankangestellter, und ich habe meine Vorschriften.«

Einer der Stallburschen führte Conrads Pferd herbei und reichte ihm die Zügel. Der Sattel war lose aufgelegt. Conrad drückte dem erstaunten Markus Söderbaum die Zügel in die Hand, damit er den Sattelgurt anziehen konnte. »Sie sind Filialleiter. Ich weiß, dass Sie einen gewissen Spielraum haben. Geben Sie mir Zeit bis nach der Ernte. Meine Familie ist ein guter Kunde Ihrer Bank. Wir machen seit fast hundert Jahren Geschäfte miteinander.«

Markus Söderbaum atmete erleichtert auf, als Conrad ihm die Zügel wieder aus der Hand nahm. Er trat einen Schritt zurück, bevor er auf Conrads letzte Bemerkung reagierte. »Ich weiß das, Conrad, das müssen Sie mir nicht sagen. Aber unser neuer Vorstand hat für solche Argumente leider überhaupt kein Verständnis.«

Conrad wollte etwas sagen, doch in diesem Augenblick schoss Ulrikas roter Sportwagen in einem solchen Tempo über den unbefestigten Weg, dass der Staub hoch aufwirbelte. Der Wallach wieherte laut und warf den Kopf hoch.

Conrad hielt die Zügel fest in der Hand. Mit einem tiefen Seufzer schaute er dem Wagen nach, bis nur noch die helle Staubwolke zu sehen war, die sich langsam wieder zu Boden senkte.

*

Zwischen zwei hohen Buchen schaukelte eine Hängematte im Wind leicht hin und her. Die dicht belaubten Kronen der Bäume waren ineinander verwachsen, so dass sich nur an wenigen Stellen die Sonnenstrahlen einen Weg durch das Geäst bahnen konnten, um helle Kringel auf dem Boden zu zaubern, die bei jedem leichten Windzug verschwanden, um dann erneut zu entstehen.

Eng aneinandergekuschelt lagen Britta und Benny in der Hängematte, die Köpfe auf bunte Kissen gestützt, und betrachteten ein Bilderbuch Carl Larssons.

Britta liebte diesen großen, schwedischen Künstler seit ihrer eigenen Kindheit. Sie freute sich darüber, dass auch Benny von der ganz besonderen Aussagekraft der Bilder fasziniert zu sein schien. Interessiert betrachtete er ein Bild, das eine Szene aus dem Leben Carl Larssons und seiner Familie darstellte.

»Sie sehen fröhlich aus.« Benny tippte mit dem Finger auf das Bild. »Nur der kleine Junge da in der Ecke. Der ist traurig.«

»Hm«, erwiderte Britta, »und was meinst du, warum?«

»Vielleicht sind die anderen gemein zu ihm. Oder er ist krank.« Er wandte den Kopf zur Seite, schaute Britta an und wirkte dabei ebenso traurig wie der Junge auf dem Bild. »Oder seine Eltern streiten schon wieder.«

Britta horchte auf. Erlebte Benny das in seiner eigenen Familie? Sie war noch nicht lange genug auf Sommarholm, um das Verhältnis zwischen Ulrika und Conrad beurteilen zu können.

Gestritten hatten die beiden in ihrer Gegenwart jedoch noch nie.

Britta versuchte den Jungen abzulenken, indem sie ihm einiges über Carl Larsson und dessen Familie erzählte. Ihre Geschichten brachten Benny immer wieder zum Lachen. Vertrauensvoll lehnte er sich an Britta. Im Augenblick war er einfach nur ein glücklicher, kleiner Junge, und Britta war stolz darauf, dass sie ihren Anteil daran hatte.

Beide schauten auf, als Conrad auf seinem Fuchs herangaloppierte. Mit einem Satz sprang Benny aus der Matte und lief seinem Vater entgegen. Auch Britta stand auf und folgte dem Jungen langsam.

»Papa«, rief Benny »Britta kann super Geschichten erzählen. Wir haben uns ein Buch von Carl Larsson angesehen und dazu lauter lustige Sachen erfunden.«

Conrad fing den Jungen auf und nahm ihn auf den Arm. »Nicht so schnell. Du sollst dich schonen, mein Junge.«

Besorgt betrachtete er den Jungen, der ein wenig schneller atmete als sonst. Benny hingegen reagierte ungeduldig auf die Besorgnis seines Vaters. »Ich pass schon auf. Und Britta auch.« Er brachte seinen Mund ganz dicht an Conrads Ohr. Obwohl er jetzt flüsterte, konnte Britta dennoch jedes Wort verstehen. »Du, Papa, Britta ist supernett.«

»Ja, wenn du das sagst, mein Sohn.« Auch Conrad brachte seinen Mund jetzt dicht an Bennys Ohr, schaute Britta dabei jedoch an, als er leise sagte: »Da können wir ja richtig froh sein, dass sie hier ist.«

Conrad ließ Benny wieder herunter, doch seine Augen ruhten unverwandt auf Britta. Ganz ernst war er jetzt geworden. »Ich meine, das sind wir wirklich. Sehr froh, dass Sie hier sind.«

»Das freut mich zu hören.« Britta gelang es nicht, sich aus seinem Blick zu lösen, und sie wusste nicht einmal, ob sie es überhaupt wollte.

*

Ulrika ging langsam die weiße Marmortreppe hinunter, die von zwei hohen Säulen flankiert wurde. Längst hatte die imposante Eingangshalle die beeindruckende Wirkung auf sie verloren. Am Anfang ihrer Ehe hatte sie immer wie ein erstauntes Kind gewirkt, erstaunt über all diese Pracht und den Reichtum, den Sommarholm bot. Dieser erstaunte Ausdruck war längst einer gelangweilten Miene gewichen. Sie blieb mitten auf der Treppe stehen, als ihr Handy klingelte.

»Endlich! Ich habe schon gedacht, ich hätte mir deinen Anruf bloß eingebildet.« Sie lauschte kurz in den Hörer, lächelte. »Ja, ich komme. Wo ist das? Ach ja, ich weiß. Und wann soll ich kommen?«

Als sie Ella Rosen erblickte, die auf sie zukam, verschwand das Lächeln aus ihrem Gesicht. »Ich muss schon wieder aufhören, aber ich werde da sein. Bis dann.« Hastig klappte sie das Handy zu.

»Ich wollte gerade nach Benny schauen«, sagte sie zu Ella und wies die Treppe hinauf, die sie gerade erst hinuntergekommen war.

»Und ich wollte mit dir reden.« Ellas Ton duldete keinen Widerspruch. »Findest du nicht, wir sollten deine Eltern dieses Jahr zum Mitsommerfest einladen?« Ulrika zuckte erschrocken zusammen. »Meine Eltern?«

Automatisch folgte Ulrika ihrer Schwiegermutter, die in den angrenzenden Salon ging. »Das ist sehr nett von dir. Aber du weißt doch, mein Vater ist krank. Er kann nicht so weit reisen, und München ist weit weg.«

»Wenn er sich Zeit lässt und in Ruhe anreist.« Ella war vor dem antiken Schreibtisch stehen geblieben. Familienfotos in hübschen Holzrahmen standen zwischen fantasievollen Skulpturen, die Ella bei einer Künstlerin in der Nähe erstanden hatte. Eines der Mädchen hatte die Post auf den Schreibtisch gelegt, die an diesem Tag angekommen war. Ella nahm die Umschläge einzeln in die Hand und betrachtete die Absender. »Ich dachte nur...« Kurz schaute sie sich zu Ulrika um, während sie weitersprach. »Sie waren schon nicht auf eurer Hochzeit, und Benny kennen sie auch nur von Fotos.«

Ulrika lächelte nervös. »Ich schau, was ich tun kann. Aber jetzt muss ich los.« Sie wollte sich abwenden, doch Ella ließ sie noch nicht gehen. Mit den Umschlägen in der Hand wandte sie sich um und blickte ihrer Schwiegertochter ins Gesicht.

»Vielleicht rufe ich sie an...«

Ulrika, die bereits an der Tür stand, fuhr herum. Ärger lag in ihrer Stimme. »Spar dir die Mühe, ich mache das schon.« Sofort merkte sie, dass ihre Reaktion ungewöhnlich gewirkt haben musste, und sie fuhr bedeutend ruhiger fort: »Ich wollte später ohnehin mit meiner Mutter sprechen.« Sie wandte sich endgültig um und hastete aus dem Raum, als könne sie nicht schnell genug von hier fortkommen. Nachdenklich blickte Ella Rosen ihr nach...

*

Britta wählte die ersten drei Nummern, zögerte und legte schließlich wieder auf. Es war ihr selbst nicht wirklich klar, warum sie im Augenblick nicht mit Martin telefonieren wollte. Stattdessen wählte sie Stinas Nummer. Es dauerte nur wenige Sekunden, bis die Freundin sich am anderen Ende meldete. Sie lachte leise, als sie Brittas Stimme erkannte. »Du bist es, Süße. Wie geht es dir auf Sommarholm? Alles in Ordnung?«

Britta saß auf dem Fensterbrett in ihrem Zimmer und schaute hinaus in den herrlichen Park hinüber zum See. »Du, es ist wunderschön hier. Die Rosens sind sehr nett, und Benny ist ein richtiger Schatz. Er ist so lustig und neugierig.«

Ganz offensichtlich wollte Stina aber nicht über Benny sprechen. Wieder vernahm Britta ihr leises Lachen durch den Hörer. »Und sein Vater? Wie ist der? Aussehen tut er ja phänomenal.«

»Findest du? Darüber habe ich noch gar nicht nachgedacht.«

Britta hätte wissen müssen, dass die Freundin sie viel zu gut kannte, um sich von der betonten Gleichgültigkeit in ihrer Stimme täuschen zu lassen. »Das soll ich dir glauben? Ich finde ihn jedenfalls interessant. Sag nicht, du bleibst ruhig, wenn er sich dir nähert?«

»Nähert?« Jetzt lachte Britta laut auf. »Wie das klingt. Als würde er sich von hinten anschleichen. Du, der Mann ist verheiratet.«

»Ja, mit dieser Ulrika.«

»Ja, mit dieser Ulrika«, wiederholte Britta, »und die beiden haben zusammen einen Sohn. Abgesehen davon bin ich sowieso nicht an anderen Männern interessiert. Aber, weshalb ich anrufe. Ich wollte dich fragen, ob du mich mal besuchen kommst. Wir könnten uns ein Boot nehmen und ein bisschen herumfahren.«

Stina wirkte nicht abgeneigt, fragte jedoch nach: »Und der Junge? Ich dachte, du musst Tag und Nacht auf ihn aufpassen.«

Britta hatte ihren Fensterplatz verlassen und sich auf ihr Bett gesetzt.

»Vormittags ist er in der Schule, und am Wochenende habe ich sowieso frei. Außerdem könnten wir ihn mitnehmen. Er ist wirklich süß.«

»Na klar«, sagte Stina. »Ich habe Lust, dich zu sehen. Ich kläre das und rufe dich wieder an, okay? Mach's gut bis dahin, ich küsse dich.«

»Ich dich auch«, Britta wollte das Gespräch beenden, doch Stina war noch nicht fertig. »Pass auf, dass dich der Prinz nicht auf seinem Schimmel entführt.«

Britta ließ sich rücklings aufs Bett fallen. »Er hat einen Fuchs und keinen Schimmel«, berichtete sie lachend. »Also besteht da schon mal keine Gefahr. Mach es gut, meine Liebe, bis dann.« Britta schaltete das Handy aus und legte es auf ihren Nachttisch. Sie stand auf und ging ans Fenster.

Allmählich senkte sich die Dämmerung über das Land. Das Licht der Mitsommernacht ließ die Landschaft in einem magischen Glanz erstrahlen und die Oberfläche des Sees golden schimmern. So verlockend, dass Britta ihm nicht widerstehen konnte ...

*

Conrad saß auf der Terrasse. Er hatte das Notebook aufgeklappt, doch trotz der mittsommernächtlichen Helligkeit und der brennenden Windlichter, die auf dem Tisch vor ihm standen, wurde es zum Arbeiten allmählich zu dunkel. Er klappte das Notebook zu und lehnte sich zurück, als er eine Bewegung unten auf der Wiese bemerkte. Er hob den Kopf und erkannte Britta, die ein Handtuch über die Schulter geworfen hatte und in Richtung See ging.

Er packte die Briefe und Rechnungen zusammen, legte sie oben auf das Notebook und wollte ins Haus gehen, um dort weiterzuarbeiten. Doch dann schaute er wieder auf, sah im Dämmerlicht Brittas Silhouette auf dem Bootssteg und überlegte es sich anders ...

*

Das warme Wasser umspülte ihren Körper. Britta lag auf dem Rücken, ließ sich treiben und schaute hinauf in das Blau der Dämmerung. Auch in Stockholm besaßen diese Mittsommernächte einen ganz besonderen Reiz, doch hier auf dem Land, in der freien Natur, war es geradezu unvergleichlich. Für einen Augenblick fühlte sie sich wie der einzige Mensch in einer verzauberten Märchenwelt ...

Doch plötzlich wurde ihr klar, dass sie nicht alleine war. Neben ihr tauchte ganz unerwartet Conrads Kopf auf. »Ich habe gesehen, wie Sie zum Wasser gegangen sind, und da bekam ich plötzlich auch Lust, eine Runde zu schwimmen«, sagte er.

Britta trat Wasser, ließ sich aber gleich darauf wieder auf den Rücken gleiten und vom Wasser tragen. »Es ist so wunderschön hier«, sagte sie. Jetzt war Conrad plötzlich ein Teil ihrer verzauberten Märchenwelt, und Britta stellte fest, dass es sie kein bisschen störte, nicht mehr alleine zu sein. Ganz im Gegenteil ...

»Schauen Sie mal da«, wies sie mit dem Finger an den Himmel. Conrad sah nach oben. »Was ist denn da?«

»Der Abendstern.« Die Venus, schoss es ihr durch den Kopf. Der Planet, der für Liebe und Romantik stand.

»Nein«, Conrad wies in eine andere Richtung, »da ist der Abendstern.« Britta lachte, sie schauten sich an, und es war ihnen beiden völlig egal, wo der Abendstern nun wirklich am Himmel stand.

»Schwimmen wir noch eine Runde?«, schlug Conrad vor.

Nebeneinander schwammen sie weiter. Beide redeten sie nicht mehr, doch immer wieder trafen sich ihre Blicke.

Auch als sie zurück zum Haus gingen, blieb es erst einmal still zwischen ihnen, bis Conrad sagte: »Ich weiß überhaupt nicht, wie lange ich das nicht mehr gemacht habe. Als wir Kinder waren, sind mein Bruder und ich manchmal heimlich nachts zum Schwimmen gegangen. Oder wir haben uns ein Boot genommen und sind zum Angeln hinausgefahren. Wir waren die größten Abenteurer.« Er lachte leise, schien sich gerne an diese Zeit zu erinnern.

Phillip Rosen war in ihrer Gegenwart noch nie erwähnt worden, doch da Conrad nun selbst von ihm sprach, traute sich Britta zu fragen: »Und wo ist Ihr Bruder jetzt?«

Mit dieser Frage schien sie allerdings einen wunden Punkt zu berühren. Das Lächeln auf Conrads Gesicht erlosch. »Er lebt schon seit Jahren im Ausland. Wir haben nicht mehr viel Kontakt.«

»Das tut mir leid«, erwiderte Britta betroffen.

»Nein, es ist wie es ist«, sagte er, als wolle er den Eindruck erwecken, es mache ihm nichts aus. Doch sofort wechselte er das Thema. »Benny scheint es in den paar Tagen, die Sie hier sind, merklich besser zu gehen. Er hat richtig Farbe bekommen. Er lacht wieder.«

»Er ist so ein lieber, kleiner Kerl.« Britta lächelte versonnen. Sie hatte den kleinen Jungen richtig lieb gewonnen. »Er wird seine Krankheit ganz bestimmt in den Griff bekommen. Es ist sogar möglich, dass sie in ein paar Jahren wieder ganz verschwindet.«

»Das haben mir auch schon ein paar Ärzte gesagt, aber gibt es das wirklich?«

»Gar nicht so selten«, versicherte Britta. Sie war stehen geblieben und schaute Conrad Rosen an. Stina hatte Recht, dachte sie in diesem Augenblick. Er war wirklich unglaublich attraktiv, wie er da so vor ihr stand. Die blauen Augen in dem braunen Gesicht, mit dem strubbeligen, feuchten Haar. Sie ertappte sich bei dem Wunsch, hindurchzustreichen, rief sich aber gleich darauf selber zur Vernunft und konzentrierte sich wieder auf das, was sie ihm sagen wollte.

»Asthma ist eine sehr komplexe Krankheit, und die Ursachen

dafür sind ganz unterschiedlich. Ich kenne persönlich einige Fälle, wo die Kinder nach ein paar Jahren wieder ganz gesund waren.«

»Sie wissen gar nicht, was das für mich bedeutet.« Er schaute ihr tief in die Augen. »Mir ist plötzlich so leicht ums Herz. Sie tun nicht nur meinem Jungen gut, sondern auch mir.« Conrad ging weiter. Britta starrte ihm nach und war jetzt so verwirrt, dass sie einige Sekunden brauchte, bis sie ihm folgte. Was immer da gerade zwischen ihnen passierte. Es war nicht gut. Nicht für Conrad Rosen und schon gar nicht für sie selbst.

Als sie die Treppe zur Veranda hinaufstiegen, sagte Conrad Rosen: »Benny hat mir erzählt, dass Sie sich zusammen mit ihm ein Buch von Carl Larsson angesehen haben.«

»Ich habe es im Wohnzimmer gefunden. Ich konnte mich als Kind stundenlang in diese Bücher vertiefen und habe mir für die Leute auf den Bildern die tollsten Geschichten ausgedacht. Na ja, und da dachte ich, Benny könnte vielleicht auch Spaß daran haben.«

Vor der offenen Terrassentür war sie wieder stehen geblieben und hatte sich ihm zugewandt. Ganz dicht stand er jetzt vor ihr.

»Ja, das hat er auch«, versicherte Conrad. »So wie ich auch. Als ich noch ein Kind war, meine ich. Diese Bilder spiegeln so eine Harmonie wieder, so eine Leichtigkeit des Seins. Sie wissen, was ich meine.«

Britta nickte lächelnd. Sie wusste genau, was er meinte. Sie griff nach ihrem Handtuch, das er getragen hatte. Ihre Hände berührten sich, ihre Blicke versanken ineinander.

»Es war schön«, sagte Conrad mit heiserer Stimme. »Mit Ihnen zu schwimmen, meine ich ... und zu reden ...«

»Ja, das war es«, sagte Britta leise und nahm das Handtuch aus seinen Händen, wobei sie diesmal darauf achtete, dass sie sich nicht wieder berührten. »Gute Nacht«, sagte sie und ging schnell ins Haus. Sie schaute sich nicht mehr um, auch wenn sie spürte, dass Conrad ihr nachsah.

*

Ardala war ein hübscher kleiner Ort direkt am See. Rot getünchte Holzhäuser drängten sich bis ans Ufer. Dazwischen ragte der Turm einer kleinen Kirche hervor. Bunte Boote schaukelten an den Anlegestellen.

Britta hatte sich auf Sommarholm ein Fahrrad geliehen, um Benny von der Schule abzuholen. Es war ein Herrenfahrrad, aber damit hatte sie keine Probleme. Kräftig trat sie in die Pedale, weil sie befürchtete, zu spät zu kommen. Als sie in die Schulstraße einbog, hörte sie die Schulglocke, die das Ende des Unterrichts ankündigte. Sie fuhr den Zaun entlang, sah die ersten Kinder aus dem Schulgebäude strömen. Auch Benny war dabei, und er entdeckte sie sofort.

»Hej, Britta!« Er winkte, lief strahlend auf sie zu. »Was machen wir heute?«, wollte er wissen, sobald er sie erreicht hatte. Sein Atem ging wieder etwas schneller, ansonsten schien es ihm aber gut zu gehen.

Britta ging in die Hocke und zog ihn zu sich auf ihr Knie, damit er sich einen Augenblick setzen konnte. »Erstens sollst du doch nicht so schnell rennen«, mahnte sie sanft.

Spitzbübisch grinste er sie an. »Und zweitens?«

Britta wiegte den Kopf ein wenig hin und her, doch sie konnte dem erwartungsvollen Blick des Kindes nicht lange widerstehen. »Ich habe mir gedacht, wir könnten mal im Spielzeugladen nachsehen, ob sie schon wieder neue Modellschiffe bekommen haben.«

»Echt?«

Britta nickte. »Und vorher holen wir uns im Hafen ein Fischbrötchen.«

»Mit Pommes«, verlangte Benny.

»Na gut«, stimmte Britta zu, »aber nur, wenn du auch einen Salat dazu isst.«

Britta setzte Benny vor sich auf die Fahrradstange und radelte mit ihm los. Weit war es nicht von der Schule bis hinunter in den kleinen Hafen. Sie nahm bereits den köstlichen Geruch von frisch gebackenem Fisch wahr. Schreiende Möwen kreisten über den Hafen, suchten sich ihren Teil. Alles wirkte so gemütlich, idyllisch, ohne die Hektik der Großstadt, wie sie sie in Stockholm gewohnt war. Britta hatte immer geglaubt, sie wäre ein überzeugter Stadtmensch, doch jetzt wurde ihr mit jedem Tag mehr bewusst, wie wohl sie sich in dieser ländlichen Idylle fühlte.

Benny erzählte eifrig von seinen Erlebnissen in der Schule. ». . . und dann hat sie mich aufgerufen, und ich habe es gewusst. Die größten Bären sind die Eisbären. Sie können über drei Meter hoch werden, wenn sie auf den Hinterbeinen stehen.«

»Hast du denn schon einmal einen Eisbären gesehen?«, wollte Britta wissen.

»Nur im Fernsehen. Aber wenn ich groß bin, fahre ich an den Nordpol und schaue sie mir an.« Benny sprang von der Stange, als Britta am Stand mit den Fischbrötchen hielt.

Im gleichen Augenblick sahen sie Conrad, der gerade in seinen Wagen steigen wollte. Seine eben noch sorgenvolle Miene heiterte sich auf. »Hej, ihr beiden. Was macht ihr denn hier?«

»Hej, Papa!« Benny rannte zu seinem Vater. »Britta hat mich eingeladen. Wir essen Fischbrötchen und Pommes.«

»Und Salat«, ergänzte Britta, die langsam näher gekommen war. »Keine Sorge, ich habe der Köchin Bescheid gesagt, dass wir nicht kommen.«

»Mama ist sowieso nicht da«, berichtete Benny.

»Ach, wo ist sie denn?« Conrads Stimme klang nicht so, als würde ihn das wirklich interessieren. Bennys Auskunft klang ebenso gleichgültig. »Ich glaube, beim Frisör.«

»Darf ich Sie vielleicht auch zu einem Fischbrötchen einladen?« Britta schaute Conrad lächelnd an, doch der schüttelte den Kopf. »Leider nicht, ich habe Banktermine.«

»Ach, Papa, bitte«, drängelte Benny. »Es ist leider wichtig, Benny, obwohl ich viel lieber mit euch dieses kulinarische Vergnügen teilen würde.« Er griff nach Brittas Handgelenk, um auf ihre Uhr zu schauen. Die Berührung jagte ihr kleine Schauer auf die Haut. Unwillkürlich musste sie an den vergangenen Abend am See mit ihm denken.

»Es tut mir leid«, sagte er schnell. »Ich muss los.« Er verabschiedete sich von Britta und seinem Sohn.

Diesmal war es Conrad, der sich nicht mehr umdrehte, und es war Britta, die ihm nachschaute ...

*

Sie hatte nicht suchen müssen, auch wenn es einige Jahre her war, seit sie sich das letzte Mal in diesem kleinen Hotel am Seeufer getroffen hatten.

Ulrika parkte ihren Sportwagen und nahm die Sonnenbrille ab, bevor sie ausstieg.

Das Hotel war in der typischen, roten Farbe gestrichen, die Fensterrahmen weiß abgesetzt. Suchend blickte Ulrika sich um. Zuerst lächelte sie erwartungsvoll, dann wurde sie immer unruhiger, und Traurigkeit stieg in ihr auf. Sie hatte die Hoffnung verloren, dass sie sich noch treffen würden. Schließlich wandte sie sich um, wollte einfach nur zurück zu ihrem Wagen und bemerkte den Mann nicht, der in diesem Moment nach draußen kam. »Ich habe fast vergessen, wie schön du bist.«

Ulrika blieb stehen, schaute in seine Richtung. Ein leichter Windhauch wehte ihr Sommerkleid hoch und gab kurz den Blick auf ihre wohlgeformten Beine frei. Der Blick, mit dem sie ihn anschaute, war ernst. Langsam jedoch schien sich die Anspannung zu lösen, unter der sie in den letzten Minuten gestanden hatte. Sie seufzte tief auf, ein sanftes Lächeln umspielte ihre Lippen. »Phillip«, sagte sie leise.

Der dunkelhaarige Mann kam auf sie zu, blieb so dicht vor ihr stehen, dass sich ihre Körper berührten. Dann blickte er ihr in die Augen und küsste sie lang und begierig auf ihre vollen Lippen.

Ulrika erwiderte seinen Kuss mit geschlossenen Augen. Mit beiden Händen griff er in ihr Haar, während sein Kuss immer leidenschaftlicher wurde. Ulrika schaute ihn ungläubig an, als könne sie es noch immer nicht fassen, dass er wirklich bei ihr war. Sie lächelte, und schmiegte sich unendlich glücklich wieder in seine Arme.

*

Britta saß zusammen mit Benny auf dem Bootssteg und half ihm dabei, das neue Modellboot zusammenzubauen. Wenn sie über das Gelände blickte, kam es ihr fast so vor, als würde sie selbst auf einem Schiff sitzen. Im Augenblick allerdings nahm Benny ihre Aufmerksamkeit voll und ganz in Anspruch.

»Das hier muss da oben hin«, erklärte er.

»Stimmt«, nickte Britta nach einem kurzen, prüfenden Blick auf die Bauanleitung. »Gibst du mir mal den Kleber?«

Beide bemerkten Ella Rosen erst, als sie ganz nahe an den Tisch herantrat. »Na, ihr zwei. Wie geht's euch?«

»Super, Oma, sieh mal, was wir bauen.« Ella setzte sich zu den beiden an den Tisch. Als Benny zu husten begann, ergriff sie wieder die alte Angst, sie beugte sich erschrocken über ihren Enkel. »Benny, Benny«, entfuhr es ihr erschrocken.

Eindringlich schaute Britta sie an. »Bitte nicht«, unterbrach sie Ella, bevor sie sich an den Jungen wandte. Fürsorglich legte sie eine Hand auf seinen Rücken und ordnete mit ruhiger Stimme an: »Beruhige dich, Benny, und benutze das Spray.«

Sofort nahm er das Spray aus seiner Tasche und benutzte es ohne Hilfe. Es dauere nur wenige Sekunden, bis sich sein keuchender Atem wieder beruhigte.

»Sehr gut«, lobte Britta. Benny schaute seine Großmutter an, schien den Anfall bereits vergessen zu haben. »Das ist die Jacht der englischen Königin«, sagte er und zeigte auf das Modell, an dem Britta und er arbeiteten. »Sie ist gar nicht mal so groß, aber ich finde sie sehr schön.«

»Sie ist sehr elegant.« Ella hatte offensichtlich weitaus mehr Schwierigkeiten, den Anfall ihres Enkels zu verkraften, als er selbst. Britta nahm es mit einem dankbaren Lächeln zur Kenntnis, dass sie dennoch versuchte, sich nichts anmerken zu lassen. »Aber die Jacht des schwedischen Königs ist doch auch sehr toll, oder?«, fragte Ella den Jungen.

»Am tollsten ist die von diesem Onassis. Kennst du die, Oma?«

Als Ella den Kopf schüttelte, sprang er auf. »Warte, ich hole ein Foto davon.« Schon war er weg, so als wäre nichts gewesen.

Ella Rosen schaute Britta dankbar an. »Sie machen das sehr gut.«

Britta bedankte sich lächelnd. »Das Wichtigste ist, dass nicht immer alle in Panik verfallen, wenn er einen Anfall hat. Vor allem Benny selbst nicht. Es ist wichtig, dass er lernt, damit in jeder Situation umzugehen.«

Ella nickte mehrmals, während sie Britta aufmerksam zuhörte. »Ich weiß überhaupt nicht, woher er das hat. In unserer

Familie gibt es niemanden mit Asthma.« Nachdenklich schaute sie über den See. »Allerdings weiß ich praktisch nichts über Ulrikas Familie.« Ella schaute Britta wieder an. »Ich muss sie gelegentlich einmal fragen.«

»Es muss nicht unbedingt genetisch bedingt sein. Es kann auch eine allergische Form sein oder eine psychogene.«

Ella Rosen wirkte befremdet. »Sie meinen, das Kind hat Asthma, weil es andere Probleme hat?«

»Nein, das meine ich nicht«, erwiderte Britta hastig. »Ich wollte damit nur sagen, dass es auch eine solche Ursache gibt.«

»Benny hat keine Probleme«, sagte Ella streng. Ihre Stimme wurde erst wieder weicher, als sie fortfuhr. »Sein Vater liebt ihn. Seine Mutter...« Sie stockte einen kaum merklichen Augenblick. »... sie ist immer für ihn da. Ich auch. Er hat ein wundervolles Zuhause. Dem Jungen fehlt es an nichts, er ist ein glückliches Kind.«

Britta war froh, dass sie einer Antwort enthoben wurde, weil Benny in diesem Augenblick mit einer Zeitschrift in der Hand zurückkehrte. Er legte sie vor Ella hin und tippte mit dem Finger auf das Foto. »Da, das ist die Jacht von diesem Onassis. Die ist die tollste auf der Welt.« Auffordernd blickte er Britta an. »Die müssen wir als Nächstes bauen.«

Britta salutierte. »Aye, Captain!« Alle lachten. Die Stimmung, die eben noch zu kippen drohte, war wieder ausgelassen und fröhlich.

*

In dem Moment, als Britta hinauswollte, kam Conrad hinein. »Und?«, wollte er wissen. »Hat das Fischbrötchen geschmeckt?«

»Ja«, lachte Britta. »Benny war jedenfalls glücklich. Jetzt ist er oben in seinem Zimmer und spielt mit seiner Großmutter. Später will er Ihnen übrigens unbedingt das neue Boot zeigen, das wir gebaut haben.«

»Es geht ihm wirklich gut.« Conrad freute sich offensichtlich darüber. Trotzdem bemerkte Britta, dass ihn etwas bedrückte, auch wenn er sich alle Mühe gab, es zu überspielen. Er wollte sogar wissen, wie es ihr ging.

»Gut«, erwiderte Britta spontan. »Ja, es geht mir sogar sehr gut hier.«

»Ich dachte, Sie hätten vielleicht Sehnsucht nach ... Stockholm.« Zweifellos schwang da auch die unausgesprochene Frage nach Martin mit. Britta gestand sich ein, dass sie den Mann, mit dem sie den Rest ihres Lebens verbringen wollte, noch nicht eine Sekunde vermisst hatte. Aber das war kaum ein Thema, das sie mit Conrad Rosen erörtern wollte. Vor allem nicht mit ihm.

»Ich war schon als Kind gerne auf dem Land«, erklärte sie stattdessen. »Meine Eltern sind jeden Sommer mit mir in eine Hütte nach Småland gefahren. Es war wirklich schön da.«

Sie standen ganz dicht voreinander, schienen eine ganze Weile beide nicht mehr zu wissen, was sie sagen wollten. Sie schauten sich an, und es war eine solche Nähe zwischen ihnen ...

»Was ich Sie fragen wollte.« Britta musste einfach etwas sagen, um diese Spannung, die plötzlich zwischen ihnen entstanden war, erträglich zu machen. »Ich würde gerne mit Benny in die Carl-Larsson-Ausstellung gehen. Hätten Sie etwas dagegen? Ich wollte eigentlich Ihre Frau fragen, aber die habe ich heute noch nicht gesehen.«

Conrad war sofort einverstanden. »Fahren Sie nur, das ist eine gute Idee. Ich bin mir sicher, Benny wird es gefallen.«

Wieder schauten sie sich an, geradezu beunruhigend lange. Diesmal war es Conrad, der zuerst sprach. »Ich muss mich jetzt leider entschuldigen. Ich muss noch ein paar Telefonate führen.«

»Kein Problem, ich wollte auch noch einmal in die Stadt.« Doch in Wahrheit kostete es Britta große Mühe, sich loszureißen. Als sie sich schließlich umwandte und zur Eingangstür eilte, hielt Conrad sie noch einmal zurück, doch dann sagte er nur: »Wir sehen uns dann zum Essen.«

*

Langsam fuhr Britta mit dem geliehenen Rad am See entlang. Der Fahrtwind spielte mit ihrem langen, blonden Haar, das lose über ihre Schultern fiel, und sie war bester Stimmung. Sie kam an dem kleinen Naturhafen vorbei, in dem vor allem Segelboote ankerten. Britta malte sich in ihrer Phantasie aus, wie schön es sein müsste, auf einem dieser Boote einfach hinauszusegeln, ins Blaue hinein. Ohne festes Ziel, ohne jeglichen Zeitdruck. Sie trat langsamer in die Pedale, und dann sah sie plötzlich die Frau auf dem Motorboot.

Im ersten Augenblick war Britta sich nicht sicher. Vielleicht nur eine verblüffende Ähnlichkeit? Sie blieb stehen und stieg vom Rad, verborgen hinter hohem Schilf war sie selbst vom Boot aus nicht zu sehen.

Nein, kein Zweifel. Die Frau auf dem Boot war wirklich Ulrika Rosen, und sie war nicht alleine. Ein dunkelhaariger Mann hielt sie umschlungen und küsste sie mit einer Leidenschaft, die verriet, dass die beiden sich bereits länger kennen mussten.

Britta wollte nicht länger Zeugin dieses Geschehens sein. Noch ganz benommen, von dem was sie gerade gesehen hatte, stieg sie wieder auf ihr Rad.

*

Alle hatten sich um den Esstisch versammelt, nur Ulrika fehlte. Bennys neues Boot stand neben Conrad auf dem Tisch. Er hatte es gerade ausgiebig bewundert, und Benny glühte jetzt noch vor Stolz.

Niemand schien sich darüber zu wundern, dass Ulrika nicht pünktlich zum Essen erschienen war. Mit Sicherheit ahnte nicht einmal jemand hier am Tisch, wo Ulrika im Augenblick war.

Britta bekam das Bild nicht mehr aus ihrem Kopf. Ulrika in den Armen dieses anderen Mannes. Die seinen Kuss mit einer solchen Hingabe erwiderte, als gäbe es nur ihn auf der Welt. Conrad hatte das nicht verdient.

Ihr Blick flog zu Conrad hinüber, der völlig arglos war und sich gerade mit seiner Mutter über die Ernte unterhielt.

»Denkst du, dass ihr die Ernte dieses Jahr trocken hereinbringen könnt?«, fragte Ella besorgt.

»Ja sicher, Mutter«, nickte Conrad beruhigend. »Der Wetterbericht sagt für die nächsten Tage schönes Wetter voraus. So ein Unwetter wie im letzten Jahr wird es wohl nicht geben.«

Benny, der neben Britta saß, schaute zu ihr auf. »Ich habe ganz schön Angst gehabt bei dem großen Sturm. Papa hat immer bei mir geschlafen, weil ich Angst hatte, dass das Dach wegfliegt.«

»Das hat ja auch ganz schön gefährlich geklungen«, bestätigte Conrad. »Gott sei Dank sind aber nur ein paar Schindeln weggeflogen.«

»Hej, ihr habt ja schon angefangen.« Ulrika trug immer noch das helle Sommerkleid, in dem Britta sie auf dem Boot gesehen hatte. Auf ihren Wangen lag ein rosiger Schimmer. In ihren Augen ein Strahlen, das Britta vorher noch nie wahrgenommen hatte. Wahrscheinlich war sie aber auch die Einzige am Tisch, die das bemerkte.

»Tut mir leid, dass ich zu spät komme«, entschuldigte sich Ulrika, »aber im Wartezimmer war es so voll.«

»Ich dachte, du warst beim Frisör.« Verwundert blickte Conrad seine Frau an. Ulrikas sah ihn kurz an, für den Bruchteil einer Sekunde wirkte sie verunsichert. Gleich darauf fasste sie sich aber wieder.

»Ja ... Auch ... Und dann war ich bei Dr. Lass wegen meiner Migräne. Ich brauche neue Tabletten.«

»Da musstest du so lange warten, nur um ein paar Tabletten abzuholen?«, wunderte sich nun auch Ella Rosen.

»Du kennst doch Dr. Lass.« Ulrika hatte inzwischen jede Unsicherheit verloren. Hätte Britta nicht gewusst, dass Ulrika log, sie hätte ihr diese Ausrede auch abgenommen.

»Du kennst doch Dr. Lass«, sagte Ulrika ganz ruhig. »Er will seine Patienten immer sehen, bevor er ihnen ein Medikament verschreibt. Aber was soll es, jetzt bin ich ja da.«

Ulrika schien es gewohnt zu sein zu lügen, aber Britta fühlte sich sehr unbehaglich. Es wäre ihr lieber gewesen, sie hätte Ulrika nicht mit diesem anderen Mann zusammen gesehen. Es würde ihr schwerfallen, der Mutter ihres Schützlings mit diesem Wissen auch weiterhin unbefangen gegenüberzutreten.

Ella ordnete an, dass Ulrika die Suppe gebracht werden sollte, doch die junge Frau lehnte ab. »Nein danke, keine Suppe. Ich nehme nur ein bisschen Salat.«

»Du kannst nicht immer nur Salat essen, Ulrika«, fuhr Ella Rosen auf. Die beschwichtigenden Einwände ihres Sohnes ignorierte sie vollkommen. »Du brauchst deine Kräfte, du hast ein Kind.«

»Mutter«, fuhr Conrad noch einmal dazwischen. »Ulrika ist erwachsen, das kann sie allein entscheiden.«

Ulrika schaute ihren Mann dankbar an, doch die Spannung die in der Luft lag, war für alle greifbar.

*

Britta wollte alleine sein. Immer noch verfolgte sie dieses Bild. Ulrika in den Armen eines anderen Mannes. Conrad und auch der kleine Benny, die völlig ahnungslos waren.

Sie stand auf dem Bootssteg und schaute über den See. Es war spät, doch ganz dunkel würde es auch in dieser Nacht nicht werden. Der See schimmerte golden, eine Schar Schwäne zog kreischend darüber hinweg.

Als ihr Handy klingelte, sah sie auf dem Display, dass es Martin war. Martin schien glücklich darüber zu sein, endlich wieder einmal ihre Stimme zu hören. »Britta? Schön, dass ich dich mal erwische. Du meldest dich gar nicht mehr. Ist etwas passiert?«

»Nein«, lachte Britta. »Nein, nur den ganzen Tag mit einem Kind, da bin ich abends ziemlich müde. Sei mir nicht böse.«

»Nein, bin ich doch nicht.« Seine Stimme klang zärtlich. Er schien Sehnsucht nach ihr zu haben. »Ich habe nur plötzlich das Gefühl gehabt, ich weiß gar nicht mehr richtig, wie du aussiehst.«

»Ach«, neckte Britta ihn, »nach einer Woche schon. Das ist ja toll.« Dann fügte sie lachend hinzu: »Du hast doch bestimmt ein paar Fotos von mir.«

»Jetzt mal ganz im Ernst, geht es dir wirklich gut? Ist das nicht ziemlich langweilig da auf dem Land?«

»Nein, gar nicht«, versicherte Britta. »Benny hält mich ziemlich auf Trab, und nachts schlafe ich tief und fest wie ein Baby. Eigentlich vermisse ich gar nichts.«

»Nicht einmal mich«, antwortete Martin prompt. »Klingt beunruhigend.«

»Quatsch, die Zeit hier ist doch bald vorbei, und auf Sizilien werde ich mich dann schon wieder an dich erinnern.« Während sie sprach, drehte Britta sich langsam um und sah Conrad, der mit einem Kescher und einer Angel in der Hand auf das Bootshaus zukam. Sie schaute ihn an, und mit einem Mal fiel es ihr schwer, sich auf das Telefonat zu konzentrieren.

»Freust du dich auf den Urlaub?«, hörte sie Martin sagen.

»Ja«, erwiderte sie hastig, »natürlich freue ich mich. Du, Martin, ich muss jetzt Schluss machen. Ich melde mich wieder.«

Martin klang enttäuscht, als er sich von ihr verabschiedete. Britta schaltete das Handy aus und steckte es ein.

Langsam kam Conrad näher. »Was ich Sie die ganze Zeit schon fragen wollte. Reiten Sie eigentlich?«

»Ja, ich bin als Kind viel geritten«, nickte sie.

»Gut.« Conrad lächelte. »Dann morgen früh um sechs.«

*

Der Himmel zeigte das zarte Blau des frühen Morgens. Die Luft war klar, erwärmte sich bereits. Völlig schwerelos fühlte sich Britta auf dem Rücken des Apfelschimmels, den Conrad für sie ausgesucht hatte. Die Arbeit auf den Feldern hatte noch nicht begonnen. Es war, als wären sie und Conrad die einzigen Menschen auf dieser Welt, die sich auf dem Rücken der Pferde durch die traumhafte Sommerlandschaft tragen ließen.

Conrad ritt voraus über die blühenden Wiesen, vorbei an den vollreifen Weizenfeldern, über die ein sanfter Wind strich. Im Galopp ging es weiter, bis sie eine einsame Bucht am Seeufer erreichten.

Conrad hielt sein Pferd an. Gleichzeitig blieb auch der Apfelschimmel stehen, und gleichzeitig sprangen beide vom Pferd. Sie gingen aufeinander zu ... und dann lag sie in seinen Armen. Es war so natürlich, so selbstverständlich, als wäre alles seit ihrer ersten Begegnung nur auf diesen ganz besonderen Moment zugelaufen.

Conrad küsste sie mit verzehrender Leidenschaft, und sie erwiderte seinen Kuss, klammerte sich an ihn, als wolle sie ihn nie wieder loslassen.

Seine Lippen lösten sich von ihrem Mund, doch er hielt sie immer noch fest umschlossen. »Danach habe ich mich gesehnt, seit ich dich das erste Mal gesehen habe.«

»Ich mich auch«, als wäre dies eine uralte Wahrheit. »Ich habe mich noch nie zuvor so sehr zu einem Mann hingezogen gefühlt wie zu dir.« Sie schaute ihn an, konnte selbst kaum verstehen, wie dies alles geschehen war. »Es fühlt sich alles so richtig an.« Dabei war es nicht richtig, das wusste sie genau.

»Das ist es auch«, sagte Conrad und wollte sie erneut küssen, doch diesmal trat Britta zurück. »Ich habe einen Freund und du hast eine Frau und einen Sohn. Wir dürfen das nicht.«

»Ja«, Conrad schien das Gleiche zu fühlen wie sie. »Ich könnte dir jetzt erzählen, dass Ulrika und ich schon lange keine richtige Ehe mehr führen ... das würde nicht stimmen ... eher normal ... Für Benny ...« Hilflos brach er ab. In seinem Blick lag Schmerz und die verzehrende Sehnsucht nach ihr. »Ich konnte doch nicht wissen, dass ich dich treffe. Ich dachte nicht, dass mir das Schicksal eine Begegnung mit einem Menschen wie dir schenkt.« Er schüttelte den Kopf. »Ich will das nicht verlieren.«

Britta konnte nicht anders, ihre Arme schlangen sich um seinen Hals, sie küsste ihn und wusste gleichzeitig doch, dass ihre Liebe niemals eine Zukunft haben würde. Die Verzweiflung, mit der auch Conrad sie küsste, verriet ihr, dass er es ebenfalls wusste.

Erst sehr viel später ritten sie gemeinsam zurück zum Gut. Immer wieder schauten sie sich an, lächelten einander voller Wehmut zu. Nach diesem Tag würde nichts mehr so sein, wie es einmal gewesen war. Es würde aber zwischen ihnen auch nie wieder so sein, wie es in den letzten Stunden gewesen war. Am liebsten wäre sie ewig so neben ihm hergeritten.

Viel zu schnell erreichten sie das Gut. Conrad sprang zuerst vom Pferd und streckte die Hand aus, um ihr hinunterzuhelfen.

Noch einmal waren sie einander ganz nahe, ihre Lippen näherten sich ...

Sie drehten sich erschrocken um, als ein Wagen mit rasantem Tempo vorfuhr. Stinas Wagen, und auf dem Beifahrersitz saß Martin, der einen riesigen Blumenstrauß schwenkte.

»Happy birthday to you«, stimmte Stina an, kaum dass sie den Wagen geparkt hatte. »... happy birthday to you, happy birthday, liebe Britta ...« Sie sprang aus dem Wagen, lief auf Britta zu und fiel ihr um den Hals. »Alles Liebe zum Geburtstag.« Sie ließ Britta wieder los und schaute zu Martin hinüber, der nun ebenfalls ausgestiegen war. »Ich habe dir eine Überraschung mitgebracht.«

Stina bemerkte Brittas gezwungenes Lächeln sofort. »Keine so gute Idee«, fragte sie so leise, dass nur Britta sie hören konnte.

»Quatsch«, erwiderte Britta ebenso leise, bevor sie auf Martin zuging. »Mensch, Martin.« Sie ließ sich von ihm in die Arme nehmen und küsste ihn flüchtig zur Begrüßung. Zärtlich drückte er sie an sich. »Alles Liebe zum Geburtstag«, sagte er. Er ließ sie los und drückte ihr die Blumen in die Arme.

»Danke, sie sind wunderschön.« Britta schaute versonnen auf den Strauß, fing sich aber gleich wieder. »Schön, dass ihr da seid.«

Einer der Stallburschen trat zu Conrad und übernahm die beiden Pferde. Conrad trat näher und stellte sich neben Stina. »Sie hat also heute Geburtstag. Sie hat nichts davon gesagt.«

»Na ja, sie ist eben ein bescheidener Mensch.« Stina schaute prüfend zu Martin und Britta hinüber, als sie fortfuhr: »Und vielleicht gab es ja wichtigere Dinge, als so einen banalen Geburtstag.«

Conrad schaute sie verblüfft an, ging aber schließlich zu Martin und Britta hinüber. Er streckte ihr die Hand entgegen. »Herzlichen Glückwunsch und alles Gute. Das mit dem Geschenk ist jetzt natürlich ein bisschen schwierig. Deshalb schlage ich vor, Sie nehmen sich den Tag frei und feiern mit Ihren Freunden.«

»Danke, das ist sehr nett von Ihnen.« Britta schaute ihn an, senkte dann aber den Blick, weil sie Angst hatte, dass in ihrem Gesicht zu lesen war, was sie fühlte.

Martin schaute ihm nach, wandte sich schließlich Britta zu. »Sag mal, ist der immer so?«

»Wie so?«, hakte Britta verständnislos nach.

»Na ja, so.« Martin wusste nicht, wie er es anders ausdrücken sollte.

»Er ist mein Chef«, verteidigte Britta Conrad. »Was erwartest du denn? Dass er mir sein Schloss schenkt?«

Stina, die aus ihrem Wagen einen Berg von Geschenken geholt hatte, bekam Brittas letzte Worte mir. Sie betrachtete ihre Freundin, als ahne sie, dass da mehr zwischen Conrad und Britta war.

*

Stina hatte alles perfekt vorbereitet. Das Ruderboot hatte sie bereits vor Tagen von Stockholm aus telefonisch vorbestellt. Es war mit einer Girlande aus grünen Efeublättern geschmückt.

Martin ruderte, während die beiden Freundinnen es sich auf dem Boden des Bootes bequem gemacht hatten. Auf dem Sitzbrett hinter ihnen waren allerlei Köstlichkeiten aufgebaut, die Stina in einem Picknickkorb mitgebracht hatte. Dazu hatten auch der Sekt und die Gläser gehört, die Stina und Britta inzwischen in den Händen hielten. »Noch einmal auf dich, Britta.« Sie hob ihr Glas.

Britta bedankte sich noch einmal für die gelungene Überraschung. Den Kuchen, den ihr Stina anbot, lehnte sie aber ab. Sie konnte einfach nicht mehr, auch wenn ihre Freundin immer wieder beteuerte, dass sie Stunden gebraucht hatte, um ihn zu backen.

Martin hörte auf zu rudern und stand auf. »Ich gehe ins Wasser. Kommt ihr mit?«

Britta und Stina schüttelten gleichzeitig heftig den Kopf. Sie hatten beide eindeutig zu viel gegessen, um jetzt schwimmen zu gehen.

»Okay, dann gehe ich eben alleine«, beschloss Martin. Er zog Hemd und Hose aus, sprang mit einem Satz über den Bootsrand hinweg in das kühle Nass. Britta und Stina beobachteten ihn eine Weile, wie er ausgelassen um das Boot herumschwamm und tauchte. Doch dann wurde Stina plötzlich ruhig, und ihr neugieriger Blick ruhte nur noch auf ihrer Freundin. »Was?«, fragte Britta irritiert.

»Jetzt sag mir sofort, was los ist mit dir und Conrad Rosen.«

»Was soll denn da los sein? Ich weiß überhaupt nicht, was du meinst.«

»Britta, Martin ist nicht ewig im Wasser. Okay, ihr seid ineinander verknallt, das ist schon mal klar. Und was soll jetzt daraus werden?«

»Gar nichts! Da kann gar nichts draus werden.« Britta gab es auf, ihre Gefühle für Conrad verbergen zu wollen. Stina konnte sie sowieso nichts vormachen. »Er hat eine Frau.«

Dieser Einwand hatte für Stina allerdings nicht die geringste Bedeutung. »Ja, aber eine mit der er nicht glücklich ist. Sonst wäre er ja wohl nicht in dich verliebt.«

»Du, die hat einen Freund.« Es sprudelte einfach so aus Britta heraus, ohne dass sie es eigentlich hatte sagen wollen. Doch jetzt war es zu spät.

»Was? Wen?« Stina beugte sich interessiert vor. »Weiß Conrad davon?«

»Keine Ahnung. Ich habe die beiden zufällig gesehen, und jetzt weiß ich nicht, was ich machen soll.«

»Du musst es ihm sagen.« Für Stina war die Sache ganz einfach.

»Das kann ich nicht. Es geht mich ja auch eigentlich gar nichts an«, antwortete Britta schnell.

»Meinst du, das läuft schon länger?« Stina schien diese Möglichkeit zu gefallen: »Vielleicht hat sie ja vor, ihn zu verlassen.«

»Stina, ich weiß es nicht.« Britta fühlte sich völlig überfordert von der Situation. Ja, sie liebte Conrad. Wahrscheinlich sogar mehr, als sie sich im Moment eingestehen mochte. Es würde auch so schon weh genug tun, wenn sie Sommarholm verließ, mit dem Wissen, dass sie ihn nie wiedersehen würde. Wahrscheinlich würde sie sich für den Rest ihres Lebens fragen, wie es ihm ging und ob er mit Ulrika doch noch glücklich werden konnte.

Wieder hatte sie dieses Bild vor Augen. Ulrika in den Armen des anderen Mannes. »Ich habe sie mit einem gut aussehenden Typen gesehen. Die beiden haben sich geküsst, und zwar ziemlich heftig.«

»Na, siehst du«, meinte Stina, die wie üblich nur Schwarz und Weiß kannte. »Vielleicht lässt sie sich scheiden, und dann ist alles gut.«

So einfach war es leider nicht. Britta schüttelte traurig den Kopf. »Du vergisst Benny. Conrad liebt ihn so sehr. Er würde alles tun, um ihn vor einer Scheidung zu bewahren.«

Stina wirkte mit einem Mal auch sehr nachdenklich. Sie schaute auf das Wasser, wo Martin immer noch wie ein Kind im Wasser tollte. »Stimmt, und dann ist da ja auch noch dieser elegante Schwimmer«, sagte sie.

»Ja«, Britta lachte bitter. »Bis vor ein paar Tagen habe ich doch wirklich geglaubt, dass ich mit ihm alt werden will.«

»Siehst du, dass ist der Unterschied zwischen uns beiden.« Auch wenn sie die Traurigkeit der Freundin in Wahrheit sehr berührte, grinste Stina sie jetzt schon wieder schelmisch an. »*Ich habe das nie geglaubt.*«

Britta lächelte, doch es war ein trauriges Lächeln.

*

Conrad kam mit dem Traktor von den Feldern. Als er in die Zufahrt zu den Stallungen einbog, bemerkte er zwar den Wagen hinter sich, achtete jedoch nicht darauf. Er fuhr bis vor die Scheune, stellte den Traktor ab. Er sprang hinunter und wischte sich an einem Tuch die schweißnassen Hände ab.

»Was glaubst du, wird es eine gute Ernte?«

Conrad drehte sich um. Der Wagen, der ihm eben gefolgt war, stand oberhalb des Weges. Er hatte jedoch nur Augen für den gut aussehenden Mann, der aus dem Auto gestiegen war und langsam auf ihn zukam. »Phillip?«

»Grüß dich, Bruder.«

»Das gibt es doch gar nicht. Was machst du hier? Wo kommst du her?«

»Aus Argentinien«, erwiderte Phillip ruhig. »Ich lebe da seit zwei Jahren. Und wenn du mich fragst, was ich hier will . . .«

»Geld«, nahm Conrad den Gedanken seines Bruders vorweg.

Phillip lächelte verlegen. »Ich hätte es nicht an erster Stelle genannt. Ich wollte Mutter wiedersehen. Das Haus, Schweden . . .«

»Heimweh«, bemerkte Conrad amüsiert.

»Wenn du willst, kannst du es auch Heimweh nennen«, sagte Phillip.

Conrad blickte seinen Bruder ernst an. »Mir kommen die Tränen. Du meldest dich einmal pro Jahr mit einer Weihnachtskarte von irgendwoher, und jetzt hast du Heimweh.« Conrad unterbrach sich, blickte seinen Bruder an. Auf einmal wurde ihm klar, dass das kaum die richtigen Begrüßungsworte für den Menschen waren, den er in den vergangenen Jahren so oft vermisst hatte. »Was soll's«, sagte er leise. »Ich freue mich, dich zu sehen.« Seine Umarmung war nur kurz, wie um nicht zu zeigen, wie sehr ihn das Wiedersehen mit dem lang vermissten Bruder tatsächlich rührte.

»Warst du schon zu Hause? Hast du Mutter gesehen? Meinen Sohn Benny?« Die beiden Männer gingen nebeneinander her Richtung Herrenhaus.

»Du hast einen Sohn?«, beantwortete Phillip Conrads Frage mit einer Gegenfrage. »Gratuliere. Wie alt ist er denn, und wer ist die Mutter?«

»Benny ist im Februar sechs geworden, er geht in die erste Klasse. Seine Mutter heißt Ulrika. Wir sind seit sieben Jahren verheiratet«, fasste Conrad sein Leben in den letzten Jahren knapp zusammen. Ihn beschäftigte nach wie vor die Frage, was sein Bruder nach so langer Abwesenheit hier bezweckte.

Phillip steckte die Hände in die Hosentasche, schaute starr vor sich hin. Es dauerte einen Augenblick, bis er etwas antwortete. »Dann läuft es für dich ja super. Freut mich für dich.« Freundschaftlich legte er seine Hand auf die Schulter des Bruders.

»Bei dir nicht?«, hakte Conrad sofort nach.

»Doch, doch«, versicherte Phillip hastig. »Bei mir ist alles klar. Da gibt es nur ein paar Kleinigkeiten, über die ich mit dir reden muss ...«

*

Britta war regelrecht erleichtert, als der Tag vorbei war. Es war anstrengend gewesen, sich Martin gegenüber nichts anmerken zu lassen. Sie wollte mit ihm reden, sobald sie wieder zu Hause war. Er hatte ein Recht darauf, zu erfahren, dass sie ihm nicht mehr die Gefühle entgegenbrachte, die er verdiente. Stinas Reaktion auf ihre Entdeckung, hatten Britta diesen Tag nicht leichter gemacht.

Bepackt mit den Geschenken, die Stina und Martin ihr mitgebracht hatte, stand sie an der Treppe, die zum Haus hinaufführte, und winkte dem davonbrausenden Wagen nach. Mit einem tiefen Seufzer der Erleichterung drehte sie sich um und stieß beinahe mit einem Mann zusammen. Britta erkannte ihn sofort. Es war der Mann, den sie zusammen mit Ulrika auf dem Motorboot gesehen hatte.

»Oh, hallo«, grinste er sie charmant an. »Wen haben wir denn hier?«

»Ich wollte gerade hinein.« Sicher nicht eine ihrer intelligentesten Bemerkungen, dachte Britta sofort.

Er grinste. »Ich habe zwar keine Ahnung, wer Sie sind, aber bitte.«

Britta lief zwei Stufen hoch, bis es ihr durch den Kopf schoss, dass sie sich zumindest vorstellen konnte. »Entschuldigung, ich bin Britta Katting. Ich passe auf Benny auf.«

»Wieso bin ich nicht selbst drauf gekommen.« Wieder zeigte sich dieses charmante Lächeln auf seinem attraktiven Gesicht. »Der Kleine schwärmt so sehr von Ihnen, dass man glauben könnte, Sie wären ein Engel. Aber jetzt, wenn ich Sie so sehe ... Benny hat nicht übertrieben.«

Britta wurde klar, dass dieser Mann tatsächlich versuchte, mit ihr zu flirten. Reichte ihm Ulrika Rosen nicht? Er war ihr unsympathisch, und das spiegelte sich in ihrem Gesicht. »Ich gehe dann mal rein«, sagte sie kurz angebunden.

»Kann ich Ihnen helfen?« Sein Blick fiel auf die Geschenke.

»Nein, danke, das geht schon.«

Er wollte etwas sagen, doch in diesem Augenblick erschien Ella Rosen auf der Treppe. Ihr Gesicht strahlte. »Phillip, wo bleibst du denn? Wir warten alle auf dich.« Gleich darauf grüßte sie Britta und gratulierte ihr zum Geburtstag. Offensichtlich hatte Conrad sie darüber informiert, was für ein besonderer Tag heute für Britta war. Gleich darauf wandte sie sich Phillip zu und wollte ihm erklären, wer Britta war, doch er ließ sie nicht ausreden. »Ich weiß«, sagte er, »sie kümmert sich um den jüngsten Spross unserer Familie.« Diesmal lag etwas Provozierendes in dem Blick, mit dem er Britta bedachte. »Obwohl ich finde, dass es eine Verschwendung ist.«

»Phillip!« Ella Rosen lachte amüsiert auf, bevor sie sich Britta zuwandte. »Hören Sie bloß nicht auf meinen Sohn. Er hat vor gar nichts Respekt.«

Überrascht sah Britta ihn an. »Dann sind Sie also ...«

»... das schwarze Schaf in der blühenden Familie der Rosens«, beendete er ihren Satz.

»Phillip, du wolltest die Fotos aus dem Auto holen«, erinnerte Ella Rosen ihren Sohn.

Phillip nickte Britta noch einmal zu, bevor er sich umwandte und ging. Seufzend blickte Ella Rosen ihrem Sohn nach, doch das glückliche Lächeln auf ihrem Gesicht blieb. »Mein Sohn lebt in Südamerika. Er ist nur zu Besuch hier«, erklärte sie Britta voller Stolz. »Obwohl ich wünschte, es wäre für immer. Fast acht Jahre war er jetzt weg. Wissen Sie, das schmerzt ganz schön, wenn man einen Sohn hat und nichts von seinem Leben weiß.«

Britta musste daran denken, dass es weitaus mehr gab, was Ella über ihren Sohn nicht wusste, als sie es sich wahrscheinlich je vorzustellen vermochte. Sie blickte zu Phillip hinüber, der seine Reisetasche aus dem Auto nahm. Auch Ella blickte zu ihrem Sohn hinüber, während sie weitererzählte.

»Natürlich hat er immer wieder ein Lebenszeichen geschickt,

aber eigentlich gehört er hierher. Auf das Gut. Eigentlich hätte er das Gut leiten sollen. Er könnte das hervorragend.« Plötzlich schien ihr selbst bewusst zu werden, was sie da gerade gesagt hatte. »Obwohl Conrad es natürlich auch sehr gut macht«, versicherte sie hastig.

Phillip war inzwischen zu den beiden Frauen zurückgekehrt. Fragend blickte er Britta an. »Vielleicht möchten Sie die Fotos mit anschauen?«

Britta suchte vergeblich nach einer Ausrede. Glücklicherweise kam Ella ihr zur Hilfe. »Lassen Sie nur. Sie haben Geburtstag, den müssen Sie nun wirklich nicht mit uns verbringen.«

Sie griff nach Phillips Arm und ging mit ihm die Treppe hinauf. Unglücklich schaute Britta den beiden nach. Sie hatte das ungute Gefühl, dass dunkle Wolken über Sommarholm aufzogen.

*

Benny war noch in der Schule. Britta wollte niemanden sehen an diesem Tag. Es gab so vieles, über das sie nachdenken musste...

Musste sie das wirklich? Hatte sie ihre Entscheidung nicht längst getroffen? Und zwar schon lange, bevor sie und Conrad sich geküsst hatten?

Es wäre nicht passiert, wenn es da nicht diesen ganz besonderen Moment am See gegeben hätte. Diese ganz besondere Stimmung, der sie beide sich nicht entziehen konnten. Es durfte nie wieder passieren.

Mit einem Mal hatte sie das Gefühl, es in ihrem Zimmer nicht mehr aushalten zu können. Obwohl es ein schöner, großer Raum war mit hohen Fenstern, fühlte sie sich beengt. Sie musste ins Freie, brauchte Luft.

In aller Eile raffte sie ein paar Bücher zusammen, bevor sie beinahe fluchtartig das Zimmer verließ. Sie war froh, dass ihr im Haus niemand begegnete. Sie eilte den Weg hinunter zum See, wollte zu einer Stelle zwischen den Bäumen, wo sie vom Haus aus nicht zu sehen war, doch ausgerechnet in diesem Moment kam Conrad mit einem Mitarbeiter über die Wiese.

Britta wäre ihm lieber nicht begegnet, aber Conrad hatte sie schon gesehen und kam geradewegs auf sie zu. »Britta!«

Sie blieb stehen, senkte den Blick.

»Ich wollte dir gestern eigentlich noch gratulieren, aber dann war plötzlich mein Bruder da, und alle waren aus dem Häuschen ...« Seine Stimme klang so hilflos, wie sie sich fühlte.

»Alles Quatsch, ich wollte dich sehen«, gestand er.

Es gab so vieles, was sie ihm darauf gerne erwidert hätte. Natürlich hatte auch sie ihn sehen wollen. Die Sehnsucht nach ihm, nach seinen Küssen, seiner Zärtlichkeit, war beinahe unerträglich. Und doch wusste sie, dass wenigstens einer von ihnen vernünftig sein musste. Sie selbst musste vernünftig sein ...

»Gut, danke«, erwiderte sie knapp, doch plötzlich brach es aus ihr heraus. »Ich kann das Heimliche einfach nicht, Conrad. Kümmere dich um deine Frau, und vergiss mich einfach.«

»Das kann ich nicht«, sagte er.

»Doch, das kannst du«, erwiderte sie und ging einfach weiter. »Du musst nur daran denken, dass dein Sohn glücklich und unbeschwert aufwachsen soll«, fuhr sie fort, als sie bemerkte, dass er ihr folgte.

Conrad holte sie ein und versperrte ihr den Weg. »Was ist mit mir? Und mit dir?«

Verzweifelt schüttelte sie den Kopf. »Lass uns doch einfach so tun, als wäre da nie etwas gewesen. Vergiss, dass wir ...

»Was soll ich vergessen?«, fiel er ihr direkt ins Wort. »Dass ich mich in dich verliebt habe?«

»Ja«, nickte sie. »Du hast doch schon genug Probleme. Da muss ich doch nicht auch noch eine Rolle spielen.« Als sie diesmal weiterging, folgte er ihr nicht mehr, und doch spürte sie seinen brennenden Blick in ihrem Rücken. Nicht mehr umdrehen, ermahnte sie sich selbst. Nur nicht mehr umdrehen. Wenn sie die Traurigkeit in seinem Blick noch einmal sehen würde, müsste sie umkehren, um in seine Arme zu fliegen. Aber genau das war für sie beide der falsche Weg.

*

Benny war bereits in der Schule. Conrad, der in letzter Zeit ohnehin nur noch wenig an den gemeinsamen Mahlzeiten teilnahm, war irgendwo draußen. Ihre Schwiegermutter hatte Ulrika an diesem Morgen noch nicht gesehen. Auch Phillips Gedeck auf dem Frühstückstisch war noch unberührt.

»Eine Krone für deine Gedanken.«

Ulrika sah auf. Phillip lehnte am Türrahmen, blickte lächelnd auf sie hinab. Sie erwiderte sein Lächeln nicht. »Warum bist du hierhergekommen? Es war alles gut ohne dich. Ich hatte ein ruhiges Leben. Und jetzt ist es so, als wärst du nie weg gewesen. Wie soll denn das weitergehen, Phillip?«

Während sie sprach, war er langsam näher gekommen. Jetzt stützte er sich mit beiden Händen auf dem Tisch ab und beugte sich ein wenig zu ihr hinunter. »Nur weil du dich in meine Familie eingeschmuggelt hast, heißt das noch lange nicht, dass ich alle Kontakte abbreche.«

»Ich habe mich nicht eingeschmuggelt«, widersprach Ulrika. »Ich habe mich in Conrad verliebt. Das war Zufall.«

»Ja, sicher«, erwiderte er bitter und trat ans Fenster. »Der eine Bruder geht, in den anderen verliebst du dich. Rein zufällig. Aber weißt du was, das ist mir egal. Hauptsache, du bist glücklich.«

»Das bin ich aber nicht.« Ihre Stimme klang tonlos. »Und das weiß ich schon lange. Ich habe nie aufgehört, an dich zu denken.«

Phillip kam zurück an den Tisch und blickte ihr eindringlich in die Augen. »Und weil du so viel an mich gedacht hast, ist dir nichts anderes eingefallen, als mit meinem kleinen Bruder sofort ins Bett zu gehen, von ihm schwanger zu werden, sodass er gar nicht anders konnte, als dich zu heiraten.«

»Wir haben uns geliebt ... Damals.«

»Ja, sicher.« Phillip wandte sich ab. »Jetzt hast du ja endlich dein sorgenfreies Leben. Das wolltest du doch immer.«

Ulrika erhob sich. »Phillip, hör auf.« Sie stellte sich vor ihn hin, sodass er sie ansehen musste. »Ich fühle mich schrecklich. Ich weiß überhaupt nicht mehr, was ich machen soll.«

Sie schauten sich an, doch Phillip sagte kein Wort. Seine Miene blieb undurchdringlich. Er hatte es schon immer sehr gut verstanden, sich nicht anmerken zu lassen, was er dachte oder fühlte.

»Dass du hergekommen bist«, fuhr sie fort, »das ist das Beste, was mir in den letzten Jahren passiert ist.« Sie legte die Hände auf seine Brust. »Ich liebe dich immer noch«, flüsterte sie.

Phillip griff in ihren Nacken und zog sie zu sich heran. Ihre Lippen berührten sich, als Ella Rosen den Raum betrat. Noch immer war sie voller Begeisterung über den unerwarteten Besuch ihres ältesten Sohnes. So bemerkte sie nicht, was sich soeben zwischen Phillip und Ulrika ereignet hatte, denen es nur mühsam gelang die gefährliche Situation zu überspielen.

Ulrika hatte sich an ihren Platz gesetzt, während Phillip sich Kaffee einschenkte. Elle, die nur Augen für ihren Sohn hatte, trat neben ihn und küsste ihn auf die Wange.

»Hast du gut geschlafen?«

»Hervorragend, Mama.«

»Was hast du heute vor?«, wollte Ella wissen. »Hast du Lust, dir alles anzusehen? Wir könnten einen kleinen Ausflug machen. Ich will unbedingt hören, was du zu Conrads Veränderungen meinst.«

»Ich bin sicher, er hat alles richtig gemacht.« Mit der Tasse in der Hand trat Conrad ans Fenster und schaute hinaus. »So wie er sowieso alles in seinem Leben richtig macht. Eine schöne Frau, ein aufgewecktes Kind, Haus und Hof in Schuss. Ein richtiger Musterknabe eben.«

Niemand hatte bemerkt, dass Conrad in den Raum gekommen war. »Zu dem ich allerdings ohne deine Hilfe nie geworden wäre. Wenn du nicht von einem Tag auf den anderen einfach verschwunden wärst, hätte ich niemals die wunderbare Chance bekommen, mein Leben auf den Kopf zu stellen und hier anzutreten.«

»Wie ich sehe, bist du mir dankbar, kleiner Bruder.« Die Spannung, die in der Luft lag, war greifbar. Doch dann griff Phillip nach der Hand seiner Mutter. »Komm, Mama. Ich bin schon sehr gespannt, was sich alles verändert hat.«

Ella Rosen lächelte strahlend. Sie schien in diesem Raum der einzige Mensch zu sein, der vorbehaltlos glücklich war.

Ulrika wartete, bis Phillip und Ella außer Hörweite waren, bevor sie Conrad fragte: »Wieso bist du so komisch zu Phillip?«

»Ich weiß nicht, was er hier will.« Conrad zuckte mit den Schultern. »Ich meine, was er hier wirklich will. Das gefällt mir nicht.«

Ulrika schaute ihren Mann fragend an. »Meinst du, er will bleiben?«

»Er sagt, er sei zu Besuch hier.« Conrad stand auf, um sich von der Anrichte eine Serviette zu holen. »Ich hoffe mal, dass das stimmt. Wieso fragst du?«

»Nur so«, wiegelte Ulrika hastig ab und stand auf. »Du, ich

muss los. Ich wünsche dir noch einen schönen Tag.« Ulrika ging zur Tür, wandte sich dort aber noch einmal um. »Ach, wenn du Frau Katting siehst, sag ihr doch bitte, dass ich Benny heute von der Schule abhole.«

Conrad sah irritiert auf. »Wieso? Sie wollte mit ihm in die Carl-Larsson-Ausstellung gehen.«

»Ja, das mag ja sein, aber ich möchte wieder einmal etwas mit ihm unternehmen. Er ist mein Sohn, er fehlt mir. Ich kann doch auch mit ihm in die Ausstellung gehen.«

Der Zucker in seinem Kaffee musste sich längst aufgelöst haben, doch Conrad rührte weiter, ohne es überhaupt zu bemerken. »Ulrika, wir haben Frau Katting extra dafür engagiert.«

»Eigentlich brauchen wir sie doch gar nicht mehr. Oder? Mir geht es gut. Sie kann gerne nach Stockholm zurückfahren. Von mir aus heute noch.«

Conrad lehnte sich zurück, schaute seine Frau fassungslos an, doch Ulrika hatte gesagt, was zu sagen war. Conrad schloss die Augen, müde und verzweifelt.

*

Sie hatte sich so sehr darauf gefreut, die Ausstellung gemeinsam mit Benny zu besuchen. Langsam ging Britta von Zimmer zu Zimmer. Nicht nur Bilder waren hier ausgestellt, die den Betrachter in eine heitere Stimmung versetzten, sondern auch Bücher und Fotos von »Lilla Hyttnäs«, dem Haus, das Karin und Carl Larsson so liebevoll für sich und ihre Kinder errichtet hatten. Es war wohl das berühmteste Künstlerheim der Welt, und hier war alles zu sehen. Salon, Esszimmer, die Schlafzimmer von Carl und von Karin und den Kindern, die Werkstatt und Karins Schreibstube waren noch im selben Zustand wie zu Lebzeiten des Künstlerpaares.

Als sie langsam in den nächsten Raum schlenderte, kam ihr Conrad entgegen. Sie stockte, blieb stehen und schaute ihn hilflos an. »Ich habe deine Frau noch getroffen. Sie hat Benny von der Schule abgeholt und gesagt, ich kann machen, was ich will, und ich wollte die Ausstellung sowieso sehen...« Britta verstummte. Sie hatte nicht damit gerechnet, ihn ausgerechnet hier zu treffen, auch wenn sie die ganze Zeit ausschließlich an ihn gedacht hatte. »... was machst du hier?«

Zärtlich lächelte er sie an. »Ich sehne mich nach dir. Jede Sekunde.«

Britta ließ es zu, dass er nach ihren Händen griff, sagte aber nur: »Es geht nicht.«

Er ignorierte ihren Einwand. »Komm«, sagte er leise, und Britta fand die Kraft nicht mehr, ihm länger zu widersprechen. Es waren ihre eigenen Gefühle, die sie daran hinderten.

*

Sie waren nach Stockholm gefahren, in der Hoffnung, hier niemanden zu treffen, der sie kannte. Martin hatte um diese Zeit ohnehin noch Dienst im Krankenhaus und Stina ... Ach ja, Stina. Britta wusste doch, dass es der Freundin sogar gefallen würde, wenn sie sie hier zusammen mit Conrad sehen würde.

Langsam schlenderten sie durch den Hafen. Über den Nybroviken hinweg war der Strandvägen mit seinen prachtvollen, alten Bauten zu sehen. Dies alles nahmen die beiden kaum wahr, schauten jedoch dem Schiff nach, das langsam an ihnen vorüberzog.

»Ich kann das nicht! Ich will nicht«, stieß sie hervor, als er nach ihrer Hand griff.

Ganz nahe war er an sie herangetreten, sodass sich ihre Körper berührten. »Und was willst du?«, fragte er dicht an ihrem Ohr.

»Ich ... Ich will auf dieses Schiff.« Britta wies auf die große Fähre. »Ich will das alles hinter mir lassen, diesen ganzen verdammten Schlamassel.«

Conrad sah jetzt ebenfalls zu dem Schiff hinüber. »Das wäre feige, und außerdem nimmt man seine Gefühle überallhin mit.«

Britta schloss die Augen und seufzte tief. »Das weiß ich.« Sie fuhr herum, schaute ihn in einer Mischung aus Ungeduld und Verständnislosigkeit an. »Bei dir klingt das, als ob alles so klar wäre.«

»Nein«, behauptete er. »Ja«, verbesserte er sich gleich darauf mit einem zärtlichen Lächeln. »Ich will in deiner Nähe sein.«

»Sag das noch mal«, bat Britta leise.

»Ich will immer in deiner Nähe sein«, wiederholte er.

Britta lehnte sich an ihn, schloss wieder die Augen. »Warum haben wir uns nicht früher kennengelernt?« Einen Augenblick genoss sie seine Nähe, versuchte nicht an das zu denken, was zwischen ihnen stand. Dann löste sie sich von Conrad und ging langsam weiter. »Ich hatte mir immer vorgenommen, meine Gefühle unter Kontrolle zu halten, mich nicht einfangen zu lassen. Ich wollte einfach nur verliebt sein. Ich hatte immer Angst, dass ich mich selbst verliere, wenn ich mich hundertprozentig auf einen Mann einlasse.«

Conrad unterbrach sie mit keinem Wort, doch als sie seine Hand auf ihrer Schulter spürte, blieb sie stehen und wandte sich ihm wieder zu. »Ich habe noch nie jemanden so geliebt wie dich. Ich habe mich schon lange nicht mehr so lebendig gefühlt.« Seine Hände umfassten ihr Gesicht, er liebkoste sie mit seinen Blicken. »Und das liegt einzig und alleine an dir.«

Britta schmiegte ihr Gesicht in seine Hände, doch selbst jetzt konnte sie die Realität nicht ausschalten. »Aber wie soll das denn weitergehen? Ich will nicht der Grund sein, dass deine Ehe kaputtgeht.«

»Das weiß ich.« Eindringlich schaute Conrad sie an. »Aber wir können doch nicht so tun, als ob da nichts wäre.«

Britta schaute ihn lange an. Mit einem Blick voller Traurigkeit. »Nein«, sagte sie mit tränenerstickter Stimme. »Ich werde auf jeden Fall noch einmal zurückkommen, um mich von Benny zu verabschieden und meine Sachen zu holen.«

Conrad blickte fassungslos. »Britta, bitte . . .«, rief er ihr nach, als sie sich abwandte und davonging. Er lief ihr nach, als sie sich nicht mehr umdrehte. »Ich will dich nicht verlieren.«

Britta blieb stehen, drehte sich aber auch jetzt nicht zu ihm um.

»Verschwinde nicht einfach so aus meinem Leben«, bat er.

Jetzt drehte sie sich um, doch sie sagte nichts mehr. In ihren Augen lag all der Schmerz, den sie empfand. Es würde ein Abschied für immer sein, das musste auch Conrad begreifen.

*

Conrad war alleine nach Sommarholm zurückgekehrt. Er konnte es immer noch nicht fassen. Sollte das wirklich das Ende gewesen sein? Er hatte den Menschen gefunden, der ihm neben Benny mehr als alles andere bedeutete. Was für eine perfide Laune des Schicksals, dass sie sich erst begegneten, als es für ein gemeinsames Glück zu spät war.

Conrad zog sich in sein Arbeitszimmer zurück. Der Raum mit der bedruckten Tapete und den schweren, antiken Möbeln war seit dem Tod seines Vaters unverändert geblieben. Hier hatte schon sein Vater residiert und nach dessen Tod Phillip, bevor er für viele Jahre verschwand.

Als hätten seine Gedanken den Bruder herbeigerufen, stand er auf einmal mitten im Raum. »Ich habe gesehen, dass du zurückgekommen bist. Können wir kurz reden?«

»Ich müsste zwar eigentlich Bürokram machen...« Conrad hatte nicht wirklich Lust, sich jetzt auch noch auf ein Gespräch mit seinem Bruder einzulassen, zumal dessen Miene verriet, dass es um etwas Ernstes ging. Andererseits fragte er sich schon die ganze Zeit, wieso Phillip nach Hause zurückgekehrt war. Vielleicht erhielt er ja jetzt die Antwort auf seine Frage. »Na gut, bringen wir es hinter uns.« Conrad nahm hinter dem Schreibtisch Platz.

»Es geht um meine Farm«, sagte Phillip, während er näher trat.

Conrad hatte die Fotos, die Phillip ihnen am ersten Abend seines Besuches gezeigt hatte, noch gut in Erinnerung. »Ja, sehr beeindruckend. Da kann man dir nur gratulieren.«

»Um ehrlich zu sein, sie gehört mir nicht.«

»Aha!« Sonderlich überrascht war Conrad nicht. Genau genommen gab es kaum etwas, mit dem sein Bruder ihn noch überraschen konnte.

»Ich könnte sie kaufen. Ich will sie auch kaufen«, sagte Phillip. »Der Besitzer hat sich scheiden lassen, und jetzt muss er seine Frau auszahlen.«

»Ja«, verstand Conrad sofort, »aber dir fehlt das Geld.«

»Nicht ganz. Die Hälfte kann ich selber aufbringen.«

Conrad nickte zwar, sagte aber nichts. Natürlich war ihm klar, worauf sein Bruder hinauswollte, aber Phillip sollte es selbst aussprechen.

»Schau mal, das ist der Vertrag.« Phillip legte die Unterlagen vor seinem Bruder auf den Schreibtisch. »Wie du siehst, alles ganz seriös, und der Kaufpreis ist auch nicht übertrieben. Alles, was ich von dir bräuchte, wäre ein Vorschuss auf mein Erbe.«

»Phillip, das ist unmöglich«, schüttelte Conrad entschieden den Kopf.

»Warum?«

»Sommarholm steckt in Schwierigkeiten«, erklärte Conrad

wahrheitsgemäß. »Ich kann dir kein Geld geben. Jedenfalls nicht im Augenblick. Es geht einfach nicht. So leid es mir tut.«

Phillip hatte sich abgewandt, während sein Bruder sprach, und aus dem Fenster geblickt. Jetzt fuhr er herum. »Hör doch auf, es tut dir kein bisschen leid. Wahrscheinlich ist es dir eine Genugtuung, dass ich jetzt hier als Bittsteller stehe. Weil ich damals abgehauen bin.«

Unbeeindruckt blickte Conrad seinem Bruder ins Gesicht. »Ja, du bist damals einfach abgehauen, und ich habe hier jahrelang geschuftet. Aber inzwischen habe ich Sommarholm zu meiner Sache gemacht, obwohl Mutter natürlich immer noch denkt, du hättest das alles viel besser gemacht.« Die leichte Bitterkeit, die bei diesen letzten Worten in seiner Stimme mitschwang, konnte Conrad einfach nicht unterdrücken.

Jetzt war es Conrad, der zum Fenster ging und hinaussah. So vieles wäre anders gekommen, wenn Phillip sich damals nicht einfach seinen Verpflichtungen entzogen hätte.

»Immerhin hast du mir deine reizende Frau zu verdanken.«

Conrad fuhr herum. »Das verstehe ich jetzt nicht. Dass ich Ulrika kennengelernt habe, hat ja nun ausnahmsweise nichts mit dir zu tun, oder?«

Phillip antwortete nicht. »Conrad, diese Farm in Argentinien ist das Einzige, was ich jemals haben wollte. Du musst mir das Geld geben, und wenn es als Kredit ist.«

»Ich kann nicht.« Conrad betonte jedes einzelne Wort. »Aber warum nimmst du keinen Bankkredit auf?«

Dazu musste Phillip nichts sagen, Conrad konnte die Antwort im Gesicht seines Bruders lesen. »Ach so«, nickte er, »du bekommst keinen mehr. Gut, dann noch einmal ganz im Ernst. Wenn ich dir eine Vorauszahlung auf dein Erbe gebe, ist Sommarholm pleite.«

Phillip schien seinem Bruder kein Wort zu glauben. »Du

willst wirklich, dass ich vor Gericht gehe? Ich werde das Geld bekommen, darauf kannst du dich verlassen.«

*

Es war ihr unmöglich gewesen, nach Hause zu gehen. Als sie vor der Wohnung gestanden hatte, hatte sie hinter dem hell erleuchteten Fenster Martin gesehen. Sie hatte ihm einfach nicht unter die Augen treten können.

Glücklicherweise war Stina zu Hause gewesen. Sie hatte sofort Ja gesagt, als Britta gefragt hatte, ob sie kommen dürfte. Jetzt saß sie an Stinas Küchentisch und erzählte, was in den letzten Tagen passiert war. Besonders das Verhältnis zwischen Phillip und Ulrika schien Stinas Interesse zu wecken.

»Sein Bruder?« Stina zündete die beiden Kerzen auf der Anrichte an. »Das gibt es doch gar nicht.«

»Doch«, bestätigte Britta. »Ulrika hat ein Verhältnis mit Conrads Bruder.«

»Das ist wirklich schräg.« Stina kam zu ihr an den Tisch. »Und du meinst, er weiß nichts davon.«

»Er hat keine Ahnung«, bestätigte Britta. »Und ich weiß nicht, ob ich es ihm sagen soll.«

»Natürlich sollst du.« Das Teewasser auf dem Herd begann zu kochen und Stina goss es in die Tassen. Kurz schaute sie auf. »Das wird wie ein Befreiungsschlag sein für euch beide.«

Britta war nicht überzeugt. »Und wie stellst du dir das vor? Soll ich zu ihm hingehen und sagen, übrigens, Conrad, deine Frau schläft mit deinem Bruder? Das kann ich doch nicht machen. Das kann ich ihm doch nicht einfach so ins Gesicht sagen.«

»Weißt du denn, was die beiden vorhaben? Ich meine, vielleicht will die schöne Gräfin ja ihren Mann verlassen und mit dem Schwager nach Südamerika abdampfen.«

Britta schüttelte den Kopf. »Das glaube ich nicht. Phillip meint es nicht ernst mit ihr.«

»Wo haben die beiden sich überhaupt kennengelernt«, überlegte Stina laut. »Ich denke, Phillip ist gerade erst aus Argentinien gekommen. Die hatten doch überhaupt keine Gelegenheit, sich kennenzulernen.«

Britta zuckte ahnungslos mit den Schultern. Doch Stina ging sofort hinüber in den angrenzenden Wohnraum, wo sie sich an den Computer setzte. »Mal sehen, was die Klatschspalten über Phillip Rosen sagen. Bis er verschwunden ist, war er ja bekannt wie ein bunter Hund.«

Britta stand auf und ging ebenfalls hinüber. Stina bearbeitet bereits eifrig die Tastatur. »Wie heißt überhaupt das Haus, aus dem die Gräfin kommt?«

»Von Meiningen, glaube ich.« Britta meinte, diesen Namen irgendwann einmal im Hause Rosen aufgeschnappt zu haben. Sie lehnte sich gegen den Schreibtisch und schaute Stina fragend an. »Glaubst du wirklich, dass sie sich von früher kennen?«

»Könnte doch sein.« Angestrengt starrte Stina auf den Monitor. Über Phillip Rosen fand sie jede Menge Material, das vor seiner Abreise in den Illustrierten erschienen war. »Wie es aussieht, kannte Phillip Rosen ja jede attraktive Frau in Schweden. Models, Schauspielerinnen...« Stina sah grinsend auf und ergänzte: »... Kellnerinnen. Ulrika von Meiningen ist hier aber nicht dabei. Aber ist ja auch egal. Jedenfalls eine ziemlich interessante Familie, in der du gelandet bist. Ich würde sagen, sieh zu, dass du da wegkommst. Du kannst dort nur verlieren. Am Ende stehst du mit einem gebrochenen Herzen da.«

»Ich fürchte, dazu ist es schon zu spät«, sagte Britta leise.

*

Ulrika saß direkt am Fenster, ein Buch in der Hand. Der Schein der kleinen Lampe auf dem runden Beistelltisch war allerdings viel zu schwach, um zu lesen.

Ulrika konnte sich sowieso nicht aufs Lesen konzentrieren, sie starrte über den Rand des Buches hinweg ins Leere. Als Conrad den Raum betrat, schaute sie auf.

»Ich dachte, du schläfst schon.«

»Es ist eine so schöne Nacht, eigentlich müsste man spazieren gehen«, erwiderte Ulrika.

»Es tut mir leid, ich muss ins Bett.« Conrad hatte bereits begonnen, sein Hemd aufzuknöpfen. »Ich muss morgen wieder früh raus.« Er wollte ins angrenzende Bad, hielt an der Tür jedoch noch einmal inne. »Wie war es denn mit Benny?«, wollte er wissen.

Ulrika, die so tat, als würde sie sich wieder in das Buch vertiefen, schaute auf. »Nett. Wieso? Er hat Hausaufgaben gemacht und danach in seinem Zimmer gespielt.«

Conrad maß seine Frau mit einem langen Blick. »Ich dachte, du wolltest etwas mit ihm unternehmen, nachdem du ihn von der Schule abgeholt hast.«

»Haben wir ja«, bestätigte Ulrika. »Wir sind mit Phillip Boot gefahren.«

Jetzt wurde Conrad neugierig. »Sag mal, wie findest du ihn eigentlich?«

Conrad bemerkte nicht, dass Ulrika ihn einen Augenblick lang alarmiert anschaute. »Nett«, erwiderte sie betont beiläufig. »Er hat die ganze Zeit von seiner Farm in Argentinien erzählt. Sie scheint sein ganzer Stolz zu sein.«

»Wenn sie ihm gehören würde.« Conrad ging ins Bad.

Ulrika erhob sich und folgte ihm. »Wie, sie gehört ihm nicht?«, fragte sie verwundert.

»Er will sie erst kaufen«, bestätigte Conrad. »Dafür braucht er

Geld, das will er von mir. Ich kann es ihm aber leider nicht geben. Aber ich will dich damit nicht belasten.«

»Es scheint wirklich sein ganzes Herz daran zu hängen.«

»Mag sein.« Conrad kam im Pyjama aus dem Bad. »Aber von mir bekommt er das Geld nicht.«

»Wieso willst du ihm nicht helfen?« Ulrika legte sich in ihr Bett, während Conrad auf der anderen Seite unter die Decke schlüpfte. »Es ist nicht so, dass ich nicht will. Ich kann nicht, ich habe genug eigene Sorgen. So, und jetzt würde ich ganz gerne schlafen. Gute Nacht.« Conrad drehte sich zur Seite und schaltete die Nachttischlampe aus.

Auch Ulrika schaltete die Nachttischlampe aus und drehte ihrem Mann ebenfalls den Rücken zu, doch beide lagen sie noch lange wach in dieser Nacht.

*

Es war dieselbe Strecke nach Sommarholm, die sie damals mit Stina und später mit Conrad gefahren war, nachdem er sie überredet hatte, auf Benny aufzupassen.

Diesmal war Britta mit dem Bus unterwegs. Es würde das letzte Mal sein, dass sie nach Sommarholm fuhr. Sie hatte einen Vertrag mit den Rosens und den würde sie erfüllen. Eine Woche noch, in der sie Conrad sehen, seine Stimme hören würde. Eine Woche, in der sie ihr Herz immer wieder aufs Neue ganz fest in beide Hände nehmen musste ...

Der Bus hielt unweit der Kreuzung. Von hier aus war es nicht mehr weit bis zum Gut. Britta blieb noch eine ganze Weile einfach stehen, selbst als der Bus schon wieder abgefahren war. Schließlich seufzte sie leise auf und setzte sich in Bewegung.

*

Der Frühstückstisch war heute im Gartenpavillon gedeckt. Als Ulrika dort ankam, saß Phillip alleine am Tisch. Sie blieb hinter einem der Stühle stehen, schaute ihn herausfordernd an. »Du könntest hierbleiben.«

»Könnte ich?«, gab Phillip zurück.

»Na ja, die Farm gehört dir ja gar nicht. Conrad kann dir das Geld wirklich nicht geben. Also bleib, und führe das Gut mit ihm zusammen.«

»Conrad und ich unter einem Dach? Das würde nie gut gehen.«

»Und wenn ich dich bitte?« Ulrika löste sich von der Lehne des Stuhls, die sie geradezu umklammert hatte. »Phillip, ich habe dich schon einmal verloren. Ein zweites Mal halte ich das nicht aus. Wir lieben uns doch.«

Phillip schaute sie an. Sein Mund verzog sich plötzlich zu einem kleinen Lächeln. »Glaubst du wirklich, ich wäre dazu in der Lage, jemanden zu lieben?«

Ulrika schaute ihm fest in die Augen. »Sag mir, wie viele feste Beziehungen hast du in den vergangenen Jahren gehabt? Gibt es jemanden in Argentinien, der auf dich wartet?« Ulrika machte eine kurze Pause. »Warst du mit irgendjemand länger zusammen als mit mir?«

Phillip konnte ihrem Blick nicht länger standhalten und blickte zur Seite. Doch Ulrika war noch nicht fertig. »Ich glaube, du bist damals nicht weggelaufen, weil du mich nicht geliebt hast. Du bist weggelaufen, *weil* du mich geliebt hast.« Sie kam näher, stellte sich neben seinen Stuhl und berührte vorsichtig seine Schulter. »Das hat dir Angst gemacht. Du hast mich geliebt. Wir gehören zusammen, Phillip, und das weißt du auch.«

Die beiden schauten sich an und bemerkten nicht, dass Britta langsam näher kam.

»Guten Morgen. Entschuldigen Sie bitte, wenn ich störe.« Es schien keine verfängliche Situation zu sein, auch wenn Ulrika ihren Schwager leicht an der Schulter berührte. Dennoch wusste Britta, dass sie störte, auch wenn Ulrika behauptete: »Nein, tun Sie nicht.«

Phillip bot ihr sogar an, mit ihnen zu frühstücken. Dankend lehnte Britta ab, wollte von Ulrika lediglich wissen, ob sie Benny heute wieder selbst von der Schule abholen wollte.

»Nein, ich habe etwas vor«, sagte Ulrika schnell. »Aber ich versuche, zum Mittagessen wieder da zu sein. Außerdem möchte ich Ihnen ja auch nicht Ihre Arbeit wegnehmen.«

»Einen schönen Tag noch«, nickte Britta lächelnd und ging weiter zum Haus.

»Ja, ich muss dann auch gehen.« Phillip schien es mit einem Mal sehr eilig zu haben. Fast so, als wolle er fliehen.

*

Als Britta in ihr Zimmer kam, stand Conrad dort am Fenster. Er wandte sich ihr zu.

»Hej, was machst du hier?«

»Ich versuche mit vorzustellen, wie das ist, wenn du nicht mehr hier bist. Gehst du?«

»Stina meint, es wäre das Beste, wenn ich von hier verschwinden würde. Sie hat Recht. Ende der Woche werde ich gehen.« Nebeneinander standen sie jetzt am Fenster und schauten hinaus.

»Was wäre, wenn ich mich von Ulrika trennen würde?«

Natürlich hatte auch sie über diese Frage nachgedacht. Immer wieder, so wie er wahrscheinlich auch. »Und was ist mit Benny?«, wollte Britta jetzt wissen. Sie schaute ihm in die Augen. »Könntest du dich von ihm trennen?«

Conrad musste nichts sagen, sie konnte die Antwort in seinen Augen lesen.

*

Phillip fand seine Mutter bei den Reitställen. Sie ritt also immer noch jeden Morgen aus. »Da bist du ja, Mama«, rief er ihr zu. »Ich habe dich überall gesucht.«

»Guten Morgen, mein Junge.« Ella tätschelte noch einmal die Stirn des Schimmels, bevor sie auf ihren Sohn zuging. »Ich habe einen Ausritt gemacht. Morgens ist es immer am schönsten. Du erinnerst dich?«

»Ja«, lächelte er knapp. »Ich muss mit dir reden, es ist wichtig. Es geht um meine Farm in Argentinien.«

Ella hängte sich bei ihrem Sohn ein, während sie langsam den Weg zwischen den Feldern entlang schlenderten. Die Ernte hatte begonnen, und so wie es aussah, würde es eine gute Ernte geben. Sofern das Wetter ihnen auch in den nächsten Tagen keinen Strich durch die Rechnung machen würde.

»Herrlich, Junge, wunderbar. Ich habe mir zwar immer gewünscht, dass du eines Tages hierher zurückkommst, doch ich verstehe natürlich auch, dass man so ein Anwesen wie das deine nicht einfach verlassen kann. Aber ich kann dich da ja mal besuchen.«

Es wäre der richtige Moment gewesen, um der Mutter die Wahrheit zu sagen, doch Phillip nickte nur. »Ja, natürlich«, sagte er und kam zu seinem eigentlichen Anliegen. »Was ich dich fragen wollte... Ich habe mit Conrad schon darüber gesprochen... Ich möchte Land kaufen. Viel mehr Land. Das Problem ist nur, ich bin im Moment nicht flüssig. Renovierungsarbeiten, Wetterschäden, das Übliche eben. Das Problem ist nur, ich muss mich schnell entscheiden, weil es da auch andere Interessenten gibt.

Also, kurz gesagt, ich habe Conrad gebeten, dass er mir einen Vorschuss auf das Erbe gibt.« Er vermied es, seine Mutter anzuschauen.

»Das ist eine sehr gute Idee«, bestätigte Ella. »Besser als den Banken Zinsen für einen Kredit zu zahlen.«

Phillip blieb stehen, schaute seine Mutter an. »Ja, aber Conrad will mir das Geld nicht geben.«

Ella war überrascht. »Wieso nicht?«

»Ich weiß nicht«, erwiderte Phillip, obwohl Conrad ihm genau erklärt hatte, wieso es ihm unmöglich war. »Vielleicht ist er eifersüchtig«, fuhr Phillip schulterzuckend fort. »Vielleicht hat er auch andere Pläne.«

»Ach, Unsinn!« Ella war völlig unbekümmert. »Ich rede noch heute mit ihm. Natürlich kriegst du das Geld. Ich bin so stolz auf dich.« Sie kniff ihm in die Wange, wie sie das früher schon immer gemacht hatte, als er noch ein kleiner Junge gewesen war. »Jetzt brauchst du nur noch eine Frau.«

»Ach, Mama«, grinste Phillip. Er war zufrieden, weil sich nun doch alles nach seinen Wünschen zu fügen schien. »Du bist wirklich unverbesserlich.«

*

Die Redaktion befand sich in einem dieser alten Gebäude in der Hafengegend. Es hatte noch die alte Fassade, doch innen war es hypermodern. Chrom und Glas waren die vorherrschenden Materialien. Eine riesige Eingangshalle, in der die Menschen geschäftig umherliefen. Eine umlaufende Balustrade eine Etage höher führte zu den einzelnen Büros.

»Hallo, Stina«, hörte sie jemanden ihren Namen rufen. Sie schaute auf und entdeckte einen ihrer Kollegen, der sich über das Geländer beugte und zu ihr hinuntergrinste.

»Hallo, Hans«, erwiderte sie den Gruß. »Ich habe die Fotos von der Ausstellungseröffnung dabei.«

»Sehr gut, ich sehe sie mir gleich an. Kannst du gleich auch noch die Bildunterschriften machen?«, rief er ihr zu.

»Klar«, erwiderte Stina, »Ich wollte sowieso etwas recherchieren. Du kennst doch diesen Phillip Rosen.«

»Der ins Ausland gegangen ist?«

»Ja, er ist wieder da.«

Hans betrachtete seine Kollegin. »Du interessierst dich für ihn? Sei vorsichtig, Stina, Phillip Rosen ist gefährlich.«

Während sie sich unterhielten, hatten sie einen der Computerarbeitsplätze erreicht, die Stina hin und wieder nutzte, wenn sie in der Redaktion war. »Nicht, was du meinst«, lächelte sie. »Sag mal, hat der was mit einer deutschen Adligen gehabt?«

Hans dachte kurz nach, bevor er den Kopf schüttelte. »Nicht, dass ich wüsste. Wie soll denn die Dame heißen?«

»Ulrika von Meiningen, aus München.«

»Nie gehört«, schüttelte Hans wieder den Kopf. »Aber schau mal ins Archiv. Vielleicht findest du da etwas über sie.«

»Danke«, nickte Stina und schaltete den Computer ein.

*

Ulrika lächelte, als Phillips Wagen vorfuhr. Wie so oft in den letzten Tagen, trafen sie sich auch heute wieder in dem kleinen, romantischen Hotel am See. Ulrika war sich allerdings nicht sicher gewesen, ob Phillip nach dem Gespräch beim Frühstück tatsächlich kommen würde.

Er stieg aus seinem Wagen und kam auf sie zu. Seine Augen konnte sie hinter den dunklen Gläsern der Sonnenbrille nicht erkennen. »Komm, wir gehen rein«, sagte er und ging zum Eingang des Hotels.

»Phillip«, hielt Ulrika ihn auf. Sie trat vor ihn hin. »Ich halte das nicht mehr aus.«

»Was?« Er nahm die Sonnenbrille ab. Das Erstaunen in seinem Gesicht schien echt zu sein. Er verstand tatsächlich nicht, was sie meinte.

»Ich muss wissen, wie es weitergeht mit uns.« Prüfend schaute sie ihn an. »Es geht doch weiter?«

Als andere Gäste aus dem Hotel kamen, griff sie nach seiner Hand und zog ihn ein Stück zur Seite. »Ich muss es wissen.« Eindringlich sprach sie auf ihn ein. »Und außerdem, was soll ich Conrad sagen?«

»Was willst du ihm denn sagen?« Phillip blieb stehen und schaute sie beunruhigt an.

»Dass es ein Fehler war mit ihm, dass es mir leid tut ... und dass ich mit dir leben will.«

»Du meinst das ernst?« Phillip schaute sie nachdenklich an. »Hast du keine Angst, dass ich wieder verschwinde?«

»Doch«, nickte sie. »Aber viel größer ist meine Angst, dass ich ein falsches Leben lebe.«

»Und was ist mit Benny?«

»Benny ist mein Sohn, er kommt natürlich mit mir.«

Die ganze Zeit über hatte Phillip sie angesehen, doch jetzt wandte er sich ab. Er brauchte einen Moment, um sich wieder zu fassen. »Jetzt hör mal, Ulrika. Benny ist ein netter kleiner Junge, aber ich weiß nicht, ob ich das kann. Ich meine, ich schaffe es ja kaum, Verantwortung für mein eigenes Leben zu übernehmen. Ich kann nicht auch noch für einen kleinen Jungen verantwortlich sein.«

Ulrika schaute ihn an. Seine Worte schienen sie zu treffen, und doch verrieten ihre Augen, dass sie nicht bereit war, Phillip aufzugeben.

*

Es war ein schöner Morgen am See gewesen, bis Phillip Rosen dazugestoßen war. In seiner Gegenwart empfand Britta immer so etwas wie Verlegenheit, weil sie von ihm und Ulrika wusste. Jetzt saß Britta mit dem Jungen am Tisch, der bei dem schönen Wetter auch heute wieder auf der Wiese gedeckt war.

»Schmeckt es dir?« Eigentlich eine völlig überflüssige Frage, so heißhungrig, wie der kleine Junge die Suppe aß.

»Kartoffelsuppe ist meine Lieblingssuppe.« Benny hielt kurz inne. »Mama sagt, sie hat sie als Kind auch immer gegessen. In Deutschland, auf ihrem Schloss.«

Britta schämte sich ein wenig, weil sie die Gelegenheit missbrauchte, um den kleinen Jungen auszufragen. »Sag mal, warst du eigentlich schon einmal auf dem Schloss bei deinen Großeltern? Ist doch bestimmt ganz toll da.«

»Großvater ist so krank«, erklärte Benny ernst. »Mama sagt, man darf ihn nicht besuchen. Es würde ihn zu sehr aufregen. Aber ich habe ein Foto von dem Schloss. Wenn du willst, zeige ich es dir mal.«

»Ja, gern«, nickte Britta und wollte eine weitere Frage stellen, wurde aber durch das Klingeln ihres Handys unterbrochen. Sie kam kaum dazu, sich zu melden, da vernahm sie am anderen Ende schon Stinas Stimme. »Britta? Geh sofort an deinen Computer, ich maile dir etwas.«

»Was?«, fragte Britta erstaunt.

»Britta, jetzt mach schon. Ich habe etwas über Ulrika herausgefunden. Geh sofort an deinen Computer.«

Britta war viel zu neugierig, um der Aufforderung der Freundin nicht sofort nachzukommen. Sie beugte sich über den Jungen. »Benny, ich muss mal kurz rauf in mein Zimmer. Du isst schön weiter, ja? Ich bin gleich wieder da.«

Benny nickte, im nächsten Augenblick strahlte sein Gesichtchen auf, als er seine Mutter erblickte. »Hej, Mama.«

Britta hingegen zuckte erschrocken zusammen. Sie hatte gar nicht bemerkt, dass Ulrika aus dem Haus gekommen und sich über die Wiese dem Tisch genähert hatte.

»Hej, Benny. Hej, Frau Katting«, grüßte Ulrika.

»Ich ... ich wollte mal ganz schnell rauf auf mein Zimmer«, stotterte sie. »Ich wollte mir ... äh ... eine Jacke holen. Es ist doch ziemlich kühl geworden.«

Es war ein unverändert heißer Sommertag, so wie die vielen Sommertage vorher auch. Ulrika jedoch schien sich nicht zu wundern. Sie nickte lediglich. »In Ordnung. Ich leiste Benny so lange Gesellschaft.« Sie wandte sich um und wollte davoneilen, doch da rief Benny hinter ihr her: »Aber wiederkommen, Britta.«

»Ganz bestimmt, Benny.« Sie lachte den Jungen an und eilte nun endgültig davon.

*

Britta hatte ihr Notebook mitgebracht nach Sommarholm, damit sie beim Lernen im Internet recherchieren konnte. Als sie das Gerät jetzt einschaltete und ihre neuen Mails anklickte, waren da Bilder von einem bedeutend jüngeren Phillip, den sie aber auf den ersten Blick erkannte. Bei der Frau an seiner Seite musste sie dagegen zweimal hinsehen.

Es war Ulrika, doch wie sehr hatte sie sich verändert. Die Frau, die Britta nur in ihrer gepflegten Aufmachung kannte, hatte nicht viel gemein mit diesem jungen, ausgelassenen Mädchen auf den Fotos, eine wilde Frisur, flippige Kleidung. Auf fast allen Fotos lag sie in Phillips Armen und lachte ausgelassen in die Kamera.

Stina meldete sich wieder über Handy, noch während Britta die Fotos betrachtete.

»Von wann ist denn das?«, wollte Britta wissen. »Wo hast du das überhaupt her?«

»Aus unserem Fotoarchiv. Phillip Rosen hatte damals die Veröffentlichung untersagt.«

»Und warum?«

»Ich vermute mal, dass ihm diese Beziehung irgendwie peinlich war.«

»Aber was ist denn peinlich an einer Beziehung zu einer deutschen Gräfin.« Britta verstand es einfach nicht.

»Sie ist weder deutsch, noch eine Gräfin. Ulla Hansson stammt aus Norrland. Ihr Vater war Alkoholiker und starb mit achtunddreißig Jahren. Ihre Mutter verdiente ihren Lebensunterhalt in einem Nachtclub.«

»Nee, dass glaube ich jetzt nicht«, stieß Britta hervor.

»Schau dir das Foto an, das ist sie«, erwiderte Stina. »Ulla Hansson hatte erst eine Beziehung mit Phillip Rosen. Als die reiche Heirat dann geplatzt war, hat sie sich an den jüngeren Bruder herangemacht.«

»Komm, Stina, das ist doch Quatsch. Ich glaube das einfach nicht.« Immer wieder scrollte Britta die Bilder rauf und runter. Gewiss, die Ähnlichkeit mit Ulrika war frappierend. Aber so abgebrüht konnte sie einfach nicht sein, dass sie ihre Heirat mit Conrad unter falschem Namen erschlichen hatte.

»Ich glaube das schon«, erwiderte Stina trocken.

Britta fühlte sich völlig hilflos. »Und was soll ich jetzt machen?«

Für Stina gab es überhaupt keinen Zweifel an dem, was Britta jetzt zu tun hatte. »Du musst es Conrad sagen, ihm die Augen öffnen.«

In genau diesem Moment vernahm Britta Conrads Stimme aus dem Park. Das Handy immer noch am Ohr, stand sie auf und ging ans Fenster. Unten sah sie Benny, wie er auf Conrad zulief. Conrad fing den Jungen auf, wirbelte ihn herum. Die beiden wirkten so glücklich.

Gleichzeitig vernahm sie Stinas Stimme. »Britta, bist du noch da? Du musst es Conrad sagen.«

»Nein, das kann ich nicht«, sagte sie leise.

*

Conrad tobte noch ein wenig mit dem Jungen und ging dann mit ihm auf dem Arm zu dem Tisch, an dem Ulrika saß. »Na, ihr beiden, habt ihr einen schönen Tag?

»Ja«, sagte Benny. »Hast du auch Zeit zum Spielen, Papa?«

»Wir könnten zusammen reiten«, schlug Conrad vor. Fragend schaute er Ulrika an. »Kommst du auch mit?«

»Ich würde ja gerne, aber du weißt doch, meine Allergie.«

»Dann reiten wir eben alleine«, bestimmte Benny, und Conrad nickte zustimmend. Vorher gab es aber noch etwas Wichtiges für den Jungen zu erledigen. »Du, Papa, ich habe ein Bild gemalt. Ich hole es.«

Eilig lief Benny davon, während Conrad sich zu seiner Frau an den Tisch setzte. Ulrika wartete, bis der Junge außer Hörweite war, bevor sie Conrad fragte: »Sag mal, hast du darüber nachgedacht, ob du nicht vielleicht doch etwas für Phillip tun kannst?«

»Nein, wieso«, erwiderte Conrad mit ärgerlicher Ungeduld. »Ich muss sehen, dass ich hier alles auf die Reihe kriege, und er muss sich das Geld woanders besorgen.«

»Aber die Farm in Argentinien ist wirklich sein Traum. Wer soll ihm denn helfen, wenn nicht du?«

»Es geht nicht, Ulrika«, sagte er ärgerlich, weil sie es offensichtlich nicht verstehen wollte »Vielleicht könntest du wenigstens eine Bürgschaft für ihn übernehmen.«

Conrad beugte sich über den Tisch. »Was willst du eigentlich von mir? Ich habe gesagt, dass ich Phillip nicht helfen kann, und das meine ich auch so.«

Benny lief mit dem Bild in der Hand zu seinen Eltern zurück. Als er die laute, ärgerliche Stimme seines Vaters vernahm, blieb er stehen. Sein ängstlicher Blick wanderte zwischen Ulrika und Conrad hin und her.

»Wieso glaubst du mir das nicht?« Conrads Stimme wurde immer lauter. »Was ist denn nur los mit dir?«

Das keuchende Husten ließ beide herumfahren. Langsam ließ Benny sich zu Boden sinken, er bekam keine Luft mehr. Einen so schlimmen Anfall hatte er schon lange nicht mehr gehabt.

Ulrika blieb wie erstarrt auf ihrem Platz sitzen, doch Conrad sprang auf und lief zu dem Jungen. »Ganz ruhig, mein Junge.« Er ließ sich neben dem Jungen auf den Boden nieder. »Wo hast du dein Spray.«

Benny nestelte an seiner Hosentasche herum, war aber bereits viel zu schwach, um das Spray selbst herauszuziehen. Conrad nahm es heraus und half ihm, es zu benutzen. Erst jetzt fühlte sich auch Ulrika in der Lage, aufzustehen und langsam näher zu kommen. Vor Benny und Conrad ging sie in die Hocke, streichelte liebevoll über das Gesicht des Kindes. Doch ganz war die Panik auch jetzt noch nicht gewichen, die ihr dieser erneute Anfall eingejagt hatte.

»Es ist alles gut, Benny«, sagte Conrad. »Ich bin da, Mama ist da. Zeig mir mal dein Bild.«

Benny beruhigte sich allmählich, blätterte seinen Zeichenblock um. Beide, Ulrika und Conrad, blieben bei dem Kleinen sitzen, doch sie schauten sich nicht an ...

*

Ein paar Stunden später ging es dem Jungen wieder so gut, dass er gemeinsam mit Ulrika zum See hinuntergehen konnte. Auf den Ausritt mit dem Kleinen verzichtete Conrad an diesem Tag lieber. Er versprach ihm aber, es am nächsten Tag auf jeden Fall nachzuholen.

Conrad war in sein Büro gegangen. Es gab einiges an Arbeiten zu erledigen, doch es gelang ihm nicht, sich wirklich darauf zu konzentrieren. Zu vieles ging ihm durch den Kopf, und vor allem waren da die Gedanken an Britta ...

Er sah auf, als eilige Schritte zu hören waren. Seine Mutter kam ins Büro, und ihre Miene verhieß nichts Gutes. »Ich war auf der Bank.« Sie machte eine kurze Pause, bevor sie streng fragte: »Warum weiß ich nichts von unseren finanziellen Problemen?«

»Ich habe es dir in den letzten Jahren nie gesagt, wenn wir Probleme hatten, weil ich dich nicht aufregen wollte«, gab er ohne Umschweife zu. »Und vor allem, weil ich nicht hören wollte, dass das Phillip nicht passiert wäre. Aber mach dir keine Sorgen, ich habe alles im Griff. Ich werde das Feld an der Straße nach Ardala verkaufen und uns damit sanieren.«

Ella hatte ihrem Sohn aufmerksam zugehört. »Ich habe nie daran gezweifelt, dass du alles im Griff hast«, sagte sie merklich ruhiger. »Allerdings bin ich der Meinung, dass wir Phillip helfen sollten.«

»Mutter, was willst du von mir? Soll ich mir das Geld aus den Rippen schneiden? Soll ich Sommarholm verkaufen, oder möchtest du, dass er das Gut übernimmt.«

»Ich habe tatsächlich einen Moment lang darüber nachgedacht, dass es gut wäre, wenn er hierbliebe ...«

»Entschuldige, das kann aber jetzt nicht dein Ernst sein«, fuhr Conrad auf.

Ella streckte die Hand aus und legte ihre ganze Autorität in ihre Stimme. »Beruhige dich! Ich habe eingesehen, dass es besser ist, wenn er nach Argentinien zurückkehrt. Besser für alle«, fügte sie mit einem bedeutungsschweren Unterton hinzu. »Ich habe mit der Bank geredet«, erklärte sie ihm. »Ich werde mir meine Lebensversicherungen auszahlen lassen und Phillip damit unter die Arme greifen.«

Conrad war erschrocken. »Das kannst du nicht machen. Das ist deine Sicherheit fürs Alter.«

»Das ist ganz alleine meine Sache«, aus ihrer Stimme sprach große Entschlossenheit. Ganz dicht trat sie an ihren Sohn heran. »Ich werde Phillip helfen«, sagte sie noch einmal. »Und glaube mir, das ist das Beste für alle Beteiligten.«

*

Britta versuchte sich abzulenken, doch so richtig gelang ihr das nicht. Wenn sie daran dachte, mit welcher Begeisterung sie früher ihre Nase in medizinische Fachbücher gesteckt hatte ... Jetzt vergaß sie jeden Satz, sobald sie ihn auch nur gelesen hatte. Sie schrak auf, als es an der Tür klopfte. Noch bevor sie irgendetwas sagen konnte, wurde die Tür geöffnet, und Stina steckte ihren Kopf herein. »Hej, Süße!«

»Stina! Was machst du denn hier?« Sie freute sich sehr, ihre Freundin so unerwartet zu sehen. Es gab niemanden, den Britta im Moment lieber um sich gehabt hätte als ihre beste Freundin. Stina brachte ihr genau die Abwechslung, die sie jetzt brauchte.

Und wirklich weckte Stinas geheimnisvolle Miene Brittas ganze Neugier. »Ich habe Neuigkeiten über die Gräfin.« Sie ließ sich nicht lange zum Weiterreden auffordern, es sprudelte alles aus ihr heraus, was sie in Erfahrung gebracht hatte.

»Sie hat vor ein paar Jahren bei den Meiningens als Kindermädchen gearbeitet, deswegen spricht sie so gut Deutsch und kennt sich in der Familie so gut aus. Als sie Phillip kennenlernte, hat sie wohl wirklich geglaubt, dass er sie gleich heiraten würde.«

Die beiden saßen jetzt nebeneinander auf dem Bett, und Britta versuchte all das zu verarbeiten, was Stina da erzählte. »Aha, und als er sie verlassen hat ...«

»... hat sie wohl Panik bekommen, dass sie so enden würde wie ihre Mutter«, sagte Stina, »und hat sich gleich den Bruder geangelt. Du musst unbedingt mit Conrad sprechen.«

»Sie müssen gar nichts!«, plötzlich nahm Ellas harte Stimme den ganzen Raum ein. Offenbar hatte sie jedes Wort gehört. Britta und Stina sprangen auf.

»Was unter diesem Dach geschieht, das geht Sie beide überhaupt nichts an«, fuhr Ella mit unverminderter Härte fort. Sie schaute Britta an. »Sie werden meinem Sohn nichts von ihren tiefschürfenden Erkenntnissen erzählen.« An Stina gewandt, fügte sie hinzu: »Und Sie warne ich, wenn ich nur ein Wort davon in der Presse finde, mache ich Ihnen das Leben zur Hölle.«

Britta war so entsetzt, dass sie zu keinem Wort fähig war. Stina jedoch wandte ein: »Aber Ulrika ...«

»Ulrika Rosen ist die Mutter meines einzigen Enkels, und das alleine zählt.« Voller Wut blickte sie Britta direkt in die Augen. »Ihr Arbeitsverhältnis ist ab sofort beendet. Sie können gleich gehen«, fügte sie mit einer Handbewegung in Richtung Tür hinzu. »Ich will nicht, dass Sie meinen Sohn noch einmal sehen oder sprechen, und meinen Enkel auch nicht. Haben wir uns verstanden?«

»Ja, natürlich«, erwiderte Britta tonlos.

Ella Rosen verließ den Raum. Ihr kerzengerader Rücken verriet, wie wütend sie immer noch war.

»Was machen wir denn jetzt?«, fragte Stina, nachdem Ella weg war.

»Na, was wohl? Ich packe. Ich muss hier weg.« Sofort begann

Britta damit, ihre Sachen zusammenzusuchen. »Es ist wohl auch besser so. Das hier ist ein richtiges Wespennest, und ich habe schon genug darin herumgestochert.«

*

Britta benötigte keine halbe Stunde, um ihre Sachen zusammenzupacken. Sie wollte einfach nur noch weg. Später irgendwann würde der Schmerz kommen. Aber dann war sie hoffentlich alleine. Jetzt musste sie stark sein.

Stina half ihr, so gut sie konnte. Sie war wirklich die beste Freundin, die Britta sich nur wünschen konnte, und schien instinktiv zu spüren, dass es besser war, jetzt nicht auf Britta einzureden.

Kein Mensch war zu sehen. Zweifellos sorgte Ella Rosen dafür, dass Benny ihr nicht aus Zufall über den Weg lief. Conrad allerdings musste irgendwoher erfahren haben, dass sie gerade dabei war, Sommarholm zu verlassen. Wahrscheinlich hatte es ihm einer der Angestellten gesagt, die gesehen hatten, dass Britta und Stina mit gepackten Reisetaschen das Haus verließen.

Britta hörte, wie er ihren Namen rief, als sie schon bei Stina im Wagen saß. Er eilte die Treppe hinunter, blieb neben dem Wagen stehen. »Bitte, Britta, du kannst so nicht gehen.«

Britta schaute ihn nicht an, als sie erwiderte: »Ich hatte auch nicht erwartet, dass ich rausgeschmissen werde.«

»Wer hat dich rausgeschmissen?«, wollte Conrad sofort wissen.

Nun wandte Britta doch den Kopf, um ihn anzusehen. »Deine Mutter.«

»Das kann nicht sein. Ich kläre das.« Schon wandte er sich um und wollte wieder ins Haus, doch diesmal hielt Britta ihn auf. »Nein. Conrad ...« Sie sprang aus dem Wagen, stellte sich ihm in den Weg. »Du klärst hier überhaupt nichts. Ich gehe einfach. Okay.«

»Nein«, sagte er, nur dieses eine Wort, aber mit einer solchen Entschiedenheit, dass es ihr erst recht schwerfiel, ihm noch weiter weh zu tun. »Conrad, ich kann das nicht. Dein Leben ist so kompliziert, und durch mich wird es nicht einfacher. Es ist wirklich das Beste, wenn ich gehe.«

»Britta, es gibt eine Lösung.«

»Ja«, nickte sie, »und für mich heißt die Lösung, dass ich gehe. Was du tust, musst du selbst entscheiden.« Sie schaute ihn an, mit einem Blick voller Traurigkeit. Diesmal war es ein endgültiger Abschied. »Mach's gut.« Sie wandte sich ab und stieg zu Stina ins Auto. Auch jetzt sagte die Freundin kein Wort, tat einfach das Richtige. Sie startete den Wagen und gab Gas.

*

»Kannst du mir mal erklären, was das soll? Du hast Frau Katting entlassen. Wieso?«

Ella saß auf der Terrasse und genoss ihre Tasse Kaffee. Es war ihr gelungen, die Weichen zu stellen, und sie war zufrieden mit sich und der Welt. Sie lächelte sogar, als Conrad auf die Terrasse stürmte, obwohl sie ihm ansah, wie wütend er war.

»Wir haben doch alle gesehen, dass Benny inzwischen gut klarkommt. Wir brauchen sie nicht mehr«, erklärte Ella und stellte die Kaffeetasse auf den Tisch. Sie erhob sich, um zurück ins Haus zu gehen. »Im Übrigen hat der Junge eine Mutter«, sagte sie im Vorbeigehen. »Es ist ihre Aufgabe, sich um den Jungen zu kümmern. Ulrika muss endlich tun, was von einer Mutter erwartet wird.«

*

In Ardala brach Stina das Schweigen, das für ihre Verhältnisse sowieso schon ungewöhnlich lange gedauert hatte. »Jetzt denk einfach nicht mehr an ihn. Sieh in die Zukunft, freu dich auf dein Studium. Du hast ein tolles Leben vor dir. Mal abgesehen davon, dass du ja auch noch Martin hast.«

Bis zu diesem Punkt hatte Britta schweigend zugehört, den Blick auf ihre Hände gerichtet. Jetzt schaute sie auf. »Du glaubst doch nicht allen Ernstes, dass ich mit Martin zusammenbleibe. Nur weil ich Conrad nicht bekommen kann, heißt das nicht, dass ich mit einem Mann zusammenleben will, den ich nicht liebe.« Nach einer Pause fügte sie hinzu: »Das könnte ich ihm nie antun.«

»Das ist ja wahrscheinlich noch besser, dann steht dir ja wirklich alles offen.«

Stinas unerschütterlichem Optimismus hatte Britta wirklich nichts entgegenzusetzen, und so versank sie wieder in ihre Betrachtungen über all das, was sie in der letzten Zeit erlebt hatte. Plötzlich bremste Stina ab. »Guck mal da«, sagte sie, und in diesem Moment erblickt auch Britta Ulrika, die auf ihren roten Sportwagen zuging, den sie am Straßenrand geparkt hatte.

Ein paar Meter weiter hielt Stina an. »Damit du dich verabschieden kannst«, grinste sie ein wenig schief, als Britta sie verwundert anschaute.

Britta wollte protestieren, doch dann überlegte sie es sich anders. Warum eigentlich nicht. Sie stieg aus und ging zu Ulrika hinüber, die in ihrer Handtasche nach den Wagenschlüsseln suchte. Ulrika war sichtlich überrascht, sie zu sehen.

»Hey, Frau Rosen. Ich wollte mich nur verabschieden. Ich fahre zurück nach Stockholm.«

»Ja, warum nicht?« Kein Wort des Bedauerns. Aber Ulrika Rosen hatte ja auch allen Grund froh zu sein, dass Britta endlich abreiste. Ob sie ahnte, was sich da zwischen Conrad und ihr abgespielt hatte? Und wenn schon, dachte Britta in einem Anfall von Trotz.

»Benny und ich kommen ja bestens klar«, meinte Ulrika jetzt. »Also dann, alles Gute, und auf Wiedersehen.«

Britta griff nach der Hand, die Ulrika ihr entgegenstreckte. »Ich wünsche Ihnen auch alles Gute. Vor allem Benny zuliebe.«

»Was meinen Sie damit?« Ulrika lächelte immer noch, doch ihre Stimme klang befremdet.

»Er ist ein sehr sensibler, kleiner Kerl. Er spürt es sofort, wenn etwas nicht in Ordnung ist.«

Ulrikas Gesicht verschloss sich. »Was soll denn nicht in Ordnung sein.« Sie schüttelte in scheinbarer Verständnislosigkeit den Kopf.

»Ich habe Sie beide gesehen. Sie und Phillip«, brachte Britta die Angelegenheit auf den Punkt.

Einen Augenblick schien Ulrika wie gelähmt, doch gleich darauf hatte sie sich wieder gefasst. »Ja, und?«

»Auf dem Boot«, ergänzte Britta, um keinen Zweifel mehr daran zu lassen, dass sie von dem Verhältnis wusste.

Immerhin senkte Ulrika jetzt verlegen den Kopf, aber auch jetzt fasste sie sich erstaunlich schnell wieder. Sie trat einen Schritt vor und musterte Britta von oben herab. »Eigentlich geht es Sie nichts an, aber ich werde wahrscheinlich mit Benny und Phillip nach Argentinien gehen. Ich wünsche Ihnen alles Gute.« Damit war das Gespräch für Ulrika beendet, dennoch antwortete Britta: »Ja, danke, ich Ihnen auch.« Dann wandte Britta sich um und kehrte zu ihrer Freundin zurück.

*

Britta liebte Stockholm. Wann immer sie von einer Reise zurückgekehrt war, hatte sie dieses ganz besondere Heimatgefühl empfunden. Heute jedoch blieb es aus. Sie war zurückgekehrt an den Ort, an dem sie lebte. Das Gefühl, zu Hause angekommen zu sein, stellte sich aber nicht ein. Es war ihr Herz, das nicht mit ihr zurückgekehrt war. Sie schloss die Tür zu ihrer Wohnung auf und sah sich gleich darauf mit Martin konfrontiert, der sich gerade für seinen Dienst fertig machte. Dabei hatte sie gehofft, dass er schon weg gewesen wäre und sie das Gespräch auf heute Abend hätte verschieben können. Aber da er nun einmal da war, wollte sie es gleich hinter sich bringen.

Martin blickte sie überrascht und gleichzeitig erfreut an, hielt aber nicht inne, sondern packte weiter seine Sachen zusammen, während er sagte: »Was für eine Überraschung. Mit dir habe ich überhaupt noch nicht gerechnet. Du, es tut mir leid, aber ich muss gleich los.«

»Bitte, Martin, höre mir mal einen Moment zu. Ich muss dir was sagen.«

Martin schüttelte den Kopf, erklärte ihr noch einmal, dass er wegmüsse, sie dafür am Abend zum Essen einladen würde. Doch Britta ließ ihn nicht gehen. »Ich werde eine Weile zu Stina ziehen.«

Martin schaute sie völlig entgeistert an. »Was? Bist du verrückt geworden? Was soll das denn?«

»Martin, es tut mir leid. Ich wollte nicht, dass das alles so kommt, aber ...« Sie brach ab, schüttelte den Kopf, bevor sie fortfuhr: »Ich weiß, dass ich nicht mehr mit dir leben kann.«

Martin schaute sie an. Er schien immer noch nicht so recht zu glauben, dass sie es ernst meinte. »Was soll der Quatsch?«

»Es geht nicht mehr«, erwiderte sie mit erstickter Stimme, »und ich will dir nichts vormachen.«

Allmählich schien Martin zu begreifen. Er schaute sie unverwandt an, nickte einige Male und suchte dabei offensichtlich verzweifelt nach Worten. »Okay«, sagte er schließlich. »Dann rufe ich jetzt im Krankenhaus an und sag, dass ich später komme. Notfall«, fügte er in dem Versuch, die Situation zu entspannen, hinzu. Doch in seinem Lächeln spiegelte sich auch sein ganzer Schmerz. »Dann will ich wissen, was passiert ist.«

*

Mitten in der Nacht hatte Benny erneut einen Anfall. Er war nicht so schwer wie sonst, aber auch diesmal war es Conrad, und nicht Ulrika, der seinem Sohn zur Hilfe kam.

Nach dem Anfall wollte Benny nicht alleine bleiben, und so legte sich Conrad zu seinem Sohn ins Bett. Als Benny wieder zur Ruhe gefunden hatte, murmelte er im Halbschlaf noch die Worte: »Britta soll wiederkommen.«

Conrad nickte. Er war fest entschlossen, seinem Sohn diesen Wunsch zu erfüllen.

*

Es hatte ihn einige Mühe gekostet herauszufinden, dass Britta im Augenblick bei Stina wohnte. Jetzt saß er in ihrer Küche, Britta gegenüber, die es vermied ihn anzuschauen, während er ihr klarzumachen versuchte, dass er entschlossen war, sich von Ulrika scheiden zu lassen.

»Soweit es Benny betrifft«, fuhr Conrad fort, »wäre es doch einfach nur gut für ihn.«

Britta fuhr herum. »Dann lässt du deinen Sohn einfach so gehen?«

»Wieso? Nein«, sagte er hastig. »Ich denke schon, dass es besser ist, wenn er bei mir aufwächst, und ich bin mir sicher, dass das Ulrika auch so sieht.«

»Ja, natürlich. Du kennst sie ja auch besser als mich.« Britta wandte sich wieder ab. Ihr war klar geworden, dass es da immer noch einiges gab, was Conrad nicht wusste. Ulrika würde Benny ganz sicher nicht bei Conrad lassen, daran hatte sie keinen Zweifel gelassen.

»Das verstehe ich jetzt nicht«, hörte sie Conrad hinter sich sagen. Erneut wandte sie sich ihm zu. »Ich dachte, für dich wäre alles klar, und deshalb wärst du jetzt hier.«

Er kam einen Schritt näher, lächelte. »Mir ist nur eins klar, dass du die Frau meines Lebens bist.«

Britta ließ sich schwer auf einen der Stühle am Küchentisch fallen und stützte den Kopf auf. Sie konnte sich nicht darüber freuen, dass Conrad da war. Das würde nur bedeuten, dass alles von vorne begann.

»Was meinst du damit, dass ich ihn gehen lassen würde?«, wollte er wissen.

Britta schüttelte den Kopf. »Ich bin nicht die Richtige, um dir das zu sagen.«

Conrad kam näher, ging vor ihr in die Hocke, um ihr ins Gesicht schauen zu können. »Du musst doch keine Angst haben, etwas Falsches zu sagen. Ich liebe dich doch.«

Britta sagte nichts, schaute ihn nur an.

»Liebst du mich?«, wollte er wissen.

»Natürlich«, sagte sie leise. »Das ist es ja. Ich will dir nicht wehtun. Ich will, dass niemand dir wehtut.«

Martin griff nach ihren Händen. »Sag es einfach«, forderte er sie auf.

Britta brachte es nicht über die Lippen. »In deiner Familie macht jeder jedem etwas vor!« Das war alles, was sie sagen konnte. »Und deswegen seid ihr alle nicht glücklich...«

*

»Ich bin so glücklich«, sagte Ella gerade und hob das mit Rotwein gefüllte Kristallglas. Sie saß zusammen mit Phillip und Ulrika unter dem Pavillon im Garten. »Auf dein Leben in Argentinien. Ich wünsche dir alles Gute.«

»Danke, Mama«, sagte Phillip. »Ich weiß wirklich zu schätzen, was du für mich tust. Ich habe nicht damit gerechnet, dass sich alles so entwickelt.« Nachdenklich blickte Phillip in sein eigenes Rotweinglas. »Ich hatte sogar schon Pläne, was ich machen würde, wenn ich das Geld nicht zusammenkriege.«

Er trank einen Schluck und gab dann zu: »Um ehrlich zu sein, ich hatte sogar erwogen hierzubleiben.«

Ulrika, die ihr eigenes Glas gerade zum Mund führte, hielt inne. Sie und Phillip schauten sich an.

»Aber ich bitte dich«, sagte Ella schnell. »Wir wissen doch alle, was dir deine Farm dort bedeutet. Ich freue mich sehr, dir helfen zu können.«

»Wann fährst du?«, wollte Ulrika wissen.

Hastig kam Ella ihrem Sohn zuvor. »Na, ich denke doch morgen, oder?«

»Morgen?«, rief Ulrika erschrocken aus.

Phillip schaute sie nur an, wusste nicht, was er sagen sollte.

Conrad hatte erst einmal verarbeiten müssen, was er da alles von Britta erfahren hatte. Doch dann hatte er unverzüglich gehandelt und war hierher geeilt, um endlich Klarheit zu schaffen. Mit finsterer Miene hatte er den Pavillon betreten und sich am Ende des Tisches aufgebaut. Sein Blick heftete sich auf Phillip. »Du kannst froh sein, dass ich Zeit hatte, mich abzureagieren. Ich mache dir einen Vorschlag. Du übernimmst das Gut.« Purer Zynismus lag in seiner Stimme, als er mit einem Blick auf Ulrika hinzufügte: »Meine Frau hast du ja schon.«

Phillip lehnte sich zurück, sagte kein Wort. Auch Ulrika schwieg.

Nur Ella reagierte spontan. »Conrad!« Geschockt blickte sie ihren Sohn an.

»Conrad, es tut mir leid«, sagte nun auch Phillip. »Ich hatte nicht vor, dass sich alles so ...«

»Es ist doch egal, was du vorhattest.« Conrads Stimme klang heiser. »Jetzt sind Entscheidungen zu treffen, und ich schlage vor, ich verlasse Sommarholm zusammen mit meinem Sohn.«

Ulrika, die beschämt den Kopf gesenkt hatte, sah auf. Ihr Gesicht war schneeweiß. »Das lasse ich nicht zu. Benny ist auch *mein* Sohn.«

»Traust du dir wirklich zu, ihn alleine großzuziehen?«, fragte Conrad sarkastisch.

Phillip stand auf. Ulrikas Blick flog zwischen ihm und Conrad hin und her. Ihr schien klar zu werden, dass sie jetzt und hier eine Entscheidung zwischen Benny und Phillip treffen musste. Sie wirkte so verzweifelt, dass Conrad plötzlich Mitleid mit ihr empfand. Er trat hinter sie und legte beide Hände auf ihre Schultern. »Ulrika, es ist besser, wenn er bei mir aufwächst. Er ist und bleibt dein Sohn. Du siehst ihn jederzeit.«

Ella Rosen hatte entsetzt zugehört. »Moment mal«, mischte sie sich ein. »Was macht ihr hier? Ihr verschachert mein Enkelkind, als ob es sich um Mais oder Roggen handeln würde.«

»Ich verschachere nichts, und schon gar nicht meinen Sohn«, fuhr Phillip seine Mutter an. Noch nie zuvor hatte er in einem solchen Ton mit ihr gesprochen. »Ich habe erkannt, dass mein Leben auf einer Lüge basiert, und das will ich ändern.« Seine Stimme wurde bedeutend sanfter, als er sich Ulrika zuwandte. »Wir machen uns doch nur noch vor, einander zu lieben, und das schon seit langem. Eigentlich sind wir doch nur noch wegen Benny zusammen. Das ist nicht gut, oder?«

Ulrika hatte die ganze Zeit vor sich hingestarrt. Jetzt schüttelte sie den Kopf, woraufhin Ella entsetzt die Augen schloss, sie würde sich geschlagen geben müssen. »Ich will Klarheit«, fuhr Conrad fort, »und wenn ich die nur um den Preis von Sommarholm bekommen kann, ist das eben so. Dann muss ich gehen.«

Die ganze Zeit über hatte Phillip schweigend zugehört. »Das wirst du nicht tun«, sagte er jetzt. »Ich habe gesehen, was du aus Sommarholm gemacht hast. Das ist alles dein Werk. Du musst das weiterführen, ich kann das nicht. Meine Leben ist in Argentinien.« Jetzt schaute er Ulrika an, und leise fügte er hinzu: »Mit dir.«

Ulrikas Augen füllten sich mit Tränen.

»Du hattest Recht«, sagte Phillip. »Ich liebe dich. Und ich wünschte, du würdest mit mir kommen.«

»Ja«, sagte Ulrika leise. Es war die richtige Entscheidung, daran gab es in diesem Moment für keinen der Anwesenden den geringsten Zweifel mehr.

Ulrika schaute ihren Mann an. »Conrad, bitte verzeih mir. Ich habe euch alle belogen, ich habe ...« Hilflos brach sie ab.

»Du hast uns Benny geschenkt«, sagte Ella Rosen leise. »Und das ist das Einzige, was zählt.«

*

Die Sonne schien von einem wolkenlos blauen Himmel. Und wieder zeichneten sich die hellen Tupfen an der Stelle auf der Hängematte ab, wo es den Sonnenstrahlen gelang, das dichte Laub der Bäume zu durchdringen. Ganz eng aneinandergeschmiegt saßen Britta und Benny in der Hängematte, die leise hin- und herschwang.

Benny sah zu Britta auf. »Bleibst du jetzt für immer bei mir?«

»Für immer kann ich noch nicht sagen«, erwiderte Britta, obwohl sie insgeheim hoffte, dass es so sein würde. Aber wer konnte schon in die Zukunft schauen. Sie hielt den Kleinen zärtlich umfasst, als sie ihm versprach: »Aber für eine ganz lange Zeit, okay?«

Das stellte Benny erst einmal zufrieden Und als er seinen Vater kommen sah, sprang er aus der Hängematte und lief auf Conrad zu. »Hej, Papa, Britta ist wieder da.«

»Ist das nicht toll?«, Conrad hob seinen Sohn hoch.

»Super«, bestätigte Benny.

Mit dem Jungen auf dem Arm trat Conrad zu Britta, die nun ebenfalls aufgestanden war. »Wir haben alles besprochen«, sagte Conrad ernst zu Britta. »Keine Lügen, keine Heimlichkeiten mehr.«

Benny grinste verschmitzt, als er seinem Vater die gleiche Frage stellte, die er eben schon Britta gestellt hatte. »Bleibt sie jetzt für immer bei uns?«

»Das will ich doch hoffen«, erwiderte Conrad.

»Und du hast hoffentlich nicht vergessen, dass ich Medizin studieren will«, erinnerte ihn Britta lächelnd. »Egal, wo ich wohne, und egal, mit wem ich lebe.«

»Hast du das gehört?«, fragte Conrad seinen Sohn.

Benny nickte.

»Das kriegen wir doch wohl hin«, meinte Conrad und ließ seinen Sohn herunter. Benny lief zum See voraus, während Conrad sich Britta zuwandte. In seinen Augen lag all die Liebe, die er für sie empfand. »Wenn du dann fertig bist mit deinem Studium, könntest du ja hier eine Praxis aufmachen. In Ardala wünscht man sich schon seit langem eine gute Kinderärztin, die nicht nur ...«

Britta hatte genug gehört. Sie lachte, schlang ihre Arme um seinen Hals und schmiegte sich ganz fest an ihn. Ihre Lippen suchten seinen Mund. Ganz fest zog Conrad sie an sich, als er ihren Kuss erwiderte.

Leise war das Plätschern des Sees zu hören, wo die Wellen auf das grasbestandene Ufer trafen. Die Sonne strahlte auf Sommarholm, und Britta wusste, dass sie endlich dort angekommen war, wo ihr Herz schon lange verweilte.

EMMA S
UND

Hilla liebte Stockholm besonders im Sommer, wenn der Himmel so blau war wie heute und die Sonne das Wasser rechts und links der Skeppsholmsbron silbern aufleuchten ließ. Schwungvoll wich sie auf ihren Inlinern den Fußgängern aus, die ebenfalls auf der Brücke unterwegs waren.

Einige Passanten drehten sich nach der hübschen jungen Frau in ihrem hellen Sommerkleid um. Vor allem ihr strahlendes Lächeln zog alle Blicke auf sich.

Ihr Ziel war das exklusive Einkaufsviertel in der Biblioteksgatan. Als sie in die Straße einbog, zückte sie ihr Handy und wählte eine gespeicherte Nummer, ohne ihre rasante Fahrt zu unterbrechen.

»Hej, ich bin es«, rief sie in den Hörer, als Max sich am anderen Ende meldete.

»Du bist hoffentlich gleich da«, hörte sie seine vertraute Stimme.

Hilla hatte das Brautmodengeschäft fast erreicht. »Ich bin schon vor dem Laden. Und du?« Max würde sie hoffentlich nicht wieder wegen irgendeines ach so wichtigen Klienten versetzen.

»Ich muss dann wohl auch gleich da sein«, neckte er sie lachend.

»Hör mal, du willst, dass ich in Weiß heirate, ja...«, sagte sie.

»Natürlich will ich, dass du in Weiß heiratest.« Plötzlich stand er neben ihr. Er hatte sich im Ladeneingang versteckt, um sie zu überraschen. Jetzt umfing er sie mit beiden Armen, hielt sie ganz fest und küsste sie zärtlich auf den Mund.

»Ich will die schönste Braut haben, die die Welt je gesehen hat.«

Hilla befreite sich aus seinen Armen und rollte zum Eingang des Brautmodengeschäfts. Sie ließ sich auf die Stufe, die in den Laden führte, nieder und begann damit, ihre Inliner auszuziehen.

»Ich finde es allerdings ein bisschen früh, bereits im Sommer ein Kleid auszusuchen, wenn man an Weihnachten heiraten will«.

Max ging neben ihr in die Hocke und half ihr, die Inlineskater zu öffnen. »Was man hat, das hat man«, erwiderte er. »Es sei denn, du hast vor, es dir noch mal anders zu überlegen. Vielleicht möchtest du ja noch ein paar aufregende Erfahrungen sammeln.«

Hilla hob den Kopf und grinste ihn frech an. »Interessantes Thema. Ich werde darüber nachdenken.«

*

Die große Fähre hatte in der Nacht im Stockholmer Hafen angelegt. Diesen Moment hatte Frederik herbeigesehnt, nachdem er kaum noch eine Nacht hatte durchschlafen können, seit es beinahe zu dieser Katastrophe gekommen war.

Alle Maschinen waren bei dem Sturm vor drei Nächten ausgefallen. Ein Notankermanöver war misslungen, weil die Anker nicht im Grund hielten. Sie hatten sich in der Nähe einer Felsenküste befunden, auf die sie der Wind unaufhörlich zutrieb. Kapitän Olsson jedoch hatte sich nach Rücksprache mit der Reederei dagegen entschieden, die zweihundertfünfzig Passagiere an Bord zu informieren. Von einem unbedeutenden, technischen Defekt wurde gesprochen.

Die Mitglieder der Crew hatten jedoch gewusst, wie ernst die

Lage war. Nicht einmal die Rettungsboote wurden gefiert, was in dieser Nacht zu einer schweren Auseinandersetzung zwischen Frederik und Kapitän Olsson geführt hatte. Buchstäblich in letzter Minute war es der Crew gelungen, die Maschinen wieder in Gang zu setzen. Die Ursache des Maschinenausfalls war jedoch noch völlig unklar. Umso unverständlicher für Frederik, dass die Fähre nicht unverzüglich zu einer gründlichen Überprüfung ins Trockendock gebracht wurde.

Fassungslos reagierte Frederik auf die Nachricht, dass die Fähre am Abend wieder auslaufen würde, obwohl inzwischen auch die Reederei über die Beinahe-Katastrophe informiert worden war. Über dreihundert Passagiere hatten gebucht, und ganz offensichtlich dachte die Reederei nicht daran, auf dieses Geld zu verzichten.

Jetzt stand Frederik auf der Brücke des Fährschiffes und versuchte erneut Kapitän Olsson umzustimmen. Doch Olsson machte noch einmal mit aller Deutlichkeit klar, dass sie auf jeden Fall auslaufen würden. Damit stand die Entscheidung für Frederik fest. Er teilte Olsson mit, dass er das Schiff unter diesen Umständen auf der Stelle verlassen würde.

Drohend baute sich Kapitän Olsson vor ihm auf. »Wenn Sie das Schiff verlassen, wird das für Ihre Karriere Folgen haben, Lindberg.«

Frederik zeigte sich unbeeindruckt. »Ich habe Ihnen gesagt, unter welchen Bedingungen ich mitfahre.«

Er wandte sich ab und ging in Richtung Ausgang, als er Olsson unbeherrscht losbrüllen hörte: »Sie sind Zweiter Offizier, Sie haben hier keine Bedingungen zu stellen.«

Kurz nur hielt Frederik inne, um dem Kapitän über die Schulter hinweg zu sagen: »Wenn Sie meinen! Dann gute Fahrt noch.«

Wie alle anderen Mitglieder der Crew, mit Ausnahme des Kapitäns, besaß auch er lediglich eine der fensterlosen Innenkabinen im Unterdeck. Bei voller Fahrt waren die Maschinen des Schiffes hier besonders gut zu hören gewesen, aber das hatte ihm nie etwas ausgemacht. Er liebte das Stampfen der Schiffsmotoren, das ihn jede Nacht in den Schlaf begleitet hatte. Es war sein Gewissen gewesen, das ihn zuletzt nicht mehr hatte schlafen lassen, mit dem er es einfach nicht vereinbaren konnte, unter den gegebenen Umständen weiter für diese Linie zu fahren. Ungeachtet aller Konsequenzen, mit denen er nun zu rechnen hatte. Daran zumindest hatte Kapitän Olsson keinen Zweifel gelassen.

Er zog die Uniform aus und hängte sie sorgsam zurück in den schmalen Spind. Er würde sie nicht mehr brauchen.

Seine Sachen hatte er bereits gepackt. Viel war es nicht, es passte mühelos in die blaue Reisetasche, die er sich über die Schulter hängte. Mit einem wehmütigen Blick sah er sich noch einmal um. So große Pläne hatte er gehabt, als er dieses Quartier vor einem Jahr bezogen hatte, und nun verließ er das Schiff mit dem Wissen, dass er ab sofort in Schifferkreisen als unehrenhaft gelten würde, wenn es ihm nicht gelingen würde, zu beweisen, was auf dem Schiff passiert war.

Es würde schwierig werden, das wusste Frederik ganz genau. Die Reederei und der Kapitän selbst würden schon dafür sorgen, dass nichts von den näheren Umständen an die Öffentlichkeit gelangen würde. Frederik war klar, dass er auch nicht mit seinen Kollegen rechnen konnte. Mochten sie ihm insgeheim auch Recht geben, so war die Sorge um den Arbeitsplatz doch größer. Kapitän Olsson hatte sicher schon dafür Sorge getragen, dass alle ihren Mund halten würden.

Nein, hier konnte er nicht mehr arbeiten. Das wurde Frederik in diesem Augenblick einmal mehr bewusst. Nicht unter einem derart skrupellosen Kapitän, für den Menschenleben offensichtlich keine Rolle spielten.

Als Frederik das Schiff verlassen wollte, traf er auf dem Deck Mika, mit dem er sich während des vergangenen Jahres angefreundet hatte. Mika war einer der Stewards und kontrollierte gerade mit einem Kollegen die Rettungswesten. »Hej, Mika«, grüßte Frederik, »mach's gut.«

Mika schaute auf, sah dem davoneilenden Frederik nach und holte ihn mit wenigen Schritten ein. »Was soll das heißen? Fährst du nicht mehr mit?«

Frederik blieb stehen, schaute seinen Freund an. »Ich fahre nicht unter Olsson.«

Sonderlich überrascht wirkte Mika nicht. Er kannte Frederik inzwischen recht gut, und insgeheim teilte er dessen Bedenken. »Das würde ich wahrscheinlich auch nicht tun, wenn ich nicht drei Kinder zu ernähren hätte.«

Frederik lag auf der Zunge zu sagen, dass Mikas Kinder sicher nicht viel davon hätten, wenn ihr Vater aufgrund der mangelnden Sicherheitsvorkehrungen von einer der Fahrten nicht mehr zurückkehrte.

»Ja, das ist wahr, ich habe keine Kinder.«

Mikas Miene blieb ernst. »Dir ist klar, dass du große Schwierigkeiten bekommen wirst? Du willst in zwei Jahren als Kapitän fahren.«

»Ich kann das nicht, Mika.« Frederik schüttelte den Kopf. Auch seine Miene war jetzt wieder ernst geworden. »Ich kann nicht einfach meinen Mund halten, nur um meine Karriere nicht zu gefährden.«

Mika streckte Frederik die Hand entgegen. »Lass dich nicht kleinkriegen, hörst du.«

*

Ja, dieses Kleid gefiel ihr endlich. Eng schmiegte sich das schulterfreie Spitzenoberteil um ihren Oberkörper und ihre schmale Taille. Der weitschwingende Rock betonte ihre grazile Figur. Die Verkäuferin war ebenso begeistert wie Hilla. Jetzt kam es nur noch darauf an, was Max sagen würde. Im Augenblick allerdings schien er sich weniger für den Grund ihres gemeinsamen Hierseins zu interessieren als für seine Geschäfte.

Zu spät kam Hilla der Gedanke, dass sie besser von ihm verlangt hätte, das Handy während ihres Besuches im Brautmodenladen auszuschalten. Er bemerkte sie nicht einmal, als sie den Kopf aus der Umkleidekabine herausstreckte.

»Nein«, sagte Max gerade ins Handy. »Den Fusionsvertrag soll sich erst noch mal mein Vater ansehen. Machen Sie einen Termin mit ihm.«

Hilla trat aus der Kabine heraus und betrachtete sich noch einmal vor dem hohen Spiegel, doch selbst jetzt sah Max nicht auf. Er telefonierte weiter und blickte dabei in seine Akte, die offen auf seinen Knien lag. »Nein, nicht Anderssen. Fragen Sie Bergholm, ob er Zeit hat, der ist diskreter.« Jetzt stand Max endlich auf, doch er drehte Hilla den Rücken zu. »Und, Lara, bitte sorgen Sie dafür, dass alles schnell über die Bühne geht, ja?« Langsam drehte er sich um, und nun schaute er Hilla endlich an, während er jedoch gleichzeitig auf eine Bemerkung seiner Sekretärin reagierte und laut in den Hörer sagte: »Unmöglich ...«

Das erwartungsvolle Lächeln auf Hillas Miene schwand. »Unmöglich? Max, du bist unmöglich. Du siehst mich überhaupt nicht an. Jeder Fußgänger da draußen würde mich interessierter anschauen.«

Max hatte die Hand über die Sprechmuschel des Handys gelegt und schaute sie verblüfft an. »Was?«

Hilla warf ihm einen vernichtenden Blick zu und stürmte im Brautkleid aus dem Laden. Sie sprach den erstbesten Passanten an, der an ihr vorbeilief. Der attraktive Mann mit dem dunklen Haar wandte sich auf ihren Zuruf hin um und betrachtete sie von Kopf bis Fuß.

»Würden Sie mich heiraten?«, fragte Hilla. Sie lachte, als sie den verblüfften Ausdruck auf seinem Gesicht bemerkte. »Also, ich meine in diesem Kleid.« Sie drehte sich einmal um sich selbst. Dabei war es ihr völlig egal, dass auch andere Passanten nun zu ihr hersahen.

»Würden Sie mich in diesem Kleid heiraten?«, wiederholte sie ihre Frage.

»Keine Ahnung ...« Er betrachtete sie nachdenklich, dann lächelte er. »Ja, ich denke schon. Ich würde Sie heiraten. Vorausgesetzt, Sie können kochen.«

Hilla lachte. Sie hob die Fülle des schwingenden Rocks hoch, um sich besser bewegen zu können, und trat auf den Mann zu. »Es geht nur um das Kleid. Ich will wissen, ob es Ihnen gefällt. Es geht nicht um mich.«

»Dann geht es wohl auch nicht um mich.« Er lächelte immer noch, doch in seiner Stimme schien ein leichtes Bedauern mitzuschwingen. »Schade eigentlich.« Er betrachtete sie aufmerksam von Kopf bis Fuß. »Ja, das Kleid ...« Jetzt ging er um sie herum, tat so, als würde ihn im Moment nichts mehr interessieren als das weiße Hochzeitskleid. »Es gefällt mir sehr gut.« Wieder lächelte er, auf eine ganz besondere Weise, die in Hilla eine Erinnerung heraufbeschwor, die sie im Augenblick nicht zuordnen konnte.

»Ich meine, ich würde es zwar nicht anziehen«, jetzt schaute er ihr wieder direkt ins Gesicht, »aber Sie sehen damit einfach hinreißend aus.«

»Das wollte ich hören«, lächelte Hilla. »Vielen Dank für Ihre Hilfe.«

»Keine Ursache.« Ebenso wie Hilla wandte auch er sich ab.

Sie ging zurück in den Laden, drehte sich noch einmal um, und dann rief sie ihm zu. »Einen Moment, bitte.«

Der Mann drehte sich um, blickte sie fragend an.

»Sagen Sie, kennen wir uns nicht? Sie kommen mir irgendwie bekannt vor.«

Jetzt grinste der Mann über das ganze Gesicht. »Das ist zwar nicht besonders originell, aber wenn Sie einen Mann zum Brautkleid suchen, dann können wir darüber reden.«

Max kam aus dem Laden. Ungeduldig, weil sie ihn so lange auf sich warten ließ, sagte er: »Was ist denn jetzt? Ich muss gleich ins Gericht.«

Hilla fuhr erschrocken herum. Ein paar Minuten lang hatte sie nicht nur ihren Ärger über Max, sondern sogar ihn selbst vergessen. »Ich komme schon«, sagte sie schnell.

Max sagte kein Wort. Er sah immer noch ziemlich ärgerlich aus, als er zurück in das Brautmodengeschäft ging.

Der Mann auf der Straße schaute sie durchdringend an. »Vielleicht sollten Sie noch einmal darüber nachdenken.«

Hilla warf den Kopf in den Nacken. »Über was?«

Er lächelte wieder. »Das wissen Sie doch selber.« Er drehte sich um und ging davon.

Verwirrt schaute Hilla ihm nach, bevor sie sich umwandte und zurück in den Brautladen ging. Max war gerade dabei, seine Unterlagen, die er während des Telefonats mit seiner Sekretärin benötigt hatte, zurück in die Aktenmappe zu packen. Er schaute kaum auf. »Du, wir schaffen das heute nicht mehr. Ich muss jetzt los.«

Sie schüttelte den Kopf. »Max, es tut mir leid, aber ich kann das jetzt nicht.«

Max schien nicht einmal zu bemerken, wie verwirrt sie im Augenblick war. »Ist doch okay. Wenn du hier nichts findest, dann probieren wie es später in einem anderen Laden noch mal.

Oder du lässt dir das Kleid gleich auf den Leib schneidern. Wäre ohnehin viel besser.«

Gefolgt von der Verkäuferin war Hilla zurück in die Kabine geeilt, um das Brautkleid wieder auszuziehen. Sie hatte mit einem Mal das Gefühl, es keinen Augenblick länger auf ihrem Körper ertragen zu können. Und doch wusste sie, dass der Grund für ihren plötzlichen Stimmungswechsel woanders liegen musste. »Max, es liegt nicht am Kleid. Es liegt an mir«, versuchte sie ihm klarzumachen.

»Was ist denn los? Ist dir nicht gut?«, wollte er wissen. Er verstand sie nicht, aber wie sollte er auch. Sie verstand sich ja selbst nicht richtig, und außerdem war dies sicher nicht der passende Ort, um ein solches Gespräch zu führen. Die Verkäuferin ließ sie nicht mehr aus den Augen, wahrscheinlich hatte sie Angst, dass Hilla den Laden noch einmal im Brautkleid verlassen und diesmal nicht zurückkehren würde.

Es dauerte eine Weile, bis Hilla sich umgezogen hatte. Als sie aus der Kabine kam, blickte Max ungeduldig auf seine Armbanduhr und schaute nur kurz auf, um sie zu fragen, was eigentlich mit ihr los sei.

»Ich weiß es nicht. Aber ich muss hier erst mal raus.« Sie eilte an ihm vorbei aus dem Laden, wartete nicht einmal auf ihn, obwohl sie ihn sagen hörte: »Was war das denn jetzt?«

Hilla lief auch weiter, als sie ihn ihren Namen rufen hörte. Sie konnte jetzt nicht mit ihm reden, musste alleine sein und versuchen, ein wenig Ordnung in ihre Gedanken zu bringen.

*

Hilla liebte diese Stelle am Nybroviken. Manchmal saß sie mit ihren Büchern hier auf der Bank, um zu lernen, ließ sich aber immer wieder gerne durch den Anblick der Fähren ablenken, die langsam vorüberzogen. Oder sie genoss das wunderschöne Bild, das die herrlichen alten Prachtbauten am Strandvägen auf der gegenüberliegenden Seite boten.

Heute weckte der Anblick der Fähren nur den Wunsch in ihr, einfach mitfahren zu können, um allem möglichst schnell zu entfliehen.

Aber warum? Was war mit ihr los?

Als sie heute Morgen aufgestanden war, hatte sie sich noch auf den Tag gefreut. Für jede Frau war es doch etwas ganz Besonderes, sich ihr Brautkleid auszusuchen, dazu noch in der Gesellschaft des Mannes, mit dem sie den Rest ihres Lebens verbringen wollte.

Sie wusste nicht, was es war, das sie so verunsicherte, sie wusste nur, dass es begonnen hatte, als sie diesem Mann auf der Straße begegnet war.

Hilla starrte sinnend auf das Wasser. Stimmte das wirklich? Hatte es nicht auch schon früher Momente des Zweifels gegeben, den sie dann aber ganz schnell wieder verdrängt hatte? Hatte die Bemerkung des Fremden nicht einfach nur die Erinnerung an diese Momente geweckt?

»Vielleicht sollten Sie noch einmal darüber nachdenken.« Sie hatte sich unwissend gestellt und doch sehr genau verstanden, was er gemeint hatte. Konnte es tatsächlich sein, dass ein Fremder deutlicher sah als sie selbst?

Hilla seufzte tief, als ihr Handy klingelte. Auf dem Display erkannte sie, dass es Max war. Er hatte schon mehrfach versucht, sie zu erreichen, doch bisher hatte Hilla keinen seiner Anrufe angenommen. Er machte sich inzwischen gewiss Sorgen um sie. Hilla hatte mit einem Mal ein schlechtes Gewissen. Sie schaltete das Handy ein und meldete sich.

»Wo steckst du, Hilla?« Tatsächlich klang seine Stimme besorgt, aber auch ein klein wenig ungeduldig.

»Es tut mir leid, Max«, entschuldigte sich Hilla, »ich habe mich wie ein Idiot benommen.«

Er war gleich besänftigt. »Nicht so schlimm, Süße.«

Hilla versuchte, ihm zu erklären, was im Moment in ihr vorging. »Ich bin irgendwie ziemlich durcheinander ...«

»Das ist sogar mir aufgefallen«, erwiderte Max.

»Vermutlich der Stress wegen der Zwischenprüfung.« Ja, das musste die Erklärung sein, redete Hilla sich jetzt selber ein, obwohl sie ahnte, dass weitaus mehr dahintersteckte.

Max jedenfalls gab sich mit dieser Erklärung zufrieden. »Du hast es ja bald hinter Dir. Gehen wir schön essen heute Abend?«

»Lieber nicht«, erwiderte Hilla hastig. Sie hätte ihm jetzt erklären können, dass sie lernen musste, aber glücklicherweise schien Max überhaupt keine Erklärung zu erwarten.

»Schade«, erwiderte er und fügte hinzu: »Fahr doch einfach raus aufs Land, zu deiner Großmutter.«

»Zu Emma?«, Hillas Gesicht leuchtete plötzlich auf.

Max schien zu spüren, wie sehr ihr dieser Vorschlag zusagte. »Ja klar, du hast sie lange nicht gesehen.«

»Das ist eine gute Idee.« Mit einem Mal sah Hilla es vor sich. Vom Sonnenlicht durchflutete Birkenwälder, die Weizenfelder, über die leise der Wind strich. Die mit Holzzäunen eingefassten Pferdekoppeln. Die Ostsee, in der sich das tiefe Blau des Sommerhimmels widerspiegelte. Für einen Augenblick glaubte sie sogar, das Salz auf ihren Lippen zu schmecken.

Heftige Sehnsucht erfasste sie mit einem Mal nach dem Ort, an dem sie aufgewachsen war. Ganz besonders jedoch nach der Großmutter. Max hatte Recht, sie hatte ihre Großmutter schon lange nicht mehr gesehen.

»Vielleicht schaff ich es ja auch, vorbeizukommen«, hörte sie ihn am anderen Ende sagen.

Hilla befand sich in Gedanken bereits auf dem Land. Sie konnte es kaum erwarten, in ihre Wohnung zu fahren und ihre Sachen zu packen. »Ich melde mich wieder bei Dir, ja«, sagte sie.

»Ja, mach das.«

»Danke, Max«, sagte sie leise.

»Bis bald, Hilla«, verabschiedete er sich von ihr.

Hilla schaltete das Handy aus. Sie war Max wirklich sehr dankbar für diesen Vorschlag. Sie würde nach Hause fahren. Und dort draußen auf dem Land würde sie ganz sicher wieder zu sich selbst finden.

*

Ehrwürdig und behaglich wirkte das Herrenhaus, das rechts und links von zwei Nebengebäuden flankiert wurde. Ein spitzer Giebel erhob sich über dem Eingang des rot gestrichenen Gebäudes, zu dem eine Kiesauffahrt führte. Vor den Garagen stand eine wunderschöne silberne Limousine, die trotz ihres Alters nichts von ihrer vornehmen Eleganz verloren hatte. Dafür sorgte Christian, der bereits seit vielen Jahren für die Svenssons arbeitete. Eigentlich war er als Sekretär eingestellt worden, doch inzwischen ging sein Arbeitsfeld weit über diese Tätigkeit hinaus.

So war er jetzt gerade damit beschäftigt, einem Jungen aus dem Dorf zu zeigen, wie man den Wagen auf Hochglanz poliert. »Siehst du das, Lukas, immer in kreisenden Bewegungen. Mit nicht zu viel Druck, dann glänzt das Prachtstück wieder wie neu.« Er machte es vor und drückte dem Jungen den Polierlappen wieder in die Hand. Zufrieden stellte er fest, dass Lukas sich geschickt anstellte. »Schon viel besser, nur nicht zu viel Druck. Immer aus dem Handgelenk...«

»Er sieht noch so aus wie vor zwanzig Jahren«, vernahm Christian plötzlich eine Stimme hinter sich. Er drehte sich um und strahlte. »Das gibt es ja nicht. Frederik, mein Junge, was machst du denn hier?« Er eilte auf Frederik zu, um ihn zu umarmen.

»Ich war gerade in der Nähe«, grinste Frederik, »und da dachte ich, sieh doch mal wieder bei deinem Großonkel vorbei.«

»Das ist eine Freude, mein Junge«, Christian strahlte ihn an. Es gab so vieles, was er von seinem Großneffen wissen wollte. »Sag mir, woher kommst du? Wie geht es dir? Hast du einen Job?«

»Also, im Moment mache ich ein wenig Urlaub«, erwiderte Frederik ausweichend.

Christian wandte sich kurz nach dem Jungen um, der immer noch eifrig den Wagen polierte. »Ja, mach immer weiter so. Und wenn du fertig bist, rufst du mich.« Er hakte sich bei Frederik ein und ging neben ihm her den Weg entlang. »Komm erst mal ins Haus. Dann isst du was, und dabei erzählst du mir alles.«

Frederik schaute sich um und atmete tief durch. »Tut gut, mal wieder hier zu sein. Ich hatte fast vergessen, was für einen traumhaften Arbeitsplatz du hast.«

In diesem Augenblick trat eine ältere Dame mit einem der Hausmädchen aus dem Nebengebäude. »... wir hängen dann am Nachmittag die Vorhänge auf.« Die ältere Dame brach ab, als sie Christian und Frederik erblickte.

»Christian!«

Ein ganz besonderes Lächeln zeigte sich mit einem Mal auf Christians Gesicht. Er ließ Frederiks Arm los und ging der Dame entgegen. »Frau Svensson?«

Frederik folgte seinem Großonkel langsam, blieb jedoch im Hintergrund.

»Ich weiß, Sie haben heute Ihren freien Nachmittag...«

Emma Svensson brach ab, lächelte Christian ein wenig verlegen an.

»Was kann ich für Sie tun?«, erkundigte sich Christian ohne Umschweife.

»Das Bild über der Anrichte, der Andruck unserer ersten Seekarte, ist abgestürzt.«

»Ich kümmere mich gleich darum«, versprach Christian und drehte sich halb zu Frederik herum. »Erinnern Sie sich an Frederik?«

Frederik grüßte und streckte Emma Svensson die Hand entgegen, während sein Großonkel erklärte: »Er ist zufällig vorbeigekommen.«

»Ja, natürlich erinnere ich mich«, nickte Emma Svensson. »Sie waren ein aufgeweckter, lustiger kleiner Junge damals in dem Sommer, den Sie bei Christian verbracht haben.

Voll verrückter Einfälle.«

»Ja, ich habe diesen Sommer nicht vergessen«, schmunzelte Frederik.

Emma schaute Christian an. »Das mit dem Bild können Sie auch später machen.«

»Nein«, schüttelte Christian den Kopf. »Ich mache es selbstverständlich sofort.« Sofort ging er an Emma Svensson vorbei zum Haupthaus und ließ seine Dienstherrin mit seinem Großneffen alleine zurück.

Emma betrachtete Frederik abschätzend. »Schön, dass Sie da sind. Ihr Großonkel hat Sie vermisst. Ich nehme an, Sie sind viel unterwegs in der Welt? Wie Ihr Vater, der konnte ja auch nicht sesshaft werden.«

Frederik ärgerte sich über die Geringschätzung in ihrer Stimme. Scharf erwiderte er: »Wenn Sie damit sagen wollen, dass er es zu nichts gebracht hat, da haben Sie recht. Aber er war ein glücklicher Mann.«

»Ja«, erwiderte Emma Svensson unbeeindruckt, »was man so unter Glück versteht.« Sie ließ Frederik stehen und folgte Christian ins Haus.

*

Vorsichtig hängte Christian die eingerahmte Seekarte wieder an ihren Platz. Er trat einen Schritt zurück und prüfte, ob sie gerade hing, während Emma Blumen in einer Schale neu arrangierte. »Wie lange ist Frederik eigentlich schon nicht mehr hier gewesen?«, erkundigte sie sich beiläufig.

Christian suchte das Werkzeug zusammen, während er antwortete. »Vor 15 Jahren sind seine Eltern nach Australien gegangen. Dann habe ich ihn noch einmal gesehen, als er diesen Job in Stockholm hatte, seitdem nicht mehr.«

Emma war endlich zufrieden mit der Anordnung der Blumen. Sie hob die Schale hoch und trug sie hinüber zu der Kommode, über der jetzt wieder die Seekarte hing. »Wollte er nicht Kapitän werden?«, fragte sie.

Obwohl Christian das Gesicht zu einem schwachen Lächeln verzog, wirkte er bedrückt. »Hat wohl nicht geklappt. Der Junge kann sich eben nicht entscheiden. Da kommt er ganz nach seinem Vater.«

»Na ja, er ist ja noch jung. Irgendwann findet er bestimmt das Richtige.« Nachdem Christian mit seiner Arbeit fertig war, stellte Emma auch die anderen Dinge wieder zurück an ihren Platz unter der Karte.

»Kann ich sonst noch etwas tun?«, fragte Christian.

Emma hielt kurz inne. »Die Blumen kann ich auch selbst bestellen.«

»Schon geschehen«, lächelte Christian.

»Und dann habe ich mir erlaubt, eine Karte für die Operngala am Fünfzehnten zu bestellen. Jaime Rodriguez singt. Den mögen Sie doch.«

Emma nickte sofort: »Wenn Sie mich nicht auf ihn aufmerksam gemacht hätten, wüsste ich allerdings gar nicht, dass es ihn gibt.« Sie zögerte einen kurzen Moment, bevor sie fragte: »Werden Sie mich begleiten?«

Diesmal antwortete Christian nicht. Mit unbewegter Miene schüttelte er den Kopf. Emma wandte sich ab, stellte noch einige Kerzen auf ihren Platz.

»Gut, dann gehe ich mal wieder allein.«

»Sie hassen Gerede, und ich auch«, sagte Christian.

Plötzlich zuckte Emma zusammen, und sofort war Christian bei ihr.

»Ist Ihnen nicht gut? Soll ich Frau Dr. . . .«

»Nein, nein«, fiel Emma ihm hastig ins Wort. »Ich bin müde, ich werde mich ein bisschen hinlegen.« Als sie sich zu ihm umwandte, lächelte sie, doch es war ihr deutlich anzusehen, wie viel Kraft sie das kostete. Sie war blass, und es fiel Christian schwer, sie in diesem Zustand alleine zurückzulassen. »Ich bringe Ihnen erst mal einen Tee. Die neue Ernte ist gerade eingetroffen.«

»Das kann doch Linda machen.« Emma folgte Christian, als er den Raum verließ. Zusammen gingen sie durch die helle Eingangshalle. Auch hier schmückten edle Antiquitäten, kostbare Teppiche und alte Gemälde den Raum und bildeten einen wunderbaren Kontrast zu den hellen Wänden und den weißen Bücherregalen.

»Lieber nicht, Linda gerät der Tee immer ein wenig zu stark.«

Noch bevor Emma etwas darauf erwidern konnte, wurde die Eingangstür geöffnet. Hilla trat ein, flog sogleich auf ihre Großmutter zu und fiel ihr um den Hals. »Emma! Gott sei Dank, du bist da. Ich hatte schon befürchtet, du seiest auf Weltreise oder so etwas.«

»Um das herauszufinden, gibt es ein Telefon«, lachte Emma. »He, he, nicht so stürmisch. Du zerquetschst mich mit deiner jungendlichen Kraft.« Sie schob Hilla ein Stück von sich und betrachtete prüfend das Gesicht ihrer Enkelin.

»Beklag dich nicht, die hab ich von dir«, grinste Hilla. Gleich darauf wurde ihr Miene jedoch wieder ernst. »Ich habe dich so vermisst.« Sie presste die Lippen aufeinander. Bevor sie Gefahr lief, die Fassung zu verlieren, wandte sie sich Christian zu. »Hej, Christian. Alles klar?«

»Alles super«, ahmte Christian den Slang der jungen Frau nach. »Ich wollte Frau Svensson gerade Tee machen. Wollen Sie auch einen? Oder lieber Kakao mit Sahne und Zimt?«

»Sie vergessen wohl nie, was ich am liebsten mag.« Sie war zu Hause. Erst jetzt wurde Hilla so richtig bewusst, wie sehr sie das alles vermisst hatte.

»Ja, gerne.« Sie nickte Christian zu. »Kakao mit Sahne und Zimt.«

»Er hat dich schon immer verwöhnt.« Emma hatte die Hände ihrer Enkelin genommen und schaute ihr noch immer ins Gesicht. Hilla wusste, dass sie ihrer Großmutter nichts vormachen konnte. Emma hatte sicher längst erkannt, dass mit ihr etwas nicht stimmte.

»Und trotzdem ist was aus mir geworden.« Hilla löste ihre Hände aus denen der Großmutter und ging zurück zur Tür, wo ihre Reisetasche stand. »Ach, ist das gut, wieder mal hier zu sein. Stockholm ist zwar toll, aber . . .« Sie brach ab, wollte die Großmutter nicht gleich in den ersten Minuten mit ihren Sorgen belasten. Dabei hätte sie wissen müssen, dass Emma ihr plötzliches Auftauchen und auch diese letzte Bemerkung, besonders aber das, was sie nicht ausgesprochen hatte, genau richtig deuten würde.

»Willst du mir sagen, was los ist?«

Hilla wandte sich um. »Du siehst es mir an?«

»Klausur verhauen?«, tippte Emma einfach so ins Blaue, ohne auf die letzte Bemerkung der Enkelin einzugehen.

»Nein«, erwiderte Hilla knapp.

Natürlich ließ Emma jetzt nicht mehr locker. »Schulden gemacht?«

Jetzt war Hilla geradezu empört. »Ich bin deine Enkelin.«

»Die Wohnung wirst du auch nicht abgefackelt haben. Also, was ist?«

»Ich bin ziemlich durcheinander«, sagte Hilla leise

»Es geht um Max?«

Wahrscheinlich hatte Emma schon die ganze Zeit etwas in dieser Richtung vermutet, doch ihr wäre wahrscheinlich alles andere lieber gewesen. Hilla wusste genau, wie sehr Emma die Verbindung zwischen ihr und dem jungen Anwalt begrüßte. Deshalb hatte sie fast schon so etwas wie ein schlechtes Gewissen, als sie nickte.

*

Die Kanzlei befand sich in Stockholms Hafenviertel, hinter dessen historischen Fassaden sich inzwischen moderne Büroräume befanden.

Olof Falin jedoch hatte sich geweigert, seine Kanzlei in eines dieser hypermodernen Büros verwandeln zu lassen, und alles so belassen, wie es schon zu den Zeiten gewesen war, als sein Großvater die Kanzlei gegründet hatte. Dunkle Tapeten zierten die Wände seines Büros, die bis zur Höhe der Fensterbänke mit ebenfalls dunklem Holz vertäfelt waren. Ein schwerer, antiker Schreibtisch stand am Fenster, ein großer Tisch mit Stühlen mitten im Raum. Hier versammelten sich die angestellten Anwälte der Kanzlei allmorgendlich, um Olof Falin über ihre laufenden Fälle zu berichten. Irgendwann würde Max das alles übernehmen. Max wusste genau, dass sein Vater ihn mit dem letzten Fall, den er ihm übertragen hatte, auf die Probe hatte stellen wollen. Offensichtlich hatte er bestanden.

»Großartig, mein Junge«, lobte ihn Olof Falin, nachdem Max ihn über die letzten Entwicklungen unterrichtet hatte. Er hatte hinter dem Schreibtisch seines Vaters Platz genommen, während Olof zum Tisch ging und sich ein Glas Wasser einschenkte.

»Das hast du wunderbar hingekriegt«, fuhr Olof fort. »Ich habe mich mit der Hansen-Familie immer schwergetan. Aber dir vertrauen sie vollkommen. Ich werde dir in Zukunft alle unsere schwierigen Klienten übergeben.«

»Vielen Dank auch.« Max packte seine Unterlagen zusammen und stand auf. »Für meinen Geschmack müssen es nicht immer derart knifflige Erbauseinandersetzungen sein.«

»Ja, aber du hast alle Probleme mit Bravour gelöst.« Es war Olof anzusehen, wie stolz er auf seinen Sohn war. Max nahm es mit großer Selbstverständlichkeit hin. »Freut mich, Papa. Bis später.«

»Bis später. Wir sehen uns heute Abend.«

»Äh, ja . . . « Max stockte einen Augenblick. »Allerdings kann mich Hilla nicht begleiten.« Als er den erstaunten Blick seines Vaters bemerkte, erklärte er schnell: »Sie ist zu Emma aufs Land gefahren.«

»Mitten im Semester? Na ja, sie wird schon wissen, was sie tut.«

Max zuckte mit den Schultern. »Sie ist eine hervorragende Studentin. Sie kann es sich leisten, mal einen Tag blauzumachen.«

Olof wirkte verärgert. »Und dir macht es nichts aus, dass sie deine Pläne durcheinander bringt? Ich meine, ihr seid immerhin heute Abend bei uns zum Essen eingeladen.«

»Du kennst sie doch, Papa«, nahm Max seine zukünftige Frau in Schutz. »Manchmal muss sie einfach raus. Sie ist eben ein spontaner Mensch.«

»Na, ja.« Immerhin lächelte Olof jetzt ein wenig. »Sie ist genau wie ihre Großmutter in dem Alter. Emma kam erst zur Ruhe, als sie endlich verheiratet war. Auch ein Grund, warum du die Hochzeit mit Hilla nicht allzu lange hinausschieben solltest.«

»Im Dezember ist es ja soweit«, erwiderte Max.

»Das ist auch gut so. Sag ihr auf jeden Fall, wir hätten uns gefreut, sie heute Abend zu sehen.«

Max nahm die versteckte Kritik seines Vaters zur Kenntnis. Amüsiert lächelte er, nickte jedoch artig. »Klar, Papa.«

*

Langsam ging Hilla neben ihrer Großmutter die Pferdekoppel entlang, auf der einige der herrlichen Tiere, die zum Besitz der Svenssons gehörten, weideten.

Wie schön es hier draußen war. Die klare, salzige Luft. Der hohe, blaue Himmel. Der Zauber des Sommers, der die ganze Landschaft in einem besonderen Licht erstrahlen ließ. Sie spürte, wie sie innerlich ein wenig zur Ruhe kam, und doch schaffte sie es nicht, ihrer Großmutter zu erklären, was denn nun eigentlich mit ihr los war.

»Hat Max dich betrogen?«

»Ach was, Max doch nicht.« Hilla schüttelte den Kopf. »Für so etwas hätte er doch gar keine Zeit. Außerdem wäre es ihm viel zu stressig, neben mir auch noch eine Geliebte zu haben.«

»Also, was ist es dann? Er ist nett, treu, zuverlässig. Charmant ist er auch. Er hat einen guten Beruf. Kommt aus einer ordentlichen Familie.« Emma hätte gerne verstanden, was in ihrer Enkelin vorging. Sie gab sich zweifellos jede Mühe.

»Ich weiß ja, dass das alles perfekt klingt. Vielleicht ist es ja das. Vielleicht klingt mir das alles zu perfekt.« Noch während Hilla diese Worte aussprach, wurde ihr klar, dass das auch nicht den Kern der Sache traf.

»Mach dir doch einfach nicht zu viele Gedanken«, schlug Emma vor. »Ihr kennt euch seit mehr als fünf Jahren, ihr liebt euch . . .«

»Und was, wenn nicht?«, fiel Hilla ihrer Großmutter jetzt plötzlich ins Wort. Emma blieb stehen, schaute ihre Enkelin an. »Was, wenn nicht? Wie soll ich das verstehen?«

»Was ist, wenn ich ihn doch nicht liebe? Was ist, wenn ich mir das alles nur eingeredet habe?«, brach es hilflos aus Hilla heraus.

Emma lächelte amüsiert. »Schatz, du hast eine ganz gewöhnliche Hochzeitspanik.« Sie streichelte ihrer Enkelin über die Wange, doch Hilla wehrte sie unwirsch ab.

»Bitte, lach mich nicht aus. Mir ist wirklich zum Heulen zumute. Ich stehe da in diesem wundervollen Brautkleid, und plötzlich weiß ich gar nicht mehr, was ich da eigentlich mache. Ich wollte einfach nur raus aus dem Laden, ich musste weg . . .«

Emma hörte ihr aufmerksam zu, doch im Gegensatz zu Hilla schien sie dies alles nicht zu beunruhigen. »Jetzt bleibst du erst mal ein paar Tage hier, reitest, schwimmst, schläfst dich aus. Du wirst sehen, schon morgen sieht die Welt ganz anders aus. Dann gehst du zurück zu Max, und alles ist wieder in Ordnung.«

Es klang alles so einfach, aber war es das auch? »Weißt du, was ich als Kind immer gedacht habe?« Ein wenig verloren wirkte Hillas Lächeln, als sie weitersprach: »Dass ich einmal so glücklich mit einem Mann werden möchte wie Großmutter Emma mit Großvater Björn.«

*

Christian holte die Zeitung aus dem Briefkasten, der sich vor dem Nebengebäude befand, in dem er eine eigene Wohnung besaß. Sein Blick fiel auf Emma und Hilla, die vor der Pferdekoppel standen und sich umarmten. Emma sah besorgt aus, doch als ihre Blicke sich trafen, lächelte sie.

Christian erwiderte das Lächeln und ging zurück ins Haus. Frederik war im Gästezimmer gerade damit beschäftigt, seine Reisetasche auszupacken. Jetzt kam er mit einer Flasche in der Hand zu seinem Großonkel. »Jamaika-Rum, direkt von der Insel. Den mochtest du doch immer so gerne.«

Dankend nahm Christian die Flasche an und betrachtete sie einen Augenblick, bevor er sie auf dem kleinen Beistelltisch abstellte und sich wieder seinem Großneffen zuwandte. »Schön, dass du dir solche Reisen leisten kannst. Was für einen Job hast du denn im Moment?«

Es war offensichtlich, dass Frederik diese Frage unangenehm war. Es dauerte ein paar Sekunden, bevor er antwortete.

»Also, ehrlich gesagt stehe ich im Moment zwischen zwei Möglichkeiten. Ich weiß nicht genau, wie es weitergeht«, gab er ehrlich zu. »Ich hab mir sozusagen eine Auszeit genommen.«

Christian hatte aufmerksam und mit besorgter Miene zugehört. Als Frederik fertig war, lächelte er ihn jedoch an. »Jetzt bist du erst mal hier, und das freut mich wirklich sehr.« Zögernd fügte er hinzu: »Und wenn du gerade keine Arbeit hast ... Ich meine, ich will dir nicht zu nahe treten, vielleicht hast du ja Lust ...«

»Willst du mir einen Job anbieten?«, hakte Frederik interessiert nach.

»Tobias, unser Gärtner, ist krank ...«, begann Christian vorsichtig.

»... und da komme ich gerade recht, um für ihn einzuspringen. Das mach ich doch gerne. Warum sagst du das nicht gleich?« Frederik lachte.

Christian atmete erleichtert auf und stimmte in Frederiks Lachen ein.

*

Es war das erste Mal, dass sie sich wirklich wohl fühlte, seit sie Stockholm verlassen hatte. In wildem Galopp jagte Hilla auf der Fuchsstute über die Felder, bis hinunter an den See. Hoch spritze das Wasser auf, als die Stute durch den schilfbestandenen Uferbereich galoppierte. Ihr schien der Ausritt ebenso viel Freude zu bereiten wie der Reiterin auf ihrem Rücken.

Hilla jauchzte laut auf, als die Stute mit einem Satz ans Ufer sprang. Es war herrlich, sich so frei und unbeschwert zu fühlen.

Sie ließ die Zügel locker, ließ die Stute einfach laufen. Das Tier verringerte das Tempo ein wenig, als es den schmalen Landstreifen erreichte, der den See und die Ostsee voneinander trennten. Das Wasser war tiefblau. Inseln waren weit draußen zu sehen.

Ich hätte schon früher herkommen sollen, schoss es Hilla durch den Kopf, als sie auf dem Rücken der Stute in den Birkenwald eintauchte, der ebenfalls zum Besitz ihrer Großmutter gehörte. Der Untergrund war hier so weich, dass die Hufe keine Geräusche verursachten. Vögel zwitscherten in den belaubten Kronen der Birken, die so dicht waren, dass nur wenige Sonnenstrahlen hindurchdrangen.

Das Pferd scheute, als plötzlich das Geräusch einer Motorsäge irgendwo ganz in ihrer Nähe zu hören war. Hilla war eine ausgezeichnete Reiterin. Sie behielt die Kontrolle über das Tier und beruhigte es mit ein paar Worten. Dabei beugte sie sich vor und streichelte den Hals des Pferdes. Sie brachte das Tier sogar dazu, sich genau auf das Geräusch zuzubewegen, das mit jedem

Meter lauter wurde. Gefällte und in meterhohe Stücke zurechtgesägte Baumstämme waren in Abständen am Wegrand übereinander geschichtet.

Hinter der nächsten Wegbiegung sah sie den Mann, der Äste von einem gefällten Baumstamm absägte. Hilla zog die Zügel an, sprang vom Pferd und eilte auf den Mann zu, der ihr den Rücken zudrehte und sie nicht kommen hörte. Nicht nur wegen des Lärms der Motorsäge, sondern auch wegen der Ohrenschützer, die er trug.

Heftig klopfte Hilla ihm auf die Schulter. Er fuhr herum, schaltete die Motorsäge aus. Er trug nicht nur Ohrenschützer, sondern auch einen Helm mit Gesichtsschutz, der ihn vor herumfliegenden Holzstücken schützte.

»Hej, warum fällen sie ausgerechnet diesen Baum? Der war doch immer gesund!« Hilla war empört. Dieser Baum hatte genau an der Weggabelung gestanden. Es war der Baum, in den sie vor Jahren ein Herz geritzt hatte, als sie sich das erste Mal verliebt hatte.

»Bitte?« Der Mann schob den Gesichtsschutz hoch, doch sie schaute ihn nicht an, starrte nur auf den Baum.

»Das war einer meiner Lieblingsbäume«, sagte Hilla mit anklagender Stimme.

»Und? Was soll ich machen? Ich meine diesmal?« Er nahm den Helm ab, damit sie sein Gesicht sehen konnte.

Hilla schaute ihn an und erkannte in ihm den Mann, den sie am Morgen vor dem Brautmodengeschäft gefragt hatte, ob er sie heiraten würde. Er schien sie sofort erkannt zu haben.

Hilla starrte ihn an, und mit einem Mal war da nicht nur die Erinnerung an den Vormittag, sondern an eine weit zurückliegende Zeit. »Ich habe doch gewusst, dass ich dich kenne. Du bist Frederik, Christians Großneffe.«

Diesmal war er es, der sie erstaunt musterte. »Ja, der bin ich, aber ...« Er brach ab, als sie ihre Reitkappe abnahm und ihr blondes Haar, das sie darunter geschoben hatte, locker über ihre Schulter fiel. »Mein Gott, Hilla? Die kleine dünne Hilla, mit der Zahnlücke und der Narbe am Handgelenk?«

Hilla lachte. »Die hab ich mir geholt, als wir das Wettrennen mit dem Fahrrad gemacht haben. Zur Eiche und wieder zurück. Weißt du noch? Ich hab eine bleibende Erinnerung daran. Wahnsinn, dass wir uns so wieder treffen. Erst in Stockholm und jetzt hier. Ich freu mich irre. Was machst du hier? Emma hat mir gar nicht erzählt, dass du für sie arbeitest.«

Frederik schüttelte den Kopf. »Das weiß sie wahrscheinlich selbst noch gar nicht. Christian hat mich gebeten einzuspringen. Es gab da wohl einen Krankheitsfall.«

Es war eine Flut von Erinnerungen, die auf sie einstürmten. An diesen wundervollen Sommer. Es waren ihre schönsten Ferien gewesen. »Erinnerst du dich an die kleine Bucht, wo wir immer geschwommen sind?«, sprudelte es aus ihr heraus. »Und an den Steg, wo wir geangelt haben?«

»Klar erinnere ich mich«, nickte Frederik.

»Dieser Sommer, als du hier Ferien gemacht hast, das war mein tollster Sommer«, sagte sie, entschuldigte sich aber gleich darauf. »Ich halte dich sicher von der Arbeit ab.«

Frederik winkte ab. Er hatte bereits sehr viel mehr geschafft, als sein Onkel an diesem ersten Tag von ihm erwartet hatte.

»Sag mal, hast du Lust heute noch was zu unternehmen?«, fragte Hilla. »So um fünf in unserer Bucht?«

»Ja, gerne«, stimmte Frederik sofort zu. Als Hilla sich umwandte und zurück zu ihrem Pferd gehen wollte, hielt er sie auf. »Aber sag, wieso bist du eigentlich hier? Ich dachte, du lebst in Stockholm. Ich meine, du warst doch die im Brautkleid ... Die mit dem Mann, der es eilig hatte ...«

»Ja, die bin ich«, bestätigte Hilla. Damals, in diesem Sommer, da waren sie sich sehr nahe gewesen. Die besten Freunde, die niemals Geheimnisse voreinander hatten. Doch damals waren sie noch richtige Kinder gewesen, auch wenn es die Zeit gewesen war, in der Hilla zum ersten Mal verliebt gewesen war. Aber auch das war lange vorbei.

Frederik war ihr vertraut und fremd zugleich. Zu fremd, um ihm anzuvertrauen, weshalb sie wirklich hier war.

»Ich mache ein paar Tage Ferien bei Emma. Sie freut sich immer, wenn ich sie besuche.« Es war ja nicht direkt geschwindelt. Eben nur ein wenig an der Wahrheit vorbei. »Also, bis dann, Frederik«, verabschiedete sie sich nun endgültig.

»Ja, bis dann«, er lächelte, bevor er ihren Namen hinzufügte, »Hilla.«

*

Seit einigen Minuten stand Emma schon vor ihrer Staffelei, ohne dass der Pinsel in ihrer Hand die Leinwand auch nur berührt hätte. Christian servierte den Tee auf dem Tisch vor den gemütlichen, weißen Polstermöbeln. Die Fenster des Wintergartens standen weit offen und ließen die warme Sommerluft herein.

Christian schaute immer wieder zu seiner Arbeitgeberin hinüber, die gedankenverloren vor sich hinstarrte. »Ist alles in Ordnung?«

Wie so oft in den vergangenen Jahren ließ Emma ihren Sekretär auch diesmal an dem teilhaben, was sie bewegte. Für sie war er weitaus mehr als nur ein Angestellter. Ein Freund? Nein, auch das traf es nicht ganz. Ihre Beziehung zueinander war etwas Besonderes und so einzigartig, dass es unmöglich war, sie zu beschreiben.

»Ich mach mir Gedanken über Hilla. Es ist ja nicht ungewöhnlich, dass man vor der Hochzeit noch mal alles in Frage stellt. Ich meine, so was ist ja ein Schritt fürs Leben, aber trotzdem . . .« Sie brach ab.

». . . will man doch, dass die Kinder glücklich sind«, beendete Christian den Satz für sie.

Emma legte den Pinsel beiseite und ging zu Christian hinüber, der ihr jetzt eine gefüllte Teetasse reichte. Emma trank einen Schluck, bevor sie die hauchzarte Tasse wieder auf die Untertasse stellte.

»Keine Frage, dass Hilla mit Max Falin glücklich wird«, stellte sie überzeugt fest. »Die beiden passen hervorragend zusammen, unsere Familien kennen sich seit Generationen. Und Max ist ein sehr guter Anwalt. Er wird Hilla eine wunderbare Stütze sein, wenn sie den Verlag übernimmt.«

Während Emma sprach, war Christian in den Nebenraum gegangen, um die Schale mit dem Gebäck zu holen. Jetzt stellte er sie neben der Teekanne ab. Mit keinem Wort ging er auf das ein, was Emma gesagt hatte. Ein feines Lächeln umspielte jedoch seine Lippen, als er sagte: »Wenn das dann alles wäre, gehe ich in mein Büro und kümmere mich um die Abrechnungen.«

»Einen Moment noch, bitte.« Emma wirkte leicht verstimmt. »Sie sind nicht meiner Meinung?«

Christian, der sich bereits zum Gehen gewandt hatte, blieb stehen und drehte sich noch einmal um. »Ich denke, es ist egal, was ich glaube. Hilla ist eine moderne junge Frau, und die Zeiten haben sich geändert.«

»Da haben Sie recht, Christian«, stimmte Emma ihm sofort zu, wandte jedoch gleich darauf ein: »Aber die Pflichten einer Svensson, die sind die gleichen geblieben.«

Sie bemerkte den nachdenklichen Blick nicht, den Christian ihr daraufhin zuwarf. Möglicherweise wollte sie ihn aber auch nicht bemerken. »Wie auch immer, ich muss jetzt in den Verlag. Kurt Hasselroth wartet sicher schon auf mich.«

Christian nahm lächelnd den Malerkittel entgegen, den sie jetzt gegen den eleganten Blazer tauschte. »Ich sehe mir die neuen Andrucke für die historischen Karten vom Nordmeer an«, erklärte sie währenddessen. Sie griff nach ihrer Handtasche und eilte zur Tür. Sie schaute ihn nicht an, als sie anordnete: »Kommen Sie!« Sie ließ keinen Zweifel darin, dass sie die Herrin in diesem Hause war, doch Christian nahm es lächelnd hin und folgte ihr.

*

Die Sonne hatte das Wasser der Ostsee angenehm erwärmt. Die vorgelagerten Schäreninseln sorgten zudem für ein mäßiges Klima hier in der Bucht, milderten die Wucht von Wind und Meer, denen die Inseln oftmals ausgesetzt waren.

Frederik erreichte das von Felsen durchsetzte Ufer zuerst und wandte sich lachend um. »Du warst schon mal besser.«

Hilla hatte das Ufer inzwischen auch erreicht. »Du hast geschummelt«, sagte sie und wiederholt damit das, was sie auch in jenem Sommer immer zu ihm gesagt hatte.

»Du bist früher losgeschwommen. Aber bitte, wenn du unbedingt besser sein willst, dann glaub es einfach.«

Sie ging an ihm vorbei bis zu dem schmalen Grasstreifen vor dem Felsen, auf dem sie ihre Handtücher abgelegt hatten.

»Aha, man gibt sich großzügig, um seine Niederlage zu vertuschen. Sehr raffiniert«, zog Frederik sie auf.

Hilla lachte und warf ihm sein Handtuch zu. »Ich weiß gar nicht, wann ich das letzte Mal um die Wette geschwommen bin. Es war großartig.« Sie begann damit, sich abzutrocknen. »Ich hab Christian jeden Sommer genervt, weil ich immer wissen wollte, wann du mal wieder hier bist.«

Frederiks Blick verlor sich. Offensichtlich wanderten seine Gedanken weit in die Vergangenheit zurück. »Im Sommer darauf sind meine Eltern nach Australien ausgewandert, mein Vater wollte sich als Schafzüchter, versuchen und wir mussten alle auf der Farm mithelfen. An Ferien war da überhaupt nicht zu denken.«

Hilla streifte ihre Bluse über den noch nassen Bikini. »Und was ist jetzt mit der Farm?«, wollte sie wissen. »Hast du sie inzwischen übernommen und belieferst die halbe Welt mit deiner Wolle?«

»Nein.« Frederik legte sich auf sein Handtuch und schaute zu ihr auf. »Mein Vater ist damals ziemlich schnell pleitegegangen. Er hat dann eine Surfschule aufgemacht und danach eine Werkstatt für Motorräder. Aber so richtig erfolgreich ist er damit aber auch nicht gewesen.«

»Das tut mir leid«, entgegnete Hilla, wollte aber gleich darauf wissen: »Und was machst du sonst so? Wenn du gerade kein Schafzüchter bist?«

»Ich arbeite mal hier, mal da. Jetzt bin ich Aushilfsgärtner bei deiner Großmutter.«

Hilla nickte, doch ihre Gedanken sprangen so schnell zum nächsten Thema, dass Frederik ihr nicht folgen konnte. »Mal sehen, ob es noch da ist«, sagte sie und stand auf. Vorsichtig kletterte sie über die Felsen und lief los, als sie die baumbestandene Wiese erreicht hatte.

»Was denn?«, rief Frederik hinter ihr her. Als er keine Antwort bekam, stand er ebenfalls auf und folgte ihr bis zu der Birke, deren Äste bereits kurz über dem Boden begannen. Hilla stand schon auf dem Ast und kletterte tastend ein Stück höher. »Weißt du noch? Wir haben es damals hier versteckt.«

»Unser Geheimniskästchen«, konnte sich nun auch Frederik wieder erinnern.

Hilla griff vorsichtig mit der Hand in ein Astloch. Ein wenig graute ihr vor dem, was sich dort wahrscheinlich versteckte. Spinnen oder anderes Krabbelgetier...

»Ich hab es!«, rief sie plötzlich laut. »Es ist tatsächlich noch da.« Sie schaute zu ihm hinunter, und auf einmal war da wieder diese Vertrautheit, die sie in jenem Sommer gespürt hatte. Wie selbstverständlich ließ sie sich in seine Arme gleiten, die er nach oben streckte, um ihr vom Ast herunterzuhelfen. Kurz berührten sich ihre Körper, doch er ließ sie sofort wieder los, als sie festen Boden unter den Füßen hatte.

Hilla betrachtete strahlend ihr Schatzkästchen. »Wir haben es an dem Abend versteckt als...«

»...du so jämmerlich geheult hast«, fiel Frederik ihr grinsend ins Wort, »weil dein Banknachbar in der Schule...«

»...Paul«, erinnerte sich Hilla. »Er hatte sich in meine beste Freundin verliebt.« Hilla hatte das Schatzkästchen geöffnet. Ein zusammengefalteter Zettel befand sich darin, sowie zwei Muscheln.

Frederik lachte laut bei der Erinnerung an damals. »Du warst sicher, es würde sich nie ein Junge in dich verlieben, und du würdest als alte Jungfer enden.«

»Lach nicht«, sagte Hilla, obwohl sie jetzt selbst grinste. »Ich war todunglücklich, Paul war der hübscheste Junge in der ganzen Schule...« Sie brach ab, wurde mit einem Mal ernst. »Gott sei Dank gab es dich.« Sie öffnete den Zettel und las vor, was Frederik ihr damals zum Trost versichert und schriftlich festgehalten hatte. »Ich, Frederik Lindberg, schwöre hiermit, immer für Hilla Svensson da zu sein. Ich bin ihr bester Freund und werde es ewig bleiben. Frederik Lindberg.«

»Ewig!« Sie drückte ihm den Zettel in die Hand und ging an ihm vorbei. Ein paar Meter weiter blieb sie stehen und blickte über die Bucht. Das Wasser glitzerte, die Wellen schwappten gegen den Ufersaum. »Da sieht man mal, was das Wort ewig für einen Mann bedeutet«, sagte Hilla leise. »Schon im nächsten Sommer warst du nicht mehr da.«

Plötzlich wurde die Stimmung zwischen ihnen ernst. Auch Frederik hatte aufgehört zu lachen. »Aber du hast es auch ohne mich geschafft, erwachsen zu werden. Und eine alte Jungfer wirst du wohl auch nicht bleiben.«

»Trotzdem wäre ja vielleicht alles anders gekommen, wenn du wirklich für mich da gewesen wärst.« Hilla schaute sich nicht um. Trotzdem spürte sie, dass er näher kam.

»Ist dein Leben so schlimm, dass du dir wünschst, es wäre alles anders?«

Hilla wusste selbst nicht, wieso sie auf einmal mit den Tränen kämpfte. Dennoch antwortete sie: »Quatsch. Mein Leben ist super. Auch ohne dich.«

Jetzt wandte sie den Kopf, ihre Blicke trafen sich, und Hilla handelte einfach aus einem Impuls heraus, ohne auch nur einen Augenblick nachzudenken. Sie hob ihr Gesicht und küsste ihn.

Frederik schien kein bisschen überrascht. Er erwiderte ihren Kuss, nahm sie aber nicht in die Arme. Es schien ihn nicht einmal besonders zu berühren, denn als sie ihre Lippen wieder von den seinen löste, führte er das Gespräch an genau der Stelle weiter, wo sie aufgehört hatten. Ganz so, als hätte es diesen Kuss nicht gegeben.

»Und was machst du dann hier?«

Lachend versuchte nun auch Hilla, diesen kurzen Moment einfach zu überspielen. Es gelang ihr sogar, die Heiterkeit von vorhin wieder aufzunehmen. »Schon mal was von Ferien gehört?«

»Mitten im Semester?«

»Klar, gute Studenten können sich so was leisten.«

»War ja klar, dass du eine gute Studentin bist.

Eine typische Svensson eben.«

»Genau«, erwiderte Hilla leichthin, obwohl sie die Bitterkeit, die in seiner Stimme mitschwang, deutlich wahrnahm. Sie vermutete, dass er einfach unzufrieden mit sich war, weil es ihm selbst nicht gelungen war, eine gewisse Struktur in sein Leben zu bringen. Vermutlich hatte er sich immer schon mit Aushilfsjobs durchgeschlagen. Schade eigentlich ...

Sie packten ihre Sachen zusammen und gingen langsam zurück zum Haus. »Es war schön«, Hilla schaute ihn von der Seite her an. »Fast so lustig wie damals.«

»Und vermutlich lustiger als deine Wirtschaftsvorlesungen«, erwiderte Frederik.

»Das kann man wohl sagen. Manche sind so trocken, dass ich fürchte vor lauter Staub keine Luft mehr zu kriegen. Sei froh, dass du dich nicht mit einem Studium herumquälen musst.«

Frederik zeigte sich wenig verständnisvoll. »Wenn es so schrecklich ist, wieso machst du das überhaupt? Gibt es nichts, was dir mehr Spaß machen würde?«

»Erstens werde ich einmal den Verlag übernehmen, da ist so ein Studium auf jeden Fall von Nutzen. Und zweitens ist ja nicht alles so uninteressant und trocken.« Versuchte sie eigentlich ihn oder doch mehr sich selbst zu überzeugen.

»Und drittens wird es von dir erwartet?«

Verärgert blieb Hilla einen Moment stehen, setzte sich aber gleich darauf wieder in Bewegung.

»Wenn du damit sagen willst, mein Leben sei fremdbestimmt, so ist das natürlich Quatsch.« Sie blieb stehen, wandte sich zu ihm um. »Manchmal ist eben der Weg ein wenig mühsam, aber das Ziel umso lohnender. Und ich habe wenigstens ein Ziel.«

Frederik war auch stehen geblieben. »Im Gegensatz zu mir. Willst du das sagen?«

»Ja, wollte ich«, reagierte sie spontan. »Nein, will ich nicht ...« Sie schüttelte gleich darauf hilflos den Kopf. «Ich weiß doch auch nicht ... Meine Güte, die Menschen sind doch unterschiedlich. Du machst es, wie du es für richtig hältst, und ich ... ich mach es halt, wie ich es für richtig halte.«

»Hilla, es ist alles in Ordnung. Du brauchst dich nicht gleich so aufzuregen.« Frederik war völlig ruhig geblieben. »Ich hatte nur den Eindruck, dass du nicht gerade glücklich bist.«

»Doch, das bin ich«, widersprach Hilla sofort. Langsam kam sie wieder auf ihn zu. »Ich habe ja auch noch andere Sachen vor. Ich werde zum Bespiel ins Ausland gehen für einige Semester und mir da ein paar andere Verlage ansehen.«

Er hätte jetzt fragen können, was ihr zukünftiger Ehemann von diesen Plänen hielt. Darauf wäre Hilla ganz sicher keine Antwort eingefallen. Sie hatte nie mit Max darüber gesprochen, dass sie eine Zeitlang ins Ausland gehen würde. Allerdings war ihr auch so klar, dass er damit niemals einverstanden sein würde.

Und um ehrlich zu sein, sie hatte bisher auch noch nie wirklich etwas in diese Richtung unternommen. Es war immer nur ein reines Gedankenexperiment gewesen.

Frederik schien jedoch keine Zweifel an der Ernsthaftigkeit ihres Vorhabens zu hegen. »Klingt gut.«

»Ja, nicht wahr«, nickte sie, doch es war ihr unmöglich, seinem Blick lange standzuhalten. In seinen Augen lag etwas, was sie verwirrte. Was sie beunruhigte und sie gleichzeitig anzog. Es war nicht gut, das wusste sie genau. Es würde dieses Dilemma, in dem sie sich ohnehin schon befand, nur noch vergrößern.

»Ich geh dann mal«, sagte sie leise. »Emma wartet sicher schon auf mich. Bis dann, Frederik.«

Sie hatte gehofft, dass er sich noch einmal nach ihr umschauen würde. Doch als sie an der Treppe stehen blieb und sich zu ihm umdrehte, war er bereits weitergegangen, ohne noch einmal den Kopf zu wenden.

*

»Hej, Emma!« Hilla stürmte die Wendeltreppe hinunter, die in die Redaktionsräume des Verlages führten. Emma stand vor einem Schreibtisch und betrachtete lächelnd den Entwurf einer Karte. »Hej, Hilla. Schau dir das an.«

Hilla trat näher, legte einen Arm um die Schulter ihrer Großmutter und küsste sie auf die Wange, bevor sie die Karte betrachtete. »Wunderschön!«

»Kurt ist sich sicher, dass niemand diese Meinung teilt.«

Hilla ließ ihre Großmutter los. »Wieso? Die sind wirklich wunderschön. Und außer uns gibt es kaum noch Verlage, die diese historischen Seekarten herausbringen. Herr Hasselroth hat sicher Angst, dass sich das nicht rechnet.«

Emma nickte amüsiert. »Genau, aber das war mir immer egal. Mir war immer viel wichtiger, dass so etwas Schönes wie diese Karten möglichst vielen Menschen zugänglich ist. Wenn du den Verlag übernimmst, kannst du das ja dann so machen, wie du es möchtest.«

Langsam umrundete Hilla den Tisch, auf dem auch noch andere Entwürfe ausgelegt waren. Jetzt sah sie auf. »Darüber mache ich mir Gedanken, wenn es Zeit ist. Also, so in zwanzig Jahren etwa.«

»Gib dich da mal keinen falschen Hoffnungen hin. Ich bin sicher, der Tag, an dem du den Verlag übernehmen wirst, ist nicht so fern.« Emma war mit einem Mal sehr ernst geworden.

»Emma, willst du mir drohen? Ich bin noch lange nicht so weit.« Hilla lachte, doch die Großmutter blieb unverändert ernst.

»Ach, da täuscht man sich oft. Die Fähigkeiten wachsen mit den Anforderungen. Das war bei mir damals auch so, als dein Großvater starb. Da hab ich gedacht, das schaff ich nie.«

Hilla bedachte die Großmutter mit einem liebevollen Lächeln. »Und jetzt ist der Verlag dein Ein und Alles. Und so soll es noch eine Weile bleiben.«

*

Frederik trat aus dem Haus und ließ sich auf der obersten Stufe nieder. Er war fast noch ein Kind gewesen, als er das letzte Mal hier gewesen war, und doch schien sich nichts verändert zu haben.

Sein Blick wanderte über das Land. Saftig grüne Wiesen, dazwischen die reifen Weizenfelder. Baumgruppen, mit ihren dunklen, dicht belaubten Kronen. Am Ende des Horizonts erhoben sich bewaldete Hügel. Von dort war das Rauschen der Ostsee zu hören.

Frederik lächelte. Für ihn war es, als wäre er nach Hause gekommen. Er hatte sich lange nicht mehr so wohl gefühlt.

»Na, mein Junge.« Christian trat hinter ihm aus dem Haus, ein volles Tablett in den Händen. »Ich nehme mal an, dass du Hunger hast.«

Gleich neben dem Eingang zu Christians Wohnung stand ein Holztisch, um den sich bequeme Gartenstühle gruppierten. Auf einer hübschen Decke stand eine Vase mit weißen Rosen. Mit wenigen Handgriffen deckte Christian den Tisch. »Es gibt Lachs mit Petersilienkartoffeln und Gemüse und zum Nachtisch Mandelkuchen. Das Glanzstück unserer Köchin Linda.«

Frederik nahm am Tisch Platz und betrachtete seinen Großonkel von Kopf bis Fuß. »Sag mal, wird im Hause Svensson jeden Tag so aufwendig gekocht? Da wundert es mich, dass du immer noch so schlank bist.«

»Das ist alles eine Sache des Maßes«, behauptete Christian und setzte sich jetzt ebenfalls. »Und außerdem ist das Essen heute tatsächlich etwas üppiger ausgefallen«, fuhr er fort. »Frau Svenssons Enkelin ist zu Besuch.«

»Hilla«, nickte Frederik. »Ja, ich bin ihr bereits begegnet. Sie hat sich ganz schön rausgemacht.«

»Rausgemacht? Das dürfte ziemlich untertrieben sein. Hilla kommt ganz nach ihrer Großmutter.« Christian geriet richtig ins Schwärmen. Zweifellos hielt er eine ganze Menge von der Enkelin seiner Arbeitgeberin. »Sie ist intelligent, zielstrebig, fleißig. Sie ist eine dieser Frauen, die Beruf und Familie ohne weiteres einmal unter einen Hut bekommen wird.«

Frederik ließ es sich schmecken, doch jetzt schaute er auf. »Na ja, noch hat sie ja nicht einmal ihr Examen, und dann geht sie ins Ausland.«

»Ins Ausland?« Überrascht ließ Christian die Gabel sinken. »Nein«, sagte er gleich darauf, »davon habe ich nichts gehört. Wie sollte das auch gehen? Sie wird Ende des Jahres heiraten.«

»Ende des Jahres schon?« Frederik wirkte fast ein wenig erschrocken. »Wen heiratet sie denn?«

»Max Falin, den . . .«

»Den Anwalt«, fiel Frederik seinem Großonkel ins Wort. »Ich habe von ihm gehört. Die Kanzlei seines Vaters ist eine der renommiertesten in ganz Schweden. So ist das also, da macht die kleine Hilla also eine gute Partie.« Mit finsterem Blick starrte er vor sich hin. ». . . ganz so wie es sich gehört.«

*

Die Zufahrt zum Haus wurde von uralten Eichen gesäumt, deren Kronen sich über dem Weg berührten. Als Kind hatte Hilla sich immer eingebildet, dass dieser Weg geradewegs in ein Zauberreich führen würde. Auch heute fühlte sie sich immer noch wie verzaubert, wenn sie unter den Bäumen entlang schritt. Am Ende der Zufahrt stand Frederik. Er wandte ihr den Rücken zu und sprach erregt in sein Handy.

»Was?«, hörte Hilla ihn rufen. »Schadensersatz? Das ist doch völlig unmöglich. Die Sicherheitsvorkehrungen auf dem Schiff waren völlig unzureichend ... Klar sehen die das anders ... was soll ich jetzt tun ... ich muss wohl vor Gericht?« Er schwieg, lauschte seinem Gesprächspartner am anderen Ende. »Natürlich ist das die schlechteste Lösung«, sagte er kurz darauf, »aber ... Wie Sie meinen. Gut, machen Sie einen Termin ... Ja, ich weiß, dass es nicht klug war, einfach abzuhauen. Danke.«

»Hej!« Hilla stand jetzt direkt hinter ihm, und er hatte sie immer noch nicht bemerkt. Als sie ihn ansprach, fuhr er erschrocken herum.

»Hilla, was machst du hier? Bist du schon lange da?«

»Nein, wieso?« Hilla schüttelte verwundert den Kopf. Die Vorstellung, dass sie etwas von seinem Telefonat mitbekommen hatte, schien ihm unangenehm zu sein. Dabei konnte sie sich aus dem, was sie gehört hatte, ohnehin keinen Reim machen. »Ich konnte nicht schlafen, da war ich noch am See. Alles in Ordnung bei dir?«

»Ja, danke.« Er wirkte immer noch verunsichert.

»Und warum schaust du mich dann so an?«

»Weil ich ...«, jetzt geriet er erst recht ins Stocken. »Ich versuch mich zu erinnern, ob deine Augen auch damals schon so blau waren.«

»Klar waren sie das«, schmunzelte Hilla. »Oder denkst du, es kommt davon, weil ich ständig in meine Bücher starre.«

Frederik lachte leise. Ihre Blicke versanken ineinander. Ihre Mienen wurden ganz ernst. Spürbar lag da auf einmal eine Spannung zwischen ihnen, die es früher nicht gegeben hatte. Hilla entzog sich dieser ganz besonderen Stimmung. »Schon spät, ich geh schlafen. Gute Nacht, Frederik.«

»Gute Nacht, Hilla.«

Diesmal musste sie sich nicht umdrehen. Sie wusste auch so, dass er ihr nachschaute.

*

Nebel hatte sich am frühen Morgen über dem Boden gebildet. Die aufgehende Sonne warf ihre Strahlen in die Nebelbänke und tauchte die Landschaft in ein unwirkliches Licht.

Das Geräusch eines Automotors war zu hören. Christian eilte nach draußen, gefolgt von Frederik. Die beiden konnten gerade noch sehen, wie Emma Svensson in der silbernen Limousine davonfuhr. Völlig entgeistert starrte Christian dem Wagen nach.

»Ich dachte, sie lässt sich immer von dir chauffieren?«, sagte Frederik.

»Tut sie auch ... Normalerweise.« Christian starrte immer noch die Auffahrt hinunter, obwohl der Wagen schon nicht mehr zu sehen war.

»Wo fährt sie hin?«, wollte Frederik wissen.

Christian zuckte mit den Schultern. »Ich habe wirklich keine Ahnung.«

»Vielleicht zu ihrem Liebhaber?« Frederik grinste. Irgendwie fiel es ihm schwer, sich die distanzierte Emma in den Armen eines Mannes vorzustellen. Erst als er seinen Großonkel anschaute, wurde ihm klar, dass er richtig betroffen wirkte. »Na ja, davon wüsstest du sicher was«, versuchte er den alten Herrn ein wenig aufzurichten. »Ich meine, keiner kennt Emma Svensson so gut wie du. Ihr seid ein eingespieltes Team.«

»Das habe ich auch geglaubt«, kam es dumpf über Christians Lippen. »Bis gerade eben.«

*

Sie hatte Christian im Rückspiegel des Wagens gesehen, doch niemand sollte wissen, wo sie so früh an diesem Morgen hinwollte. Es würde nur zu besorgten Fragen führen, die sie einfach nicht beantworten wollte. Niemand wusste besser als sie selbst, dass mit ihr etwas nicht stimmte. Sie spürte es schließlich jeden Tag, und immer öfter kostete es sie ihre ganze Kraft, sich nichts anmerken zu lassen.

Ihre Ärztin war mit den Untersuchungsergebnissen sehr unzufrieden. »Wie ich es vermutet habe. Die Werte haben sich nicht sonderlich verändert. Das neue Mittel hat nicht angeschlagen.«

»Dann geben Sie mir stärkere Tabletten. Ich fühle mich ja sonst nicht schlecht«, behauptete Emma.

Die Ärztin hatte hinter ihrem Schreibtisch Platz genommen. Eindringlich versuchte sie noch einmal, Emma den Ernst der Lage klarzumachen. »Frau Svensson, Sie wissen, dass es so nicht weitergehen kann. Sie müssen operiert werden. So eine Bypass-Operation ist heutzutage schon Routine.«

»Nein«, erwiderte Emma kategorisch. Stocksteif stand sie mitten im Behandlungszimmer. »Mein Vater ist an einer Herzoperation gestorben und mein Bruder auch. Beide waren gesunde Männer, bis sie ins Krankenhaus kamen.«

Dr. Holm erhob sich und stellte sich neben Emma. »Das weiß ich. Aber beide hatten schwere Herzprobleme, ganz anders als Sie. Außerdem haben sich die Operationsmethoden geändert.«

Emma wandte sich der Ärztin zu und schaute sie streng an. »Ich hab Ihnen gesagt, dass ich das nicht will. Ich werde mich auch so wieder erholen. Geben Sie mir ein besseres Medikament. Ich verspreche Ihnen auch, dass ich mich noch mehr schonen werde. Im Moment ist sogar meine Enkelin wieder zu Hause. Sie wird bald heiraten und in den Verlag einsteigen. Dann kann ich mich zurückziehen und werde bald wieder fit sein wie ein Fohlen im Frühling.«

»Tja, wenn Sie meinen«, gab die Ärztin schließlich nach. Es gab eben solche Patienten, die keinerlei vernünftigen Argumenten zugänglich waren.

*

Langsam schlenderte Hilla durch den Birkenwald. Sie hatte gehofft, Frederik auch heute wieder zu treffen. Tatsächlich arbeitete er an derselben Stelle, an der sie sich gestern wiedergesehen hatten. Den Stamm der Birke hatte er inzwischen soweit zerlegt, dass er die einzelnen Stücke auf einen Anhänger laden konnte.

»Hej«, sagte sie leise.

»Hej, Hilla.« Frederik legte den Ast, den er gerade in den Händen hielt, zu den anderen.

Hilla trat noch einen Schritt näher. »Wenn ich diesen Duft rieche, verstehe ich, wieso jemand nicht im Büro arbeiten will und lieber Gärtner wird. Oder Förster. Beneidenswert.«

»Wieso beneidenswert?« Frederik, der ihr aufmerksam zugehört hatte, lud weitere Äste auf. »Jeder ist für den Weg, den er geht, selbst verantwortlich. Keiner wird gezwungen, sein Leben in irgendwelchen Büros zu verbringen.«

Hilla entfernte sich ein paar Schritte und lehnte sich gegen den Stamm einer Birke »Es sei denn, es wird von einem erwartet. Manche Menschen müssen Verantwortung übernehmen, ob sie wollen oder nicht.«

Frederiks Augen blitzten auf. »Manchen kommt diese Entscheidung aber auch gerade recht. Der Weg ist vorgeschrieben, sie müssen keine eigenen Entscheidungen treffen.« Er schien ihr anzusehen, wie betroffen sie seine Worte machten. »Ich will das gar nicht werten, das Leben ist kompliziert genug. Vielleicht sollte man einfach dankbar sein, wenn einem einige wesentliche Entscheidungen einfach abgenommen werden.«

Hilla lächelte ihn an. »Einige vielleicht, aber alle?«

Frederik hörte ihr aufmerksam zu.

Es war das erste Mal, dass Hilla sich selber eingestand, wie oft Entscheidungen in ihrem Leben von anderen getroffen worden waren. Bisher hatte sie sich immer eingeredet, dass alles so geschah, wie sie selbst es wollte. »Irgendwie war bei mir von Anfang an vorgezeichnet, wie mein Weg aussehen würde. Schule, Studium, Heirat, Verlag, Kinder ...« Hilla lachte, blickte dann aber nachdenklich in den Himmel. »Manchmal hab ich sogar das Gefühl, dass Großmutter schon bei meiner Geburt geplant hat, dass ich Max Falin einmal heiraten soll.«

»Sei froh, dass es Max ist. Deine Großmutter hätte sich ja auch einen aussuchen können, den du nicht liebst.«

Hilla hatte ihn angeschaut, als er zu sprechen begann, doch jetzt drehte sie den Kopf zur Seite. Sekundenlang war es ganz still, bis Frederik vorsichtig fragte: »Du liebst Max doch, oder? Ich meine, du würdest dir nicht wirklich von deiner Großmutter vorschreiben lassen, wen du heiratest.«

»Ich mag ihn, ja«, stellte Hilla ausweichend fest, doch Frederik hakte sofort nach. »Aber ...?«

Hilla entfernte sich ein paar Schritte von Frederik, wandte sich dann um und schaute ihn hilflos an. »Ich weiß es nicht. Was ist, wenn er doch nicht der Richtige ist? Ist nicht schon mein

Zweifel daran, ob er der Richtige ist, ein Indiz dafür, dass er nicht der Richtige sein kann? Würde ich ihn wirklich lieben, würde ich dann daran zweifeln?«

Frederik kam auf sie zu. Ganz nah stand er jetzt vor ihr.

»Ich war schon verwirrt, als ich hierhergekommen bin«, sagte Hilla leise. »Aber es wird nicht besser. Meine Verwirrung wird von Tag zu Tag größer.«

Seine Nähe trug dazu bei, dass sie erst recht nicht mehr klar denken konnte, doch als er sie in die Arme nahm, als sie das Leuchten in seinen Augen wahrnahm und sein Mund sanft ihre Lippen berührte, da wusste sie auf einmal, was sie wollte.

Hilla wehrte sich nicht, als sein Kuss leidenschaftlicher wurde. Er schmeckte süß und aufregend zugleich.

*

Christian hatte sich ins Büro des Hauses zurückgezogen, um die tägliche Korrespondenz zu erledigen. Er sortierte die Briefe aus, die an Emma Svensson persönlich gerichtet waren. Diese Umschläge legte er ungeöffnet zur Seite. Alles, was jedoch die Verwaltung des Hauses betraf, fiel in sein Ressort.

»Störe ich?« Emma Svensson kam ins Büro.

»Nein.« Christian sah auf.

»Ist die Post schon durchgesehen?«, wollte Emma wissen.

»Ich bringe sie gleich raus«, sagte Christian. Als Emma sich daraufhin zum Gehen wandte, fragte er schnell: »Wollen Sie mir nicht sagen, was los ist?«

Emma blieb sekundenlang an der Tür stehen, bevor sie sich langsam umwandte. Christian schaute sie besorgt an. »Sie waren allein mit dem Auto unterwegs. Das sollten Sie nicht tun. Schlechte Autofahrer wie Sie sollte man einfach nicht auf die

Menschheit loslassen.« Niemand außer Christian würde es wagen, so mit Emma Svensson zu reden. Schmunzelnd wartete er auf ihre Antwort.

»Kann es sein, dass Sie sich nur Sorgen um das Auto machen?«, fragte Emma amüsiert.

Christian stand auf, lachte immer noch. »Natürlich ist es das Auto.« Sein Blick wurde ernst. »Sagen Sie mir, was los ist. Vielleicht kann ich Ihnen helfen.«

Emma wirkte mit einem Mal unsagbar traurig. Sie legte eine Hand auf Christians Schulter. »Dieses Mal nicht, mein Lieber. Aber ich ...«

»Frau Svensson, der Tee ist im Wintergarten serviert«, wurde sie durch die Köchin unterbrochen.

Normalerweise hätte Emma die junge Frau gerügt, weil sie ihr einfach so ins Wort gefallen war. Jetzt schien sie über diese Störung geradezu erleichtert. Sie zog ihre Hand zurück. »Danke, Linda.«

»Also gut, Frau Svensson, dann sehe ich gleich mal nach dem Auto«, sagte Christian laut. Wie immer war er darauf bedacht, dass es wegen ihm und Emma zu keinerlei Gerede kam. Diese vertrauliche Geste, ihre Hand auf seiner Schulter, hatte Linda sicher mitbekommen.

»Ich danke Ihnen, Christian. Wir sehen uns später.« Emma Svensson schien es mit einem Mal sehr eilig zu haben, das Büro zu verlassen.

*

Quer über die Wiese gingen sie zurück nach Hause. Immer langsamer wurden ihre Schritte. Es war schön gewesen, sie beide ganz alleine, doch jetzt kehrten sie zurück in ihr normales Leben.

Aber war es wirklich das, was sie wollte? Eine Rückkehr in all das, was sie ohnehin schon die ganze Zeit in Frage stellte?

Hilla wischte alle Bedenken beiseite. Jetzt wollte sie einfach nur den Augenblick genießen, die Unbeschwertheit, die sie in Frederiks Gegenwart immer empfand.

»Danke fürs Nachhausebringen.« Zärtlich blickte sie zu ihm auf. Bis zum Rand des Birkenwaldes hatte er ihre Hand gehalten, doch nun waren sie bereits zu nahe am Haus, um irgendwelche verräterische Berührungen riskieren zu können.

»Kein Problem«, erwiderte Frederik. »Es lag auf meinem Weg.«

»Da hab ich ja Glück gehabt«, lachte Hilla. »Ich meine, ohne dich hätte ich mich sicher verirrt.«

Frederiks Lächeln verschwand von seinem Gesicht. »Da wollen wir nur hoffen, dass du dich nicht auch *mit* mir verirrst.«

Hilla blieb stehen. »Das denke ich nicht.« Angst zeichnete sich mit einem Mal auf ihrem schönen Gesicht ab. »Oder glaubst du, dass ich mich schon verirrt habe?«

Eben war alles noch so klar, so richtig gewesen. Als sie ganz alleine mit ihm gewesen war, in seinen Armen gelegen hatte. Es war, als würde alleine die Nähe der Villa Svensson sie wieder zu dem machen, was von ihr erwartet wurde. Die angepasste Studentin, die in Kürze einen erfolgreichen Anwalt heiraten würde. Dabei wusste sie doch inzwischen mit Sicherheit, dass dies nicht der Weg war, der sie zu ihrem wahren Glück führen würde.

Frederik schien ähnlich zu fühlen wie sie. »Ehrlich gesagt, ich weiß es nicht. Eigentlich bist du doch auf einem ganz geraden Weg.«

»Dann muss ich eben einen kleinen Umweg machen.« Unsicher schaute sie ihn an. »Ist das schlimm?«

»Keine Ahnung.« Frederik schüttelte den Kopf. »Ich bin mir auch nicht sicher, ob es gut ist.«

Sie schaute ihn an, erkannte in seinen Augen die gleiche Sehnsucht nach der Wärme und Zärtlichkeit, die sie eben noch gespürt hatten. Mit einem Mal war sie ganz sicher, dass sie bereit war, diesen Umweg zu gehen und dafür alle Konsequenzen in Kauf zu nehmen. Sie würde es nicht zulassen, dass die Unsicherheit, die sie beide empfanden, das zerstören würde, was gerade erst zwischen ihnen entstand.

Nein, verbesserte sie sich gleich darauf in Gedanken selbst. Es entstand nicht, es war immer schon da gewesen. Es hatte begonnen in jenem Sommer, doch damals waren sie noch halbe Kinder gewesen. Es war sicher kein Zufall, dass das Schicksal sie jetzt wieder zusammengeführt hatte.

»Natürlich ist es gut«, sagte sie leise. Sie ließ jede Vorsicht außer Acht und küsste ihn auf den Mund. Frederik hielt sie umschlungen, erwiderte ihren Kuss. Hilla lächelte ihn an, als sein Mund sich von ihren Lippen löste. »Es ist sogar sehr gut«, versicherte sie leise.

*

Es war Zufall, dass Emma Svensson in genau diesem Augenblick aus dem Fenster des Wintergartens schaute. Es hatte ihr schon in jenem Sommer nicht gefallen, dass Hilla sich so viel mit dem Großneffen ihres Sekretärs abgegeben hatte. Jetzt gefiel es ihr erst recht nicht. Damals waren die beiden noch richtige Kinder gewesen, doch jetzt würde dieses Verhalten früher oder später zu Gerede führen. Möglicherweise erfuhr Max davon ...

Hilla hob den Kopf und küsste Frederik auf den Mund. Ganz fest umschlang er sie. Zweifellos war es nicht der erste Kuss, den die beiden miteinander tauschten.

Emmas Miene versteinerte. Sie würde es nicht zulassen, dass dieser Mann, der es bisher zu nichts gebracht hatte und es mit

Sicherheit auch nie zu etwas bringen würde, das Glück ihrer Enkeltochter zerstörte.

Als sie sah, dass Frederik und Hilla sich trennten und in verschiedenen Richtungen davongingen, machte sie sich sofort auf den Weg. Augenblicklich wollte sie mit Frederik reden und dafür sorgen, dass er sich ab sofort von Hilla fernhielt. Schließlich aber musste Emma das Gespräch doch auf den nächsten Tag verschieben, denn es stellte sich heraus, dass Frederik einen wichtigen Termin in Stockholm hatte.

*

Er hatte bereits vorher geahnt, dass er auf Unverständnis stoßen würde, doch Frederik wollte nichts unversucht lassen. Dabei ging es ihm weniger um sich selbst als um die Sicherheit der Passagiere auf dem Schiff, das nach wie vor unter Kapitän Olssons Leitung stand.

Das Treffen fand am Stockholmer Hafen in den Räumen der Reederei statt. Frederik wusste genau, dass sein Anwalt, Claus Hansen, einen Vergleich anstrebte. Er selbst war aber nicht bereit, in dieser Sache nachzugeben.

»Die Reederei sollte mir dankbar sein«, erklärte er gerade, »dass ich die mangelnden Sicherheitsvorkehrungen aufgedeckt habe. Stellen Sie sich vor, es wäre zu einer Notlage gekommen und Sie hätten das Schiff evakuieren müssen.«

Kapitän Olsson, der ihm an dem eichenen Tisch gegenübersaß, sah ihn hasserfüllt an. Seine Stimme jedoch klang sachlich und beherrscht. »Die Sicherheitsvorkehrungen sind absolut in Ordnung. Sie entsprechen dem Standard und erfüllen alle rechtlichen Bedingungen.«

»Jetzt natürlich«, erwiderte Frederik. »Sie haben ja genug Zeit gehabt, alles in Ordnung zu bringen, bevor wir vor Gericht gehen.«

Magnus Wilhelms, der Besitzer der Reederei, hatte bisher schweigend zugehört. Jetzt mischte er sich ein. »Sie haben das Schiff mutwillig verlassen, Herr Lindberg, trotz eines gültigen Arbeitsvertrages.«

Frederik wollte auffahren, doch sein Anwalt kam ihm zuvor: »Der allerdings nicht vorsieht, dass mein Mandant auf einem Schiff fährt, dass den Sicherheitsbestimmungen nicht entspricht.«

»Das Schiff hatte keine Probleme«, behauptete Kapitän Olsson. Wieder glomm es in seinen Augen auf, als er Frederik vorwarf: »Sie haben Probleme, sich unterzuordnen, Herr Lindberg, deswegen sind Sie vom Schiff gegangen.«

»Das ist absoluter Blödsinn«, fuhr Frederik auf. Jetzt konnte ihn auch sein Anwalt nicht mehr besänftigen. Seine Stimme wurde lauter. »Ich habe genügend Zeugen, die bestätigen können, dass es immer wieder zu Problemen kam unter Kapitän Olsson.«

»Ach ja? Dann nennen Sie sie. Ich jedenfalls habe Zeugen dafür, dass auf dem Schiff alles tipptopp in Ordnung ist.«

Frederik empfand die Situation inzwischen als unerträglich. Er wusste genau, dass weder Kapitän Olsson noch Reeder Wilhelms zugeben würden, dass es Schwierigkeiten auf dem Schiff gegeben hatte. Er stand auf, stützte sich auf dem Tisch ab und beugte sich ein wenig vor. Fest schaute er Kapitän Olsson in die Augen. »Ich habe immer zum Besten der Passagiere und des Schiffes gehandelt. Dafür lasse ich mich nicht behandeln wie ein Verbrecher. Wir sehen uns vor Gericht, meine Herren.« Grußlos verließ er den Raum und wartete dabei nicht einmal auf seinen Anwalt. Er war froh, als er das Gebäude verlassen hatte. Tief atmete er die frische Luft ein, die vom Hafenbecken zu ihm hinüberwehte. Eine Fähre der Wilhelms-Reederei fuhr langsam vorbei, doch Frederik spürte keine Wehmut in sich.

Nach wie vor war er davon überzeugt, das einzig Richtige getan zu haben.

»Würden Sie mir vielleicht sagen, was wir für Zeugen haben?«, rief sein Anwalt ärgerlich hinter ihm her, noch bevor er ihn auf der Straße eingeholt hatte.

»Jeder, der auf dem Schiff gefahren ist, kann bezeugen, was da passiert ist.« Frederik blieb nicht stehen, wollte so schnell wie möglich von hier weg. Sein Anwalt musste sich anstrengen, um mit ihm Schritt zu halten, zumal er gleichzeitig auf ihn einredete.

»Wenn Sie vor Gericht gehen wollen, brauchen wir Namen. Von zuverlässigen Zeugen, die nicht einknicken, weil sie Angst haben, den Job zu verlieren. Es ist ein Wagnis vor Gericht zu gehen«, warnte er Frederik. »Wenn Sie verlieren, kriegen Sie bei keiner anderen Reederei mehr einen Job.«

»Was soll ich tun?«, fragte Frederik mutlos. Er wusste, dass die Sache im Grunde längst entschieden war. Claus Hansen hatte aber noch einen Vorschlag.

»Wenn Sie zugeben würden, dass Sie sich geirrt haben, und sich entschuldigen, könnte ich Wilhelms vielleicht dazu bekommen, dass er die Schadensersatzforderung zurücknimmt.«

Endlich blieb Frederik stehen. »Ich habe mich nicht geirrt.«

Claus Hansen wurde ungeduldig. »Sie haben gegen die keine Chance. Überlegen Sie sich gut, ob Sie Ihr Leben wegen so einer Sache ruinieren wollen.

»So einer Sache?« Frederik schüttelte den Kopf. »Das war nicht nur so eine Sache. Was hätte ich denn tun sollen? Wissen, dass die Passagiere möglicherweise in Gefahr geraten könnten, und dazu schweigen? Tut mir leid, aber damit hätte ich nicht leben können.«

*

Zum ersten Mal, seit sie wieder zu Hause war, hatte Hilla die ganze Nacht durchgeschlafen. Keine quälenden Fragen mehr, die sie nicht zur Ruhe kommen ließen. Max hatte ihr den richtigen Rat gegeben. Es war gut gewesen, nach Hause zu fahren. Auch wenn ihm das Ergebnis letztendlich nicht gefallen würde.

Hilla mochte jetzt nicht an Max denken. Sie freute sich auf den Ausritt, der vor ihr lag. Sie hatte die Stute bereits gesattelt und aus dem Stall geführt. Sie wollte gerade aufsteigen, als sie ihre Großmutter auf sich zukommen sah.

»Guten Morgen, mein Schatz«, rief Emma ihr entgegen. »Wie geht es dir?«

»Danke, sehr gut. Es ist wie immer« Hilla zog den Sattelgurt fest. »Ein paar Tage hier und ich fühle mich gut.«

»Sehr schön.« Emma streichelte über die Nüstern der Stute, erkundigte sich dabei beiläufig: »Und wann willst du zurück nach Stockholm?«

Hilla lachte. »Wieso fragst du? Willst du mich loswerden?«

»Nein.« Emma lachte gekünstelt. »Hier ist dein Zuhause. Ich frage ja nur, es ist schließlich mitten im Semester. Und vermutlich hast du ja auch Sehnsucht nach Max. Er hat schon ein paar Mal angerufen und dich nicht erreicht. Vielleicht rufst du mal zurück.«

Das Lächeln auf Hillas Gesicht erstarb. »Ehrlich gesagt, ich kann im Moment nicht mit ihm reden.«

Erstaunlicherweise wirkte die Großmutter kein bisschen überrascht. »Ihr werdet heiraten«, erinnerte sie Hilla.

»Es wäre ein Fehler. Ich darf das nicht. Ich kann Max nicht heiraten.« Es kam weitaus einfacher über ihre Lippen, als sie gedacht hatte. Natürlich nahm Emma ihre Erklärung nicht unwidersprochen hin. »Schatz, ich hab dir schon gesagt, dass du nervös bist. Das passiert schon mal, dass man vor der Hochzeit Zweifel bekommt. Aber das ändert doch nichts daran, dass du und Max hervorragend zueinanderpasst.«

Hilla schob ihren linken Fuß in den Steigbügel. Mit Schwung hob sie sich in den Sattel. Ernst blickte sie zu ihrer Großmutter hinab. »Das habe ich ja auch gedacht. Es hat alles so gut gepasst.« Sie schüttelte leicht den Kopf. »Aber ich habe mich getäuscht.«

*

Nachdenklich schaute Emma ihrer Enkelin nach, als sie über die Felder davonritt. Nichts war ihr wichtiger, als das Glück dieser jungen Frau, die sie wie ein eigenes Kind aufgezogen hatte. Allerdings nahm Emma dabei für sich in Anspruch, am besten zu wissen, wie Hella glücklich werden konnte. Und dieser unstete Großneffe von Christian war es ganz sicher nicht.

Nachdenklich ging sie zurück zum Haus. Wegen ihrer Herzprobleme hatten sie den morgendlichen Kaffee schon vor einiger Zeit durch Tee ersetzt. Linda servierte ihr eine Tasse im Salon. Als die Köchin das Zimmer verließ, kam Frederik herein. »Hej, Frau Svensson, da bin ich.«

»Danke, dass Sie gekommen sind.« Um eine weniger distanzierte Atmosphäre zu schaffen, hängte sie sich bei ihm ein und führte ihn zu der hellen Polstergarnitur am Fenster. Sie schlug einen freundlichen Plauderton an. »Ich freue mich, dass Sie uns im Garten helfen.« Sie setzte sich und klopfte einladend auf den Platz neben sich.

»Das mache ich gern«, sagte er und setzte sich neben sie.

Emma behielt ihren Plauderton bei, als sie sagte: »Sie wissen es vielleicht nicht, aber Hilla wird Max Falin heiraten. Noch in diesem Sommer.«

Frederik wirkte auf einmal gespannt. »Ich weiß.«

»Was wollen Sie dann von meiner Enkelin?«

»Finden Sie nicht, dass wir über etwas reden, das Sie nichts angeht, Frau Svensson?«

»Das Glück meiner Enkelin geht mich sehr wohl etwas an«, erwiderte Emma heftig. Es gelang ihr allerdings nicht, Frederik damit einzuschüchtern.

»Ich denke, Hilla weiß, was sie tut.«

»Hilla ist im Moment ein verwirrtes Mädchen, das Panik vor der Hochzeit hat. Das sollten Sie nicht ausnutzen.« Emma war jetzt wieder ganz ruhig, versuchte an sein Verständnis zu appellieren. Sie ging sogar noch einen Schritt weiter: »Verstehen Sie mich recht, es geht mir nicht nur um Hilla, es geht mir auch um Sie. Sie beide können nicht miteinander glücklich werden.«

»Woher wissen Sie das?« Frederik beugte sich ein wenig vor. »Vielleicht lieben wir uns ja.«

Geringschätzig zuckte Emma mit den Schultern. »Ach was, Liebe. Liebe hat so viele Gesichter. Bis vor ein paar Tagen war Hilla davon überzeugt, Max zu lieben.«

Frederik sprang auf. »Frau Svensson, das ist wirklich kein Thema, das wir beide besprechen sollten.«

»Frederik...« Auch Emma stand jetzt auf und lächelte ihn sogar an. »Sie wollen Hilla doch nicht unglücklich machen. Sie sind kein Mann für meine Enkelin.«

»Weil ich kein Anwalt bin?«, erwiderte Frederik herausfordernd.

Der freundliche Plauderton verlor sich und ihr Blick wurde kühl. »Was hätten Sie ihr zu bieten? Ein Mann ohne Beruf, ohne festes Einkommen. Ohne Zukunft, ohne Perspektive?«

Ärger glomm in Frederiks Augen auf, dennoch gelang es ihm,

nach außen hin ruhig zu bleiben. »Sie scheinen ja sehr gut über mich Bescheid zu wissen.«

»Was ich weiß genügt mir.«

»Schön«, erwiderte Frederik. Für ihn war damit alles gesagt. Er wandte sich um und ging aus dem Raum.

Emma seufzte ärgerlich auf. Sie schaute ihm nach, hielt ihn aber nicht mehr zurück. Zu einer weiteren Auseinandersetzung wäre sie nicht fähig gewesen. Bereits jetzt spürte sie schon wieder diesen dumpfen Schmerz in ihrer Herzgegend.

*

Emma hatte ärgerlich abgewinkt, als Christian sie bat, sich erst noch ein wenig auszuruhen. Sie wusste selbst, dass sie nicht gut aussah. Ihr Teint war schneeweiß, dunkle Schatten lagen unter ihren Augen. Aber wie die Sache im Augenblick stand, blieb ihr nicht viel Zeit, um alles zu regeln. Ausruhen konnte sie sich später immer noch, wenn sie dafür gesorgt hatte, dass Hilla ihr Glück nicht leichtsinnig wegen eines unsteten Taugenichts verspielte. Sie ließ sich von Christian in den Verlag bringen. Früher hätte sie ihr Vorhaben mit ihm abgesprochen, doch das war diesmal anders. Er war schließlich der Großonkel des Mannes, der das Glück ihrer Enkeltochter gefährdete.

Aus den Augenwinkeln bemerkte sie Christians erstaunten Blick, als sie ihrem Geschäftsführer erklärte, dass Hilla den Verlag in Kürze übernehmen würde.

Auch Kurt Hasselroth war überrascht. »Ach? Sie wollen sich zurückziehen? Ich dachte, Ihre Enkelin will erst ihr Studium beenden?«

»Wir haben unsere Pläne geändert.« Es klang ganz so, als hätte Emma bereits alles mit Hilla abgesprochen. »Sie hat meinen Geschäftssinn, sie braucht kein Examen, um die Firma zu leiten.«

Kurt Hasselroth stellte keine weiteren Fragen. Emma Svensson hatte ihre Entscheidung getroffen. Nach dem Tod ihres Ehemannes hatte Emma von Anfang an im Verlag klargestellt, dass ihre Entscheidungen nicht zur Diskussion standen.

*

Später ließ sie sich von Christian nach Stockholm bringen. Sie hatte um einen kurzfristigen Termin bei Olof Falin gebeten. So vieles gab es noch zu regeln.

Emma hing ihren eigenen Gedanken nach, so fiel es ihr nicht auf, dass auch Christian während der Fahrt ungewöhnlich schweigsam war. Emma selbst schaute durch das Seitenfenster auf die vorbeifliegende Landschaft. Sattgrüne, ausgedehnte Wiesen, gelbe Rapsfelder, abgelöst von sich sanft wiegenden Weizenfeldern. Dazwischen einsame Gehöfte, anheimelnde rot-weiße Holzhäuser. Der weite, klare Himmel...

»Wie schön es bei uns ist.«

»Ja«, stimmte Christian ihr zu, den Blick jedoch fest auf die Straße vor sich gerichtet. »Ich bin jeden Morgen dankbar, dass mich das Schicksal damals hierher verschlagen hat.«

»Können Sie bitte anhalten«, bat Emma, als nach der nächsten Straßenbiegung die Ostsee zu sehen war. Weit draußen lagen die küstennahen Inseln des Schärengartens. Zwei Segelschiffe, kaum mehr als weiße Punkte, schienen weit draußen über die Wasseroberfläche zu schweben.

Christian war um den Wagen herumgekommen, um ihr die Tür zu öffnen. Nun reichte er ihr die Hand, um ihr beim Aussteigen zu helfen.

Tief atmete Emma die würzige Seeluft ein, bevor sie sich an Frederik wandte. »Haben Sie jemals darüber nachgedacht, wie

Ihr Leben verlaufen wäre, wenn Sie damals nicht hierher gekommen wären?« Sie zögerte kurz, bevor sie leise ergänzte: »Wenn Sie mich nicht getroffen hätten?«

»Wozu?«, schüttelte Christian den Kopf. »Es hätte ja nichts geändert. Ich bin hier, und das ist auch gut so.«

»Ich habe mich manchmal gefragt, ob Sie ein Heiliger sind, der immer zuletzt an sich denkt.« Emma lächelte ihn an.

Christian erwiderte ihr Lächeln. »Ich wollte in Ihrer Nähe sein. Das ist alles, was ich mir gewünscht habe.«

Emma runzelte die Stirn, blickte über die Weite der Ostsee. »Und ich habe mir manchmal gewünscht, ich hätte die Kraft, die Situation zu ändern.« Sie schüttelte den Kopf. »Aber es gab immer Dinge, die wichtiger waren als mein persönliches Glück.« Wieder schaute sie Frederik an, als sie leise hinzufügte: »Und Ihres.«

Sekundenlang verfingen sich ihre Blicke ineinander. Es war nicht das erste Mal, dass sie ein Gespräch dieser Art führten. Soviel Nähe war zwischen ihnen und gleichzeitig auch eine Distanz, die sie beide nicht überwinden konnten.

Emma wandte sich um und ging zurück zum Wagen. »Und jetzt fahren Sie mich bitte nach Stockholm«, sagte sie im Weitergehen. »Ich habe etwas Dringendes zu erledigen.«

*

Olof empfing Emma in seinem Büro. »Hej, Olof«, entschuldigte sie sich. »Tut mir leid, dass ich so kurzfristig reinplatze. Aber ich muss etwas mit dir besprechen.«

Olof winkte ab. »Es ist schön, Emma, dich zu sehen. Wie geht es dir?«

»Gut«, behauptete Emma, obwohl es ihr anzusehen war, dass es nicht stimmte.

Olof betrachtete sie eine Weile prüfend. »Komm, setz dich. Was hast du auf dem Herzen?«

Olof Falin schob ihr einen der Besucherstühle vor seinem Schreibtisch zurecht, und Emma nahm Platz. »Es geht um Hilla. Ich möchte, dass sie den Verlag schon nächsten Monat übernimmt. Du hast die Papiere doch vorbereitet.«

Olof Falin war genauso überrascht wie eben noch Christian und Kurt Hasselroth. »Ja, natürlich«, erwiderte er. »Wir müssen nur noch ein paar Daten einfügen, und dann müsst ihr noch unterschreiben.« Er machte eine kurze Pause, bevor er wissen wollte: »Aber wieso auf einmal diese Eile?«

Emma lehnte sich scheinbar entspannt zurück und lächelte. »Ich hab mir gedachte, ich will auch noch etwas vom Leben haben. Sollen doch die Jungen mal die Verantwortung übernehmen. Und ich kann dann endlich all das tun, was ich schon immer tun wollte.«

So ganz schien Olof ihr das nicht abzunehmen. Er kannte sie wahrscheinlich schon viel zu lange und wusste genau, was ihr der Verlag bedeutete. Ihm war sicher klar, dass etwas vorgefallen sein musste, was ihre Entscheidung beeinflusste und sie zur Eile antrieb. »Was sagt denn Hilla dazu?«, wollte er wissen.

»Du kennst doch Hilla. Sie weiß, dass sie Verantwortung übernehmen muss, also wird sie es auch tun.«

»Frag sie selbst«, schlug Emma dann vor. »Ich gebe am Wochenende ein kleines Fest, dazu seid ihr herzlich eingeladen, Max und du.«

»Wir kommen gerne«, sagte Olof Falin immer noch überrascht. Er stellte jedoch keine weiteren Fragen, sondern sagte lediglich: »Und dann bringen wir auch den Vertrag in seiner neuesten Ausfertigung mit.«

»Wunderbar, genau so habe ich mir das vorgestellt.« Emma wollte sich zu einem Lächeln zwingen, doch es gelang ihr nicht.

Plötzlich hatte sie das Gefühl, dass ihr mit einem Mal sogar das Atmen schwerfiel.

*

Die Hochstimmung, in der sie sich seit gestern befand, hielt immer noch an. Sie hatte Sehnsucht nach Frederik, und als sie um die Ecke bog, kam er gerade aus dem Nebengebäude, in dem sich die Wohnung seines Onkels befand. Eine Reisetasche hing über seiner Schulter.

»Hej!« Sie blickte fragend auf die Reisetasche. »Willst du abhauen?«

»Tut mir leid, ich muss weg«, erwiderte Frederik kurz angebunden. Er wirkte abweisend und hatte es eilig. Hilla folgte ihm.

»Weg? Wohin denn?«

»Ich muss da ein paar Dinge klären.« Auf einmal hatte sie Angst ihn nicht mehr wiederzusehen, so wie damals nach diesem wunderschönen Sommer. »Aber du kommst doch zurück?«

Frederik antwortete nicht, ging einfach weiter. Hilla griff nach seinem Arm, zwang ihn, endlich stehen zu bleiben und sie anzusehen. »Frederik, du kommst doch zurück?«

»Ich weiß nicht. Ich weiß nicht, was ich hier noch soll.«

»Was du hier sollst, kann ich dir sagen. *Ich* bin hier«, entgegnete sie eindringlich.

»Ja, du bist hier.« Frederiks Stimme klang ungeduldig und unglücklich zugleich. »Und was ist mit Max Falin? Ihr beide werdet heiraten.« Er wandte sich ab und ging weiter.

»Ich werde Max nicht heiraten«, rief Hilla ihm nach. »Ich kann das gar nicht.« Wieder lief sie ihm nach, hielt ihn am Arm fest und stellte sich ihm gleichzeitig in den Weg.

»Weiß er das? Und vor allem, weiß das deine Großmutter? Ich glaube, sie geht davon aus, dass die Hochzeit stattfindet.«

»Woher weißt du das?«, fragte Hilla misstrauisch. Frederik war mit einem Mal so verändert, es musste etwas vorgefallen sein.

»Ist doch egal«, wich Frederik ihr aus. »Jedenfalls solltest du die Dinge klären, bevor ...«

»Die Dinge, wie du das nennst, sind klar. Es geht nicht darum, was meine Großmutter denkt. Es geht darum, dass ich weiß, was ich will.« Nie zuvor war Hilla sich so sicher gewesen wie in diesem Moment.

Der abweisende Ausdruck auf seinem Gesicht verschwand. Er lächelte unsicher. »Und? Was willst du?«

Es waren keine Worte nötig, um ihn zu überzeugen. Hilla trat einfach auf ihn zu, schmiegte sich an ihn. Sie lächelte ihn an, bevor sie ihn zärtlich küsste.

Frederik ließ seine Reisetasche einfach fallen, zog sie in seine Arme. Ganz fest hielt er sie umschlungen, als er ihren Kuss erwiderte. Sanft und zärtlich, mit zunehmender Leidenschaft ...

*

Der Stand mit den Fischbrötchen befand sich unweit der Skeppsholmsbron. Tische und Stühle waren vor dem Stand aufgestellt.

Emma Svensson hatte an einem Tisch Platz genommen, der ein wenig abseits der anderen Tische stand. Sie genoss den Ausblick über den Strömkajen hinweg bis zum Palast. Sie lächelte, zufrieden mit sich selbst und dem, was sie an diesem Tag in die Wege geleitet hatte. Als Christian mit dem Teller zurückkam, auf dem sich eines der köstlichen Fischbrötchen befand, bedankte sie sich und forderte ihn auf, sich auf einen der freien

Stühle am Tisch zu setzen. Für sich selbst hatte er nur ein Glas Wasser mitgebracht.

Hungrig biss Emma in das Fischbrötchen. Ihr war anzusehen, wie gut es ihr schmeckte.

»Damit haben Sie damals mein Herz erobert.«

»Was? Mit einem Fischbrötchen?« Amüsiert lachte er sie an.

»Sie waren der erste Mann, der mit gezeigt hat, dass es im Leben nicht nur Bankette gibt und steife Feste, so wie das bei uns zu Hause war.« Emma lachte. Ein wenig verschämt, weil sie sich selbst in der Erinnerung an jene Zeit immer noch ein wenig verrucht vorkam – und es gleichzeitig genoss. »Wir waren auf dem Rummelplatz und haben Bier getrunken.«

Christian sah sie aufmerksam an. »Ich wusste nicht, dass es das einfache Leben war, das Sie an mir so fasziniert hat.«

»Nicht das einfache Leben.« Emma schüttelte den Kopf. »Das Leben überhaupt. Lustige, fröhliche Menschen, die nicht ständig daran denken müssen, was sich schickt oder was die Familie sagen könnte.« Emma wurde mit einem Mal sehr nachdenklich. »Diese Ausflüge mit Ihnen, die waren wie kleine Fluchten. Ich glaube, Sie haben mir damals das Leben gerettet.«

»Das glaube ich kaum. Sie sind so stark gewesen, sind es immer noch. Sie wären auch ohne mich zurechtgekommen.« Alles, was er für sie empfand, lag in seiner Stimme und in seinem Blick. Es war nicht nur Bewunderung, es war so viel mehr.

»Es war nicht nur Ihr Leben. Sie waren es! Der Mann, in den ich mich auf den ersten Blick verliebt habe.«

Er hatte immer gewusst, dass sie so für ihn empfand. Ebenso wie Emma wusste, dass er ihre Gefühle erwiderte. Dass auch er sie liebte, seit dem ersten Moment ihrer Begegnung. Sie hatten beide gelernt, mit dieser unerfüllten Liebe zu leben.

*

Die Vorhänge bewegten sich in dem leisen Windhauch, der durch das geöffnete Fenster hereinstrich. Ein kleiner, glücklicher Seufzer entfuhr ihr, als seine Hand ihre nackte Haut streichelte. Sie hatten dieser wilden, wunderbaren Lust nachgegeben, und Hilla bereute es keine Sekunde. Am liebsten wäre sie für immer so in seinen Armen liegen geblieben. Eng umschlungen, seine nackte Haut auf der ihren spüren. Wäre da nur nicht diese Angst, entdeckt zu werden. Ihr Blick flog zur Tür. »Und du bist wirklich sicher, dass Christian nicht zufällig hereinplatzt?«

Er streichelte durch ihr Haar. »Du bist so ein Angsthase. Aber mach dir keine Sorgen, er ist mit deiner Großmutter weggefahren. Er hat angerufen und gesagt, dass es spät wird.«

Beruhigt schmiegte sich Hilla wieder an ihn. »Ich fühle mich so wunderbar aufgehoben bei Dir. Obwohl ich noch gar nichts von Dir weiß.«

»Ist es denn so wichtig, dass Du alles über mich weißt?«

»Klar.« Hilla rückte ein wenig von ihm ab, stützte den Kopf auf ihre Hand und betrachtete ihn schelmisch. »Vielleicht hast du irgendwo eine Frau und zwölf Kinder.«

Frederik lachte lauf auf. »Nein«, wurde er gleich darauf wieder ernst, »aber ich würde es verstehen, wenn du dir Gedanken über uns machst. Schließlich hab ich hier nur einen Aushilfsjob. Und du wirst bald die Chefin hier sein.«

»So bald nun auch wieder nicht. Und außerdem ...« Hilla ließ sich zurück ins Kissen fallen. »... vielleicht habe ich ja einen Hang zum Personal.«

Frederik setzte sich abrupt auf. Dabei bereute sie diese Bemerkung bereits, kaum dass sie sie ausgesprochen hatte. Es war geschmacklos gewesen, traf ganz sicher nicht das, was zwischen ihr und Frederik war.

Hilla setzte sich ebenfalls auf, umschlang ihn mit beiden

Armen und schmiegte ihr Gesicht an seinen nackten Rücken. »Es tut mir leid.«

Frederik wirkte jetzt wieder so ernst und abweisend wie vorhin, als er die Villa mit der gepackten Reisetasche hatte verlassen wollen. »Vielleicht ist es ja die Wahrheit.«

»So ein Blödsinn! Ich liebe dich.« Erleichtert spürte Hilla, wie er sich in ihren Armen ein wenig entspannte. Sie hauchte einen Kuss auf seine Schulter. »Egal, was du für einen Job hast«, versicherte sie ihm. »Egal, woher du kommst. Egal ...«

Frederik hatte die Augen geschlossen. »Und was wäre, wenn es *mir* nicht egal wäre?«

»Dann müssten wir etwas daran ändern«, erwiderte Hilla. Sie zog ihn zurück auf das Bett, küsste ihn, um erneut in leidenschaftlicher Umarmung mit ihm zu verschmelzen.

*

Es fiel ihr schwer, sich von Frederik zu lösen, aber langsam wurde es Zeit. Keine Minute zu früh, stellte Hilla fest, als sie sich kurz darauf auf den Weg zum Hauptgebäude machte. Die Limousine war gerade vorgefahren, und Christian öffnete die rückwärtige Tür.

Hilla kam langsam näher und hörte, wie Emma sich bei ihrem Sekretär bedankte. »Danke, Christian. Für alles ...«

Hilla war selbst viel zu sehr gefangen von ihren Gefühlen, als dass ihr dieser ganz besondere Blick aufgefallen wäre, den ihre Großmutter und Christian für einander hatten. Außerdem war Hilla fest entschlossen, noch heute mit ihrer Großmutter zu reden.

Natürlich wusste Hilla, wie schwer es Emma fallen würde zu akzeptieren, dass sich ihre Enkelin in den Großneffen eines Sekretärs verliebt hatte. Aber wenn ihr klar werden würde, dass

Frederik der Mann war, der ihre Enkelin glücklich machen konnte ...

»Hast du einen schönen Tag gehabt?«, fragte sie, als sie bei ihrer Großmutter ankam.

»Sehr schön«, erwiderte Emma voller Inbrunst.

»Ich muss mit dir reden«, sagte Hilla leise.

»Das trifft sich gut, ich muss auch mit dir reden.« Voller Begeisterung über ihre eigene Idee lachte Emma ihr zu, während sie langsam neben Hilla auf das Haus zuging. »Ich gebe am Samstag ein Fest. Ich habe mal wieder Lust auf ein richtig fröhliches Sommerfest.«

Hilla war überrascht. Sie konnte sich an die fröhlichen Mitsommerfeste in ihrer Kindheit noch gut erinnern, doch irgendwann hatte die Großmutter aufgehört, solche Feste zu veranstalten. »Was ist der Anlass?«, wollte sie wissen.

»Es gibt keinen ... Oder doch?« Emma war regelrecht euphorisch. »Der Anlass ist der, dass das Leben einfach schön ist. Langt das? Früher gab es hier jeden Sommer eine Reihe solcher Feste. Ich vermisse das, aber jetzt werde ich wieder damit anfangen. Hast du Zeit, mir bei der Planung zu helfen?«

»Gerne«, nickte Hilla, doch ihre Gedanken bewegten sich in eine andere Richtung. Emma war so voller Freude auf das Fest, da war es kaum der richtige Zeitpunkt, sie mit ihrer Beziehung zu Frederik zu konfrontieren. Das hatte Zeit bis nach dem Fest. Was machten schon ein paar Tage aus, wenn Frederik und sie anschließend ihr ganzes Leben miteinander verbringen konnten.

»Und was wolltest du mir sagen?«, durchdrang Emmas Stimme ihre Gedanken.

»Ach, nichts Wichtiges«, behauptete Hilla und legte einen Arm um die Schultern der Großmutter. »Ich habe es vergessen.«

*

Alle waren mit den Vorbereitungen für das Sommerfest beschäftigt. Der Mittsommerbaum war bereits aufgestellt und wurde mit bunten Bändern geschmückt. Lange, mit schneeweißen Tischtüchern bedeckte Tische standen auf der Wiese und würden später mit allem bestückt werden, was die Küche hergab. Hilla war eben noch in der Küche gewesen, wo Linda ihre berühmten Fächerkartoffeln zubereitete, während der Blechkuchen bereits im Backofen stand und seinen Duft durch das ganze Haus verströmte. Natürlich würde es auch die obligaten Heringe mit neuen Kartoffeln geben.

Jetzt war Hilla im Garten und reichte Gustav, der auf einer Leiter stand, eine der Girlanden, die sie zusammen mit den Angestellten geflochten hatte. Als Frederik auf einem Trecker vorfuhr, den Anhänger voller übereinander gestapelter Stühle, lief sie ihm entgegen. »Hej, mein Liebster.« Es war ihr völlig egal, dass die Angestellten sie hörten. Sie nahm einige der Stühle vom Anhänger.

Frederik war vom Trecker gesprungen und kam besorgt zu ihr. »Pass auf. Sonst hebst Du dir einen Bruch.«

»Ach was ... Es ist so ein herrlicher Tag. Wie geschaffen für ein Fest. Wir werden tanzen, bis uns die Füße abfallen.« Hilla trug die Stühle zu einem der Tische. Frederik folgte ihr bereits mit einem weiteren Schwung Stühle.

»Tanzen?« Er schaute sie von der Seite her an. »Du sprichst doch wohl nicht von mir.«

»Nur von dir«, lachte Hilla. »Oder was denkst du, mit wem ich tanzen will?«

»Du hast es deiner Großmutter also gesagt?«, wollte er sofort wissen.

»Noch nicht. Sie ist so nervös wegen dem Fest. Ich sage es ihr aber gleich morgen. Das ist ein besserer Zeitpunkt.« Hilla fing den Blick auf, den Frederik ihr zuwarf. »Jetzt guck doch nicht so sauer. Es ist doch egal, was Emma denkt.«

Frederik war da offensichtlich anderer Meinung. »Die Frau ist für dich wie eine Mutter, du hast niemanden, der dir seit dem Unfall deiner Eltern näher steht. Jetzt versuche bitte nicht, dir vorzumachen, dass es dir egal ist, wie es ihr geht.«

Natürlich war es ihr nicht egal. Aber sie konnte wegen Emma nicht auf ihr Glück verzichten. »Es geht ihr gut.«, behauptete Hilla, und davon war sie auch überzeugt. Seit ihre Großmutter dieses Mitsommerfest plante, war sie so voller Energie, dass sie alle, einschließlich ihrer Enkeltochter, mitriss. Hilla wollte ihr diese Freude nicht verderben, auch wenn sie davon überzeugt war, dass Großmutter sie letztendlich verstehen würde.

»Wenn ich ihr sage, dass ich mit Max nur unglücklich werde, weil ich dich liebe, dann wird sie das verstehen.«

Frederik sagte nichts dazu, doch seine Miene drückte deutlich seine Zweifel aus.

»Okay!« Hilla kam auf ihn zu und griff nach seiner Hand. »Komm, dann sagen wir es ihr gleich.«

»Nein«, hielt Frederik sie auf. Ihm schien es zu reichen, dass sie es wirklich ernst meinte. Er umfasste ihre Schultern. »Morgen ist früh genug, ich muss weitermachen. Ich wünsche dir einen schönen Tag«, sagte er zärtlich.

Hilla schmiegte sich an ihn. »Den hab ich nur mit dir. Bitte, du musst kommen.«

»Es tut mir leid, doch ich pflege nicht auf Feste zu gehen, auf die ich nicht eingeladen bin.« Es war einfach eine Feststellung, ohne jede Bitterkeit.

»Okay«, gab Hilla endlich nach, »aber das ist das allerletzte Mal. Ab morgen bist du offiziell mein Freund und wirst immer an meiner Seite sein. Ja?«

Frederik lächelte, und dann umfasste er ihr Gesicht mit beiden Händen. Zärtlich streichelte sie seine Brust und erwiderte seinen Kuss. Dabei bemerkten sie beide nicht, dass sie aus dem Fenster der Villa beobachtet wurden ...

*

Mit versteinerter Miene blickte Emma aus dem Fenster. Es fiel ihr schwer, sich nichts anmerken zu lassen, als Christian den Raum betrat. In den Händen hielt er zwei Schmuckschatullen.

»Ich habe Ihnen den Schmuck aus dem Safe geholt.«

»Ja, danke«, erwiderte Emma und wandte sich vom Fenster ab. Da draußen gab es ohnehin nichts mehr zu sehen. Hilla reichte Gustav wieder die Girlanden an, während Frederik die Stühle zurechtstellte.

Christian hatte die größere der beiden Schatullen bereits geöffnet. »Was wollen Sie heute Abend tragen?«

»Haben Sie die Korallenohrringe nicht dabei?«, antwortete Emma mit einer Gegenfrage.

»Die Korallenohrringe? Sind die nicht zu schlicht?«

Emma lächelte ihn vielsagend an. »Mein liebster Schmuck.«

Er freute sich offensichtlich darüber. »Ja, dann hole ich sie sofort.« Er wandte sich zum Gehen, doch bevor er noch den Raum verließ, fragte Emma: »Wie geht es eigentlich Frederik?«

»Frederik? Gut, denke ich. Wieso?«

Emma schaute angestrengt aus dem Fenster, doch jetzt waren weder Hilla noch Frederik zu sehen. Sie war beunruhigt und verärgert zugleich. »Ich dachte, er wollte nur ein paar Tage bleiben?«

»Ja, das dachte ich auch, aber vielleicht hat er keine andere Arbeit gefunden.« Wie üblich spürte Christian sofort, dass etwas nicht stimmte. »Wenn Sie etwas dagegen haben, dass er hier arbeitet, dann ...«

»Nein, nein«, fiel Emma ihm hastig ins Wort. »Ich dachte nur, es ist eine Schande, dass er keinen richtigen Beruf hat.«

Christian wirkte bedrückt. »Ich habe mir sehr gewünscht, dass er etwas findet, was ihm gefällt. Einen Beruf, der ihn interessiert und fasziniert, aber inzwischen habe ich die Hoffnung aufgegeben. Ich muss ihn wohl so akzeptieren, wie er ist.«

Emma hatte plötzlich das Gefühl, Christian trösten zu müssen. »Er ist bestimmt kein schlechter Mensch, nur eben anders als wir.«

*

Alles war genau so, wie Emma es sich vorgestellt hatte. Allerdings, so dachte Hilla amüsiert, hätte wahrscheinlich nicht einmal Petrus es gewagt, ihrer Großmutter einen Strich durch die Rechnung zu machen.

Die meisten Gäste waren bereits da. Die Musiker in ihren alten Trachten standen auf der provisorischen Bühne und fiedelten die alten, schwedischen Lieder, die oft an Kinderlieder erinnerten. Selbst die junge Leute, die sonst dem modernen Leben hinterherjagten, tanzten in der Mitsommernacht ausgelassen zu diesen Weisen.

Hilla tobte mit den Kindern herum, als wäre sie selbst noch ein Kind. Sie hatte großen Spaß, auch wenn sie Frederik vermisste. Als sie ihre Großmutter im Getümmel traf, umarmte sie sie herzlich. »Ich bin sicher, es wird ein ganz tolles Fest.«

Emma legte einen Arm um ihre Schultern, als sie langsam weitergingen. »Und ich hoffe, es wird der Anfang einer langen Reihe von eleganten, fröhlichen Festen.«

Fragend blickte Hilla ihre Großmutter an. »Du hast mir doch einmal erzählt, dass du Großvater auf einem Mittsommernachtsfest kennen gelernt hast. Willst du die Tradition deswegen wieder aufleben lassen? In Erinnerung an deine große Liebe?«

Eine direkte Antwort blieb Emma ihrer Enkelin schuldig.

»Ich habe ja gar nicht gewusst, dass du so eine Romantikerin bist.«

Hilla lachte, bis sie eine bekannte Stimme vernahm. »Hallo, Emma.« Erstarrt blickte sie auf Olof Falin, der zusammen mit Max erschien. Nachdem sie ihrer Großmutter gesagt hatte, dass sie Max nicht heiraten könne, hatte Hilla nicht damit gerechnet, dass die beiden auch eingeladen worden waren. Sie blieb stehen, während Emma den beiden entgegenging.

»Herzlich willkommen. Schön, dass ihr es einrichten konntet.« Sie begrüßte die beiden Männer, bevor sie sich Hilla zuwandte. »Na, ist das eine Überraschung?«

Hilla lächelte gequält, brachte aber kein Wort über die Lippen.

»Hej, Hilla . . .« Max kam auf sie zu, küsste sie zärtlich auf den Mund. Es fiel ihr schwer, ihn nicht zurückzustoßen. Sie hätte längst mit ihm reden müssen, doch jetzt war weder der richtige Ort, noch der richtige Zeitpunkt.

Bewundernd betrachtete er sie in ihrem schönen Sommerkleid. »Du siehst toll aus. Geht es dir gut?«

»Ja«, nickte sie hastig.

»Hallo, Olof«, begrüßte sie nun auch Max' Vater.

»Ich wusste gar nicht, dass ihr kommt.«

»So ist das eben mit Überraschungen«, lachte Emma, bevor sie sich Olof zuwandte. »Hast du den Vertrag dabei?«

»Natürlich. Am besten, ich gebe ihn später Christian.«

Emma nickte zustimmend. Ebenso wie Olof blickte sie wohlgefällig auf das junge Paar. Max griff nach Hillas Arm. »Komm, wir holen uns etwas zu trinken.«

»Sofort, Max.« Hilla schüttelte seinen Arm ab und lief auf ihre Großmutter zu. Sie zog sie ein Stück beiseite, sagte eindringlich: »Ich muss mit dir reden.«

»Morgen, Kind«, wiegelte Emma ab, »heute muss ich mich um die Gäste kümmern.«

»Bitte, Emma, es ist wichtig.«

Emma wollte den flehenden Unterton in Hillas Stimme offensichtlich überhören. »Ja, ja«, schmunzelte sie und zeigte auf Max, der jetzt näher kam. »Er ist wichtig.« Ganz schnell ging sie weiter zu Christian, der im Hintergrund darauf achtete, dass alles wie geplant verlief.

»Sind alle da?«, hörte Hilla ihre Großmutter fragen. Voller Unbehagen spürte sie dabei Max' Hände auf ihren nackten Armen. Sie bekam kaum mit, dass Christian die Musiker durch ein Handzeichen aufforderte, die Musik zu unterbrechen. Und dann setzte Emma zu einer Rede an.

»Liebe Gäste, meine lieben Freunde. Zunächst einmal danke ich euch allen dafür, dass ihr gekommen seid. Ich weiß, es war eine sehr kurzfristige Einladung, aber ich habe die Erfahrung gemacht, dass spontane Ideen oft auch gute Ideen sind. Ob das allerdings im Fall dieses Sommerfestes zutreffen wird, werden wir erst morgen wissen, wenn wir hoffentlich mit guter Laune und einer schönen Erinnerung aufwachen. Bevor ich euch nun allen ein paar wunderbare Stunden wünsche, möchte ich euch doch noch mitteilen, aus welchem Anlass wir dieses Fest heute begehen.

Der Anlass ist mein Entschluss, mich endgültig aus dem Geschäft zurückzuziehen ...« An dieser Stelle machte Emma eine kurze, wirkungsvolle Pause, bevor sie die Rede mit den Worten beendete: »... und die Firma Svensson meiner Enkelin Hilla zu übergeben.«

Alle applaudierten begeistert, auch Max, der immer noch hinter Hilla stand. Hilla hingegen spürte kaltes Entsetzen in sich aufsteigen. Sie konnte es nicht fassen. Emma setzte sich tatsächlich über alles hinweg, traf einfach Entscheidungen über die Köpfe der anderen hinweg.

Emma wartete den Applaus ab, bevor sie fortfuhr: »Ich weiß, dass das für manche eine Überraschung ist. Am meisten für meine liebe Hilla selbst.« Es war das erste Mal, dass Emma ihre Enkelin während der Rede anschaute. »Aber ich kenne dich, Kind. Ich kenne deine Fähigkeiten, und ich weiß, dass du in der Lage sein wirst, unseren Verlag, der seit mehr als hundertfünfzig Jahren existiert, in eine gute Zukunft zu führen.« Jetzt war es Emma, die den Applaus in Hillas Richtung anstimmte. Alle anderen fielen ein.

Auch Max klatschte, strahlte sie dabei begeistert an. »Das ist ja eine Überraschung. Herzlichen Glückwunsch. Deine Großmutter ist eine wunderbare Frau.«

»Entschuldige mich«, erwiderte Hilla, »ich muss kurz mit ihr reden. Emma...!« Sie eilte auf ihre Großmutter zu, fasste erregt nach ihrem Arm. »Das kannst du nicht machen. Ich bin noch nicht so weit.«

»Keine Angst, Kind.« Emma wirkte unglaublich zufrieden, legte beruhigend den Arm um Hilla. »Ich weiß, dass man in so einer Situation Panik bekommt. Aber ich habe eine Idee, die dir die ganze Sache erleichtern wird. Ich schlage vor, dass ihr eure Hochzeit vorzieht, du und Max. Am besten heiratet ihr noch im Juli, dann kannst du deine neue Aufgabe als verheiratete Frau antreten. Mit der Unterstützung von Max wird dir alles gelingen. Was hältst du von dieser Idee, Max?«

»Ich bin begeistert. Je schneller wir heiraten, desto besser. Von mir aus gleich morgen. Vorausgesetzt«, neckte er Hilla, »du findest das richtige Kleid.«

Panik erfüllte Hilla. »Moment mal«, rief sie aus, »das geht hier alles in die falsche Richtung.« Mochte es der falsche Ort und vor allem der falsche Zeitpunkt sein, hier und jetzt würde sie klären, was sie schon lange hätte sagen müssen. Sie öffnete den Mund, schrie jedoch gleich darauf entsetzt auf: »Emma...«

Ihre Großmutter hatte sich ans Herz gefasst und brach lautlos zusammen. Max konnte sie gerade noch auffangen und ließ sie behutsam zu Boden gleiten, wo sie regungslos und mit geschlossenen Augen liegen blieb.

Hilla beugte sich über ihre Großmutter. »Christian, einen Arzt ... Schnell!«

*

Der Krankenwagen traf bereits wenige Minuten nach dem Notruf ein. Hilla war völlig aufgelöst. Christian und Max begleiteten sie ins Krankenhaus. Unendlich langsam schien die Zeit zu verrinnen. Emma wurde immer noch untersucht.

Während Max auf einem der Stühle im Wartebereich Platz genommen hatte, war es Christian offensichtlich unmöglich, sich hinzusetzen. Unruhig wanderte er auf und ab.

Hilla stellte sich ihm in den Weg. »Ich habe nicht gewusst, dass sie Probleme mit dem Herzen hat.«

»Ich habe es auch nicht gewusst.« In seinen Augen erkannte Hilla die Angst, die sie selbst empfand.

»Ich dachte, Sie wären ihr engster Vertrauter.« Hilla wollte noch etwas hinzufügen, doch endlich kam die Ärztin. Auch Max erhob sich jetzt.

Die Ärztin nickt Hilla beruhigend zu. »Es war wieder ein Herzanfall. Sie haben sie stabilisiert, und es geht ihr schon wieder besser.«

Hilla sah von der Ärztin zu Christian und wieder zurück. »Wir haben nicht gewusst, dass sie Probleme mit dem Herzen hat.«

»Die hat sie schon eine Weile«, erfuhr Hilla. Entsetzt hörte sie der Ärztin weiter zu.

»Ich sage ihr seit über einem Jahr, dass sie sich operieren lassen muss. Ein Bypass ist heute nichts mehr, wovor man sich fürchten muss, aber Sie will davon nichts wissen.«

Hilla war fassungslos. »Aber wieso denn nicht?«

»Sie hat wohl kein großes Vertrauen in die Ärzte.« Die Ärztin lächelte knapp. »Und sie glaubt wohl, es wird wieder besser, wenn Sie sich erst einmal ganz aus dem Geschäft zurückgezogen hat.« Dr. Lund ließ keinen Zweifel daran, dass sie die Ansicht ihrer Patientin keineswegs teilte und Emmas Zustand sich ohne diese lebensnotwendige Operation zunehmend verschlechtern würde.

*

Bevor Hilla zu ihrer Großmutter durfte, ermahnte die Ärztin sie eindringlich, dass Emma sich auf keinen Fall aufregen dürfe.

Hilla hatte Angst davor, das Krankenzimmer zu betreten. Vorsichtig öffnete sie die Tür. Tränen schossen ihr in die Augen, als sie ihre Großmutter so hilflos im Krankenhausbett liegen sah, angeschlossen an Infusionen und Monitore.

Emma war wach, blickte ihr wortlos entgegen. Noch nie zuvor hatte Hilla ihre sonst so dynamische Großmutter derart schwach und hilflos erlebt. »Was machst du nur für Sachen«, flüsterte sie. Langsam trat sie näher. »Du fürchtest dich vor der Operation, und deswegen soll ich den Verlag übernehmen.«

»Die Wahrheit ist, dass ich schon lange keine Lust mehr habe, mich um den Verlag zu kümmern.« Auch ihre Stimme klang jetzt schwach und brüchig.

»Das stimmt doch überhaupt nicht«, stieß Hilla hervor. »Du liebst den Verlag. Was ist los mit dir? Du bist doch sonst immer so realistisch und vernünftig.«

Emma blickte sie beinahe trotzig an. Ein wenig klang sie wieder wie die alte Emma, als sie klarstellte: »Ich werde mich auch so wieder erholen – ohne Operation.«

»Das wirst du nicht, sagt deine Ärztin«, widersprach Hilla.

Vorsichtig setzte sie sich auf die Bettkante und schaute ihrer Großmutter flehend ins Gesicht.

»Und wenn ich während der Operation sterbe?«, sagte Emma. »Dann hätte ich noch nicht einmal deine Hochzeit erlebt.«

»Meine Hochzeit ...«, echote Hilla tonlos.

»Lass uns einen Deal machen«, bat Emma. »Du und Max, ihr heiratet so schnell wie möglich, und am Tag nach der Hochzeit lasse ich mich operieren.«

»Das geht nicht«, schüttelte Hilla den Kopf. Sie konnte Max doch nicht heiraten, wenn es Frederik war, den sie liebte.

»Ach, wenn man es will, geht alles«, Emma ließ keinen Widerspruch zu. »Olof Falin wird seine Beziehungen spielen lassen, und dann könnt ihr schon in ein paar Tagen heiraten. Ich weiß, dass du dir deine Hochzeit anders vorgestellt hast. Sobald ich mich erholt habe, gebe ich ein rauschendes Fest.«

»Es geht mir doch nicht um das Fest«, stellte Hilla klar. Es ging einzig und alleine darum, dass sie keinen Mann heiraten konnte, den sie nicht liebte. Emma schien ihren Einwand aber auch jetzt wieder falsch zu verstehen. »Das weiß ich doch, Kind. Es geht dir nur um meine Gesundheit. Aber ich verspreche dir, ich werde ganz brav sein. Und ich verspreche dir noch etwas. Es ist richtig so, es wird alles gut.«

Es war nicht richtig, nichts würde gut. Hilla wandte den Kopf zur Seite. Es war unmöglich, was die Großmutter da von ihr verlangte, doch das konnte sie ihr jetzt nicht sagen. Weil sie Angst hatte, dass es Emma möglicherweise sogar das Leben kostete.

Hilla wusste nicht mehr weiter. Sie empfand eine tiefe Leere.

*

Dieses Gefühl hielt an, auch als sie wieder zu Hause war. Jetzt würde also doch alles so geschehen, wie Emma es wollte.

Eigentlich hatte Max mitkommen wollen, doch Hilla hatte ihm erklärt, dass sie allein sein wolle. Armer Max, auch er hatte es nicht verdient, eine Frau zu heiraten, die ihn nicht liebte ...

»Kakao mit Sahne und Zimt.« Lautlos war Christian in den Esssalon gekommen, wo Hilla zusammengekauert auf einem der antiken Stühle saß. Sie nahm die Tasse, lächelte schwach. »Das ist lieb von Ihnen, Christian. Aber diesmal kann mich Ihr Kakao nicht trösten.«

»Ja.« Auch Christian wirkte bedrückt. »Wir haben alle Angst um sie.«

»Ich habe doch nur sie. Ich will sie nicht verlieren.« Hilla stellte die Tasse auf den Tisch, stand auf. »Je schneller ich heirate, desto schneller lässt sie sich operieren.« Mutlos stand sie mitten im Raum, starrte ins Leere. »Ich habe keine Wahl.«

»Kann ich etwas für Sie tun?«, erkundigte sich Christian. »Ich könnte mich um die Organisation der Hochzeit kümmern, wenn Sie es wollen.«

»Danke, das ist sehr lieb von Ihnen, Christian. Aber Max hat schon alles in die Hand genommen.«

Christian nickte und wünschte ihr eine gute Nacht. Als sie endlich alleine war, starrte sie mit verlorenem Blick vor sich hin. »Es wird schon alles gut werden«, sagte sie leise, doch sie glaubte sich selber nicht.

*

Als Christian in seine Wohnung kam, saß Frederik am Tisch, den Kopf tief über eine Zeitung gebeugt. »Du schläfst ja noch nicht?«, stellte Christian überrascht fest.

Frederik sah auf. »Wie geht es Frau Svensson.«

Christian schüttelte den Kopf. »Nicht gut. Sie muss am Herzen operiert werden.«

»Wann wird sie operiert?«

Christian ließ sich schwer in einen Sessel fallen. »Am Tag nach der Hochzeit.«

»Hochzeit?« Frederik, der eben noch überaus müde gewirkt hatte, war mit einem Mal hellwach.

»Du weißt doch, dass ihre Enkelin Hilla Max Falin heiraten wird. Eigentlich sollte die Hochzeit erst Ende des Jahres stattfinden, aber jetzt werden sie wohl schon in den nächsten Tagen heiraten.« Christian bemerkte nicht, wie sehr seinen Großneffen diese Mitteilung erschütterte. In Gedanken war er immer noch bei Emma. »Frau Svensson wünscht sich das so«, schloss er.

»Und das ist wirklich sicher?« Er stand auf. »Ich meine, Hilla wird Max tatsächlich heiraten?«

»Ja«, sagte Christian, woraufhin Frederik aus dem Raum stürmte. Überrascht schaute Christian seinem Neffen nach.

*

Hilla hatte sich auf ihr Zimmer zurückgezogen, doch es war ihr unmöglich zu schlafen. Ihre Gedanken drehten sich immer wieder im Kreis.

»Hilla?«, hörte sie Frederik plötzlich von draußen rufen. Sie eilte an das offene Fenster, sah ihn unten im Licht der Mittsommernacht stehen. »Warte, ich komme runter.«

Sie lief so schnell die Treppen hinunter, dass sie beinahe stolperte. Im letzten Moment fing sie sich, rannte unbeirrt weiter.

Frederik wartete auf der Veranda auf sie. Am liebsten hätte sie sich in seine Arme gestürzt, doch etwas in seinem Blick hielt sie davon ab. Er wusste es bereits, das erkannte sie in diesem Moment. Verzweifelt versuchte sie, ihm ihre Gründe zu erklären.

»Ich liebe Emma. Ich habe wahnsinnige Angst, sie zu verlie-

ren, und daran auch noch Schuld zu sein.« Unruhig lief sie hin und her. Frederik hatte sich auf eine Fensterbank gesetzt und schaute zu ihr hinüber. Er wirkte ebenso angespannt wie sie.
»Das ist Erpressung, Hilla. Du darfst darauf nicht eingehen.«

»Aber Emma hat noch nie etwas getan, das nicht gut für mich gewesen ist.« Hilla wandte sich um und kam auf Frederik zu. »Sie hat nie etwas von mir verlangt, das mir geschadet hat.«

Frederik stand auf. »Aber du kannst doch keinen Mann heiraten, den du nicht liebst. Nur weil es deine Großmutter so will.«

»Vielleicht sieht sie ja klarer als ich«, rief Hilla erregt aus. »Vielleicht bin ich wirklich nur panisch und verwirrt.«

Frederik betrachtete sie kopfschüttelnd. »Du liebst Max doch noch?«, stellte er mit brüchiger Stimme fest.

»Ich habe keine Ahnung, was ich tun soll«, flüsterte Hilla. »Aber ich kann Emma nicht sterben lassen.«

Hilla wandte sich ab und ging zum Ende der Veranda. Sie setzte sich auf die oberste Treppenstufe, starrte in die Nacht hinaus. Die See schien zum Greifen nah und bot einen Anblick, wie er nur in solchen Nächten zu sehen war. Auf die spiegelglatte Oberfläche des tiefblauen Wassers zauberte die Mittsommernachtssonne goldene Schatten. Doch die Schönheit der Nacht erreichte Hilla in all ihrer Verzweiflung nicht. Und auch Frederik bemerkte sie kaum, als er sich jetzt neben sie setzte.

»Und was ist mit uns? Wie soll es mit uns weitergehen?«

Hilla spürte, dass er sie immer wieder von der Seite anschaute. Trotzdem wandte sie nicht den Blick. Sie wusste, wenn sie ihm jetzt in die Augen schauen würde, würde sie schwach werden. Sie liebte Frederik so sehr. Wie sehr, das wurde ihr jetzt erst so richtig bewusst.

»Zum Liebhaber einer verheirateten Frau tauge ich nicht«, fuhr er fort. »Ich weiß nicht, was du erwartest, Hilla. Aber ich verlange von dir eine klare Entscheidung.« Er stand auf und ging davon.

Hilla hielt ihn nicht zurück. Sie hätte ihm nur sagen können, dass sie ihre Entscheidung bereits am Krankenbett der Großmutter getroffen hatte.

*

Christian fuhr gerade die silberne Limousine vor, als Hilla mit zwei Reisetaschen aus dem Haus trat. Sie hatte alles eingepackt, worum die Großmutter sie am vorigen Tag gebeten hatte.

Hilla hatte die ganze Nacht kein Auge zugemacht, aber ihre Entscheidung stand nach wie vor fest – auch wenn es ihr beinahe das Herz brach.

»Wir können fahren«, rief sie Christian zu. Er kam ihr entgegen, nahm ihr die beiden Reisetaschen ab.

»Geht es Ihnen besser?« Mitfühlend schaute er sie an.

»Ich weiß es nicht. Aber das ist auch nicht wichtig. Ich kann nur an Emma denken.« Sie öffnete die Beifahrertür des Wagens, während Christian mit den beiden Reisetaschen zum Kofferraum ging.

»Also wird die Hochzeit stattfinden?«, fragte er, während er die Reisetaschen verstaute.

»Aber sicher«, erwiderte Hilla in einem Ton, als hätte nie ein Zweifel daran bestanden. »Wieso fragen Sie?«

Christian entschuldigte sich sofort. »Es steht mir nicht zu, zu fragen. Es tut mir leid.«

Hilla, die sich gerade in den Wagen setzen wollte, hielt plötzlich inne. Fragend schaute sie Christian an. »Sie denken, ich mache einen Fehler?«

»Das kann ich nicht beurteilen«, erwiderte er vorsichtig. »Ich spüre nur, dass Sie sich nicht zu freuen scheinen.«

Im Stillen dachte Hilla, dass Christians Feststellung noch weit untertrieben war. Wenn sie an die Hochzeit dachte, spürte sie inzwischen pure Panik, die ihr geradewegs den Atem raubte. Natürlich konnte sie das vor Christian nicht zugeben. »Das scheint nur so«, behauptete sie leichthin, »weil ich mir Sorgen um Emma mache.«

Sie wandte sich ab, doch Christians nächste Worte trafen sie tief. »Dann ist es ja gut, denn es ist nicht einfach mit einem Partner zu leben, dem man sein Herz nicht schenken kann.«

Hilla fuhr herum. »Ich weiß nicht, wovon Sie reden. Was soll das, Christian, wollen Sie mir Angst machen?« Mit unwirscher Miene setzte sie sich auf den Beifahrersitz.

»Nein, um Gottes willen«, wiegelte er sofort ab. »Ich wollte nur ... Also ich ...« Er brach ab, sammelte sich einen Augenblick. »Ich wünsche Ihnen Glück, das ist alles. Ich wünsche Ihnen alles Glück.« Er schloss die Beifahrertür und umrundete den Wagen, um hinter dem Lenkrad Platz zu nehmen, doch in genau diesem Moment fuhr ein Krankenwagen vor. Ein Sanitäter stieg aus und half Emma aus dem Wagen.

»Emma!« Zusammen mit Christian war Hilla eilig näher gekommen. »Was machst du denn hier?«

»Ich habe es dort nicht mehr ausgehalten. Im Moment können die sowieso nichts tun, außer mich zu beobachten. Schrecklich«, beschwerte sich Emma.

Hilla konnte es immer noch nicht fassen. Sie hatte immer noch das Bild vor Augen, wie schwach und elend ihre Großmutter gestern in dem Krankenbett gewirkt hatte. »Sie haben dich wirklich gehen lassen.«

»Ungern«, gab Emma zu, »aber ich habe versprochen, schrecklich vernünftig zu sein und mich über nichts aufzuregen. Außerdem wird Frau Dr. Holm jeden Tag zweimal kommen. Es wird schon nichts passieren.«

Hilflos starrte Hilla ihre Großmutter an, die sich bereits Christian zuwandte. »Christian, würden Sie bitte das Sofa im Wintergarten so herrichten lassen, dass ich mich dort hinlegen kann.«

»Aber ja«, sagte Christian sofort, obwohl er ebenso besorgt wirkte wie Hilla. »Ich hoffe, es war richtig, dass Sie ... Ich meine, dass Sie hier ...«, stammelte er. In seinen Augen lag die gleiche Besorgnis, die auch Hilla empfand.

»Es ist alles in Ordnung«, versicherte Emma lächelnd. »Glauben Sie mir.«

Christian lächelte wenig überzeugt zurück und ging bereits vor, um alles für Emma herrichten zu lassen. Der Sanitäter hatte inzwischen einen Rollstuhl aus dem Krankenwagen geholt und schaute Emma auffordernd an.

Emma warf einen vernichtenden Blick auf den Rollstuhl. »Den brauche ich nicht, danke«, sagte sie von oben herab. »Das macht meine Enkelin.« Sie hängte sich bei Hilla ein, ging langsam und schwerfällig mit ihr in Richtung Haupthaus. Prüfend betrachtete sie Hillas Gesicht. »Und? Geht es dir gut?«

Nein, es ging ihr überhaupt nicht gut. Obwohl Hilla wusste, dass es ihr anzusehen war, behauptete sie: »Natürlich.«

Sie hatte ihre Großmutter noch nie täuschen können, doch diesmal überraschte sie sogar Hilla. »Du wirst ihn schnell vergessen.«

Hilla schaute ihre Großmutter an, wusste nicht, was sie erwidern sollte. Doch Emma sprach unaufgefordert weiter.

»Männer wie Frederik taugen zu einer Sommerliebe. Vielleicht taugen sie auch dazu, dass man sich ein Leben lang nach ihnen sehnt. Aber zur Ehe sind sie nicht geschaffen.«

Hilla hatte ihre Großmutter losgelassen und war stehen geblieben, während Emma langsam weiterging. Jetzt drehte sie sich um und schaute ihre Enkelin an.

Hilla war fassungslos »Du weißt es?«

Emma nickte knapp.

Langsam kam Hilla näher. »Das verstehe ich nicht. Wie kannst du wollen, dass Max und ich heiraten?«

»Max und du, ihr seid das ideale Paar«, sagte Emma sehr bestimmt. »Ihr habt so viel gemeinsam. Eure Erziehung, eure Herkunft. Unsere Familien kennen sich seit Generationen. Ihr werdet viele Jahre eine gute Ehe führen.«

»Aber ich liebe Frederik«, rief Hilla aufgebracht aus.

»Kind, das bildest du dir nur ein.« Nichts mehr war Emma von ihrer Krankheit anzumerken. Sie war wieder die Grande Dame, die alle Fäden in der Hand hielt und wie immer wusste, was für alle Beteiligten das Beste war. Streng schaute sie Hilla an.

»Denk doch mal nach! Wie kann eine Frau wie du mit deinem familiären Hintergrund, mit deiner Bildung, deinen Kontakten einen Mann lieben, der keinen Beruf hat. Kein Ziel. Keine Zukunft...« Sie machte eine kurze Pause, bevor sie voller Geringschätzung ergänzte: »Keinerlei Herkunft. Er ist der Großneffe eines Sekretärs. Er weiß doch gar nicht, wie man sich in unseren Kreisen bewegt. Nicht nur du würdest unglücklich werden, sondern auch er. Er würde sich immer unwohl fühlen an deiner Seite. Glaub mir, Kind, das ist völlig aussichtslos.«

Weder Emma noch Hilla bemerkten Christian, der an der offenen Tür des Hauses stand und mit schmerzlicher Miene alles mit anhörte.

Hilla war aufgebracht. »Woher willst du das wissen?«, fuhr sie ihre Großmutter an. »Du hast doch so einen Mann wie Frederik nie kennengelernt.« Sie hielt es nicht mehr aus in der Nähe ihrer Großmutter. Sie hatte das Gefühl eine Marionette zu sein, ohne zu wissen, wie sie die Fäden, an denen Emma zog, durchschneiden konnte. Also wandte sie sich einfach um und lief davon.

*

Das Kind würde sich schon wieder beruhigen. Außerdem, davon war Emma fest überzeugt, würde Hilla ihr irgendwann dankbar sein und einsehen, dass für sie alles zum Besten geregelt worden war.

Obwohl sie sich im Augenblick recht wohl fühlte, hatte Emma sich auf das Sofa im Wintergarten gelegt. Christian kam herein, eine Kristallvase voller herrlicher Rosen in der Hand, die er auf dem Tisch vor dem Sofa abstellte. »Von Max Falin.«

»Wie schön«, freute sich Emma.

Christian schaute sie nicht an. »Ich habe übrigens gehört, was Sie über Frederik gesagt haben.«

»Ja, es war vielleicht ein bisschen hart. Tut mir leid.« Der Tonfall ihrer Stimme verriet ebenso wie ihr Blick, dass es ihr nicht im Geringsten leid tat. Sie war überzeugt von der Richtigkeit ihres Handels.

»Ich musste Hilla doch die Flausen aus dem Kopf treiben.«

»Soll das heißen, da ist etwas zwischen Frederik und Hilla?« Christian schien tatsächlich der einzige im Haus zu sein, der davon nichts mitbekommen hatte.

»Christian, haben Sie das nicht gemerkt?« Emma nahm die Tasse Tee entgegen, die Christian ihr jetzt reichte. »Die beiden sind aufeinander geflogen. Jetzt bildet sich Hilla sogar ein, dass sie ihn liebt.«

»Ach, deswegen wollen Sie diese schnelle Hochzeit mit Max. Damit Hilla nicht mit dem Großneffen des Sekretärs durchbrennt.«

»Ich will diese schnelle Hochzeit vor allen Dingen deshalb,

weil ich mich gesundheitlich nicht wohl fühle«, sagte Emma. Doch dann räumte sie ein: »Mit dem anderen haben Sie nicht unrecht. Frederik ist ein charmanter Kerl, er kann einem Mädchen schon den Kopf verdrehen.«

Ernst schaute Christian auf sie hinab. »Wenn Hilla gesagt hat, dass sie Frederik liebt, dann ist es etwas anderes als ein verdrehter Kopf.«

»Hilla braucht einen starken Partner an ihrer Seite«, erwiderte Emma energisch.

Christian schaute sie durchdringend an. »Einen erfolgreichen Anwalt am besten.«

»Ja, zum Beispiel. Auf jeden Fall keinen Mann wie Frederik.« Emma blickte Christian an und zuckte mit den Schultern. »Es tut mir leid, dass ich das sagen muss.«

»Schon gut«, schüttelte Christian den Kopf und lächelte sogar ein wenig. »Es ist gut, dass Sie aussprechen, was Sie denken.«

»Ich habe einfach recht«, sagte Emma, obwohl Christian überhaupt nicht widersprochen hatte. »Hilla würde mit Frederik auf jeden Fall unglücklich werden, und das will ich nicht.«

Zum ersten Mal, seit all den Jahren, lag leise Ironie in Christians Antwort. »Und dass sie mit Max Falin *nicht* unglücklich wird, das können Sie voraussehen?«

»Auf jeden Fall sind ihre Chancen besser.« Sie schaute Christian fest in die Augen. »Da bin ich mir ganz sicher.«

Beinahe lag so etwas wie Mitleid in Christians Lächeln, als er sich umdrehte und ohne ein weiteres Wort hinausging.

*

Die ganzen Jahre über hatte er an der Seite dieser Frau verbracht. Nie hatte er Ansprüche gestellt. Er hatte sie geliebt, und er wusste, dass sie ihn liebte. Das hatte ihm genügt. Heute jedoch hatte sie ihm gezeigt, wo sie stand und wo er hingehörte. Diese Geringschätzung war erniedrigend, tat weh.

Christian ging hinüber in seine Wohnung. Er wollte mit Frederik reden, von ihm erfahren, was da zwischen ihm und Hilla war. Die Wohnung war leer. Christian sah jedoch sofort den Brief, der auf dem kleinen runden Tisch lag. »Lieber Christian. Ich muss weg von hier. Es tut mir leid, dass ich meine Arbeit nicht beendet habe. Ich melde mich demnächst. Liebe Grüße, Frederik.«

Christian ließ sich schwer in den Sessel fallen, die Augen immer noch auf die wenigen Zeilen gerichtet. Dann sah er auf, starrte ins Leere. »Gut so, mein Junge«, murmelte er. »Sonst wärst du genau so geendet wie ich.«

*

»Das war das letzte Angebot der Reederei. Überlegen Sie es sich gut. Wenn Sie Pech haben, finden Sie nicht mal mehr einen Job als einfacher Matrose auf einem Schiff«, warnte der Anwalt.

Frederik und Klaus Hansen hatten sich für dieses Gespräch im Stockholmer Hafen verabredet und gingen langsam am Kai entlang. Nachdenklich blickte Frederik über das Hafenbecken, in dem das Wasser in der Sonne glitzerte. Ein Ausflugsdampfer zog langsam vorbei, begleitet von schreienden Möwen.

»Als ich ein Kind war, hat mich mein Vater immer ausgelacht.« Frederik lächelte wehmütig. »Kapitän werden, so ein Blödsinn. Alle dachten, ich würde es nie schaffen. Doch ich wusste, ich würde es ihnen beweisen. Eines Tages würde ich als Kapitän vor ihnen stehen.«

»Sie sind kurz davor«, erinnerte ihn der Anwalt.

Frederik blieb stehen. »Aber nur, wenn ich mich gegen mein Gewissen entscheide.«

»Ich kann Ihnen die Entscheidung nicht abnehmen.«

»Und ich kann nicht aus meiner Haut.« Frederik schaute den Anwalt an.

Es war Hansen anzusehen, dass er das Verhalten seines Mandanten in gewisser Weise bewunderte, auch wenn er völlig gegen seinen Rat handelte. Es imponierte ihm offensichtlich, dass Frederik an seinen Idealen festhielt, selbst wenn ihn das die berufliche Zukunft kostete. »Ich hab Ihnen schon einmal gesagt, dass Sie kaum eine Chance haben, wenn Sie vor Gericht gehen.« Claus Hansen hielt kurz inne, bevor er hinzufügte: »Wenn Sie es aber tun wollen, bin ich an Ihrer Seite. Überlegen Sie es sich gut. Und dann sagen Sie mir Bescheid, was Sie tun wollen.« Freundschaftlich legte er Frederik eine Hand auf die Schulter »Hej do, Frederik.«

»Hej do«, verabschiedete sich auch Frederik, blieb aber noch eine ganze Zeit am Kai stehen, um über das nachzudenken, was er gehört hatte.

*

Liebevoll betrachtete Christian die Frau, die er schon so lange liebte. Er hätte sich nie vorstellen können, dass dieser Tag einmal kommen würde, doch nun war es soweit. Er war es sich und seiner eigenen Selbstachtung schuldig.

Emma lag immer noch auf dem Sofa und schlief. Vorsichtig trat Christian näher. Sacht berührte er sie. Emma schlug langsam die Augen auf. »Christian?«

»Ich wollte Sie nicht wecken, aber es ist wichtig«, sagte er entschuldigend und reichte ihr den Umschlag, den er mitgebracht hatte.

Emma setzte sich auf. »Was ist das?«

Christians Miene wurde ernst. »Das ist meine Kündigung«, erklärte er ohne Umschweife.

Emma starrte ihn an. Das würde sie nicht einfach so hinnehmen. »Was soll das heißen?« Streng musterte sie ihn. »Das kann doch nur ein Scherz sein. Kein sehr guter, würde ich sagen.«

Glaubte sie wirklich, dass er mit so etwas Scherze treiben würde? Nein, natürlich nicht. Christian wusste genau, dass sie es einfach nur nicht wahrhaben wollte. Plötzlich geschahen Dinge, die nicht von Emma Svensson arrangiert worden waren und ihr obendrein auch noch missfielen. Das war sie nicht gewohnt, und schon gar nicht von ihm. Er schüttelte den Kopf. »Nein, das ist kein Scherz. Ich kann hier nicht mehr bleiben.«

Immer ungläubiger blickte sie zu ihm auf. »Sie können mich doch jetzt nicht verlassen.«

»Sehen Sie, das ist das Schlimmste«, sagte er traurig, »dass Sie sich noch nicht einmal vorstellen können, warum ich gehen muss.«

Emma begriff es selbst jetzt nicht. Möglicherweise wollte sie es auch einfach nicht verstehen. »Also, wenn ich irgendwas gesagt oder getan habe, was Sie verletzt hat, dann bitte ich um Entschuldigung.« Sie schaute auf, erkannte an seinem Blick, wie ernst es ihm war und dass auch ihre Worte ihn nicht umstimmen konnten. »Bitte, Christian«, flehte sie leise, »ich brauche dich.«

Christian straffte sich. »Sie brauchen einen neuen Sekretär«, erwiderte er kühl, »und den werden Sie ohne Probleme finden. Auf Wiedersehen, Frau Svensson. Alles Gute.« Mit schnellen Schritten ging er zur Tür. Genau in diesem Moment kam Hilla ins Zimmer.

»Auf Wiedersehen, Hilla«, verabschiedete er sich auch von ihr. »Viel Glück für Ihr Leben.«

*

Hilla schaute ihm verblüfft nach, bevor sie ihre Großmutter fragend ansah. »Was war das denn?«

»Christian hat gekündigt«, erklärte Emma in einem Ton, als mache ihr das überhaupt nichts aus. »Er verlässt mich.«

»Was?«, rief Hilla entsetzt aus. »Das kann doch nicht sein. Was ist denn passiert?«

Emma starrte stirnrunzelnd vor sich hin. »Wenn ich das wüsste ...«

Hilla, die gerade am Fußende des Sofas Platz genommen hatte, sprang wieder auf. »Ich rede mit ihm.«

»Nein«, hielt Emma sie energisch zurück. »Er ist ein erwachsener Mann. Er wird wissen, was er tut.« Sie warf den Kopf in den Nacken. »Reisende soll man nicht aufhalten.«

Fassungslos starte Hilla ihre Großmutter an. »Das meinst du doch nicht ernst. Christian ist doch viel mehr für dich als nur ein Sekretär.«

»Bitte, Hilla!« Genervt schaute Emma ihre Enkeltochter an. »Ich will nicht mehr darüber reden. Wenn die Operation vorbei ist, suche ich einen neuen Sekretär.«

Hilla starrte ihre Großmutter an, als würde sie sie zum ersten Mal sehen. Waren die Menschen für Emma wirklich so einfach austauschbar, nachdem sie die Fäden gezogen, manipuliert und Schicksal gespielt hatte?

Sie musste hier raus, sie musste ...

Frederik! Die Sehnsucht nach ihm wurde übermächtig in ihr. Sie musste ihn sehen, wollte seine Nähe spüren.

Hilla war wieder so verwirrt, so voller Ängste wie an dem Tag, als sie hierhergekommen war.

Christians Wohnung war bereits verlassen, als Hilla sie betrat. So wie er immer alles von langer Hand vorbereitete, hatte er wahrscheinlich auch seinen Abschied sorgfältig geplant und erst die Koffer gepackt, bevor er Emma die Kündigung überreichte.

Seltsam leer war die Wohnung, auch wenn alles so zu sein schien wie immer. Natürlich war auch Frederik nicht mehr da.

Auf dem Tisch lag der Brief, den er Christian hinterlassen hatte. Hilla überflog die wenigen Zeilen. Ohne lange nachzudenken, zog sie ihr Handy aus der Tasche ihrer Jeans. Frederiks Nummer hatte sie gespeichert. Bereits nach dem zweiten Freizeichen meldete er sich. »Hallo!«

»Frederik, ich bin es. Wo bist du? Ich kann es kaum aushalten ohne dich. Bitte, komm zurück, lass uns miteinander reden und versuchen, doch noch eine Lösung finden.«

»Du weißt, dass es nur eine Lösung gibt«, hörte sie Frederik sagen. »Du musst dich für mich entscheiden.«

Hilla war verzweifelt. »Gib mir Zeit, ich kann doch meine Großmutter nicht . . .«

Frederik ließ sie nicht ausreden. »Hilla, es geht um dein Leben. Du musst deine Entscheidungen treffen, weil du es willst, nicht deine Großmutter oder irgendjemand anderes.«

»Aber es ist so schwierig«, erwiderte Hilla hilflos. »Alle erwarten von mir . . .«

». . . dass du einen Arzt oder Anwalt heiratest. Ich weiß. Dein Pech, dass du dich ausgerechnet in einen Aushilfsgärtner verliebt hast.«

»Liebst du mich eigentlich noch?«, fragte Hilla leise.

»Ja, das tue ich«, versicherte Frederik. »Aber wie es scheint, spielt das ja überhaupt keine Rolle. Hilla, ich muss jetzt aufhören.

»Aber das geht doch nicht. Bitte, Frederik . . .«, bat sie verzweifelt.

»Ich wünsche dir alles Gute, Hilla.«

»Frederik!«, rief Hilla in den Hörer, doch er hatte das Handy bereits ausgeschaltet.

*

Frederik wollte das Handy gerade einstecken, als es ein zweites Mal klingelte. Zuerst rechnete er damit, dass es Hilla war, doch auf dem Display erschien der Name seines Großonkels.

»Ich bin es, mein Junge«, hörte er Christian sagen. »Ich wollte nur hören, wie es dir geht?«

»Danke, es geht mir gut«, behauptete Frederik. »Mach dir keine Sorgen. Ich habe auf der Schale angeheuert und werde nach Südamerika fahren.«

»Ich wollte dir nur sagen, es war richtig, dass du gegangen bist.«

Frederik schwieg einen Augenblick. Er wusste, dass sein Onkel Recht hatte, auch wenn es wahrscheinlich noch ziemlich lange wehtun würde. »Danke, Christian«, sagte er schließlich. »Danke noch einmal für alles. Bis bald.«

*

Den ganzen Vormittag ging Hilla ihrer Großmutter aus dem Weg. Sie musste alleine sein, musste nachdenken. Mit aller Deutlichkeit wurde ihr klar, was sie verlieren würde, wenn sie jetzt alles so laufen ließ, wie Emma es eingefädelt hatte. Nicht nur Frederik, sondern vor allem sich selbst.

Langsam ging sie am Ufer entlang, starrte auf das Wasser und wünschte sich, die Wellen würden ihre ganzen Sorgen und Ängste einfach wegspülen. Aber so einfach war es nicht. Sie konnte sich treiben lassen, das Leben führen, das die Großmutter ihr zugedacht hatte. Oder sie führte das Leben, das sie selbst führen wollte. Aber dann musste sie es auch selbst in die Hand nehmen.

Hilla hielt es nicht mehr aus. Ohne jemandem Bescheid zu sagen, fuhr sie am Mittag nach Stockholm. Um diese Zeit hatte Max keine Gerichtstermine mehr und war meistens in der Kanzlei anzutreffen. Seine Sekretärin führte sie zu ihm ins Büro. »Ihre

Verlobte, Herr Falin.« Sie zog sich zurück, während Max strahlend hinter seinem Schreibtisch hervorkam. »Hilla, das ist ja eine Überraschung. Gehen wir etwas essen?

»Ich muss dir etwas sagen, Max.« Sie musste es hinter sich bringen, bevor sie wieder der Mut verließ. Max schien ihr jedoch überhaupt nicht zugehört zu haben.

»Es gibt da einen neuen Italiener gleich um die Ecke.« Er hatte bereits sein Jackett übergestreift.

»Bitte, Max, ich kann jetzt nicht essen«, sagte sie ungeduldig. Endlich schien ihm aufzugehen, dass mit Hilla etwas nicht stimmte. Fragend schaute er sie an. »Wieso? Was ist denn los?«

Sie hatte sich ihre Worte auf der Fahrt nach Stockholm sorgfältig zurechtgelegt, wollte ihn schonend auf das vorbereiten, was sie ihm zu sagen hatte, doch jetzt platzte Hilla ganz unvermittelt damit heraus. »Ich werde dich nicht heiraten.«

Max starrte sie an, meinte sich verhört zu haben. »Wie bitte?«

»Ich kann dich nicht heiraten«, wiederholte Hilla.

Er glaubte es immer noch nicht, kam mit ausgestreckten Händen auf sie zu und umfasste sanft ihr Gesicht. »Was ist denn los mit dir, Hilla? Das ist nicht dein Ernst?« Er schien nicht damit zu rechnen, dass sie es ein drittes Mal bestätigte, doch Hilla nickte.

»Das ist mein voller Ernst, Max.«

Das Lachen auf seinem Gesicht erstarb. Er ließ sie los und trat einen Schritt zurück. »Wieso?«, wollte er wissen. »Was ist passiert?«

Hilla wich seinem Blick nicht aus, sagte jedoch nichts. »Es gibt einen Anderen?« Hilla nickte nur.

Max war zutiefst verletzt. Er fuhr herum, ging zurück hinter seinen Schreibtisch, als würde er diese Distanz zwischen sich und Hilla brauchen.

»Es hat nichts mit dir zu tun«, sagte Hilla hilflos. Sie hatte

Max schließlich einmal geliebt, und es tat ihr selbst weh, ihn so zu verletzen.

Max versteckte seinen Schmerz hinter bitterem Sarkasmus. »Na klar. Deshalb willst du mich ja auch verlassen.«

»Ich kann nicht mit jemandem mein Leben verbringen, den ich nicht liebe. Wenn ich dich heirate, würde ich dir jeden Tag wehtun, weil ich nicht ehrlich zu dir bin.« Hilla schüttelte den Kopf. »Das hast du einfach nicht verdient.«

»Wie umsichtig von dir, danke. Und wo ist der Neue jetzt? Wartet er unten in der Halle, bis du mit mir fertig bist?«

»Bitte, Max, es fällt mir schon schwer genug.«

»Aber für mich ist es nicht schwer oder was«, fuhr er sie an. »Ist dir eigentlich klar, was du da machst, Hilla?«

»Ja«, nickte sie. »Und wenn du ehrlich bist, weißt du das auch selbst ganz genau. Wir waren doch in der letzten Zeit nicht mehr als gute Freunde.«

Er war nachdenklich geworden. »Warum hast du nichts gesagt?«, fragte er leise. »Du bist die Frau meines Lebens. Ich wollte . . .« Er unterbrach sich, ließ zum ersten Mal den Schmerz zu. »Alles war perfekt. Ich kann dich doch nicht so einfach gehen lassen.«

Hilla hatte zu Boden geblickt. »Doch!« Sie schaute auf. »Wir können doch Freunde bleiben, oder?«

Noch einmal flammte die Bitterkeit in ihm auf. »Du verlässt mich kurz vor der Hochzeit und willst jetzt auch noch die Absolution?«

Hilla kam um den Schreibtisch herum. Sie schaute ihm offen ins Gesicht. »Es tut mir leid, Max.«

Er antwortete nichts darauf, doch ihm war klar, dass es kein Zurück mehr geben würde.

»Freunde?«, fragte Hilla noch einmal leise.

»Lass uns in ein paar Monaten darüber reden, ja.«

Hilla nickte leicht. »Danke.« Sie schaute ihn noch einmal an, bevor sie sich umwandte und hinausging. Als sie auf der Straße stand, schaute sie noch einmal zurück. Sie ließ unwiderruflich einen Teil ihres Lebens hinter sich – und fühlte sich wie befreit.

*

Hilla winkte einem Taxi. Der Wagen hielt, doch gerade als sie einsteigen wollte, sah sie Christian auf der anderen Straßenseite. Mit hängenden Schultern saß er auf einer Bank und starrte in das Wasser des Saltsjöns.

»Tut mir leid«, entschuldigte sie sich bei dem Fahrer. »Ich brauche doch kein Taxi.« Sie schlug die Tür wieder zu und lief über die Straße.

»Christian«, lief sie laut, als sie sah, dass er aufstand und weitergehen wollte. Christian blieb stehen, schaute ihr entgegen.

»Ich freue mich so, Sie zu sehen«, sagte sie ein wenig atemlos. »Wie geht es Ihnen?«

»Ich versuche mir einzureden, dass es mir gut geht.« Langsam ging er weiter.

Hilla blieb an seiner Seite. »Wieso sind Sie weggegangen? Emma braucht sie doch.«

»Emma Svensson braucht niemanden«, sagte er mit Nachdruck. Kurz blieb er stehen, um Hilla anzusehen. »Sie wird einen neuen Sekretär bekommen, und der wird dann alles das für sie sein, was ich für sie war.« Christian ging weiter.

Hilla gab nicht auf. »Emma braucht Sie wirklich. Und Sie brauchen sie doch auch.«

Darauf gab Christian keine Antwort. Er zeigte auf das Hotel auf der anderen Straßenseite. »Ich muss jetzt hier hinein. Die suchen einen Empfangschef, und ich würde die Stelle gerne bekommen. Alles Gute für Sie, Hilla.«

»Für Sie auch«, erwiderte Hilla. Sie blieb stehen und sah ihm nach, als er Anstalten machte, die Straße zu überqueren. Die Villa Svensson ohne Christian schien ihr kaum vorstellbar, aber auch er schien fest entschlossen, ein Kapitel seines Lebens endgültig hinter sich zu lassen.

Wenn jemand Verständnis für Christian haben musste, dann sie.

»Christian!«, rief sie plötzlich laut. Sie rannte los, holte ihn wieder ein. Flehend schaute sie ihn an. »Wissen Sie, wo er ist?«

Es war das erste Mal, dass Christian lachte. »Gott sei Dank, dass Sie doch noch fragen. Ich hatte schon befürchtet, Sie lassen ihn einfach so gehen.«

»Jetzt sagen Sie schon«, drängte Hilla.

»Sie müssen sich beeilen.« Christian wies auf das Schiff, das an der Anlegestelle auf der gegenüberliegenden Seite des Saltsjöns ankerte.

Hilla lachte laut auf und küsste Christian auf die Wange, bevor sie loslief.

*

Frederik holte ein Tau ein, doch als er das Taxi vorfahren sah, kniff er die Augen zusammen. Das war doch ... Oder spielten ihm seine Augen einen Streich. War es reines Wunschdenken? Mit beiden Händen umklammerte er die Reling des Schiffes.

»He, Alter, wir haben noch was zu tun hier«, vernahm er die Stimme des Matrosen in seinem Rücken, mit dem er die ganze Zeit zusammengearbeitet hatte.

Ein strahlendes Lächeln zog über Frederiks Gesicht, als er erkannte, dass es tatsächlich Hilla war, die da aus dem Taxi stieg. »Ich glaube, das musst du alleine machen«, rief er und sprang über die Reling von Bord. »Ich habe noch was zu erledigen.«

Langsam gingen sie aufeinander zu, blieben voreinander stehen. Hilla lachte ihn an. »Ich lass dich nicht gehen. Weil ich dich liebe. Ich werde Max nicht heiraten, und wenn du willst, stelle ich dich lebenslang als Gärtner ein. Ich will dich nicht verlieren, und mir ist ganz egal, ob du Gärtner bist oder Matrose oder ...«

»... Kapitän?«, schmunzelte Frederik.

»Kapitän?« Hilla zuckte mit den Schultern. »Klar, ich nehme dich auch als Kapitän.«

»Okay«, sagte Frederik leise. Zärtlich lächelte er sie an. »Dann wäre das geklärt.«

»Und was ist mir dir? Nimmst du mich auch?« Hilla schaute ihn an, und diesmal war es Frederik, der ihr zeigte, dass für die Antwort keine Worte nötig waren. Er zog sie in seine Arme, küsste sie voller Zärtlichkeit.

Hilla schloss die Augen, schmiegte sich an ihn und genoss ihr großes Glück.

*

Seit einigen Wochen arbeitete Christian nun schon in dem Hotel am Saltsjön. Es war kein schlechter Job, den er selbstverständlich gewissenhaft ausführte. Mit dem Herzen allerdings war er nicht bei der Sache. Oft verweilte er in Gedanken in der Villa Svensson, doch gemeldet hatte er sich dort nicht mehr. Auch Emma hatte sich nicht bei ihm gemeldet, und so wie er sie kannte, würde sie das auch niemals tun.

Auch an diesem Abend stand Christian hinter der Rezeption und trug gerade die Zimmerbestellungen für die nächsten Tage ein, als er eine fröhliche, aufgeweckte Stimme vernahm.

»Einen wunderschönen guten Abend, Herr Lindberg. Ist die Hochzeitssuite noch frei?«

Christian schaute auf. Hilla und Frederik standen vor ihm. Sein Großneffe im dunklen Anzug, Hilla in einem weißen Kleid. Übermütig schwenkte sie einen Blumenstrauß.

»Was denn, die Hochzeitssuite? Soll das etwa heißen ...« Er brach ab, schaute fragend von Frederik zu Hilla.

Die beiden nickten nur. »Hilla und ich, wir haben vor zwei Stunden geheiratet.« Glücklich schauten die beiden sich an und küssten sich.

»Das ist ja wunderbar«, freute sich Christian. »Herzlichen Glückwunsch. Werdet glücklich miteinander. Aber ich bin mir sicher, das werdet ihr.« Seine Miene wurde ernst. »Und was sagt Ihre Großmutter dazu, Hilla?«

Einen Augenblick wirkte Hilla bedrückt, doch gleich darauf lachte sie bereits wieder. »Erstens sollten wir langsam mal anfangen, uns zu duzen. Ich meine, du bist ja jetzt so was wie mein Großvater. Und zweitens ...« Hillas Miene wurde wieder ernst, »Emma weiß noch nichts von der Hochzeit. Sie würde es nicht verstehen.«

Christian war entsetzt. »Was denn, ihr habt sie nicht informiert?« Hilla und Christian schüttelten gleichzeitig die Köpfe, woraufhin Christian meinte: »Das hat sie aber nicht verdient.«

Auf einmal war alle Fröhlichkeit verschwunden. Eine bedrückte Stimmung breitete sich aus. Hilflos schaute Hilla zu Frederik auf.

»Was ist jetzt mir der Hochzeitssuite«, wechselte Frederik kurz entschlossen das Thema.

»Ja, natürlich.« Christian schaute nach, nahm schließlich einen der Schlüssel und reichte ihn Frederik über den Rezeptionstresen. »Zimmer dreihundertdrei, dritter Stock.« Plötzlich hatte auch Christian seine Bedenken wegen Emma vergessen und freute sich mit den beiden, die so ausgelassen und glücklich

Richtung Treppe gingen. Lachend rief er ihnen hinterher: »Und der Champagner kommt gleich nach.«

*

Doch schon bald kehrten Christians Gedanken zu Emma zurück. Hilla musste ihrer Großmutter unbedingt Bescheid sagen. Oder war es vielleicht tatsächlich besser, wenn sie wartete, bis Emma die Operation überstanden hatte?

Würde Emma sich überhaupt operieren lassen? Nicht einmal das war sicher.

Christian wusste selbst nicht, wieso er auf einmal von so großer Sorge um Emma erfüllt war. Vielleicht war es das Wissen, dass sie da ganz alleine in der großen Villa auf dem Land war. Sie würde nie zugeben, wenn es ihr wirklich schlecht ging. Zumindest nicht vor den anderen Angestellten.

War es wirklich Zufall, dass ausgerechnet in diesem Augenblick sein Handy klingelte und sich Dr. Holm am anderen Ende meldete. »Frau Svensson hat heute wieder einen Herzanfall erlitten und wird morgen operiert werden. Wissen Sie vielleicht wo ich ihre Enkelin erreichen kann? Ich glaube, es wäre gut, wenn jemand an ihrer Seite ist, den sie liebt. Geben Sie mir Bescheid, wenn Sie etwas in Erfahrung bringen?«

»Ja«, erwiderte Christian tonlos. Die Angst um Emma schnürte ihm die Kehle zu. Mechanisch stellte er sein Handy aus und steckte es wieder ein. Seine Gedanken jedoch konnte er nicht einfach so abstellen.

*

Es dämmerte noch, als Christian ganz früh am nächsten Morgen mit einem Taxi aufs Land fuhr. Er hatte weder Frederik und schon gar nicht Hilla über den Anruf von Dr. Holm informiert.

Ob das richtig gewesen war? Er wusste es nicht. Doch die beiden jungen Leute hatten so sehr um ihr Glück gekämpft, dass sie es jetzt wenigsten für eine kurze Zeit ungestört genießen sollten.

Doch das war nicht der einzige Grund, warum er niemandem etwas gesagt hatte. Emma sollte jemanden um sich haben, den sie liebte, hatte Dr. Holm gestern gesagt. Zweifellos wäre Hilla sofort zu ihrer Großmutter geeilt, wenn sie gewusst hätte, was los war. Aber Hilla war nun einmal nicht der einzige Mensch, der Emma liebte.

Das Herz wurde ihm schwer, als er in den Wintergarten kam und sie auf dem Sofa sitzen sah. Sie hatte die Hände im Schoß gefaltet und starrte aus dem Fenster. Sie wirkte so verloren ... so einsam ...

»Bist du bereit, Emma?«

Langsam wandte sie den Kopf, schaute ihn an, als könne sie es nicht glauben. In diesem Augenblick wusste Christian, dass er die einzig richtige Entscheidung getroffen hatte.

»Christian«, sagte sie leise.

»Ich dachte, du brauchst jemanden, der dich ins Krankenhaus fährt.«

Emma stand auf, kam ein paar Schritte auf ihn zu und blieb dann doch wieder stehen. »Du weißt nicht, wie sehr du mir gefehlt hast.«

»Du hast mir auch gefehlt.« Schmerzlich sah sie zu ihm auf. »Du darfst mich nie wieder verlassen. Ich liebe dich. Ich habe dich immer geliebt.«

»Ich weiß«, nickte Christian. Er nahm sie zärtlich in die Arme. »Ich liebe dich doch auch.«

»Warum hast du mir das nie gesagt?«, wollte sie wissen.

»Aber du hast es doch auch so gewusst.« Christian schüttelte den Kopf. »Außerdem hätte es auch nichts geändert.«

Emma hob entschlossen den Kopf. »Aber jetzt wird sich etwas ändern. Alle sollen es erfahren. Die ganze Welt soll wissen, dass ich dich liebe, und wenn die Operation vorbei ist ...« Auf einmal wirkte sie schüchtern und unsicher. »Würdest du mich dann eventuell heiraten?«

»Willst du wirklich alle deine Freunde vor den Kopf stoßen?«, schmunzelte Christian. »Die würden doch ohnmächtig zusammenbrechen. Willst du dafür wirklich die Verantwortung übernehmen?«

»Was möchtest du?«, wollte Emma von ihm wissen, und es schien ihr tatsächlich wichtig zu sein.

»Ich denke, es ist gut so«, meinte Christian nachdenklich. »Wir lieben uns, alles andere hat keine Bedeutung.«

Diesmal versuchte Emma nicht, ihren Willen durchzusetzen. Bittend schaute sie ihn an. »Könntest du dir wenigstens vorstellen, zu mir ins Haus zu ziehen und neben mir aufzuwachen? Jeden Morgen? Für den Rest unsres Lebens?«

»Das könnte ich mir sehr gut vorstellen«, nickte Christian und schmunzelte wieder. »Allerdings unter einer Bedingung.«

»Die wäre?« Ängstlich schaute Emma zu ihm auf.

»Du musst dich bei Hilla entschuldigen, und bei Frederik«, verlangte Christian ganz ernst.

Emma wirkte erleichtert. Das war eine Forderung, die sie nur zu gerne erfüllte. »Ja«, nickte sie, »ich werde den beiden nicht mehr im Weg stehen.«

Ganz fest schloss Christian sie in seine Arme, und dann trafen sich ihre Lippen zu einem zärtlichen Kuss. So, wie sie es sich die ganzen Jahre über immer schon gewünscht hatten.

*

Frederik wollte sie gar nicht loslassen, als das Telefon klingelte. Eng umschlungen lagen sie zusammen unter der Bettdecke, küssten sich voller Leidenschaft. Als das Klingeln jedoch nicht abbrach, rollte Hilla sich auf die andere Bettseite und griff nach dem Hörer.

Das Lächeln auf ihrer Miene erstarb, als sie die niederschmetternde Nachricht erfuhr. Es war nur ein kurzes Telefonat, doch es reichte aus, um ihr gerade gewonnenes Glück zu überschatten.

»Danke, Christian«, sagte sie nach einer Weile und legte den Hörer wieder auf. Sie legte sich auf den Rücken, starrte an die Decke. »Emma wird heute Nachmittag operiert.«

»Dann bring ich dich ins Krankenhaus«, sagte Frederik sofort.

»Lieber nicht, sie wird mich nicht sehen wollen.« Die Angst war wieder da, dass der Großmutter etwas passierte. Sie würde sich ewig schuldig fühlen, auch wenn ihr Verstand ihr sagte, wie unsinnig das war.

»Natürlich will sie dich sehen«, widersprach Frederik.

»Sie hat sich aber nicht gemeldet, seitdem ich weg bin.«

Frederik malte mit dem Zeigefinger kleine Kreise auf ihre nackte Haut. »Weil sie genauso stur ist wie du. Aber du wirst diesen Teufelskreis jetzt durchbrechen und zu ihr fahren. Oder willst du sie nie mehr sehen?«

»Sie wird mit mir schimpfen, weil ich dich geheiratet habe«, prophezeite Hilla.

Frederik grinste. »Dann verzeihst du ihr großzügig. Und wenn sie wieder ganz gesund ist, dann kannst du ihr ja die Meinung sagen.«

*

Immer wieder überfielen sie regelrechte Angstattacken, als sie durch die Krankenhausflure zum Operationssaal geschoben wurde. Dann suchten Emmas Augen Christians Blick. Keine Minute hatte er sie alleine gelassen, seit er sie ins Krankenhaus gebracht hatte. Emma wusste nicht, wie sie das alles bis jetzt ohne ihn durchgestanden hätte. Dann war auf einmal Hilla da, beugte sich über sie.

»Hilla, dass du gekommen bist.«

Hilla hatte Tränen in den Augen. »Ich lasse dich das doch nicht allein durchstehen.« Liebevoll strich sie über Emmas angstverzerrtes Gesicht. »Du musst keine Angst haben, alles wird gut. Und wenn du wieder wach wirst, bin ich da.«

Emma hob die Hand, streichelte ebenfalls über Hillas Wange. »Ich habe dich sehr lieb, Kind.«

»Ich dich auch«, sagte Hilla leise.

»Kannst du mir verzeihen?«

»Ja«, hauchte Hilla und beugte sich über die Großmutter, um sie liebevoll auf die Stirn zu küssen. Tränen liefen über Emmas Wangen.

»Also, Frau Svensson dann wollen wir mal.« Die Ärztin war gekommen, lächelte Emma beruhigend zu.

Emma schaute auf. Christian war bei ihr, hielt ihre rechte Hand. Auf der anderen Seite stand Hilla, nickte ihr ermutigend zu. Mit einem Mal war die Angst verflogen, und Emma spürte tief in sich, dass wirklich alles wieder gut würde. »Ja«, stimmte sie mit fester Stimme zu. Das Letzte, was sie sah, bevor sie in den Operationssaal geschoben wurde, waren die beiden Menschen, die sie mehr als alles auf der Welt liebte. Christian hatte einen Arm um Hillas Schulter gelegt, beide nickten ihr noch einmal aufmunternd zu. Es war ein schönes Gefühl, zu wissen, dass die beiden auf sie warten würden und da waren, wenn sie wieder aufwachte.

*

Emma erholte sich erstaunlich schnell von der Operation. Bereits zwei Wochen später war sie wieder zu Hause. Sie strengte sich nicht mehr so an, hatte Hilla den Verlag endgültig überschrieben und genoss ihr spätes Glück mit Christian. Auch Sie war nun glücklich. Das Einzige, was sie hin und wieder bedauerte, war, dass sie so viel Zeit verschwendet hatte, um dieses Glück zu finden.

Jetzt saß sie mit Hilla auf der Veranda, wo sie zusammen gefrühstückt hatten. Nachdem sie ihren letzten Schluck Kaffee getrunken hatte, zog Hilla eine Karte hervor. »Und jetzt schaust Du dir den Andruck an.«

»Nein, warum?«, schüttelte Emma den Kopf. »Du bist jetzt der Boss.«

»Das schon«, lachte Hilla. »Aber trotzdem werde ich nicht auf deine Meinung verzichten. Erst mal ...«, neckte sie die Großmutter.

Hilla betrachtete ihre Enkelin schmunzelnd. »Du strahlst ja heute so. Was ist los?«

»Frederik kommt«, sagte Hilla glücklich, und als wäre es das Stichwort gewesen, tauchten Christian und Frederik in diesem Moment gemeinsam auf. »Seht mal, wen ich euch hier bringe«, rief Christian.

Hilla sprang auf, lief auf Frederik zu. Er hob sie hoch und wirbelte sie herum, bevor er sie zärtlich küsste. Er sah gut aus in seiner dunkelblauen Uniform.

»Hast den Prozess gewonnen?«, wollte Hilla wissen, als er sie wieder runterließ.

»Ich habe den Prozess gegen Wilhelms gewonnen«, bestätigte Frederik. »In allen Punkten habe ich Recht bekommen. Dank meines Anwalts, der zur Hochform aufgelaufen ist, und vor allem wegen eines mutigen Zeugen, der es gewagt hat auszusagen.«

»Und Sie haben ihm den Job zurückgegeben?«, wollte Hilla wissen.

»Reeder Wilhelms nicht. Aber die Reederei Hallson, die mich bereits kannte, hat mich als Zweiten Offizier eingestellt. Mit der Option, in zwei Jahren mein eigenes Schiff zu bekommen.«

»Jetzt sagen Sie nicht, Sie sind Kapitän zur See?« Emma schaute Frederik an. Sie war fassungslos und begeistert zugleich.

»Ja«, nickte Hilla stolz, »er wird Kapitän.«

Emma hatte ihre Vorbehalte gegen Frederik längst aufgegeben. Sie lachte. »Und ich hatte mich gerade daran gewöhnt, einen Gärtner in der Familie zu haben.«

»Es tut mir leid, Frau Svensson.« Frederik schüttelte schmunzelnd den Kopf, »aber damit kann ich leider nicht mehr dienen.«

Emma stand auf, ging auf die beiden jungen Menschen zu, die dort eng aneinandergeschmiegt standen. »Das macht nichts, Frederik. Sie machen Hilla glücklich. Und deshalb, willkommen in meiner ...« Sie unterbrach sich, schaute zu Christian hinüber, der sich an den Tisch gesetzt hatte und ihr liebevoll zulächelte. »Willkommen in *unserer* Familie.«

Rezepte

Biff à la Lindström
BEEFSTEAK À LA LINDSTRÖM

ZUTATEN:

300 g Hackfleisch
1 Ei
3 EL eingelegte rote Beete
eine halbe Zwiebel
1 EL Kapern
2 EL Sahne
2 EL Rote-Beete-Saft
Salz und Pfeffer
2 EL Butter oder Margarine

ZUBEREITUNG:

Rote Beete und Kapern in feine Stücke schneiden. Die Zwiebeln ebenfalls fein hacken und in etwas Butter andünsten. Alles zu dem Hackfleisch in eine Schüssel geben und die übrigen Zutaten hinzufügen. Die Fleischmasse gut durchmischen, mit Salz und Pfeffer abschmecken. Die fertige Fleischmasse zu kleinen Hacksteaks formen und bei mittlerer Hitze in Butter oder Margarine knusprig braten.

Leverpastej
LEBERPASTETE

ZUTATEN:

500 g Schweineleber
1 große Zwiebel
200 g Speck am Stück
1 rohe Kartoffel
300 g Speck, in dünnen Scheiben
1 EL Salz
etwas schwarzen Pfeffer
2 EL Weizenmehl
2 Eier
1 TL Majoran
2 dl* Sahne
½ TL Thymian
10 Anchovisfilets
2 Lorbeerblätter

ZUBEREITUNG:

Leber, Anchovisfilets, Zwiebel und den Speck (am Stück) nacheinander durch den Fleischwolf drehen, ganz zuletzt die rohe Kartoffel. Die Zutaten in einer Schüssel miteinander vermengen. In einer anderen Schüssel Eier und Weizenmehl zu einer gleichmäßigen Masse verrühren. Die Sahne unterrühren, dann

---

* Das Dezilitermaß ist in Schweden üblich. Messbecher gibt es in jedem schwedischen Möbelhaus zu kaufen.

sämtliche Gewürze außer den Lorbeerblättern hinzufügen. Die Eimischung mit der Lebermasse vermengen. Eine längliche Form mit dünnen Speckscheiben auslegen, sodass diese ein wenig über die Ränder hängen. Lebermasse in die Form gießen, mit Speck abdecken und mit den Lorbeerblättern bedecken. Schließlich alles mit Alufolie abdecken und im Wasserbad bei 200 Grad etwa 1½ Stunden im Ofen garen. Herausnehmen, mit einem Gewicht beschweren und kalt werden lassen.

Matjessill med Gräddfil
MATJES MIT SAUERRAHM

ZUTATEN:

2–3 Matjesfilets
2 dl Sauerrahm
2 EL Mayonnaise
100 g roter Kaviar von grober Körnung
1 kleine rote Zwiebel
einige Ringe Porree
1 Sträußchen Dill
4 hartgekochte Eier
6–7 kleine, gekochte Kartoffeln
Petersilie

ZUBEREITUNG:

Matjes in Stücke und Kartoffeln in Scheiben schneiden. Matjes und Kartoffeln mischen und 1–2 Stunden im Kühlschrank stehen lassen. Porree, Dill und Zwiebel fein hacken und mit Sauerrahm, Mayonnaise und Kaviar verrühren. Matjesmischung dazugeben und alles miteinander vermischen. Die hartgekochten Eier in feine Stücke hacken und vorsichtig unterheben. Mit Eihälften und Petersilie garnieren.

Ättikströmming
ESSIGSTRÖMLING

ZUTATEN:

20 kleine Strömlingfilets
3 EL Essigessenz (12 %)
2–3 dl Wasser
2 EL Zucker
4 Nelkenpfefferkörner
1 Lorbeerblatt
Salz
2 EL Butter oder Margarine
1 Sträußchen Dill
1 rote Zwiebel

ZUBEREITUNG:

Essigessenz und Wasser aufkochen, Zucker, Nelkenpfeffer und Lorbeerblatt zugeben. Strömlingsfilets abspülen und Rückenflossen entfernen. Von innen salzen und reichlich mit Dill bestreuen. Anschließend die Filets in Butter goldbraun braten. Den Dill fein hacken, die Zwiebel in dünne Scheiben schneiden, dann abwechselnd mit dem Strömling in einer Schüssel aufeinander schichten und mit der Essigmarinade begießen. Über Nacht kalt stellen.

Ägg med Majonnäs och Räkor
EIER MIT MAYONNAISE UND KRABBEN

ZUTATEN:

4 Eier
1 EL Mayonnaise
1 EL Crème fraîche
16 geschälte Krabben
Salz, Pfeffer, Cayennepfeffer

ZUBEREITUNG:

Eier hart kochen, erkalten lassen, schälen und in zwei Hälften schneiden. Das Eigelb herausnehmen und in einer Schüssel mit Mayonnaise und Crème fraîche zu einer geschmeidigen Masse verrühren. Mit den Gewürzen abschmecken und die Masse in die Eihälften füllen. Mit den Krabben garnieren.

Kålldolmar
KOHLROULADEN

ZUTATEN:

Füllung:
400 g Hackfleisch
¾ dl Rundkornreis
2 dl Wasser
1 Ei
½–1 dl Milch
1–1½ TL Salz
1 Msp Pfeffer
2–3 EL Butter
2 EL Sirup

Sauce:
Wasser
½ Brühwürfel
Salz und Pfeffer
3 dl Schlagsahne
Sojasauce

ZUBEREITUNG:

Die äußeren Blätter des Kohlkopfs entfernen und den Strunk wegschneiden. Den ganzen Kohlkopf in leicht gesalzenem Wasser nicht zu weich kochen. Wasser zum Begießen aufbewahren. Die gar gekochten Blätter nach und nach abziehen und beiseite stellen.

Für die Füllung den Reis in Wasser kochen. Hackfleisch mit Ei, Milch, Salz und Pfeffer mischen. Den gekochten, abgekühlten Reis zugeben. Die Füllung sollte möglichst locker bleiben.

Jeweils ein Kohlblatt mit der Hackfleischmischung füllen, zu einem Päckchen zusammenfalten und mit einem Faden vernähen. Das Bratfett in der Pfanne vorbräunen, Sirup zugeben und die Kohlrouladen mit der Naht nach unten in der Pfanne garen, bis die Unterseite braun ist. Die Kohlrouladen anschließend, immer noch mit der Naht nach unten, in einen gebutterten Bratentopf legen. Den Bratensatz in der Bratpfanne mit Wasser lösen und über die Kohlrouladen gießen. Bei 225 Grad im Backofen etwa 45 Minuten garen. Ab und zu begießen, dabei das Kochwasser mitverwenden.

Die Kohlrouladen auf einer Platte anrichten. Den Bratensatz in dem Bratentopf mit Wasser lösen, Brühwürfel zugeben und mit Salz und Pfeffer abschmecken. Wenn gewünscht mit Schlagsahne zu einer Sauce einkochen lassen und einige Tropfen Sojasauce hinzufügen.

Mit gekochten Kartoffeln und Preiselbeerkonfitüre servieren.

Marinerad Purjolök
MARINIERTER PORREE

ZUTATEN:

6 Porreestangen
1 kleine Knoblauchzehe
2 EL Weißweinessig
6 EL Speiseöl
Salz und Pfeffer

ZUBEREITUNG:

Porree putzen und in etwa 10 cm lange Stücke schneiden. Etwa 5 Minuten in leicht gesalzenem Wasser kochen. Abtropfen lassen und in eine Schüssel legen. Öl, Weißweinessig und den gepressten Knoblauch verrühren und mit Salz und Pfeffer abschmecken. Das Gemüse damit übergießen und abkühlen lassen.

Spenatkrans
SPINATKRANZ

ZUTATEN:

500 g frischer oder tiefgekühlter Blattspinat
1 dl Paniermehl
3 Eier
2½ dl Schlagsahne
Muskatnuss
Salz und Pfeffer

ZUBEREITUNG:

Den Backofen auf 200 Grad vorheizen.
Den frischen Spinat abspülen und in leicht gesalzenem Wasser kurz aufkochen lassen, bzw. den tiefgefrorenen Spinat auftauen. Sorgfältig ausdrücken. Spinat grob hacken. Mit den übrigen Zutaten vermischen und in eine runde Backform von etwa 1 l Inhalt gießen. 30 Minuten im Ofen backen, dann den Spinatkranz auf eine Platte stürzen.

Omelett med gräddstuvad Svamp
OMELETTE MIT PILZRAGOUT

ZUTATEN:

Omelette:
4 Eier
Salz
Pfeffer
2 EL Wasser
1 EL Butter

Ragout:
500 g Champignons,
2 TL Weizenmehl
Pfifferlinge oder andere Pilze
4 dl Schlagsahne
Zitronensaft
weißer Pfeffer
2–3 EL Butter

ZUBEREITUNG:

Pilze putzen, in dünne Scheiben schneiden und einige Tropfen Zitrone darüber geben. Butter schmelzen, Pilze zugeben und eine Weile braten lassen. Mit Mehl überpudern, umrühren und Sahne zugeben. Unter ständigem Rühren aufkochen lassen. Mit Salz und Pfeffer abschmecken.
Eier mit einer Gabel verquirlen. Wasser zugeben, salzen und pfeffern. Die Hälfte der Butter in einer Bratpfanne braun wer-

den lassen, Eimasse zugeben und mit einer Gabel umrühren. Wenn das Omelette auf der Oberseite cremig geworden ist und auf der Unterseite eine schöne Farbe angenommen hat, wird es in der Pfanne zusammengeklappt. Das Pilzragout auf eine Platte geben und das Omelette dazu anrichten.

knäckebröd
KNÄCKEBROT

ZUTATEN:

2½ dl Milch
25 g Hefe
1 TL Salz
1 TL gestoßener Fenchel
300 g Weizenmehl
400 g Roggenvollkornmehl

ZUBEREITUNG:

Hefe in eine Teigschüssel krümeln. Milch auf 37 Grad erhitzen. Etwas von der Hefe in der Milch verrühren und den Rest der Milch, die Gewürze und das Mehl zugeben. 100 g Roggenmehl zum Aufbacken aufheben.
Teig kräftig durchkneten, anschließend auf das Backbrett legen, zu einem länglichen Brot rollen und in 10 Teile teilen. Diese zu runden Brötchen formen und 10 Minuten gehen lassen. Backofen auf 200 Grad vorheizen.
Jedes Brötchen mit einem gewöhnlichen Nudelholz und danach mit einem Nudelholz mit Zacken zu Scheiben von etwa 20 cm Durchmesser ausrollen. Auf beiden Seiten rollen.
Auf ein gefettetes Backblech geben und 10 Minuten backen.

Hasselbackpotatis
SCHWEDISCHE FÄCHERKARTOFFELN

ZUTATEN:

12 gleich große, festkochende Kartoffeln
50 g Butter
1 TL grobes Salz
2 EL Paniermehl
30 g geriebener Hartkäse, z. B. Parmesan

ZUBEREITUNG:

Den Backofen auf 240° C vorheizen.
Die Kartoffeln zunächst schälen, waschen und fächerförmig einschneiden.
Für das Einschneiden entweder auf einen Esslöffel legen und nur bis zum Löffelrand schneiden, oder neben ein Schneidebrett legen, festhalten und nur bis zur Höhe des Brettes schneiden.
Dann die Butter schmelzen und die Kartoffeln leicht damit bepinseln.
Ein wenig Butter übriglassen.
Nun die Kartoffeln nebeneinander in eine feuerfeste Form legen, mit Salz bestreuen und ca. 30 Minuten im Ofen garen.
Anschließend mit Paniermehl bestreuen und mit der übrig gebliebenen Butter beträufeln.
10 Minuten weiterbacken, danach den Käse über die Kartoffeln streuen und noch einmal 5 Minuten backen.
Die Hasselbackpotatis schmecken sehr gut zu kurzgebratenem oder gegrilltem Fleisch oder auch zu kaltem Roastbeef.

Semlor
SCHWEDISCHES HEFEGEBÄCK

ZUTATEN:

2 Eier
3 dl Milch
1 dl Zucker
9 dl Mehl
½ TL Salz
50 g Hefe
75 g Butter

Füllung:
3 dl Sahne
150 g Marzipan
Puderzucker

ZUBEREITUNG:

Aus Ei, Milch, Zucker, Mehl, Salz, Hefe und Butter einen Hefeteig anrühren und solange Mehl hinzufügen, bis der Teig Fäden zieht. ½ Stunde lang aufgehen lassen.

Danach den Teig erneut gut durchkneten und daraus 10–12 Bällchen formen.

Die Bällchen noch einmal ½ Stunde gehen lassen. Den Backofen auf 190° vorheizen (Heißluft).

Die Bällchen mit dem verbliebenen Ei bestreichen und 7-10 Minuten backen.

Danach auf einem Gitter gut abkühlen lassen. Nach dem Abkühlen vorsichtig aufschneiden und aushöhlen. Die Marzipanmasse mit 1 dl Sahne und dem zuvor herausgenommenen Teig vermischen und wieder in die ausgehöhlten Bällchen füllen.
Die verbliebene Sahne steif schlagen und zwischen die beiden Bällchenhälften streichen. Anschließend mit Puderzucker bestreuen.

Ulrikes »Ängelsmat«

ZUTATEN:

3 Becher Sahne
2 Tafeln Bitter-Schokolade
2 Dosen Mandarinen
1 Packung Löffelbiskuit

ZUBEREITUNG:

Die Sahne steif schlagen. Bitter-Schokolade fein hacken oder raspeln und vorsichtig unter die Sahne ziehen. Die Mandarinen abtropfen lassen, das Löffelbiskuit grob zerbröseln. Beides nacheinander ebenfalls unterziehen.
Eine Nachspeise, die Kinder lieben und bei der natürlich auch die Erwachsenen mitschlemmen können!

Daim-Torte

ZUTATEN:

200 g gemahlene Haselnüsse
3 Eier
150 g Zucker
3 dl Schlagsahne
2 Tüten Konfekt (z. B. Daimkugeln)
1 TL Kakaopulver
1 Päckchen Vanillezucker
evtl. Zucker/Puderzucker
evtl. Konfekt

ZUBEREITUNG:

Den Backofen auf 200 Grad vorwärmen. Backpapier in eine Springform mit 26 cm Durchmesser klemmen.
Die gemahlenen Haselnüsse, den Zucker und die Eier so lange mit dem Rührgerät mixen, bis ein geschmeidiger Teig entsteht.
Den Teig in die Springform geben und ca. 25 Minuten backen. Danach den Tortenboden vollkommen abkühlen lassen und auf eine Platte legen.
Nun die Sahne mit dem Kakaopulver und dem Vanillezucker steif schlagen. Bei der Verwendung von reinem Kakaopulver zusätzlich Puderzucker hinzufügen. Anschließend die Daimkugeln in die steif geschlagene Sahne einrühren und das Gemisch gleichmäßig auf dem ausgekühlten Tortenboden verstrei-

chen. Anstelle von Daimkugeln kann auch die normale Daimschokolade in der gewünschten Menge verwendet werden. Diese in einem Gefrierbeutel mit einem Nudelholz zerkleinern und die Stückchen in die Sahne rühren. Die Torte nach Belieben verzieren (besonders gut eignen sich z. B. Schokoladen-Herzen).

Lussekatter
LUCIABRÖTCHEN

ZUTATEN:

150 g Butter
3 Päckchen Safran
5 dl Milch
125 g Zucker
50 g Hefe
½ TL Salz
850 g Mehl
½ Tasse Rosinen
½ Tasse gehackte Mandeln

ZUBEREITUNG:

Butter langsam zerlassen. Dann die Milch leicht erwärmen. 3 Päckchen Safran und 1 Prise Zucker in ein wenig erwärmter Milch auflösen. Die zerkleinerte Hefe in eine Rührschüssel geben und unter Rühren die erwärmte Milch zugeben, bis die Hefe gelöst ist. Nun die zerlassene Butter sowie die Safranlösung zugeben und gut verrühren. Danach Zucker und Salz unterrühren. Zum Schluss das durchgesiebte Mehl zugeben. Teig gut durchkneten, bis er Blasen wirft und sich vom Schüsselrand löst. Rosinen und Mandeln nach Geschmack einarbeiten. Den Teig zugedeckt ¾ Stunde an einem warmen Ort gehen lassen, dann gut durchkneten. Nun lange Stränge rollen und zu einem »S« formen. Je zwei »S« kreuzweise aufeinander legen, Enden andrücken. In die Mulden Rosinen geben und mit dem geschlagenem Ei bepinseln. Auf ein gefettetes, mehlbestäubtes Backblech legen. Bei 225–240 Grad ca. 7–10 Minuten backen. Auf dem Backblech abkühlen lassen.

Pepparkakor
PFEFFERKUCHEN

ZUTATEN:

350 g Butter
1 ½ TL Ingwer
2 Tassen Zucker
1 ½ TL Kardamom
1 Tasse dunkler Sirup
1 ½ TL Zimt
1 ½ Tassen Schlagsahne
1 TL Nelken
1 TL Backpulver
9 Tassen Mehl

ZUBEREITUNG:

Butter mit Zucker, Sirup und Gewürzen verrühren. Die halbfest geschlagene Sahne zugeben. Das Backpulver mit der Hälfte des Mehls vermischen und zu der Butter geben. Restliches Mehl nach und nach hinzufügen. Teig auf einer bemehlten Unterlage gut durchkneten, in die Schüssel zurücklegen, bedecken und über Nacht in den Kühlschrank stellen. Backofen auf 200 Grad vorheizen. Teig portionsweise möglichst dünn auf Backpapier ausrollen. Beliebige Formen ausstechen und auf einem Backblech 5 Minuten im Ofen braun backen. Pfefferkuchen auf einem Backrost abkühlen lassen. Die Plätzchen nach Belieben mit einem Zuckerguss aus 2 Tassen Puderzucker, 1 Ei und einem TL Essig bestreichen.

Geschichten, die zu Herzen gehen ...

Inga Lindström
SEHNSUCHTSLAND
Liebesgeschichten
aus Schweden
464 Seiten
ISBN 978-3-404-15213-1

Endlos grüne Wälder und zerklüftete Schärenlandschaften bilden die zauberhafte Kulisse für drei romantische Liebesgeschichten. Schweden ist wie geschaffen für unsere Träume und Sehnsüchte. Tauchen Sie ein in eine Welt voll schicksalhafter Begegnungen und lernen Sie die liebenswerten Menschen aus dem hohen Norden kennen!

Sehnsucht nach Marielund
Wind über den Schären
Begegnung am Meer

Verfilmt vom ZDF

Bastei Lübbe Taschenbuch

*Starke Frauen, Macht und Begierde –
ein großer historischer Roman.*

DAGBLADET

Vibeke Løkkeberg
PURPURENGEL
BLT
Aus dem Norwegischen von
Dagmar Lendt
352 Seiten
ISBN 978-3-404-92203-1

Ein Geheimnis umgibt die Farbe Purpur. Nur wenige Auserwählte kennen das Rezept zur Herstellung des teuren Farbstoffes. Die Färberin Anna ist eine von ihnen. Als Papst Pius II. sie 1460 in den Vatikan holt, dient sie ihm treu ergeben und versorgt ihn nach Belieben mit der erlesenen Kostbarkeit. Doch der machtbesessene Papst hält sein Versprechen nicht, und Anna wird leichtsinnig. Nur einen Tropfen der durchdringenden roten Farbe verwendet sie für sich selbst – und muss teuer dafür bezahlen.

»*Sehr interessanter und sprachlich hervorragender Historienroman.*«

literature.de

BLT

Ein neuer Stern am skandinavischen Krimihimmel

Aino Trosell
Solange das Herz
noch schlägt
Roman
384 Seiten
ISBN 978-3-404-15461-6

Sie verliert alles, was ihr bisher lieb und teuer war: ihre Ehe, ihr Zuhause, ihren Arbeitsplatz. Sie verlässt Göteborg und begibt sich in den dünnbesiedelten Norden Schwedens, um dort gänzlich neu anzufangen. Doch bald gerät sie in einen Strudel beängstigender Ereignisse. An ihrem neuen Arbeitsplatz, in einer Gerberei, geschieht ein Mord. Zunächst unfreiwillig, später aus Neugier macht Siv sich auf die Suche nach dem Mörder und gerät dabei selbst in Lebensgefahr ...

Zum besten schwedischen Kriminalroman 2000 gewählt.

Bastei Lübbe Taschenbuch

»Trosell gehört ganz klar zur schwedischen Krimi-Elite.«

GEFLE DAGBLAD

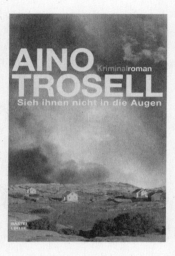

Aino Trosell
SIEH IHNEN NICHT
IN DIE AUGEN
Roman
400 Seiten
ISBN 978-3-404-15670-2

Im nordschwedischen Sälen herrscht geschäftiges Treiben. Im Hotel am Platz haben sich ranghohe Politiker, Journalisten und ausländische Honorationen zu der jährlichen Konferenz über Sicherheitsfragen versammelt. Als der Hauptredner des Tages, der schwedische Oberbefehlshaber, seinen Vortrag beendet, erhebt sich ein Mann im Publikum. Er spricht von Vaterlandsliebe und Verrat. Dann richtet er einen Gegenstand auf den Redner. Eine Zehntelsekunde zu spät erkennen die Sicherheitskräfte, was hier geschieht. Siv Dahlin, die im Hotel arbeitet, wird in das Attentat verwickelt und landet unfreiwillig in einem Hexenkessel von Gewalt und Dramatik.

Bastei Lübbe Taschenbuch